Anna K. Rhodes

A Million Colours of Hazel

A Woodside Story

Welcome to

WOODSIDE

Where hearts and doors are always open

Anna K. Rhodes

A MILLION COLOURS OF HAZEL

A Woodside Story

Roman

LOVE MOON VERLAG

Dieser Titel ist auch als eBook erschienen.

1. Auflage (1x10)

Spiekerhörn 14, 25335 Raa-Besenbek
Umschlaggestaltung und Satz: © Lovemoon Verlag
unter Verwendung von Motiven von
© Ridderhof / Pixabay, © _Namfon_ / Pixabay,
© Pezibear / Pixabay, © Lemoonboots / Pixabay
und © GDJ / Pixabay.
Lektorat & Korrektorat: Lovemoon Verlag
Druck und Verarbeitung: TOTEM.com.pl, ul. Jaczeswka 89,
88-100 Inowroclaw
printed in Poland
ISBN 9-783-9826-0722-1

Besuche uns im Internet unter: lovemoon-verlag.de

Liebe Leser:innen,

dieses Buch enthält potenziell triggernde Elemente.
Wenn ihr glaubt, betroffen zu sein, findet ihr am Ende
des Buches eine detaillierte Triggerwarnung.

Diese enthält Spoiler für das gesamte Buch!

Wir wünschen euch allen
das bestmögliche Leseerlebnis.

Eure Anna & der Lovemoon Verlag

Für alle, die an zweite Chancen glauben

Playlist

Happiness Is A Butterfly - Lana Del Rey
Falling - Harry Styles
Anti Hero - Taylor Swift
Strangers - Kenya Grace
Monster - Walking on Cars
Late Night Talking - Harry Styles
Cold Little Heart - Michael Kiwanuka
Speeding Cars - Walking on Cars
Dial Drunk - Noah Kahan
Jaded - Miley Cyrus
Daylight - David Kushner
Fortnight - Taylor Swift + Post Malone
How Do I Say Goodbye - Dean Lewis

Prolog

Ich hasste Polyester. Wieso konnte man die Talare, die uns gestellt wurden, nicht aus einem hochwertigeren Stoff fertigen? Ich schwitzte in der unbarmherzig glühenden Sonne - natürlich wehte ausgerechnet heute kein Lüftchen. Die Quaste der Graduation Cap kitzelte mich an der Nase und ich verfluchte mich dafür, meine Haare nicht offen zu tragen. Dann würde dieser verfluchte Hut sicher nicht so rutschen. Zum Glück würde ich ihn gleich abnehmen und in die Luft werfen können.

»Jamie MacLannister.« Die Stimme der Rektorin schallte über das Footballfeld. Mein Blick heftete sich automatisch auf den groß gewachsenen, dunkelblonden Jungen, der sogar in diesem elendigen Polyester Talar großartig aussah. Ich biss auf meine Unterlippe, als er die drei Stufen zum Podest emporstieg und dem Publikum sein markantes Profil präsentierte.

»Jamie, dieser blöde Idiot. Zum Glück sind wir den jetzt los.« Meine beste Freundin Maple Turner schnaubte verächtlich. Zorn glomm in ihren sonst so fröhlichen Augen.

»Ja.« Ich schluckte gegen den Kloß in meinem Hals an, der sich in rasender Geschwindigkeit zu einem Felsbrocken anschwoll. »Zum Glück.«

Das Lagerfeuer warf unruhige Schatten auf den Strand. Überall tanzten die Feierwütigen - entweder, weil die Highschool endlich geschafft war oder weil sie einfach Lust auf Party hatten. Neben dem Feuer hatte das Organisationsteam eine Bar aufgebaut, an der reger Andrang herrschte. Es schien, als wolle sich absolut jeder hier mit Alkohol abschießen.

Ich scannte die Warteschlange auf der Suche nach dieser einen Person, die ich unbedingt treffen wollte. Ich fand sie jedoch nicht. Auch auf der improvisierten Tanzfläche auf dem kleinen Strandabschnitt zwischen dem Feuer und dem See hatte ich kein Glück.

Ich atmete seufzend ein. Meine Nase kribbelte vom Qualm, der in der Luft lag. Meine Kehle war trocken - ich wusste nicht, ob Durst oder bittere Enttäuschung der Grund war.

Ich drehte mich noch einmal zur feiernden Meute um. Eine letzte Chance gab ich mir, bevor ich gehen würde. Ich hatte mir den Abend meines Highschool-Abschlusses anders vorgestellt ... Ich hatte mich in den Armen eines - des einen - Jungen gesehen. Wir hätten an diesem Lagerfeuer auf einem der Baumstämme gesessen, eng aneinander gekuschelt und uns versprochen, die Collegezeit zu überstehen. Auch wenn wir nicht in derselben Stadt leben würden. Wir hätten uns geküsst und einen Dreck darauf gegeben, was die anderen sagten.

In der Realität war es anders. Ich war allein, meine Keilabsätze versanken im Sand, unzählige Mücken machten sich über meine nackten Beine her und die Faszination für ein Lagerfeuer verstand ich nur in der Theorie. In der Praxis quollen ständig Tränen aus meinen Augen, weil es ganz egal zu sein schien, wo ich stand. Der Wind trug dicke Rauchschwaden zu mir, die sich direkt um meinen Kopf legten. Und was am schwersten wog: Ich kuschelte mich mit niemandem unter einer Decke ein. Es gab keine gehauchten Versprechen, nur betrunkenes Gegröle.

»Hey.«

Das Flüstern dicht an meinem Ohr ließ mich zusammenzucken. Ich fuhr herum und da war er: Jamie.

»Warum stehst du so weit abseits?« Er schenkte mir sein breites Lächeln, das ich so sehr mochte.

»Oh … ich … keine Ahnung.« Wieso fand ich keine Worte, verflucht? Ich schob mir eine Haarsträhne zurück, die sich aus meiner aufwendigen Flechtfrisur gelöst hatte. »Ich hab dich gesucht, schätze ich.«

»Und ich hab dich gefunden.« Er griff nach der Strähne und wickelte sie sich um den Finger. Seine Fingerkuppen strichen dabei sanft über meine Wange und es war, als würde plötzlich ein ganzes Lagerfeuer in mir lodern. Oder besser ein Waldbrand, eine Feuerwalze … irgendwas Großes, Heißes in jedem Fall. »Wollen wir irgendwo hingehen, wo es ruhiger ist?« Jamie legte den Kopf leicht schief, heizte das Feuer in mir mit dieser einfachen Geste noch mehr an.

Ich nickte, unfähig etwas zu sagen.

Jamie lächelte wieder, als er meine Hand nahm, seine Finger mit meinen verschränkte und mich mit sich dichter ans Ufer des Crystal Lakes zog. Gemeinsam gingen wir an der Wasserkante entlang, entfernten uns weiter und weiter von der Party. Als die anderen endgültig außer Sichtweite waren, legte Jamie seinen Arm um meine Schultern, zog mich dichter an sich und hauchte mir einen Kuss auf den Scheitel.

»Ich hab mir etwas für uns ausgedacht«, flüsterte er in mein Haar.

Seine Stimme fachte das Feuer in mir sofort wieder an. Ich fühlte mich wie eine Fackel - es hätte mich nicht gewundert, wenn ich mich plötzlich selbst entzündet hätte.

»Was ist heute los mit dir? Sonst redest du ohne Punkt

und Komma.« Er gluckste. »Hab ich es endlich geschafft, dich sprachlos zu machen?«

»So viel rede ich nun auch nicht.« Ich zog eine Flunsch. »Ich hab gedacht, du würdest nicht kommen«, gab ich zu.

»Vertraust du mir so wenig?«

»Ja … und … nein. Ich vertraue dir. Aber ich bin die Heimlichtuerei leid, Jamie.«

»Weiß ich. Bin ich auch. Aber ich schütze dich damit doch nur. Du weißt, was die Leute von mir halten. Was deine beste Freundin von mir hält.«

»Sie kennt dich nicht so wie ich. Und wenn du dich bei Ethan entschuldigen würdest … Ich glaube, ihr würdet euch verstehen.« Ich stoppte und zwang Jamie ebenfalls stehen zu bleiben. »Das würde mir so viel bedeuten.«

»Lass uns diesen Abend nicht damit verschwenden, okay? Bitte.« Er legte den Kopf schief, nahm mein Gesicht in seine Hände und ich ertrank für Sekunden in seinem Blick. »Ich möchte die Zeit genießen, die wir noch haben.« Als seine Lippen auf meine trafen, vergaß ich alles um mich herum, ließ mich in den Kuss sinken und übergab Jamie meine ganze Seele.

Kühler Nebel strich um meine nackten Beine, hinterließ eine unangenehme Gänsehaut. Verschlafen blinzelte ich in die trübe Luft, die wie ein grauer Schleier zwischen den Bäumen hing. Dicke Tropfen rollten von den Blättern, fielen mit einem Platschen zu Boden.

Ich brauchte einen Moment, um mich zu orientieren, doch dann schoben sich Erinnerungen an die vergangene Nacht in meine Gedanken. Hände auf meiner Haut, Lippen auf meinen. Neben mir auf der karierten Decke lag Jamie - friedlich schlafend. Seine muskulöse Brust hob und senkte sich unter gleichmäßigen Atemzügen. Er gab ein kleines, grummeliges Geräusch von sich.

In meinem Bauch flammte ein warmes Gefühl auf, das durch meinen gesamten Körper kribbelte. Mit den Fingerspitzen fuhr ich die markante Linie seines Kiefers nach, konnte das Ziehen in meinem Unterleib kaum ertragen. Ich zupfte die Decke, die in der Nacht verrutscht war, etwas höher und schlüpfte darunter, kuschelte mich dicht an Jamie.

Ohne seine Augen zu öffnen, hob er seinen Arm, ließ mich so dicht an ihn heran wie nie zuvor. »Guten Morgen.« Seine tiefe, vom Schlaf noch raue Stimme vibrierte in mir. »Das war nicht geplant, hier einzuschlafen.« Er zog mit einem Finger träge Kreise über meinen nackten Rücken, hinterließ eine flammende Spur.

»Jamie, gestern Abend … das war … ich meine … ich hab nicht gedacht, dass …«

»Hab ich dich schon wieder sprachlos gemacht?« Jamie lachte auf.

»Dafür hast du wohl ein Talent.« Ich kuschelte mich in die Kuhle zwischen seiner Schulter und seinem Hals, verschränkte unsere Finger miteinander.

Jamies Brustkorb hob sich unter einem tiefen Atemzug, als würde er etwas sagen wollen. Doch ein lautes Rascheln im Unterholz verschluckte seine Worte. Aus dem Rascheln wurde ein Knacken, mischte sich mit Getuschel und Gelächter. Kurz darauf taumelten drei junge Männer auf die Lichtung. Alle drei Jungs aus unserer Schule und Teamkollegen von Jamie.

»Alter, hier bist du.« Kevin, einer von ihnen - ein breiter, etwas grobschlächtiger Kerl - kam unangenehm dicht an unser Lager. Sein Blick glitt über uns, blieb eine Weile zu lang an meinem Dekolleté hängen. Schnell zog ich die Decke höher, um ihm die Sicht zu versperren. »Ha! Du hast es wirklich getan?« Er drehte sich zu den anderen beiden Typen um. »Jamie hat es wirklich getan.« Er lachte höhnisch. Die Jungs - Jason und Max - traten neben ihn, lachten ebenso boshaft wie er.

»Was wollt ihr hier?« Jamie richtete sich auf. Ich rutschte unsanft von seiner Seite.

»Wir haben dich gesucht, Alter. Konnten ja nicht ahnen, dass du es hier durchziehst.«

»Verpisst euch einfach«, zischte Jamie, griff nach seinem T-Shirt und zog es über. Meine Eingeweide ballten sich schmerzhaft zusammen. Eine kleine, fiese Stimme schlich sich in meinen Kopf, die mir weismachen wollte, Jamie hätte mich verarscht. Aber das hatte er nicht, oder? Das konnte nicht sein. Dafür hatte es sich zu gut - zu echt angefühlt.

»Du hast es echt mit Hazel-Basil getrieben?« Max lachte beinahe hysterisch. »Scheiße, ich schulde dir fünfzig Mäuse, Kev.«

»Wie krass. Hätte nicht gedacht, dass er das durchzieht.« Max und Kevin schlugen ein und Jamie beeilte sich, seine Sachen zusammenzusammeln und anzuziehen.

»Jamie, was meinen die Idioten?« Das ungute Gefühl schnürte mir die Kehle zu. Meine Stimme war so dünn, der Wind hätte sie zerbrechen und wegtragen können wie ein Herbstblatt.

»Nichts.« Seine Antwort kam schroff und kühl. In seinen Augen erkannte ich nichts mehr von der Wärme, die in der vorherigen Nacht darin gelegen hatte.

»Er hat dich verarscht, Hazel-Basil.« Kevin ließ sein Becken kreisen. »Oder glaubst du ernsthaft, unser Jamie hier würde freiwillig mit dir vögeln? Es war eine Wette, du dumme Kuh.«

»Eine … Jamie?« In mir brüllte alles wie ein verwundetes Tier, das angefahren am Straßenrand zurückgelassen wurde. Ein winziger, winziger Teil stemmte sich gegen die grausame Vermutung, flehte, die Jungs wären diejenigen, die mich verarschten. Nicht Jamie … Doch er sagte nichts, sah mich nicht mal an.

»Ach komm schon, Hazel. Dir muss doch klar sein, dass er nur wissen wollte, ob die Tochter einer Sexualtherapeutin besser fickt als die anderen.«

Das Brüllen in mir wurde lauter - immer lauter, bis ich nichts anderes mehr hörte und es dennoch nicht glaubte. Nicht glauben wollte.

»Jamie?« Das letzte Aufbäumen einer Hoffnung, die schon längst zerschmettert war.

Als sein Blick meinen traf, erkannte ich das Aufflackern von Reue. Ebenso kurz wollte meine Hoffnung triumphieren. Doch einen Wimpernschlag später verzog er sein Gesicht zu einer höhnischen Fratze.

»Nee. Sie war nicht besser als die anderen. Auf einer Skala von eins bis zehn eher eine drei. Zum Kommen hat es immerhin gereicht.« Das schmerzhafteste Lachen, das ich jemals gehört hatte, verließ seinen Mund, stach wie eine Harpune in mein Herz und riss es entzwei.

Jamie sprang auf die Füße, schlug mit seinen Kumpeln ein, verließ die Lichtung. Ich blieb verwundet zurück - wie das angefahrene Tier am Straßenrand, das ich war.

1. Jamie

»Du bist eine einzige Enttäuschung.« Wie ein Peitschenhieb hallten die Worte meines Vaters durch sein Büro. Sie waren nicht neu und auch nicht laut oder wütend - nein. Seine Stimme war eiskalt und schneidend, was noch viel schlimmer war. Mit Wut oder Gebrüll hätte ich umgehen können, aber seine Kälte kroch mir in jede Pore.

Nur mühsam unterdrückte ich ein Schaudern und wehrte mich gegen einen Flashback, der bereits in den hintersten Windungen meines Hirns kratzte. Allzeit bereit, mich mit Bildern der Vergangenheit zu lähmen.

»Es tut mir leid, Dad.« Ich ballte die Hand in der Tasche meines Jacketts zu einer Faust. Warum hatte er noch immer diese verfluchte Wirkung auf mich? Warum fühlte ich mich in seiner Gegenwart wie ein kleiner Junge, der eine schlechte Note mit nach Hause brachte oder versehentlich das teure neue Auto zerkratzt hatte? Der kleine Junge, den er nie gewollt hatte. »Ein einziger Entwurf …«

Mit einer unwirschen Handbewegung schnitt er mir das Wort ab. »Rechtfertige dich nicht! Rechtfertigungen sind etwas für Schlappschwänze. Bist du ein Schlappschwanz, Jamie?« Wieder nichts als Kälte in seiner Stimme.

»Nein, Sir.«

»Das will ich meinen. Und trotzdem bist du die ewige Nummer zwei, stehst immer im Schatten eines anderen.

Egal, was du tust, nicht wahr?« Er lehnte sich in seinem Ledersessel zurück, der leise quietschte.

Hinter ihm gab die breite Fensterfront einen beeindruckenden Blick auf New York City frei. Die Firma meines Vaters erwirtschaftete zwar noch nicht genug für Büroräume in den obersten Etagen der allerhöchsten Wolkenkratzer der Stadt, doch für eine atemberaubende Aussicht reichte es allemal.

Mit einem kühlen Lächeln schlug er die athletischen Beine übereinander, die in einer maßgeschneiderten, dunkelblauen Anzugshose steckten. Mein Vater war - wenn man es objektiv betrachtete - attraktiv für einen Mann seines Alters. Man sah ihm die täglichen Einheiten auf dem Laufband an. Er wirkte drahtig und strotzte nur so vor Kraft. Das volle braune Haar wurde an den Schläfen zwar zunehmend grauer, aber damit wirkte er nur noch seriöser. Wenigstens auf Außenstehende ... Ich wusste, wer - nein, was - sich hinter seinem gepflegten Äußeren verbarg. Ich kannte die Person, die er niemandem außer mir zeigte. Doch was wie ein Privileg klang, war nichts anderes als ein Albtraum.

Er deutete auf einen der Besucherstühle, die vor seinem großen Schreibtisch standen, und ich nahm Platz. Unbehagen kroch über meinen Rücken - es hatte nie etwas Gutes zu bedeuten, wenn man sich auf einen dieser Sessel setzen musste.

Mein Vater musterte mich wortlos mit einem abschätzigen Blick. Eine Taktik, die er perfekt beherrschte. Er sah sein Gegenüber so lange aus den eisigen blauen Augen an, bis dieser sich vor Beklemmung wand. Keine Ahnung, wie oft er dies bereits mit mir gemacht hatte. Ich hätte mich innerlich wappnen können, ihm Einhalt gebieten. Das tat ich nicht, ich knickte ein. Wie immer. »Was kann ich für dich tun, Vater?«

Einer seiner Mundwinkel zuckte zufrieden. »Deine Mutter ist unzufrieden. Du kennst sie - sie ist genauso weich wie du. Aber ihr verzeihe ich das, weil sie keine Geschäftsfrau ist. Sie muss nicht hart sein und darf sich den Luxus der Sentimentalität leisten. Aber wenn sie nicht glücklich ist, habe ich unmittelbar darunter zu leiden.«

»Das … tut mir leid?«

»Meinst du, eine Entschuldigung ist besser als eine Rechtfertigung?«

»Nein, Sir.«

Er schnaubte kurz, legte seine Ellenbogen auf den Armstützen des Sessels ab und spreizte die Finger gegeneinander. »Ihr fehlt dieses vermaledeite Kaff. Ich hatte erwartet, sie wäre glücklich in New York City. Sollte man meinen, nicht wahr? Sie lebt in einer der großartigsten Städte der Welt, kann shoppen, bis sie umfällt, unsere Wohnung ausstatten lassen, wie es ihr beliebt. Und doch fehlt ihr dieses Woodside. Sie will unbedingt dorthin zurück.« Er musterte mich schweigend und wieder griff eisiges Unbehagen nach mir. »Ich werde aber nicht dorthin zurückziehen - niemals. Und hier haben wir das Dilemma.«

»Vielleicht ist sie unglücklich in New York, weil es hier …«

»Unterbrich mich nicht, Sohn.«

»Ent…« Ein Blick aus seinen eisigen Augen reichte aus, und das eine Wort, das er niemals aus meinem Munde hören wollte, blieb mir im Halse stecken.

»Ich werde wohl oder übel mit ihr auf Reisen gehen müssen, um sie von ihrem irrationalen Gefühl von Heimweh abzulenken.« Er tippte seine Zeigefinger gegeneinander. »Und deshalb bist du hier.«

»Ich verstehe nicht ganz.«

Er zog eine Augenbraue in die Höhe und schüttelte leicht den Kopf, als sei ich die größte Enttäuschung seines

Lebens - aber das war ich ja auch. »Ich brauche dich, um MacLannister Corporation in meiner Abwesenheit zu leiten.«

Seine Worte rissen mir den Boden unter den Füßen weg. Ich fiel in die Tiefe der New Yorker Straßenschluchten, mein Magen stülpte sich von innen nach außen und wieder zurück. Aber ich breitete die Flügel aus und flog. Das - diese Firma, seine Fußstapfen - war alles, wovon ich geträumt - worauf ich hingearbeitet - hatte, seit ich zur Highschool gegangen war. Mein Architekturstudium, all die Praktika und Jobs auf dem Bau hatten mich zu diesem Punkt geführt.

Ich hatte mich getäuscht. Mein Vater erkannte meine Leistungen endlich an.

»Du willst, dass ich die Firma übernehme, Dad?«

Für eine Sekunde - oder zwei - war es ohrenbetäubend still in dem sterilen Büro. Als hätte jemand alle Geräusche der Welt auf stumm geschaltet. Dann schallte ein Lachen durch den Raum. »Machst du Witze?« Mein Vater musterte mich amüsiert, wurde schnell wieder ernst. Er lehnte sich vor und stützte die Ellenbogen auf dem dunklen Holz der Tischplatte seines Schreibtisches ab. »*Du* wirst meine Firma nicht übernehmen. Das war nie geplant. Dafür hast du mich zu sehr enttäuscht - immer wieder und schon, als du noch nicht mal geboren warst.« Er machte eine Pause, beobachtete mich aus seinen eiskalten Augen, als könne er genau sehen, wie er mir wieder den Halt entriss. Mich erneut in die Tiefe stieß, doch dieses Mal prallte ich auf den harten, unnachgiebigen Boden der eiskalten Realität auf. »Selbstverständlich wird deine Schwester meine Nachfolgerin. Das steht vollkommen außer Frage. Du wirst die Nummer zwei hinter ihr, wenn sie dich lässt. Das kommt dir doch vertraut vor, nicht wahr?« Wieder eine Pause, in der er mich mit Kälte im Blick ansah.

Ich wusste, dass er mich nicht liebte. Das hatte er noch nie. Doch trotzdem hatte ich gehofft, inzwischen zumindest einen Hauch seiner Achtung, seines Respekts zu haben. Doch ich hatte mich getäuscht.

»Sie ist leider noch in ihrem Vertrag in London gebunden und bis sie wieder zurückkommt, wirst du das Tagesgeschäft leiten und ihr regelmäßig berichten.« Er wandte sich seinem Laptop zu. Für ihn war dieses Gespräch beendet. Aber nicht für mich. In mir tobte es. Die enttäuschten Hoffnungen schnitten in meine Eingeweide wie scharfkantige Scherben. Scherben meiner Erwartungen, Scherben meiner Träume.

»Zwei Monate.« Meine Stimme klang erstaunlich fest für den Tumult in meinem Inneren.

»Wie bitte?«

»Gib mir zwei Monate, um mich zu beweisen. Ich habe da ein Projekt in Planung. Sehr lukrativ, das verspreche ich dir. Wenn alles funktioniert, wie ich es mir vorstelle, kannst du den Rest deines Lebens dein Vermögen mit Mom auf euren Reisen zählen.«

»Die Betonung liegt auf: *wenn.*« Meine Ausführung hatte ihn nicht mal dazu gebracht, von seinem Computer aufzusehen.

»Vater, bitte. Es geht um Tourismus. Du weißt so gut wie ich, wie überlaufen die Hamptons sind. Alle suchen nach Alternativen und sind bereit, Unsummen dafür auszugeben.«

Nun hatte ich seine Aufmerksamkeit. Mit einer ungeduldigen Handbewegung bedeutete er mir, weiterzusprechen.

»Ich bin nur noch auf der Suche nach dem perfekten Bauplatz.«

»Du hast also gar nichts.« Er bedachte mich mit einem leichten Kopfschütteln, bevor er sich erneut auf seinen Computer konzentrierte.

»Doch, ich habe etwas. Die Zeichnungen sind fertig, die Modelle sind fertig. Alles muss nur noch an den entsprechenden Bauplatz angepasst werden. Dad, wir reden hier von Eigentumswohnungen und Geschäften am Meer, Ferienhäusern und Villen. Ich plane einen ganz neuen Ort an der Küste für Menschen ab dem gehobenen Mittelstand, die ein Feriendomizil außerhalb der Stadt suchen.«

Wieder ließ er von seinem Bildschirm ab, strich mit der Hand über seinen Kiefer. Die Stoppeln seines akkurat getrimmten Dreitagebarts kratzten unter seinen Fingerspitzen.

»Zwei Monate?«

»Zwei Monate.«

»Du hast einen Monat, um alles unter Dach und Fach zu bringen. Wenn du das nicht hinbekommst, wird deine Schwester Geschäftsführerin und du wirst in dieser Firma keine Zukunft mehr haben.«

»Ist das dein Ernst?«

»Ja, Jamie. Wie du weißt, scherze ich nicht, wenn es ums Geschäft geht. Das ist deine letzte Chance, um zu beweisen, was in dir steckt. Oder besser gesagt, dass überhaupt etwas in dir steckt.«

»Und wenn …«

»… du mich enttäuscht? Das wolltest du doch wissen, oder? Wenn du erneut versagst und mich wieder einmal enttäuscht, dann kannst du zu deinen kleinen Jobs auf dem Bau zurückgehen, die du so gemocht hast. Dann bist du kein MacLannister mehr. Weder in diesem Unternehmen noch in unserer Familie.« Seine Miene ließ keinen Zweifel daran, wie ernst es ihm war.

»Du willst mich verstoßen?« Hatte meine Stimme eben noch fest und überzeugend geklungen, war sie nun kaum mehr als ein Flüstern.

»Sei nicht so dramatisch. Ich an deiner Stelle würde es lieber nicht darauf ankommen lassen.«

Wie betäubt erhob ich mich aus dem Sessel. Meine Beine verrichteten ohne mein Zutun ihren Dienst und trugen mich aus dem Büro, das ich mir immer als das meine erträumt hatte. Vorbei an den Konferenzräumen und Arbeitsplätzen der Angestellten des Unternehmens. Ich nahm keine Notiz von ihnen. Um mich lag ein dichter Nebel, der mich zu ersticken drohte. Erst als sich die Türen des Fahrstuhls mit einem leise schmatzenden Geräusch hinter mir schlossen, lichtete sich der Schleier um meine Gedanken allmählich. Gab den Blick frei auf diese eine Gewissheit: Ich durfte nicht scheitern.

2. Hazel

»Nein, nein, nein!« Mit einem beherzten Sprung überbrückte ich den Abstand von meinem Esstisch zur Backofentür und riss sie auf. Dicke dunkle Qualmschwaden quollen mir entgegen, verbreiteten ihren beißenden Gestank in Sekundenschnelle in meiner winzigen Küche. Sofort ertönte das markdurchdringende Piepsen des Rauchmelders und brachte mich in Rekordzeit an den Rand eines Tinnitus.

Ich widerstand dem Bedürfnis, mir die Ohren zuzuhalten, und griff nach der Backform im Ofen.

»Au!« Ich zog meine Finger wieder zurück, nahm sie instinktiv zwischen die Lippen. Der Kuchen polterte auf die Kante des Blechs, kämpfte kurz um Halt und fiel dann zu Boden. Die Form zersprang und der noch nicht fertig gebackene Teig verteilte sich auf dem schwarz-weißen Schachbrettmuster meines Küchenbodens. Toll. Natürlich hatte ich meine rosafarbenen Ofenhandschuhe mit dem Blumenmuster in meiner Überforderung nicht angezogen.

Meine Schultern sackten hinab, während der Rauchmelder noch immer seine schrille Symphonie des Grauens von sich gab und mein Blick auf die Schweinerei auf dem Boden geheftet war.

Mit einem Seufzen löste ich mich aus meiner Starre und machte einen vorsichtigen Schritt über das Chaos. Aus der Ecke griff ich mir den Besen und klopfte mit dem Besenstiel einige Male beherzt gegen den Rauchmelder, bis dieser endlich aufgab und sein Gepiepse nur noch in meinen Ohren nachhallte. Ich öffnete die beiden großen Fenster, die den spektakulären Blick zum Crystal Lake freigaben, der meine kleine Wohnung so einmalig machte. Als ich mich umdrehte und den Saustall betrachtete, der bis vor Kurzem noch meine ordentliche Küche gewesen war, machte sich ein verräterisches Brennen hinter meinen Augen breit. So konnte es nicht weitergehen.

»Welche Laus ist dir denn über die Leber gelaufen?« Maple, eine meiner beiden besten Freundinnen, bedachte mich mit einem skeptischen Blick.

»Frag lieber nicht.« Ich winkte ab und ließ mich auf eines der bequemen Sofas fallen, die am Schaufenster des *Rabbit Holes* - Maples Buchladen - standen. Vor ungefähr zwei Jahren hatte sie das Geschäft ihrer leicht schrulligen Großmutter übernommen und dieses sogar noch unverwechselbarer gemacht.

»Genau das tue ich aber.« Sie kam hinter dem Kassentresen hervor und setzte sich zu mir in die weichen Polster. »Was ist los, Hazel?« Sie suchte meinen Blick, in ihren braunen Augen lag Sorge. Das war auch so eine Sache mit meiner Freundin. Sie konnte es nicht ertragen, wenn es einem ihrer Herzensmenschen nicht gut ging. Sie bohrte dann so lange nach, bis sie die Wahrheit erfuhr. Die Vergangenheit hatte sie gelehrt, Dinge nie einfach hinzunehmen …

»Ich wollte backen, aber alles ist schiefgegangen.« Es klang lächerlich, dennoch kribbelte es verdächtig hinter meinen Augen. »Der Teig war fertig und im Ofen. Ich habe die Füllung für die Torte gemacht und …« Ich seufzte, blinzelte ein paar Mal gegen die Tränen an. »… dann qualmte es plötzlich und alles ging den Bach runter. Dieser blöde Ofen ist einfach im Eimer.« Ich vergrub das Gesicht in den Händen.

»Für wen war denn die Torte?«

»Für Jim. Er bekommt heute Nachmittag wieder eine Reisegruppe und hat Kuchen und Torten für ein Buffet bestellt.« Jim führte die einzige Bar in Woodside, die regelmäßig von einer Busgesellschaft angesteuert wurde, seit sie einmal per Zufall in unserer kleinen Stadt gelandet waren. »Und jetzt weiß ich nicht, wie ich das noch schaffen soll.«

»War das denn der erste Teil seiner Bestellung?« Maple legte ihre Stirn in Falten.

»Nein, natürlich nicht. Aber es sollte das Kernstück des Kuchenbuffets werden.«

»Du hast wieder die ganze Nacht gebacken, oder?«

»Ja«, gab ich kleinlaut zu. »Was soll ich denn machen? Ich hab doch nur diesen einen Ofen und wenn ich eine größere Bestellung habe, geht es nicht anders.« Resigniert legte ich den Kopf gegen die gemütliche Lehne des Sofas und musterte die mit dunklem Holz getäfelte Decke.

Maple machte ein unidentifizierbares Geräusch, sprang auf und ging zu der großen Kühlvitrine neben dem Kassentresen. Sie hatte ein winziges Café - oder besser, die Möglichkeit, bei einem Kaffee und einem Stück Kuchen in Büchern zu schmökern - in ihren Laden integriert.

»Hier«, sagte sie triumphierend. »Den Blueberry Pie, den du mir gestern Nachmittag vorbeigebracht hast, habe ich noch nicht angeschnitten. Nimm den doch. Er ist keine Torte, aber trotzdem ein Knaller.«

»Aber dann hast du doch nichts mehr für deine Kundschaft.«

»Ach was.« Maple winkte ab. »Die werden dann eben mit den letzten Cupcakes und dem Rest Apple Pie vorliebnehmen müssen. Deine Sachen sind auch einen Tag später noch so lecker. Niemand wird sich daran stören.« Sie stellte den Pie auf dem Tisch vor mir ab. »Hazel?«

»Ja?«

»Du brauchst unbedingt einen eigenen Laden für deine Kreationen. Ein Café oder wenigstens eine kleine Bäckerei mit professioneller Küche. In deiner winzigen Wohnung kann das auf Dauer ja nichts werden.« Maple setzte sich neben mich und tätschelte mein Knie.

»Ja, das wäre schön. Aber in Woodside gibt es nichts Passendes, das frei wäre.«

»Und wenn du nach Wilmington …«

»Auf keinen Fall!«, unterbrach ich sie. »Hier ist meine Heimat. Ich war in Chicago und Europa, schon vergessen? Ich weiß, wohin ich gehöre, und das ist nun mal hier.«

»Schon gut. Ich meinte ja nur.«

»Außerdem fehlt mir das Geld, um ein Geschäft zu eröffnen. Und mit den paar kleinen Aufträgen kommt auch nicht genug rein, um das jemals zu ändern.«

»Schon. Aber wenn du mehr Platz hättest, würdest doch auch mehr einnehmen. Das ist doch ganz logisch. Manchmal muss man eben erst investieren …«

Ich unterbrach ihren gut gemeinten Redefluss mit einem Kopfschütteln. »Lass gut sein, Maple. Wo nichts ist, kann man auch nichts investieren.«

Wir verabschiedeten uns und ich machte mich auf den Weg zu Jims Bar, dem *Jim-Boos*. Er hatte eine leer stehende Tankstelle gekauft und zu einer wirklich geschmackvollen Bar umgebaut, als er im vergangenen Jahr aus Südamerika nach Woodside zurückgekommen war.

Als ich in meinem klapprigen Honda Civic durch meine kleine Heimatstadt fuhr, wurde mein Herz schwer. Ich liebte dieses Woodside mit seinen bunt gestrichenen Holzhäusern im Zentrum, den gepflegten Einfamilienhäusern, die sich an den Ortskern schmiegten. Den Festplatz, der einen wunderschönen Blick auf den Crystal Lake bot, an dessen Ufer Woodside lag.

So bezaubernd es auch war, so wenig Potenzial bot es mir. Die meisten Einwohner arbeiteten entweder in Wilmington oder sogar in New York und pendelten jeden Tag. Oder sie waren Geschäftsinhaber wie Maple und Jim. Viel mehr Möglichkeiten gab es nicht. Was bedeutete das für mich? Ich wollte nicht darüber nachdenken …

Seufzend lenkte ich den Honda auf dem Parkplatz neben der Bar und stieg aus. Ich bugsierte meine Lieferung aus dem Kofferraum und steuerte den Eingang an. Als ich die Tür noch nicht ganz erreicht hatte, wurde sie bereits geöffnet und Jim erschien im Türrahmen, den er dank seiner großen und breiten Gestalt beinahe komplett ausfüllte.

»Hallo, Hazel«, begrüßte er mich und nahm mir den schweren Transportkasten ab.

»Hi, Jim. Danke.« Ich folgte ihm ins Innere und beäugte die Dekoration. Die Tische waren ordentlich mit Kaffeegeschirr eingedeckt, sogar kleine Vasen mit Frühlingsblumen darin hatte Jim verteilt. Etwas, das man ihm definitiv nicht zutrauen würde. »Wie sieht es denn hier aus?« Halb irritiert, halb anerkennend deutete ich auf die Tische.

»Fürchterlich, oder? Total spießig, aber die alten Leute mögen es. Dieser Typ vom Veranstalter bat mich, den Barcharakter«, er malte Anführungsstriche in die Luft, »meiner Bar etwas abzumildern, damit die betagten Herrschaften sich wohler fühlen.«

»Oha. Und da dachtest du, ein paar Tischdeckchen und Blumen reichen da aus?«

»Pfft. Ja.« Jim machte sich daran, die Kuchen auszupacken und auf den dafür gedachten Tisch zu stellen. Ich beobachtete ihn eine Weile, dann schob ich ihn beiseite und stellte alles ein wenig um, damit die Gebäckstücke im perfekten Licht und der richtigen Reihenfolge standen. Als ich fertig war, richtete ich mich auf und stemmte mit einem Nicken die Hände in die Hüften.

»Zufrieden?« Jim bedachte mich mit einem Schmunzeln.

»Ja, sehr.«

»Gut, aber dir ist klar, dass die …« Das Klingeln seines Smartphones unterbrach ihn. »Sorry.« Er zog es aus der Hosentasche und nahm das Gespräch an. Je länger am anderen Ende der Leitung gesprochen wurde, desto tiefer wurden die Furchen auf seiner Stirn. Immer wieder strich er sich durch seinen vollen Bart. »Ja, verstehe … aber … aha … ich kann nicht.« Jim lächelte mir verkrampft zu und verschwand dann hinter der Bar.

Auch wenn es mich absolut nichts anging, war meine Neugier geweckt. Denn neben den süßen Köstlichkeiten, die ich gern buk und noch lieber verspeiste, war Gossip mein Laster. Ich liebte es, etwas Neues über die Menschen in Woodside zu erfahren und mit anderen darüber zu reden. Auch wenn ich wusste, dass es falsch war. Ich hatte oft Versuche unternommen, meine Neugier und die Freude daran, Stadtgespräche anzufachen, in Schach zu halten. Doch es gelang mir einfach nicht. Natürlich wollte ich niemandem etwas Böses und wenn mir jemand ein echtes Geheimnis anvertraute, beschützte ich es mit meinem Leben. Aber Tratsch liebte ich.

Ich sah mich in der Bar um. Vielleicht konnte ich unter einem Vorwand hinter den Tresen schlüpfen und ein paar Gesprächsfetzen aus dem Hinterzimmer aufschnappen … Unauffällig machte ich einen Schritt in Richtung der Bar, dann noch einen. Dann kniff ich die Augen zusammen und ballte die Hände zu Fäusten.

»Nein, Hazel«, ermahnte ich mich selbst. »Das geht dich überhaupt nichts an.« Ich straffte die Schultern und ging zurück zum Kuchenbuffet, zupfte ein paar imaginäre Krümel von der Decke, aber alles sah bereits perfekt aus. Dann fiel mein Blick wieder auf die Blumenvasen, in denen einsame Tulpen und Ranunkeln ihr Dasein fristeten, und ich fasste einen Entschluss.

Ich flitzte aus dem *Jim-Boos*, pflückte etwas frisches Grün von einem der Hartriegel-Bäume, die am Rand des Grundstücks standen und bereits erste sich zaghaft öffnende Knospen trugen. Anschließend ging ich zurück in den Gastraum, sammelte die Vasen ein und kombinierte die Pflanzen zu kleinen Sträußen. Als ich die letzte auf einem der Tische platziert hatte, kam Jim mit einem genervten Zug um den Mund zurück.

»Alles okay?« Ich musterte ihn mit schiefgelegtem Kopf.

»Frag lieber nicht. Meine Tante …« Er machte eine wegwerfende Handbewegung. »Die Heizung in ihrem Haus streikt mal wieder und sie kann Ash nicht erreichen.«

»Geh du doch zu ihr.«

»Nein, auf keinen Fall. Ich kann der Reisegruppe jetzt nicht mehr absagen und außerdem bin ich Koch und kein Heizungs-was-auch-immer.«

»Ich würde mich ja um Bettys Heizung kümmern, aber ich befürchte, ich verstehe noch weniger davon als du. Also halte ich hier die Stellung, bewirte deine Gäste und du kannst in aller Ruhe der mustergültige Neffe sein.«

»Hazel, das kann ich nicht von dir verlangen.«

»Nein, das kannst du nicht - und du tust es ja auch nicht. Ich biete es dir an und mach es gern. Das ist ein Unterschied. Deine Tante ist unsere Bürgermeisterin und ganz unabhängig von ihrem Amt ein so wichtiger Mensch für uns alle hier. Sie macht so viel für Woodside. Da ist es doch selbstverständlich, ihr auf diesem Weg - oder eher Umweg - zu helfen.« Ich schob Jim sanft in Richtung der Tür.

»Okay. Wie du meinst. Danke, ganz ehrlich.« Er griff sich seine abgewetzte Lederjacke von der Garderobe und verließ die Bar, nur um keine fünf Sekunden den Kopf noch einmal durch die Tür zu strecken. »Deine Blumen sehen viel besser aus als meine.«

3. Jamie

»Ich habe das perfekte Grundstück gefunden.« Die Stimme meiner Assistentin Jenn klang aufgeregt aus dem Lautsprecher meines iPhones, das auf dem Küchentresen lag.

»Und weiter?« Ich hasste es, wenn sie nicht zum Punkt kam. Es sollte ihr in den sechs Wochen, die sie nun für mich arbeitete, klar geworden sein, wie ungeduldig ich war.

»Der Ort nennt sich Bowers Beach und ist im Moment ziemlich heruntergekommen.«

»Bowers Beach?« Irgendetwas klingelte bei dem Namen, aber ich kam nicht drauf. Ich wischte die vage Erinnerung beiseite und nahm mir einen Becher aus dem Hängeschrank meiner Küche.

»Ja. Es ist eine kleine Gemeinde, die hauptsächlich vom Fischfang lebt - oder besser: lebte. Dieser ist stark rückläufig und immer mehr Familien wandern ab. Aktuell leben nur noch eine Handvoll Menschen dort. Bowers Beach liegt an der Atlantikküste in Delaware. Die Bilder der Gegend sehen wunderschön und vielversprechend aus. Das könnte wirklich gut passen.«

»Delaware?« Ich kniff mir in die Nasenwurzel. »Gibt es nichts anderes als ausgerechnet dort?«

»Nicht in der Kürze der Zeit. Es ist der einzige passable Ort, den ich finden konnte. Und außerdem dürfte es nicht schwer sein, die wenigen Ansässigen mit etwas Geld zu überzeugen.«

Sie hatte recht. Die Zeit drängte und wenn ich nicht wieder versagen wollte, musste ich meinem Vater Resultate liefern. Ich konnte keine Rücksicht nehmen auf meine eigenen Befindlichkeiten und Vorlieben. Egal, welcher andere Ort in Delaware lag …

»Und warum hat da sonst noch niemand gebaut?« Ich stellte den Becher in die entsprechende Vorrichtung des Vollautomaten und drückte die Starttaste. Augenblicklich erwachte die Maschine ratternd zum Leben. Um Jenn trotzdem verstehen zu können, nahm ich das Telefon, öffnete die Terrassentür und trat hinaus auf die Dachterrasse meines Appartements. Die morgendliche Frühlingsluft war noch kühl, aber man spürte in ihr bereits die laue Wärme eines sonnigen Maitages.

»Die Verkehrsanbindung ist nicht die beste, aber das lässt sich ja ändern. Und der Ort liegt unweit eines Naturschutzgebiets.«

»Hm. Die Umweltsache ist nicht optimal. Aber der Senat in Delaware ist Investitionen nicht abgeneigt, das sollte also kein Problem sein. Es sei denn, das Baugebiet steht unter Naturschutz. Aber Infrastruktur ist wichtig, Jenn. Was nützen den Leuten neue Häuser, wenn sie nicht hinkommen?« Genervt kniff ich mir in die Nasenwurzel. Mir lief langsam, aber sicher die Zeit davon und dieses ganze Scheißprojekt drohte so was von den Bach runterzugehen und mich mit sich zu reißen. Ich hätte meine Klappe halten sollen, hätte mich zurückziehen müssen. Aber das ging ja nicht. Stattdessen hatte mich dieser verfluchte Ehrgeiz gepackt, einem Mann etwas zu beweisen, der mich verachtete und keinen Hehl daraus machte. Warum konnte ich es nicht einfach akzeptieren? Es würde sich nicht ändern. Es sei denn, ich würde ihm einen verdammten Knaller liefern.

»Ich habe bereits mit dem Bürgermeister gesprochen und er versicherte mir, eine neue Straße würde kein Problem darstellen.«

»Jenn, das sind mir zu viele Unsicherheiten. Was habe ich dir gesagt? Ich hab keine Zeit, mich mit so was Halbgarem auseinanderzusetzen.«

»Ich weiß, aber Sie haben trotzdem keine andere Wahl und außerdem einen Termin mit dem Bürgermeister.«

»Fuck, Jenn. Was soll der Scheiß? Streich den Termin, ich werde nicht hinfahren. Ich brauche ein perfektes Grundstück für das Projekt, nicht irgendeine abgewrackte Fischersiedlung. Wann soll ich mich noch um die Planung der notwendigen Infrastruktur kümmern?« Ich strich mit der flachen Hand durch meine kurzen Haare. Ein knurrender Laut entwich meiner Kehle. »Mir läuft die Zeit davon, Jenn. Sieh zu, dass du mir etwas Passendes lieferst.«

»Das ist nicht so einfach, Mister MacLannister. Ich ...«

»Ich will deine Ausreden nicht hören, kapiert? Ich will verfluchte Resultate sehen!« Heftiger, als es nötig gewesen wäre, drückte ich das Symbol mit dem roten Hörer. Mein Blick schweifte über die schmale Straße zu meinen Füßen. Wenn ich diese verfluchte Sache verkackte, würde ich mir meine Wohnung abschminken können. Er würde sie mir wegnehmen ... Und ich würde mir nichts von dem, was mir wichtig war, noch leisten können. Keine Designerklamotten, keine zehntausend Dollar Uhren mehr, kein Technik-Schnickschnack oder teure Sportwagen ...

»Fuck«, murmelte ich und verließ die Dachterrasse. In der Küche empfing mich frischer Kaffeeduft und eine Blondine, die, nur mit meinem Hemd bekleidet, an der Arbeitsplatte lehnte. In ihrer Hand hielt sie meinen Becher, aus dem es verführerisch duftend dampfte. Ich trat auf sie zu und nahm ihr das Gefäß ab.

»Das ist meiner.« Inständig hoffte ich, sie hätte meinen Kaffee nicht mit Milch oder Zucker verdorben.

Die Blondine - ich kam nicht auf ihren Namen - zog eine Schnute. Was war das bloß immer? Wer hatte jemals gesagt, man würde bekommen, was man wollte, nur weil man schaute wie ein Hund, dem man sein Leckerli weggenommen hatte? Bei mir zog diese billige Masche jedenfalls nicht.

»Hast du auch einen für mich?« Sie schnurrte beinahe und fuhr mit ihrem Zeigefinger über meine Brust.

»An der Ecke ist ein Starbucks.« Ich nahm einen Schluck und verzog angewidert das Gesicht. Zucker *und* Milch - wie konnte man behaupten, Kaffeetrinker zu sein und diesen dann derart verschandeln? Ich trat an die Spüle und goss den Inhalt des Bechers aus.

»Hey, den hätte ich doch trinken können.« Protestierend knuffte sie mir gegen den Oberarm.

»Hättest du. Aber dann wärst du länger geblieben, und das möchte ich nicht.« Ich zupfte an dem Kragen meines Hemdes, der ihr weit um den Hals hing. »Das Hemd kannst du mir direkt von der Reinigung herschicken lassen.«

»Was bist du für ein Arsch?« Sie verschränkte die Arme und funkelte mich herausfordernd an.

»Hör mal ...«

Sie schien meinen auffordernden Blick zu verstehen und verdrehte die Augen. »Eileen.«

»Eileen. Habe ich dir Hoffnungen gemacht, mehr von dir zu wollen als einen netten Fick?«

»Nein, aber ...«

»Nichts aber. Ich habe dir genau das gesagt. Kein Kuscheln, kein Frühstück, keine Dates oder sonst was. Und du warst einverstanden. Hab ich recht?«

»Ja, aber ...«

Nun verdrehte ich die Augen. Ich hasste es, wenn sie Theater machten. »Kein Aber. Nimm deine Sachen und verschwinde.«

»Du bist so ein Arsch!« Sie reckte mir beide Mittelfinger entgegen. »Weißt du, es bringt niemanden um, auch zu einem One-Night-Stand nett zu sein. Es ist ja nicht so, als hätten wir gleich heiraten müssen, du Wichser.« Sie verschwand in meinem Schlafzimmer und kam kurz darauf in ihrem knappen roten Kleid von gestern Abend zurück. In ihren waghalsig hohen Pumps verließ sie ohne ein weiteres Wort meine Wohnung.

»Schönen Walk-of-Shame, Babe.« Kopfschüttelnd nahm ich einen frischen Becher aus dem Schrank und wiederholte das Prozedere. Als das schwarze Lebenselixier durchgelaufen war, genehmigte ich mir einen großen Schluck und atmete tief durch. Die Nacht war entspannend gewesen, aber ich hatte es trotz Eileens beachtlicher Fähigkeiten im Bett nicht geschafft, meine kreiselnden Gedanken zu stoppen. Immer wieder drehten sie sich um die Mammutaufgabe, die ich mir aufgehalst hatte. Ich hätte im Büro meines Vaters schweigen sollen, wie ich es immer tat. Einfach nicken, mir meine Schwester mit ihrem tollen Einser-Abschluss vor die Nase setzen lassen sollen und die Klappe halten.

Aber nein, ich hatte meine Idee hinausposaunen müssen. Denn mehr war es nicht … nur eine Idee. Ich hatte weder fertige Entwürfe noch ein Modell. Alles, womit ich dienen konnte, war diese vage Vorstellung eines Feriendorfes am Meer.

Seit dem Gespräch mit meinem Vater vor einer Woche hatte ich beinahe Tag und Nacht an den Entwürfen gesessen, doch nichts Brauchbares war dabei herausgekommen. Keine Innovation, nicht eine Zeichnung mit dem Wow-Effekt, den ich so dringend brauchte, um überzeugen zu können. Und, da machte ich mir nichts vor, einen belastbaren und baufertigen Entwurf zu entwickeln, ohne ein Grundstück dafür zu haben, grenzte schier an Unmöglichkeit.

Gestern Abend dann war der Frust zu groß geworden. Ich hätte schlafen sollen. Meine brennenden Augen ausruhen, die tonnenschweren Lider schließen. Doch ich wagte es nicht. Zu groß war die Angst vor der Dunkelheit, die hinter meinen Lidern lauerte - vor dem Albtraum, der keiner war. Stattdessen hatte ich Ablenkung gesucht und war in eine der Bars gegangen, die es hier im Village zuhauf gab. Eigentlich hatte ich nur ein paar Drinks nehmen wollen, aber Ella - nein, das wars nicht, Eileen - hatte mich ziemlich unmissverständlich angemacht, und so kam eins zum anderen.

Doch die spärliche Ablenkung war passé und ich musste mich wieder an die Arbeit machen, wenn ich meinem Vater beweisen wollte, wie sehr er sich irrte. Wenn er sich denn überhaupt irrte …

Mit dem Becher in der Hand schlurfte ich in mein Arbeitszimmer, das in den letzten Tagen eher zu einem Schlachtfeld geworden war. Überall lagen Styrodur-Reste und Acryllackdosen umher. Mein großes Zeichenbrett war übersät mit Entwürfen, die ich begonnen, aber ebenso schnell verworfen hatte. Jeden noch so kleinen Geistesblitz hatte ich gegriffen wie einen Rettungsring. Nur um festzustellen, wie furchtbar ungeeignet diese Idee war.

Ich stellte den Becher auf dem Sideboard neben dem Fenster ab und schob es auf. Vielleicht würde frische Luft helfen, meinen Kopf mit neuen Ideen zu versorgen.

Für einen Moment sog ich die noch immer frische Morgenluft New Yorks in meine Lunge. Hielt sie dort, bis das Verlangen nach neuem Sauerstoff zu groß wurde. Ein paar Mal wiederholte ich es, doch es half nichts. War natürlich auch eine aberwitzige Hoffnung, auf diese Weise eine Idee entwickeln zu können. Scheiß auf Meditation. Das war sowieso nichts als blödes New-Age-Gewäsch.

Mein Handy, das ich in die Tasche meiner ausgebeulten Jogginghose gesteckt hatte, machte mit einem Vibrieren auf sich aufmerksam.

Jenn:
Konnte den Termin nicht absagen. Der Bürgermeister ist nicht zu erreichen. Heute Nachmittag um 15 Uhr im Rathaus von Bowers Beach.

»Ach, fuck! Wenn man sich nicht um alles selbst kümmert.« Am liebsten hätte ich das Telefon in eine Ecke des Raumes geschmissen und wäre darauf herumgesprungen. Ich hatte keine Zeit, mich mit einem alten Fischer zu treffen, der sich zu wichtig nahm, weil er sich Bürgermeister schimpfen durfte. Aber nicht hinzugehen war auch keine Option. Irgendjemand kannte immer irgendjemand anderen, würde von meiner Unzuverlässigkeit berichten und das würde wieder jemand anderes hören, bis diese Information meinem Vater zu Ohren kommen würde. Und - da machte ich mir nichts vor - er würde sie gegen mich verwenden. Sie wäre für ihn nur ein weiteres Indiz für meine Unfähigkeit.

Mit einem Seufzen, das sich anfühlte, als sei meine Lunge irgendwo tief unter Wasser und nicht in meiner Brust, hob ich mein iPhone. Wie automatisch flogen meine Finger über die virtuelle Tastatur.

Jamie:
Du enttäuschst mich, Jenn.

Ich blickte auf die Nachricht und presste die Kiefer aufeinander. Nach kurzem Zögern schickte ich sie ab. Jenn hatte Mist gebaut, den ich nun ausbaden musste. Sie durfte ruhig wissen, wie sehr mich das ankotzte.

Ich legte das iPhone auf den niedrigen Schrank neben meinem Zeichenbrett. Mein Blick fiel auf eine Skizze, die ich am vorherigen Abend gezeichnet hatte. Sie zeigte ein Holzhaus mit vielen Terrassentüren, Sprossenfenstern und einem umlaufenden Balkon. Ich konnte mir gut vorstellen, wie die Leute sich darum reißen würden, in einem Haus wie diesem Urlaub zu machen. Doch die Stimme meines Vaters bohrte sich wie ein Pfeil in meinen Kopf: *Wir bauen keine Häuser, in denen man sich wohlfühlen soll. Wir bauen Häuser, denen man ansieht, wie teuer sie waren.*

Seine Stimme dehnte sich in meinem Kopf aus, wurde zu einem lauten, höhnischen Lachen, bis ich nichts anderes mehr wahrnahm als den Spott und die Verachtung, die er schon immer nur für mich übriggehabt hatte.

4. Hazel

Ich parkte den alten Honda an der Straße vor dem Haus meiner Mutter. Kurz hielt ich inne und fixierte die Tür, als könne ich so durch sie hindurchsehen. Zu oft war ich in irgendwelche tantrischen Massage-Kurse geplatzt oder hatte eine der Paartherapien gestört, die meine Mutter als Sexualtherapeutin abhielt. Es war nicht einfach gewesen, in diesem Haus - mit dieser Mutter - in einer Kleinstadt aufzuwachsen. Aber ich hatte meinen Dad gehabt, der einen Ausgleich zu ihr geschaffen hatte. Die beiden waren wie Feuer und Wasser gewesen. Wie zwei Yin und Yang … Himmel, ich klang schon wie meine Mutter.

Mit einem Seufzer stieß ich die Tür auf, die protestierend quietschte. Es nützte nichts. Trotz aller Bemühungen besaß ich noch immer nicht die Fähigkeit, durch Türen oder Wände zu sehen.

Mein Handy signalisierte mit einem aufdringlichen *Pling* eine eingehende Nachricht. Ich sollte unbedingt einen anderen Signalton einstellen, aber ich war schon froh, das Ding überhaupt einigermaßen fehlerfrei bedienen zu können. Technik und ich … das war eine Kombination, die nicht gut zusammenpasste. Ich zog das Gerät aus der Tasche meiner schwarzen Jacke.

Jim:
Ich weiß nicht, was du gemacht hast. Aber die Leute waren begeistert. Du solltest ein eigenes Café eröffnen.

Mit einem schiefen Grinsen steckte ich das Smartphone zurück in die Tasche. Der Nachmittag im *Jim-Boos* hatte Spaß gemacht. Die Gäste von meinen Backkünsten schwärmen zu hören, war wie Balsam für meine Seele gewesen.

Ein erneutes *Pling* ertönte und ich holte das Handy wieder hervor.

Jim:
Wobei … vergiss es. Wenn du ein Café hättest, wäre ich die Busgesellschaft los. Also, nein … eröffne bloß nichts Eigenes.

Jim:
Ich kann dir das natürlich nicht vorschreiben. Aber es würde mich ruinieren 😉

Ich lachte auf, aber es klang nicht fröhlich, sondern resigniert. »Keine Sorge, Jim«, murmelte ich. »Dazu wird es nicht kommen.« Der Gedanke, ein eigenes Café zu führen, die eigene Chefin zu sein und nur für mich zu arbeiten, war unglaublich verlockend. Nur, … wie sollte ich das anstellen, wenn auf meinem Konto absolute Ebbe herrschte und mein Erspartes - wenn man einen zweistelligen Dollarbetrag so nennen konnte - nicht mal ansatzweise dafür reichte, einen neuen Ofen zu kaufen?

Schweren Herzens und mit noch schwereren Beinen setzte ich meinen Weg zur Veranda fort. Mein Blick glitt von der Tür zum verwilderten Vorgarten, der nur noch aus Unkraut zu bestehen schien. Ich hatte ihn übersehen wollen, doch etwas Masochistisches in mir zwang mich hinzusehen. Früher war hier Rasen gewesen. Eine akkurat gepflegte, kleine Grünfläche, eingefasst von Beeten, die ich gemeinsam mit meiner Mutter bepflanzt und gepflegt hatte. Doch das war lange her. Das war, bevor sie auf ihren Midlife-Crisis-Egotrip ging und dabei alles und jeden um sich herum vergaß. Sie hatte früher ein kleines Yogastudio geführt, in dem ich viele Stunden verbracht hatte. Aber irgendwann hatte sich hartnäckige Langeweile eingeschlichen und sie hatte sich auf eine Suche begeben, deren Ziel ich nie verstanden hatte. Eine Suche, auf der sie sich vielleicht gefunden, ich meine Mutter aber verloren hatte.

Mit einem Kopfschütteln vertrieb ich die Erinnerung, die schmerzhaft an meinem Herzen zupfte. Es führte zu nichts. Die Vergangenheit war vergangen und ließ sich nicht zurückholen. Und wie konnte man nach vorn schauen, wenn der Blick zurück gerichtet war? So hieß es doch, oder?

Die Holzstufen knarrten bedenklich, als ich zur Veranda emporstieg. Nicht nur der Vorgarten war verwildert; das ganze Haus hätte mal wieder renoviert werden müssen. Die Farbe blätterte ab, das Holz der Veranda wirkte an einigen Stellen morsch und brüchig.

Ich legte mein Ohr an das kühle Holz der Haustür und lauschte. Drinnen war nichts zu hören. Keine Klangschalen, keine gesungenen Mantras, kein ekstatisches Aufstöhnen - so weit, so gut. Trotzdem hob ich meine Hand und klopfte dreimal laut, bevor ich die Tür öffnete.

»Mom?« Keine Antwort. »Mom?«, wiederholte ich noch ein wenig lauter als zuvor, doch erneut kam keine Reaktion.

Ich durchquerte den Flur, an dessen ehemals cremeweiß gestrichenen Wänden nun große, in Batiktechnik eingefärbte Tücher hingen. Sie hatten die alten Familienfotos schon vor langer Zeit verdrängt. Kaum etwas zeugte davon, dass hier vor zehn Jahren noch eine glückliche Familie gelebt hatte. Zumindest hatte ich das damals angenommen …

»Mom?« Wieder erhielt ich keine Antwort, also setzte ich meinen Weg durch mein altes Zuhause fort. Vorsichtig spähte ich in das Wohnzimmer, entdeckte aber niemanden. Ich ging durch den Raum in die angrenzende offene Küche, lugte durch das Fenster über der Spüle und schrie auf. Der Anblick, der sich mir bot, brannte sich unwiderruflich tief auf meiner Netzhaut ein.

Meine Mutter stand auf der hinteren Veranda und führte in fließenden Bewegungen Yogaübungen aus. Eben begab sie sich in den herabschauenden Hund - was an und für sich kein Problem wäre, doch meine Mutter vollzog ihre Übungen grundsätzlich nackt. Splitterfasernackt … Und in diesem Moment reckte sie mir ihr ebenfalls entblößtes Gesäß entgegen.

Ein Schütteln überlief meinen Körper und ich schlug mir eine Hand vor die Augen. Ohne meinen Sichtschutz zu senken, bahnte ich mir den Weg zur Küchentür und betrat die Veranda. Immerhin war sie allein und nicht in Gesellschaft eines Nudistenclans. Man musste die kleinen Dinge schätzen, nicht wahr?

»Hi, Mom.« Demonstrativ wandte ich ihr den Rücken zu, um nicht noch mehr unfreiwillige Einblicke zu erhalten.

»Hazel?« Es dauerte eine Weile, bis die Antwort kam, aber das kannte ich bereits. Wenn meine Mutter in ihre Yogaübungen vertieft war, drang kaum ein weltlicher Laut an ihre Ohren.

Ich nahm hinter mir eine Bewegung wahr und kurz darauf raschelte Stoff dicht neben mir.

»Was machst du denn hier?« Sie warf sich eines der Batiktücher um, die sie liebte, und verknotete es vor ihrer Brust wie ein Badetuch.

»Ich muss mit dir reden, Mom.«

»Müssen? Das ist ein sehr einengendes Wort.« Während sie sprach, massierte sie eines ihrer Ohrläppchen.

»Meinetwegen, dann *möchte* ich eben mit dir sprechen.«

»In Ordnung.« Sie legte den Kopf schief, hielt die Augen geschlossen und wirkte, als sei sie nur noch mit einem Fuß - oder besser dem kleinen Zeh - in meiner Welt.

»Mom. Hörst du mir zu?«

»Das Universum hört alles, Schätzchen.«

»Und du bist das Universum?« Es fiel mir zunehmend schwer, ruhig zu bleiben und sie nicht zu schütteln. Mit ihr ein vernünftiges Gespräch zu führen, wurde immer schwieriger. Sie hatte schon in meiner Kindheit einen anderen - einen alternativen - Blickwinkel auf die Welt gehabt. Ich hatte es cool gefunden, weil sie entspannter gewesen war als die anderen Moms. Sie hatte mir nie Druck gemacht oder zu hohe Erwartungen an mich gestellt. Im Gegenteil, und darum hatten mich viele Kids aus der Schule beneidet. Dad war etwas strenger gewesen, aber auch er hatte mich mein Ding machen lassen. Doch als meine Mutter davon anfing, Sexualtherapeutin werden zu wollen, einen Kurs nach dem anderen belegte und ihr Studio um ein Therapieangebot erweiterte, war das der Anfang vom Ende unserer Familie gewesen.

»Nur ein Teil davon, Hazel. Nur ein Teil - wie wir alle.«

»Ja, schön. Wie auch immer. Können wir nun reden?«

Meine Mutter seufzte und öffnete die Augen. »Bitte Hazel, dann rede. Deine negative Energie raubt mir alle Kraft.« In einer resoluten Geste, die ich so oft ungewollt imitierte, stemmte sie die Hände in die Hüften.

»Ich brauche deine Küche, Mom.«

»Meine Küche? Warum?« Ihre Stimme verlor den Singsang-Ton und klang beinahe wie früher.

»Zum Backen. Mein Herd in der Wohnung ist uralt und die Temperatureinstellung stimmt nicht mehr. Immer verbrennt mir etwas und so kann ich meine Aufträge nicht erfüllen.«

»Ich verstehe und das ist natürlich ärgerlich. Aber hier kannst du nicht backen.«

»Warum nicht?«

»Weil ich jedes Mal im Anschluss deine verspannte Aura aus der Küche vertreiben müsste. Weißt du, wie schwierig es ist, weißen Copal zu bekommen?«

»Nein, Mom, das weiß ich nicht. Wofür …« Ich winkte ab. »Ach, vergiss es.«

»Aber ich weiß das. Und günstig ist es obendrein auch nicht. Ich würde dir sehr gerne helfen, meine Kleine. Nur kann ich es nicht. Es würde wirklich nicht funktionieren. Meine Patientinnen und Patienten sollen sich hier in diesem Haus direkt beim Betreten wohlfühlen und ihre eigene Energie fließen lassen und hören können. Das geht leider nicht, wenn neben deiner negativen Energie auch noch der Geruch deines Gebäcks in der Luft hängt.«

»Mein Gebäck riecht grundsätzlich sehr gut!«

»Das mag für unsensible und nicht geöffnete Nasen so sein, mein Kind. Doch nicht für mich. Es riecht nach Industriezucker und Kapitalismus. Das sind beides Dinge, die ich nicht in meinem Haus wünsche.«

»Du willst mir also nicht helfen, Mom?«

»Ich gebe dir gerne eine Massage, damit du dich entspannst, oder helfe dir mit einer geführten Meditation. Aber das, was du von mir verlangst, das kann ich leider nicht. Sprich doch mit deiner Vermieterin. Vielleicht lässt sich mit ihr etwas vereinbaren.«

»Meinst du, das hätte ich nicht schon längst getan?« Missmutig drehte ich mich zum Gehen. »Danke für nichts, Mom.«

»Oh, sei nicht so engstirnig. Auch eine geschlossene Tür kann eine Chance sein.«

Mit einem frustrierten Laut und ohne ihr ein weiteres Wort zu schenken, verließ ich das Haus, das früher meine Zuflucht gewesen war. In meinem Bauch brodelte eine Mischung aus Wut, Enttäuschung und Trauer. Trauer um die Frau, die meine Mutter einmal für mich gewesen war und nie wieder sein würde. Tränen brannten in meinen Augen, als eine Erinnerung irgendwo tief hinten in den abgelegensten Fasern meines Gehirns aufflammte: Ich war weinend von der Schule nach Hause gekommen und sie hatte mich wortlos in die Arme geschlossen. Hatte über mein Haar gestreichelt und mir ins Ohr geflüstert: »Es ist egal, was die anderen sagen. Wichtig ist nur die Wahrheit, die wir in unseren Herzen tragen. Und meine unumstößliche Wahrheit ist, dass ich immer für dich da sein werden, Hazel-Maus. Egal, was kommt.«

Nun entpuppte sich ihre *unumstößliche Wahrheit* als dreiste Lüge. Trotzdem hatte meine Mutter mich auf eine Idee gebracht und es ärgerte mich, nicht selbst darauf gekommen zu sein. Meine Vermieterin könnte tatsächlich die Lösung meines Problems sein - denn entgegen meiner Aussage hatte ich noch nicht mit ihr gesprochen.

»Das tut mir leid, Liebes.« Pearl Hamilton fasste sich mit einer theatralischen Geste an die üppige Brust. »Nur, ich kann keinen neuen Ofen für das Appartement kaufen. Du weißt doch selbst, wie es in Woodside ist. Mein *Frozen Dreams* läuft in den Sommermonaten ganz gut, aber das reicht kaum, um sich über Wasser zu halten. Die paar Kugeln Eis, die ich an einem durchschnittlichen Tag verkaufe, reichen nicht mal, um alle Rechnungen zu zahlen. Ohne deine Miete wäre ich aufgeschmissen.«

»Aber du bist doch meine Vermieterin. Musst du nicht dafür sorgen, dass meine Küche funktionsfähig ist?« So sehr ich mich auch bemühte, es gelang mir nicht, die Verzweiflung aus meiner Stimme zu halten.

»Hazel, ich kann dir da leider nicht helfen. Auch wenn ich es noch sehr wünschte. Ich muss da an meine Rente denken. Und deine Küche funktioniert ja. Der Ofen ist nur etwas … anspruchsvoll.«

Meine Schultern sackten einige Etagen hinab und mein Kopf wollte ihnen auf gleichem Weg folgen und sich am besten direkt unter dem Schachbrettmusterboden des Eiscafés vergraben. Da schwand sie dahin: Meine letzte Hoffnung auf einen neuen Backofen und damit die Grundlage meiner Existenz, die ich mir mühsam aufgebaut hatte. Wobei, eigentlich stimmte das nicht - nur, weil ich Maple und Jim mehr oder weniger regelmäßig mit Kuchen versorgte, konnte ich wohl kaum von *Existenz* reden. Die paar Geburtstagstorten, für die ich Aufträge erhalten hatte, konnte man auch wunderbar als Hobby bezeichnen. Wenn ich nicht bald meinen Kundenstamm erweitern würde, dann wäre der Traum, selbstständige Konditorin zu sein, ausgeträumt und gemeinsam mit meinen Ersparnissen dahin.

»Aber warte mal, Liebes. Da kommt mir eine Idee.« Pearl machte ein aufgeregtes Geräusch. »Ich habe doch hier im Eiscafé eine ganz gute Küche. Sie ist nicht auf dem neuesten Stand und kann sicher nicht mit viel Schickimicki dienen. Aufgeräumt und richtig geputzt werden müsste sie auch mal wieder. Aber es ist eine Küche. Und wenn du möchtest, kannst du die nutzen.« Die alte Dame nickte mit leuchtenden Augen. »Dass ich darauf nicht früher gekommen bin.«

»Wirklich?« Zaghafte Hoffnung keimte in mir auf und die Seifenblase, die eben noch am Boden zerplatzen wollte, schwang sich wieder in die Lüfte. »Aber du lässt doch niemanden in deine Küche. Sie ist dein Heiligtum.«

»Ach was, die Zeiten sind vorbei. Du kannst sie sehr gern haben. Ich nutze den Ofen ja sowieso nicht. Warum auch, ich stelle nur noch Eiscreme her. Backen war noch nie mein Metier, wie du weißt. Das hat immer mein lieber Graham übernommen.« Der eben noch freudige Glanz ihrer Augen verschwand hinter einem grauen Schleier der Trauer und ich streckte meine Hand nach ihren Fingern aus. Mit sanftem Druck lenkte ich ihre Aufmerksamkeit fort von ihrem verstorbenen Ehemann zurück zu mir.

»Das wäre großartig. Darf ich sie mir mal ansehen?«

5. Hazel

Ich stemmte die Hände in die Hüften und ließ sie sofort sinken, als mir die Ähnlichkeit bewusst wurde, die ich in dieser Situation mit meiner Mutter haben musste. Etwas, das ich nicht anstrebte.

Ich war noch nie in der Küche des *Frozen Dreams* gewesen. Sie wurde von Mrs. Hamilton bewacht, wie ein Drache seinen Schatz hütet. Und allmählich wurde mir klar, warum das so war.

Der Raum war eine absolute Katastrophe. Wobei das vermutlich noch zu milde ausgedrückt war. Egal, wohin ich schaute, überall standen Kartons herum. Teller, Schüsseln, Gläser türmten sich auf den Arbeitsflächen. Glücklicherweise waren sie immerhin ordentlich abgespült und getrocknet worden.

»Na toll«, murmelte ich und nahm einen Besen aus dem Putzschrank, der - im Vergleich zum Rest der Küche - erstaunlich aufgeräumt wirkte. Ich sah mich um und wusste nicht, wo ich anfangen sollte. Nicht, dass es komplett verdreckt gewesen wäre. Nur vollkommen chaotisch und unaufgeräumt.

»So hast du dir das wohl nicht vorgestellt, oder?« Pearl trat durch die Schwingtür, die zum Gastraum führte, und sah mich an. In ihrem Blick lag eine Mischung aus Verlegenheit und Trotz.

»Nein, das habe ich nicht.«

»Nun, was soll ich machen, Liebes? Es ist alles so beschwerlich und das Klima hier oben an der Küste macht meinem Rheuma zu schaffen. Ich habe es kaum geschafft, das Geschirr in die Hängeschränke zu räumen, und war immer nur froh, wenn ich es einfach irgendwo abstellen konnte.«

Ein feiner Stich Mitleid fuhr in mein Herz. Wieso hatte ich nicht bemerkt, wie schlecht es um meine Vermieterin stand? Immerhin hatte ich sie beinahe täglich gesehen. »Du hättest etwas sagen können, Pearl. Ich hätte dir gern geholfen. Ganz Woodside hätte dir geholfen. So ist das doch hier bei uns.«

»Ja, das weiß ich, Kindchen. Aber das ist ja das Problem. Um Hilfe zu bitten, hätte auch bedeutet, sich selbst etwas einzugestehen. Dieses Eiscafé war immer mein Leben - das von meinem lieben Graham und mir. Seit ich allein bin, wurde es immer schwieriger und beschwerlicher. Du bist jung und kannst dir das noch nicht vorstellen und denkst vielleicht, es gehört nicht viel dazu. Aber ich konnte mir nicht eingestehen, zum alten Eisen zu gehören. Das tat zu sehr weh.«

»Das kann ich verstehen, Pearl. Wirklich. Und nun bin ich hier und kann dir helfen - mit der Küche fange ich an.«

»Danke, Hazel. Aber ich kann dir nichts bezahlen.«

»Ach, das macht doch nichts. Wenn ich den Ofen nutzen darf, bin ich zufrieden.«

Pearl nickte mit einem strahlenden Lächeln auf den Lippen und einem feuchten Glanz in den Augen. »Er gehört dir.«

Ich wusste nicht, wie viele Stunden ich damit verbracht hatte, leere Kartons ins Recycling zu geben, Geschirr in Schränke zu stapeln, Arbeitsplatten zu schrubben und den Boden zu wischen. Jeder Quadratmillimeter meines

Körpers schmerzte auf Rekordniveau, aber das war es wert. Meine Putzaktion hatte die Küche zwar nicht modernisiert, dafür erstrahlte sie nun aber in ganz neuem Glanz. Und was unter all den Schichten Gerümpel zum Vorschein gekommen war, konnte sich durchaus sehen lassen. Zwar stammten die Möbel und die meisten Gerätschaften augenscheinlich aus den Siebziger- oder Achtzigerjahren, aber alles wirkte nun wieder gut in Schuss und brauchbar.

Zufrieden wischte ich mir mit dem Unterarm über die Stirn und schnaufte, als die Schwingtür aufgestoßen wurde und Mrs. Hamilton mit zwei Eisbechern in den Händen hereinkam. Abrupt blieb sie stehen, sah sich um, suchte dann meinen Blick. Sie wirkte wie ein kleines Kind an Weihnachten.

»Du lieber Himmel, Hazel. Wie hast du das denn angestellt? Das sieht ja ganz großartig aus.« Sie stellte die üppig gefüllten Eisbecher ab, griff nach meinem Arm und zog mich erstaunlich kräftig an sich. »Danke«, flüsterte sie mit brüchiger Stimme an meinem Ohr.

»Gern geschehen.« Ich löste mich aus ihrer überschwänglichen Umarmung und deutete auf das Dessert. »Für mich?«

»Für uns.« Sie zwinkerte und reichte mir eines der Schälchen. Ich nahm einen großen Löffel voll mit Vanille-Eiscreme und verdrehte genüsslich die Augen.

»Mhm. Pearl, dein Vanilleeis ist einfach das Beste. Ehrlich, nicht mal in Italien habe ich so gutes Eis gegessen.«

»Das freut mich, Kindchen. Das kannst du bei Gelegenheit ja mal Walmart erzählen.«

Ich verschluckte mich und hustete gefühlte Stunden, während die alte Dame ungerührt ihr Eis löffelte.

»Walmart?«, japste ich, als ich endlich wieder einigermaßen in der Lage war, Luft zu holen.

»Ja. Du hast die Küche doch gesehen. Wie hätte ich noch Eiscreme herstellen sollen? Wieso überrascht dich das so?«

»Weil ich immer dachte, dein Eis wird nach einem mega-geheimen Familienrezept von dir selbst angerührt.«

»So war es auch - früher. Inzwischen schon lange nicht mehr. Weißt du, was schlimm war?«

Ich schüttelte den Kopf, zu beschäftigt damit, den Schock zu verdauen.

»Niemand hat den Unterschied bemerkt. Im Gegenteil. Ich habe sogar einige Komplimente bekommen, mein Eis sei noch leckerer als sonst. Da fragt man sich doch, wozu man sich all die Jahre lang so viel Mühe gegeben hat.« Sie zuckte die Schultern.

»Und die anderen Sorten?«

»Alles gekauft. Ist dir nie aufgefallen, dass es immer genau die Sorten gab, die im Supermarkt im Angebot waren? Und wenn sie keine Schnäppchen hatten, gabs eben nur Vanille und Schokolade.«

»Pearl!«

»Ach, nun tu nicht so schockiert. Meine Ära ist vorüber. Es wird Zeit, dass hier frischer Wind weht. Also, Hazel, möchtest du mein Angebot erweitern und deine Kuchen hier im *Frozen Dreams* verkaufen?«

»Das würde ich sehr gern.«

»Wunderbar. Ich wäre glücklich, das Café ganz in deine Hände legen zu können. Aber ich kann es dir nicht einfach schenken, das weißt du. Überlege einfach, ob du es übernehmen wollen würdest, und wenn du eine Lösung hast, sagst du mir Bescheid, wie viel du zahlen könntest.«

Meine Euphorie verpuffte mit einem Schlag, als hätte jemand eine Nadel an einen vollgepumpten Luftballon gehalten. Ja, ich wollte das Café übernehmen - mehr als alles andere! Doch woher sollte ich das verdammte Geld nehmen, um Mrs. Hamilton ein halbwegs annehmbares Angebot machen zu können?

6. Jamie

Ich kam nur im Schneckentempo voran. Keine *gute* Straße, dass ich nicht lachte. Der Weg nach Bowers Beach war kaum mehr als eine Schotterpiste mit Schlaglöchern so tief wie der Marianengraben und Asphaltfragmenten, die aufstoben, sobald man darüberfuhr. Wenn ich zurück in der Zivilisation war, musste ich meinem Porsche unbedingt eine Extraportion Pflege gönnen.

Am Wegesrand, der zunächst noch von den dichten Wäldern Delawares gesäumt worden war, entdeckte ich inzwischen immer öfter verlassen wirkende Gehöfte, hin und wieder wild entsorgten Müll. An einer Hofeinfahrt parkte ein rostiger Truck mit offenstehender Motorhaube, die nichts als gähnende Leere offenbarte.

»Heiliger … bin ich hier bei *The Walking Dead* gelandet?« Mein Blick huschte zum Knopf in der Mittelkonsole, der mir versicherte, dass alle Türen des Wagens verriegelt waren.

Nach einer Weile flankierte immer mehr Schilf den Weg und über eine kleine Holzbrücke, die auch bereits bessere Tage gesehen hatte, gelangte ich nach Bowers Beach. Der Ort bestand aus einer schmalen Straße, die zu beiden Seiten mit einfachen Holzhäusern gesäumt war und auf einen kleinen Hafen zuführte.

Ich parkte den Porsche, griff die Dokumententasche aus edlem Leder vom Beifahrersitz und stieg aus. Wo zur Hölle sollte in diesem Kaff ein Rathaus sein? Ich hatte mir eine typische Kleinstadt vorgestellt mit einem altehrwürdigen Rathaus im Zentrum, das nicht zu übersehen war. Doch hier glich eine triste Holzbude der anderen. Bowers Beach hatte sicher vor dreißig oder vierzig Jahren seinen Charme gehabt, aber ganz offensichtlich war seither kein Penny mehr in den Ort investiert worden. Ich blickte über die Schulter zum schmalen Hafenbecken, in dem ein einsamer Fischkutter dümpelte, der alles andere als seetüchtig aussah.

Mit einem Seufzen zog ich das Handy aus der Tasche meines Trenchcoats und wählte Jenns Nummer.

»Wohin hast du mich hier geschickt, Jenn? Und wo soll das verfluchte Rathaus sein?« Ich ließ ihr keine Zeit zu antworten. »Ich steh hier in einem runtergekommenen Albtraum von einem Fischerdorf. Es würde mich nicht wundern, wenn direkt ein paar Zombies um die Ecke kämen oder ein verdammter Fischer mich mit seinem Enterhaken ausweiden will.« Zur Sicherheit sah ich mich um. Die Wahrscheinlichkeit, hier mitten in einen Teenie-Horrorstreifen zu stolpern, war zwar nicht sehr hoch, aber man konnte ja nie wissen.

»Es tut mir leid, Mister MacLannister …« Das Flehen in ihrer Stimme war nicht zu überhören. »Ich rufe jetzt sofort beim Bürgermeister an. Er soll Sie am besten abholen. Wo sind Sie denn genau?«

»Der Typ muss mich nicht abholen wie ein Kleinkind aus dem Spieleparadies, Jenn. Sag mir doch einfach, wo in diesem Kaff das Rathaus sein soll.«

»Oh … ja. Gut. Das ist …« Ich hörte das Klappern einer Tastatur. »Das ist im Ocean View Boulevard 1001.«

»Im Ocean View Boulevard«, wiederholte ich wenig eloquent. Also unbedingt bescheiden war man in Bowers Beach nicht. Diese maximal zwei Meter breite Straße *Boulevard* zu nennen, war schon beinahe wieder witzig. Mit einem Grinsen beendete ich den Anruf und verstaute das Handy wieder in meiner Manteltasche. Die glänzenden schwarzen Derbies an meinen Füßen machten klackernde Geräusche, als ich auf die Straße zusteuerte, die zum Hafen führte. Mein Blick flog zur Hausnummer der ersten windschiefen Hütte. *10.*

»Was zum …« Suchend sah ich zur anderen Straßenseite, versuchte, an der ergrauten Fassade eine Nummerierung zu entdecken, aber vergeblich. Genervt stieß ich die Luft aus. Das hier war reine Zeitverschwendung. Auch wenn die Lage für sich betrachtet sicher nicht schlecht war, so würde doch der Aufwand, aus diesem Nest einen passablen Urlaubsort zu machen, in keinem Verhältnis stehen.

Ich drehte mich um, machte mich auf den Weg zurück zu meinem Porsche, als hinter mir mit einem lauten Quietschen eine Tür geöffnet wurde. Ich zuckte zusammen und wirbelte herum.

Ein Mann mit wettergegerbter Haut und schütterem Haar schlurfte aus dem Haus mit der Nummer zehn. Seine ehemals sicher stattliche Größe war inzwischen gebeugter. Er wirkte, als hätte er sein Leben lang hart gearbeitet. Wenn ich versagte, würde ich nach einem Arbeitsleben auf Baustellen mit sechzig wohl auch so aussehen. Das durfte ich nicht zulassen.

»Mister MacLannister?«, fragte er mit erstaunlich tiefer Stimme.

»Ja. Sind Sie der Bürgermeister hier?«

Der Mann lachte auf und seine Falten vertieften sich noch mehr, machten aus dem runzeligen Gesicht eine Landkarte seines Lebens. »Bürgermeister.« Er lachte wieder. »Ja, wenn Sie das so nennen wollen. Sie sind also hier, um in unser schönes Städtchen zu investieren?«

»Nun …« Aus einem unerfindlichen Grund wollte ich ihm nicht direkt vor den Kopf stoßen. »Vielleicht gehen wir lieber in Ihr Büro und unterhalten uns dort und nicht hier in aller Öffentlichkeit?«

Wieder lachte der Mann schallend auf. »Büro. Ja, der ist gut.« Er drehte sich zur Tür und machte eine einladende Handbewegung. »Dann kommen Sie mal in mein *Büro*.«

Zögerlich setzte ich mich in Bewegung und begleitete ihn in die kleine Holzhütte, die von innen ebenso alt wirkte wie von außen. Zwar war alles sauber und ordentlich, aber hier hatte es eindeutig bessere Tage gegeben. Ich folgte dem Bürgermeister in einen kleinen Wohnraum und setzte mich auf einen einfachen Holzstuhl, den er mir anbot.

»Möchten Sie einen Tee?« Er schlurfte wieder in Richtung Tür.

»Nein, danke. Herr Bürgermeister, können wir uns bitte kurz über meine Pläne unterhalten? Ich bin etwas in Eile, da ich noch weitere Termine habe.« Das war gelogen, aber warum sollte ich hier noch länger meine Zeit verschwenden?

»Nennen Sie mich Marty, Mister MacLannister. Das machen alle.«

»In Ordnung, Marty. Also, Bowers Beach ist … wie soll ich sagen … nicht mehr ganz zeitgemäß?« Ich griff nach meiner Dokumentenmappe und zog ein Papier raus. Wenn ich schon hier war, konnte ich ihm auch von meinen Plänen erzählen. Wer weiß, vielleicht erwies sich diese Geisterstadt doch als Glücksgriff. »Die Fischerei ist nicht mehr lukrativ, die jungen Leute ziehen in die Städte und die Touristen bringen ihr Geld in Orte, die ihnen etwas bieten, nicht wahr?«

»Da haben Sie recht, mein Junge.« Marty lehnte sich zurück und musterte mich aus seinen wachen, blauen Augen, die im krassen Gegensatz zu seiner müden Erscheinung standen.

»Was würden Sie davon halten, sich auch ein Stück vom Kuchen abzuschneiden? Der Tourismus in Delaware nimmt Fahrt auf. Die Hamptons sind überfüllt und vollkommen überteuert, die Leute sehnen sich nach etwas mehr Ruhe und Abgeschiedenheit. Und davon gibt es hier genug.« Ich deutete mit einem Nicken zum Fenster. »Wie der Zufall es will, habe ich vor, einen ganzen Ferienort neu entstehen zu lassen, der aber trotzdem eine Geschichte und einen gewissen Charme hat. So etwas lieben die Leute. Alle modernen Annehmlichkeiten gepaart mit dem rustikalen Ambiente eines alten Fischerdorfs. Stellen Sie sich vor, was das für Ihre Gemeinde bedeuten würde. Cafés, Restaurants, Geschäfte. Sie könnten den alten Kutter im Hafen wieder flott machen und Touren anbieten oder Fisch direkt an die Touristen verkaufen. Klingt doch gut, oder?« Je mehr ich redete, desto begeisterter wurde ich selbst von der Idee, diesem Ort neues Leben einzuhauchen. »Ich würde sogar vorschlagen, die alten Holzhütten bestehen zu lassen. Natürlich brauchen sie alle einen Anstrich und die Zufahrtsstraße muss instandgesetzt werden, aber das - so hatten Sie es ja meiner Assistentin gegenüber bereits erwähnt - sollte kein Problem sein.«

»Das klingt schon ganz gut, das stimmt.« Marty musterte mich einen Moment, dann glitt sein Blick nach draußen und er stemmte sich von seinem Platz hoch. »Kommen Sie, ich will Ihnen noch etwas zeigen. Das Beste an unserem kleinen Ort haben Sie noch gar nicht gesehen.« Er schlurfte zur Haustür und ich folgte ihm hinaus auf die schmale Straße, die uns zum Hafen brachte. Das Salz des Atlantiks lag schwer in der Luft, die gierigen Schreie der Möwen über uns mischten sich mit dem Rauschen der Wellen.

»Hier.« Marty deutete auf eine kleine Treppe aus Stein, die vom befestigten Hafen fort zu einem Schilfgürtel führte, durch den sich ein schmaler Weg schlängelte. Zielsicher stapfte Marty durch den Sand, und als er stoppte, sah ich auf. Mir stockte mir der Atem.

»Heilige Scheiße.« Vor mir breitete sich eine Bucht aus, die aus dem Bildband *Schönste Strände der Welt* hätte stammen können. Der Strand aus feinkörnigem, beinahe schneeweißem Sand fiel flach zum Meer hin ab, das schaumgekrönte Wellen ans Ufer branden ließ. Er dehnte sich sicher einen Kilometer weit aus, bis er von einer kleinen Anhöhe - auf der ich eine Leuchtboje zu entdecken glaubte - beschränkt wurde. Eine Erinnerung streifte sanft wie Schmetterlingsflügel mein Gedächtnis und war ebenso wenig greifbar. Sie zeigte mir kein klares Bild, sondern nur das unbestimmte Gefühl im Bauch, schon einmal hier gewesen zu sein.

»Dahinten gibt es noch eine Bucht wie diese.« Marty nickte in die Richtung der Boje und holte mich aus dem Schmetterlingsgarten meiner Erinnerungen. »Und wenn Sie einen Ort mit Geschichte suchen, sind Sie hier genau richtig. Dort drüben bei dem kleinen Leuchtturm gibt es eine Untiefe. Die Felsformation *Devils Tooth*. Viele Schiffe sind dort auf Grund gelaufen, bevor es das Leuchtfeuer gab. Jetzt ist es nur noch eine Boje, aber früher stand an der Stelle ein kleiner Leuchtturm. Der ist aber vor vielen, vielen Jahren einem Brand zum Opfer gefallen und nie wieder aufgebaut worden. Nur ein Teil seiner Ruine steht noch.« Marty wandte seinen Blick zum Ozean. »Unser Ort mag wohl ein Fischerdorf sein, aber zu Zeiten meines Großvaters und lange davor hat es hier viele Strandräuber gegeben.«

»Wirklich? Das ist großartig. Das wird sich fantastisch vermarkten lassen.« Ich spähte zu den Felsen, die sich in den Atlantik streckten. »Gibt es noch Wracks dort unten?«

»Aye.«

»Das ist ja noch besser! Dann können wir nicht nur Erholungssuchende mit dem Projekt ansprechen, sondern es wird auch ein Paradies für Taucher. Das wird großartig, Marty. Ich sag es Ihnen.«

So allmählich verfluchte ich Jenn doch nicht mehr für ihre Ortswahl. Sie hatte einen besseren Job gemacht, als ich geahnt hatte. Sie hatte ein Lob und meinen Dank verdient.

Vielleicht könnte ich ihr einen extra Urlaubstag verschaffen. Dieses abgewrackte kleine Kaff würde zu einer wahren Goldgrube für mich werden und mir den Posten als CEO sichern. Der Gedanke zimmerte mir ein Lächeln ins Gesicht. Endlich würde ich es schaffen, meinen Vater stolz zu machen.

»Sehr schön.« Ich klatschte geschäftig in die Hände. »Gut, ich bräuchte dann die Flurkarten, damit ich die Modelle an die Gegebenheiten anpassen kann. Haben Sie Kontakt zur Verwaltung wegen der Straßensanierung? Wenn nicht, ist das kein Problem. Dann übernehmen wir das gern. Sie bekommen das Full-Service-Paket von mir, Marty.«

»Hmmm.« Er brummte. »Zeigen Sie mir doch erst mal ihre Modelle. Ich kann Ihnen ja nicht einfach eine Zusage geben, ohne vorher etwas gesehen zu haben. Immerhin muss ich die Gemeinde vernünftig informieren. Wir sind nicht mehr viele, aber die, die noch hier sind, können verdammt stur sein.«

»Aber sicher, Marty. Also …« Ich zog mein Handy hervor, entsperrte den Bildschirm und reichte es ihm. Darauf zu sehen war die Fotografie einer Bauzeichnung. »Das ist eines der Musterhäuser. Davon gibt es insgesamt sechs Stück. Von klein - mit drei Schlafzimmern - über mittel …«, ich wischte übers Display, um ein weiteres Bild zu zeigen, »… bis groß mit sechs Schlafzimmern. Zielgruppe wird der gehobene Mittelstand sein. Hauptsächlich Paare und Familien, die ein Domizil außerhalb der Stadt für die Ferien suchen. Ich denke, es ist in Ihrem Interesse, hier nicht die Superreichen anzuziehen. Ach, da fällt mir ein: Wie ist es um die Gasleitungen bestellt? Da sollten wir uns mit dem Anbieter in Verbindung setzen. Eventuell müssen im Zuge der Straßensanierung die Leitungen erneuert werden.«

Ich sah mein Meisterwerk bereits vor mir. Weißgetünchte Häuser mit kleinen Rasenflächen. Sorgfältig gestutzte

Hecken, hier und da ein Spielplatz, auch wenn ich gern darauf verzichtet hätte. Aber wenn ich Familien ansprechen wollte, musste ich diesen Kompromiss für die Quälgeister meiner potenziellen Kunden eingehen. Es würde Eisbuden geben, eine Surfschule war bereits eingeplant und dank der Information zu den Wracks würde noch eine Tauchschule folgen. Es würde alles geben, was man sich am Strand nur wünschen konnte … Dafür würde ich sorgen.

Vielleicht würde ich mir sogar selbst eines der Häuser kaufen, um hier hin und wieder auszuspannen. Es stimmte: Bowers Beach hatte Charme, und ich war dabei, ihm zu erliegen.

»Wieso Gas?« Marty riss mich aus meiner Zukunftsversion.

»Na ja, die Leute sollen nicht frieren. Der größte Andrang wird natürlich im Sommer herrschen, aber die Häuser müssen selbstverständlich auch im Winter beheizt werden, damit es keinen Schimmel gibt. Was die Stromversorgung und das Abwasser angeht, müssen wir selbstverständlich noch Gespräche führen. Aber fürs Erste reichen mir die Flurkarten. Ich werde meine Assistentin dann direkt anweisen, Vorverträge mit unseren Anwälten aufzusetzen, die Sie nur noch zu unterschreiben brauchen, Marty.«

»Mister MacLannister, Sie missverstehen mich. Ich habe Ihnen noch keine Zusage gegeben und …« Er hob abwehrend die Hände.

»Natürlich, Marty. Ich will Sie auch gar nicht überrumpeln.« Ich setzte mein verbindlichstes Lächeln auf, legte einen Arm um Martys Schulter und drehte den alten Seebär in Richtung Ort. Mit der freien Hand beschrieb ich eine ausladende Geste, die das Dorf umfasste. »Stellen Sie sich doch vor, was aus Bowers Beach werden könnte. Der bestehende Ortskern, zusammen mit der freien Grundfläche und meiner Vision eines modernen Küstenstädtchens … Das wird großartig, glauben Sie mir. Wahrscheinlich reicht *großartig* nicht aus, um es auch nur annähernd zu beschreiben. Denken Sie an all die wunderbaren Steuereinnahmen, die Ihnen winken. Und das zusätzlich zu dem Geld, das die Touristen jedes Jahr aufs Neue in Ihren Ort bringen werden. Ihnen blüht Wohlstand und ein sorgenfreies Leben im Alter, Marty. Also, was sagen Sie?«

»Ja, das klingt verlockend. Da haben Sie recht.«

Ich grinste siegessicher. Es war immer dasselbe: Wenn jemand zögerte, musste man der Person nur vor Augen halten, was für ihn persönlich dabei rausspringen würde.

Der alte Mann sah mich ernst an und ich wusste, was kommen würde. Auch das kannte ich bereits … Der Preis sollte nach oben getrieben werden. Er holte Luft. »Wir befinden uns hier am Rande eines Naturschutzgebietes. Und wenn hier etwas gebaut wird, dann muss es aus rein nachhaltigen Materialien und mit erneuerbarer Energie geschehen. Die neuen Regeln und Auflagen sind da sehr streng. Für Gasleitungen und dergleichen werden Sie keine Genehmigung von der Verwaltung bekommen, da bin ich mir sicher. Wir dürfen hier nicht mal mehr handelsüblichen Holzschutz verwenden, weil etwas davon ins Meer gelangen könnte. Was denken Sie, warum unsere Häuser bald über uns zusammenbrechen werden? Wir können uns diese teure Ökofarbe einfach nicht leisten.«

»Da machen Sie sich mal keine Sorgen. Das ist doch nichts, was ein Scheck nicht regeln könnte.« Ich zwinkerte Marty zu. Damit hatte ich zwar nicht gerechnet, aber das machte nichts. Bowers Beach war der perfekte Ort für mein Vorhaben. Ich würde es ganz sicher nicht wegen ein paar unnötiger Vorschriften und langwieriger Genehmigungsprozesse aufgeben.

7. Hazel

»Oh, aber das ist doch perfekt!« Summer schloss die Tür des Hühnerstalls und reichte mir einen mit Eiern gefüllten Korb. Das blonde schulterlange Haar hatte sie mit einem blau-weißen Bandana gebändigt. Seit sie in Woodside lebte und ihre Bestimmung als Betreiberin eines Hofs für heimatlose Tiere gefunden hatte, machte sich meine Freundin nicht mehr viel aus Mode. Fast immer lief sie in abgewetzten Latzhosen, karierten Hemden und wilden Haaren rum und wirkte dabei glücklicher und zufriedener denn je.

Ich schmunzelte bei der Erinnerung an unsere erste Begegnung. Damals wirkte sie in ihrem Sommerkleidchen und der zarten Statur so zerbrechlich. Nie im Leben hätte ich in ihr eine Farmerin vermutet. Aber so war das eben: Das äußere Erscheinungsbild täuschte oft darüber hinweg, was im Inneren schlummerte.

»Ja, das *wäre* perfekt, wenn ich das Geld für eine Anzahlung hätte. Pearl will ihr Café verständlicherweise nicht verschenken.«

»Ich kann dir das Geld geben, das wäre kein Problem. Viel zu viele Träume auf dieser Welt platzen, weil das nötige Kleingeld fehlt. Aber du bist in der glücklichen Lage, eine Freundin zu haben, die genug Geld hat und dir ohne Probleme etwas leihen könnte.« Sie stupste mir in die Seite.

»Du weißt, was es mit Leuten macht, wenn die Träume den Bach runtergehen.« Ein Schatten legte sich über ihre sonst so strahlenden Augen und ich war mir sicher, dass ihre Gedanken zu Rian wanderten.

Er war ihr Freund und ehemaliger Besitzer der Farm, auf der Summer nun lebte. Die beiden hatten eine turbulente und recht stürmische Phase gehabt, bis sie endlich richtig zusammenfanden. Und nun konnte ich mir keinen der beiden mehr allein vorstellen.

»Ja, das weiß ich. Und nein. Also, ich meine nein, danke. Ich möchte dein Geld nicht.« Bei dem Gedanken, Schulden bei einer meiner besten Freundinnen zu haben, schnürte sich mir der Magen zu.

»Wir können es auch Kredit nennen, wenn du dich damit wohler fühlst. Oder … lass mich überlegen … Kuchen-Flatrate? Ich gebe dir, was du für die Anzahlung brauchst und bekomme von dir alle zwei Tage einen frischen Kuchen. Was sagst du? Die Sorten darfst du dir selbst aussuchen. Ich bin gern dein Versuchskaninchen.«

»Das ist lieb. Wirklich. Aber ich kann dein Geld nicht annehmen. Du schenkst mir schon jeden Tag die ganzen Eier.«

»Na ja, mit Eiern wirst du wohl kaum eine Anzahlung leisten können. Aber mal im Ernst, Hazel. Ich hab von meinem Grandpa so viel geerbt. Wirklich, wirklich viel. Eine Farm habe ich schon gekauft.« Sie lachte leicht verlegen. Ich wusste, wie schwer es ihr fiel, über ihr Vermögen zu sprechen. Lange hatte niemand in Woodside geahnt, wie reich Summer wirklich war. »Das Geld liegt ungenutzt bei der Bank rum und dort nützt es niemandem etwas, außer diesen Fondsmanagern, die mit meiner Kohle spekulieren und dadurch nur noch reicher werden. Bitte lass mich dir helfen.«

»Danke für dein großzügiges Angebot. Ich danke dir

wirklich und dass du es mir anbietest, bedeutet mir unglaublich viel. Aber du musst dir ein anderes Projekt suchen.«

»Na gut. Sag Bescheid, wenn du es dir anders überlegst - und das meine ich wirklich ernst, verstanden?« Sie zog eine Schnute.

»Du darfst dein Geld gern in meinem Café gegen reichlich Gebäck eintauschen, wenn es so weit ist.« Ich knuffte sie leicht in die Seite.

»Das werde ich ganz sicher machen. Und eine Bank ist keine Option?« Sie legte den Kopf schief und tippte sich mit dem Zeigefinger gegen die Lippen. »Immerhin sparst du die Miete fürs Appartement, wenn du das gesamte Gebäude übernehmen würdest. Und wenn - nur mal angenommen - Pearl ganz ausziehen würde, könntest du ihre Wohnung vermieten und hättest zusätzliche Einnahmen. Vielleicht würde das schon für die Kreditrate ausreichen.«

»Ja, wenn ich die Laufzeit strecke, bis ich alt und tatterig bin, dann vielleicht.«

Ich liebte Summer wirklich. Obwohl sie so viele schlimme Dinge in Kalifornien erlebt hatte, war sie in Woodside aufgeblüht und immer fröhlicher geworden. Trotzdem merkte man ihr an, wie sie aufgewachsen war. Geld war in ihrer Familie nie ein Thema gewesen - oder das Fehlen davon. Im Gegenteil: Da ihr Großvater ein erfolgreicher Filmproduzent gewesen war, hatte es davon immer im Überfluss gegeben.

»Und deine Eltern?«

»Meine Mom kann mir nicht helfen.« Inzwischen waren wir an meinem Fahrrad angekommen und ich deponierte die Eier vorsichtig in meinem Korb.

»Und dein Dad?«

Noch so eine Sache, die ich eigentlich an Summer liebte: Sie bohrte nach, nahm nie - oder selten - ein Blatt vor den Mund. Das konnte unterhaltsam sein, aber wenn man selbst Ziel ihrer Fragen war, dann konnte es schon mal schmerzhaft werden.

»Mein Vater ist keine Option.«

»Warum nicht?« Sie stockte. »Wenn ich genau darüber nachdenke, hast du mir nie von ihm erzählt.« Sie wurde blass. »Oh nein, er ist doch nicht …«

»Summer, bitte. Lass es einfach.« Ich klang schroffer als beabsichtigt, und sofort meldete sich mein schlechtes Gewissen. Ich hatte sie nicht anfahren wollen. Sie meinte es nur gut, aber genau das konnte ich im Moment einfach nicht ertragen.

Ich winkte meiner verdutzten Freundin knapp zu, griff nach dem Lenker meines Rades und schwang mich auf den Sattel.

Ich ließ meinen Blick über die Felder schweifen, die an die lang gezogene Auffahrt der alten Miller-Farm grenzten. Ein kleines Lächeln stahl sich trotz der Sorgen auf meine Lippen, als ich die Tiere beobachtete, die friedlich grasten. Pferde, Esel, ein paar Alpakas, die ohne Summer den sicheren Tod gefunden hätten. Aber heute schaffte der Anblick der Tiere es nicht, mein Herz zu erwärmen. Summer hatte mit ihrer Frage an einem Schmerz gekitzelt, den ich tief vergraben hatte. Ich hatte geglaubt, ihn tief genug verborgen zu haben. Aber das war wohl ein Trugschluss gewesen …

Eine Woche war seit Pearls Angebot vergangen. Eine Woche, in der ich ihr aus dem Weg gegangen war, um ihr keine Antwort geben zu müssen. Eine Woche, in der ich Stunde um Stunde damit verbracht hatte, das Internet nach bezahlbaren Finanzierungsmöglichkeiten durchforstet hatte. Vergeblich.

Mit einem frustrierten Schnauben legte ich mein Handy auf den Couchtisch. Die einzige Bank, die auch nur ansatzweise von den Konditionen infrage gekommen wäre, hatte bereits anhand der Online-Vorabprüfung meiner Bonität meinem Kreditantrag eine Absage erteilt. Und meine letzte kleine Hoffnung, es sei ein Fehler in der Programmierung gewesen, hatte die mehr oder weniger freundliche Mitarbeiterin am Telefon zerschmettert.

»Es tut mir leid, Miss, aber anhand der Daten, die Sie uns zur Verfügung gestellt haben, sind Sie leider keine attraktive Kandidatin für einen Existenzgründungskredit.« Dann hatte sie mir einen schönen Tag gewünscht und aufgelegt. Vermutlich, um die Träume der nächsten *unattraktiven* Person zu pulverisieren.

Ich rappelte mich schwerfällig von meinem gemütlichen Sofa auf und schlurfte lustlos zum breiten Fenster, das zum Crystal Lake hinauszeigte und einen spektakulären Blick auf den See mit den angrenzenden dichten Wäldern bot. Er war nicht so riesig wie die großen Seen im Norden - man brauchte von Ufer zu Ufer mit einem Ruderboot kaum eine Stunde - aber es war *unser* See. Woodsides See. Auch wenn es nicht weit zum Meer war, lag dieses Gewässer allen Einwohnern unserer kleinen Stadt sehr am Herzen. Und auch ich liebte ihn sehr und zog ihn jederzeit einem Ozean vor.

Das war nicht immer so gewesen. Erinnerungen an einen bestimmten Ausflug flammten auf. Erinnerungen, die ich am liebsten vergessen wollte und es doch nicht konnte …

Normalerweise reichte ein Blick auf die sanften Wellen im grünblauen Wasser aus, um meine Stimmung aufzuhellen - nur heute war es vergebens. Das passierte mir so oft in der letzten Zeit. Eine bleierne Schwere hatte sich in mein Herz geschlichen, die meine Gedanken trübte und meinen sonst so unerschütterlichen Optimismus zerfraß. An seine Stelle trat ein Gefühl, das ich ganz und gar nicht mochte: Eifersucht.

Für alle anderen schien es prima zu laufen, dieses Erwachsenen-Ding. Summer hatte Rian und eine großartige Aufgabe auf ihrer Farm. Maple war beneidenswert glücklich mit ihrem Freund Ethan, ging in ihrem Buchladen auf und schrieb an ihrem ersten Roman. Sogar Jimbo hatte seine Bar und schien damit sehr zufrieden zu sein. Nur ich … ich hatte weder Glück in der Liebe noch im Job. Mit meinen fast 27 Jahren hatte ich noch nichts erreicht. Ich konnte absolut nichts vorweisen - wenn man von dem Collegeabschluss und der Ausbildung als Patissière und Boulangère in Frankreich einmal absah.

Das mochte beeindruckend klingen, aber seither war nichts Nennenswertes in meinem Leben passiert, und das machte mir mehr und mehr zu schaffen. Und noch schwerer wog: Ich hatte keine Ahnung, wie ich aus der Abwärtsspirale meiner Emotionen ausbrechen sollte.

Ich lehnte die Stirn gegen das kühle Fensterglas, das unter meinem Atem beschlug. Mit dem Zeigefinger zog ich feine Linien hinein, bis meine Sicht verschleierte. *Loser* hatte ich wie ferngesteuert geschrieben und darunter ein Gesicht gemalt, das Kreuze statt Augen hatte. Ein Laut - irgendwas zwischen Knurren und Wehklagen - entrang sich meiner Kehle.

Ich hatte nur noch einen Ausweg, wenn ich mich nicht endgültig geschlagen geben wollte. Ein Ausweg, der mit reichlich Stolpersteinen und Schlaglöchern belegt war. Ein Ausweg, der mir meine Würde nehmen würde. Aber mein Traum - und wichtiger noch - die Unbeschwertheit meinen Freunden gegenüber war es mir wert, die Strapazen auf mich zu nehmen.

Ich straffte die Schultern, warf einen letzten Blick auf meine Zeichnung am Fenster, bevor ich sie mit der flachen Hand wegwischte. Dann drehte ich mich um und nahm mein Handy. Meine Finger zitterten, als ich die Liste meiner Kontakte durchging und schließlich beim entsprechenden Eintrag stoppte. Es nützte nichts: Ich musste meinen Vater anrufen.

8. Jamie

»Na also!« Ich klatschte in die Hände. Eine derart alberne Geste, die ich mir sonst nicht gestattete, aber nach Nächten ohne Schlaf und Tagen voll von Kaffee und Junkfood vom Lieferdienst war mein Modell endlich fertig. Dank der Flurkarte, die Marty mir hatte zukommen lassen, und meinem Besuch in Bowers Beach hatte die Motivation gekickt. Und zwar so richtig. Vermutlich floss nur noch Koffein durch meine Adern und pushte mich immer weiter. Ich fühlte mich, als hätte ich Koks, Ecstasy und Speed gleichzeitig intus. Wobei, wenn ich recht darüber nachdachte, wäre das wohl keine empfehlenswerte Kombi.

»Das sieht richtig gut aus.« Ich umrundete das fertige Modell, das auf einer Fläche von einem Quadratmeter meine Vision von Bowers Beach zeigte. Alles war weiß, clean und puristisch. Kein Schnickschnack, kein Firlefanz - nur gerade Linien. Die einzige Ausnahme bildeten die alten Fischerhäuser am Ocean View Boulevard. Für diese hatte ich keinen weißen Anstrich vorgesehen, sondern einen dunkelblauen. Dieser Kontrast gefiel mir besonders gut.

Mit purer Euphorie im Bauch befahl ich meinem Smartspeaker Jenn anzurufen. Sie meldete sich sofort und kurz überlegte ich, ob ich sie an meiner guten Laune teilhaben und ihr den Rest des Tages freigeben sollte. Aber ich entschied mich dagegen. Ich war ihr Chef und nicht ihr Freund.

Sie hatte einen Vertrag und den sollte sie gefälligst erfüllen - Euphorie hin oder her. Sie würde ihren freien Tag bekommen, wenn alles unter Dach und Fach war.

»Ist für die Präsentation morgen alles vorbereitet?« Ich legte all meine Autorität in meine Stimme und verschränkte die Arme.

»Natürlich, Sir. Das Modell wird um acht Uhr von einem Kurier bei Ihnen abgeholt und nach Bowers Beach gebracht.« Ihre Stimme klang durch den Lautsprecher leicht verzerrt und piepsiger als sonst.

»Sehr gut. Mein Vater weiß Bescheid?«

»Natürlich, Sir.«

»Hat er sein Kommen zugesichert?«

»Noch nicht, aber …«

»Kein Aber. Es muss sichergestellt sein, dass er kommt. Der Termin ist mein Ticket zum Chefposten. Da darf nichts schiefgehen. Das habe ich sicher tausend Mal gesagt. Dass mein Vater vor Ort sein wird, ist zwingend erforderlich.« Er würde sonst unter Garantie etwas finden, was er madigmachen könnte. Etwas, das ihm nicht passen würde. Einen winzigen Fehler, den er aufbauschen könnte. Und das einfach aus dem Grunde, weil es meine Idee, mein Projekt war.

Aber wenn er vor Ort wäre, könnte selbst er sich dieser besonderen Atmosphäre am Strand nicht entziehen. Niemand würde das können, und genau darin würde mein Erfolgsrezept liegen.

»Ich weiß, Jamie. Aber …«

»Jenn, ich habe gute Laune. Deshalb lass ich es einfach mal so stehen, dass du mich beim Vornamen nennst. Aber das kommt nicht wieder vor, solange wir beide bei der Arbeit sind, verstanden?« Ich machte eine kurze Pause, verzog meine Lippen zu einem diebischen Grinsen. »Was wir nach Feierabend so treiben, ist davon ausgenommen.

Wenn du unter mir liegst, kannst du mich nennen, wie du willst.«

Schmierig, das wusste ich. Aber meiner Erfahrung nach klappte eine Anmache wie diese in den allermeisten Fällen. Selbst wenn die erste Reaktion in der Regel abwehrend ausfiel. Ich schmunzelte, als ich mir Jenns Gesicht vorstellte. Sicher würde sie in diesem Moment die Augen verdrehen, aber ich hatte mit meiner Bemerkung den Grundstein gelegt, sie ins Bett zu bekommen. Spätestens jetzt würde sie darüber nachdenken und morgen würde ich definitiv einen schönen Fick brauchen - der Stress der letzten Wochen und insbesondere die anstrengende Arbeit in den letzten Tagen musste ich schließlich irgendwo abladen. Jenn war da eine naheliegende Lösung. Und wenn ich sie gehabt hätte, wäre das Machtgefüge noch weiter zu meinen Gunsten verschoben. Ich wäre nicht mehr nur ihr Boss, sondern ihr Boss, der sie gefickt hatte.

»Mister MacLannister, muss ich Sie daran erinnern, dass sexuelle Belästigung am Arbeitsplatz eine strafbare Handlung darstellt?« Nun klang sie gar nicht mehr piepsig, sondern zornig. Sehr zornig.

»Ach, komm schon, Jenn. Nun tu nicht so, als hättest du noch nie darüber nachgedacht. Du und ich, mein Schreibtisch …«

»Ich lasse Ihnen das jetzt dieses eine Mal durchgehen, *Jamie*. Aber nur, weil Sie seit einer Woche kaum geschlafen haben und vermutlich nicht mehr ganz zurechnungsfähig sind. Damit Sie jetzt nichts mehr sagen, was Ihnen später leidtun würde, lege ich auf. Ich schreibe Ihnen aber noch eine Mail. Lesen Sie sie, okay?«

Ich holte Luft, um etwas zu erwidern, aber da war die Leitung bereits unterbrochen.

Mit verschränkten Fingern rieb ich mir über den Kopf.

Jenn hatte mir eine Abfuhr erteilt, aber das machte nichts. Denn morgen würde mir die ganze Welt zu Füßen liegen.

Ich parkte den Porsche wie beim letzten Mal auf dem kleinen asphaltierten Platz am Hafen. Dort stand bereits ein weißer Lieferwagen, in dem ich das Modell vermutete. Der offizielle Termin war in zwanzig Minuten. Ich hatte also noch genug Zeit, um mein Werk wirkungsvoll am Strand zu drapieren. So hatte ich es mit Jenn besprochen und sie sollte sich um einen Tisch kümmern.

Voller Elan sprang ich förmlich aus dem Sportwagen und klatschte in die Hände. Schon wieder diese alberne Geste … was war nur los mit mir? Ich blickte mich auf dem Platz um, konnte aber niemanden entdecken. Mit einem Schulterzucken klopfte ich an die hintere Tür des Lieferwagens, um auf mich aufmerksam zu machen. Nichts geschah. Merkwürdig. Ich zog mein Smartphone aus der Tasche meiner Chinohose, doch es zeigte keinerlei Anrufe. Ich entsperrte es, drückte auf Jenns Kontakt, aber als ich zwei Männer in Arbeitskleidung des Kurierdienstes vom Strand kommen sah, legte ich direkt wieder auf.

»Haben Sie die Präsentation vorbereitet?« Ich baute mich vor den beiden auf. Der eine war ein junger, beinahe schon aberwitzig attraktiver Latino, der den Job sicher nur machte, um sein Leben zu finanzieren, bis er den großen Durchbruch als Model feiern würde - also für immer. Der andere war ein rundlicher, älterer Mann mit grauen Haaren und ebenso grauen Vollbart, der als Doppelgänger für Santa Claus einspringen könnte. Beide musterten mich geringschätzig. Vermutlich war ich genau die Art von Kunden, die sie hassten. Unfreundlich, arrogant, privilegiert …

»Ja, Sir.« Santa Claus nickte. »Die junge Dame hatte uns darum gebeten.«

»Sehr schön. Sie haben hoffentlich nichts kaputtgemacht?«

»Nein, Sir.« Santa lächelte, der Schönling ballte eine Hand zur Faust, sein linkes Augenlid zuckte. Er sollte unbedingt seine Emotionen in den Griff bekommen.

»Ist meine Assistentin vor Ort?« Ich deutete vage in Richtung Strand.

»Nein, Sir. Sie musste wohl noch etwas erledigen.«

»Danke.« Ich nickte den beiden knapp zu und steuerte die schmale Treppe an, die zum Strand führte und die ich bei meinem letzten Besuch mit Marty genommen hatte. Als ich den Schilfgürtel durchquert hatte und sich die Bucht vor mir erstreckte, war es, als würde mein Herz ein bisschen leichter werden. Dieser Ort war irgendwie … *magisch*. Ich schüttelte den Kopf über diesen irrationalen Gedanken, aber es stimmte. Bowers Beach war eine schlafende Schönheit und ich der Prinz, der sie wach küssen würde.

Ein paar Meter vor mir stand ein Tisch, die bodenlange weiße Decke darauf bauschte sich in der milden Brise, die der Atlantik mit sich brachte. Ich überbrückte die kurze Distanz und beäugte das Modell meiner Vision, das bereits platziert worden war. Mit dem Stolz eines Vaters, der wohlwollend auf sein Kind hinabblickt, musterte ich mein Werk der letzten Tage. Hier und da zupfte ich ein paar Fussel ab, die die Abdeckung dort hinterlassen hatte. Zufrieden nickte ich, als alle beseitigt waren und die kleinen Häuser im gleichen Weiß erstrahlten wie die Schäfchenwolken, die das Blau des Himmels unterbrachen.

Ich klatschte in die Hände und rieb sie aneinander. Grundgütiger, ich musste mir diese blöde Angewohnheit verkneifen, bevor es zu spät war. Aber heute … heute gestand ich mir ein wenig Albernheit zu. Denn heute war ein perfekter Tag. Heute war mein Tag!

Schweigend umrundete Victor MacLannister den Tisch. Die Hände hielt er auf seinem Rücken verschränkt, als wäre er ein General, der sich ein Schlachtfeld einprägen musste. Ich vergrub die Hände in den Taschen meiner Chino, nur um sie sofort wieder rauszuziehen und nervös am weichen Stoff zu reiben. Mein Blick klebte förmlich am Gesicht meines Vaters, um jede noch so kleine Regung zu realisieren und genaustens zu analysieren. Seine Mundwinkel waren leicht nach oben gebogen. Der Kopf nicht hoch erhoben wie üblich, sondern leicht schief gelegt. Eine Geste, die Dad sonst nur zeigte, wenn er stolz war. In der Regel erntete meine Schwester diese minimale Wertschätzung, nicht ich. Doch heute, an diesem besonderen Ort, galt sie mir.

Ich verbarg das Lächeln, so gut ich konnte, doch es war zu mächtig, als dass ich es hätte schmälern können. Ich hatte es geschafft. Mel konnte in London versauern, wenn sie wollte. Der Posten des CEO der MacLannister Corporation gehörte mir und niemand würde ihn mir jetzt noch streitig machen können. Nicht mal meine ach so tolle Überflieger-Schwester. Ich würde endlich aus dem Schatten treten können - aus ihrem und aus … seinem.

»Gut.« Dad beendete seine Inspektion, sein Blick wanderte zu Marty, der in seinem verschlissenen Anzug aussah wie auf einer Kostümparty. »Da bekommen Sie auf Ihre alten Tage ja doch noch etwas vom Kuchen ab, Herr Bürgermeister.« Er klopfte dem alten Mann gönnerhaft auf den Rücken. »Jamie, ich muss sagen, dass du mich überraschst. Selbstverständlich muss die Straße hierher dringend saniert werden, aber ansonsten hat dein Entwurf Hand und Fuß.« Er streckte mir die Hand entgegen. »Ich bin an Bord.«

»Danke, Sir.« Ich ergriff sie und spürte plötzlich einen Kloß von der Größe einer Wassermelone in meinem Hals. Da war sie: Die Anerkennung meines Vaters, um die ich mein Leben lang gebuhlt und doch nie erhalten hatte. Nun war sie da und niemand konnte sie mir noch nehmen.

»Die Genehmigungen und dergleichen liegen bereits vor, nehme ich an. Dann kannst du die Entwürfe an die Planungsabteilung geben. Sie werden alles Nötige für die Bauarbeiten in die Wege leiten.«

»Natürlich. Die Genehmigungen hat Jenn eingeholt.« Ich sonnte mich im zufriedenen Blick von Victor MacLannister.

»Wer hätte das erwartet, Jamie? Ich nicht, wenn ich ehrlich sein soll. Nach den vielen Enttäuschungen, die du mir bereitet hast, hatte ich nicht erwartet, in dir einen fähigen Architekten und Bauunternehmer zu sehen, doch wie mir scheint, hat meine Erziehung doch Früchte getragen.«

Ein winziger Schauer rieselte bei seinen Worten über meinen Rücken, den ich ignorierte, so gut ich konnte. Ich wollte keine negativen Gefühle zulassen. Es war außerdem Schnee von gestern und ich hatte es überstanden. Was zählte, war meine Gegenwart und Zukunft an der Spitze des Familienunternehmens.

»Ich stehe zu meinem Wort, Jamie. Du hast deinen Teil der Abmachung erfüllt und ich werde nun das Gleiche tun. Dann kann deine Schwester wohl doch länger auf der Insel bleiben und mit den Snobs Tee trinken. Sie war sowieso nicht begeistert, zurück in die Staaten zu ziehen.«

»Sir, ich möchte ungern unterbrechen.« Marty, den ich vollkommen vergessen hatte, meldete sich, als sei er in der Schule. »Aber ich würde gern die Baugenehmigungen sehen. Denn wie ich Ihnen ja bereits gesagt habe«, er deutete auf mich, »bestehen hier strenge Richtlinien, was den Bau angeht. Und ich sehe auf ihren kleinen Häuschen nicht ein Photovoltaikmodul oder wenigstens Radwege. Stattdessen Parkplätze und verdichtete Böden. Alles wirkt so … in Form gepresst.« Er kratzte sich am Kinn. »Wenn ich bedenke, dass viele ehemalige Nachbarn weggezogen sind, weil die alten Heizungen den Geist aufgegeben haben und sie keine herkömmlichen Varianten mehr einbauen durften, wundert es mich, wenn Sie für ein Vorhaben wie dieses eine Genehmigung erhalten hätten. Verstehen Sie mich nicht falsch. Ich würde Bowers Beach gern neues Leben einhauchen. Aber dabei würde ich es vorziehen, mit der Zeit zu gehen. Immerhin haben wir eine Verantwortung für die Umwelt und die nachfolgenden Generationen. Ich lebe hier schon mein ganzes Leben und sehe doch, wie sich die Umwelt verändert.«

Ich starrte Marty ungläubig an. Von einem Mann in seinem Alter hatte ich zum einen keinen Appell für Klimaschutz erwartet und zum anderen hatte er echt Eier in der Hose, einen - oder in diesem Fall direkt zwei - MacLannisters zu kritisieren.

»Was auch immer Sie von unseren Entwürfen halten mögen, Marty. Am Ende ist es doch der Senat, der grünes Licht gibt, und das hat er, wie mein Sohn versichert hat. Freuen Sie sich also über die zusätzlichen Einnahmen aus dem Tourismus und sehen Sie einem glücklichen Lebensabend entgegen. Die Erde wird schon nicht untergehen, solange Sie noch da sind. Das muss also nicht Ihre Sorge sein.« Dad lächelte den alten Fischer kalt an. Es war das erste Mal seit … seit überhaupt, dass er für mich einstand. »Aber wenn Sie darauf bestehen: Jenn, zeigen Sie dem guten Marty hier doch bitte die Baugenehmigungen.«

»Ähm …« Jenns Blick flog zu mir, durchbohrte mich förmlich. Ich zog die Augenbrauen zusammen, nickte ihr gleichermaßen ungeduldig wie auffordernd zu. Sie seufzte. »Na gut. Wie ich *Jamie*«, sie betonte meinen Namen, als sei er eine ansteckende Krankheit, »gestern bereits per Mail mitgeteilt habe, liegen uns zu diesem Zeitpunkt keine Genehmigungen vor. Ich habe bis vorhin noch telefonisch versucht, die zuständige Verwaltung umzustimmen, aber aus den Gründen, die der Herr Bürgermeister bereits genannt hat, wurden sämtliche Anträge das Bauvorhaben betreffend abgelehnt. Deswegen habe ich mich auch zu dieser Präsentation verspätet.« Sie zog in einer resoluten Geste die Jacke ihres Kostüms glatt.

»Wie bitte?« Mein Vater starrte erst Jenn an, dann - wie in Zeitlupe - wanderte sein Blick zu mir. Jegliche Zufriedenheit und Anerkennung waren daraus gewichen. »Jamie?«

»Ich … Davon weiß ich nichts.« Augenblicklich klang meine Stimme nicht mehr fest und siegessicher, sondern dünn und brüchig. Das durfte doch nicht wahr sein. So kurz vor dem langersehnten Ziel durfte mein Traum jetzt nicht platzen.

Marty hatte von strengen Auflagen erzählt und auch die Zeit war knapp gewesen, aber das war in der Regel kein Problem. Ein paar *Spenden* an den richtigen Stellen beseitigten Hürden wie diese zuverlässig, und genau deshalb hatte ich Jenn angewiesen, großzügige Zahlungen in Aussicht zu stellen. Eine absolut gängige Praxis in der Firma meines Vaters. Wenn etwas nicht passte, wurde so viel Geld an die entsprechenden Ansprechpartner gezahlt, bis kein Problem mehr bestand. Mal war es ein Krankenhaus, das eine Renovierung benötigte, mal ein neuer Kindergarten.

Niemals hätte ich damit gerechnet, dass es dieses Mal nicht ausreichen würden. Und wieso - verfluchte Scheiße - hatte Jenn mir nicht vorher Bescheid gegeben und mich ins offene Messer laufen lassen? Sie hatte gewusst, was hier auf dem Spiel stand, unter welch großem Druck ich gestanden hatte. Sie hätte mir eine Mail geschrieben … von wegen. »Es ist eine Frechheit von Ihnen zu behaupten, mich darüber informiert zu haben, obwohl das nicht der Fall ist. Ich bin wirklich enttäuscht, Jenn.« Ich verschränkte die Arme und baute mich vor ihr auf. Es war jämmerlich, aber es war meine einzige Hoffnung und die einzige Sprache, die mein Vater verstand. »Wenn Sie nicht in der Lage sind, die einfachsten Baugenehmigungen für ein Projekt zu erhalten, dann bin ich leider gezwungen, Sie zu feuern. Mit sofortiger Wirkung!«

Sie verengte die Augen, zog ihr Handy hervor, tippte ein paar Mal auf das Display und reichte es meinem Vater.

»Lesen Sie, Mister MacLannister. Sie werden feststellen, wer hier im Recht ist.« Sie verschränkte die Arme, sah mich mit einem schmerzhaft selbstbewussten Blick an. Es war mir klar, bevor ich die Mail las: Sie hatte recht.

Jennifer.Brighton@maclannister.com
Dienstag, 12.05.2023 - 16:43

Hallo, Mister MacLannister,

zunächst verbiete ich mir Kommentare wie diese, die Sie im letzten Telefonat mir gegenüber äußerten. Ich bitte um einen professionellen Umgang und ein angemessenes Arbeitsumfeld.

Ferner muss ich Ihnen leider mitteilen, dass die Genehmigungen für das Projekt »Bowers Beach« bisher nicht erteilt wurden. Dies betrifft sowohl die Sanierung der Zuwegung inkl. Gas- und Wasserleitungen als auch die Baugenehmigung für die Neubauten. Grund hierfür ist die fehlende Nachhaltigkeit in Bezug auf Baumaterialien, Stromgewinnung und Heizungsanlagen.

Es gibt noch eine minimale Chance - morgen habe ich ein winziges Zeitfenster direkt beim Senator ergattert. Wenn er aber nicht mitzieht, kann der Termin nicht stattfinden.

Wie sollen wir hier weiter vorgehen?

Grüße, Jenn

Der Boden riss auf und verschluckte mich. Er verschluckte mich mit Haut und Haar, saugte all meine Euphorie und den Stolz aus meinen Knochen und spuckte mich dann lachend wieder aus.

»Nun. Damit ist die Lage ja eindeutig.« Nur am Rande registrierte ich, wie mein Vater das Smartphone zurück an Jenn reichte. »Miss Brighton, danke für Ihre Bemühungen. Kommen Sie doch bitte morgen früh in mein Büro. Sie sind selbstverständlich nicht entlassen. Wir werden eine andere Aufgabe in meinem Unternehmen für Sie finden. Jamie wird ihre Dienste nicht länger benötigen. Für den Rest des Tages haben Sie frei.« Dann reichte er Marty wieder die Hand. »Danke für Ihre Zeit, Herr Bürgermeister.« Mit einem Nicken in die Richtung des alten Mannes wandte er sich zum Gehen. Mich würdigte er keines Blickes, sagte keinen Ton.

Die Erinnerung an einen wesentlich jüngeren Jamie kroch aus ihrem Versteck. Ein unsicherer, kleiner Junge von sieben Jahren, der seinen Vater anfleht, mit ihm zu reden, ihn anzusehen.

Jenn lächelte mir schmallippig zu, dann verschwand auch sie.

»Tut mir leid, Junge. Ich hab Sie nicht in Schwierigkeiten bringen wollen.« Marty kratzte sich wieder am Kinn.

»Schon gut, Marty. Es ist nicht ihre Schuld.« Es war egal, mein Traum war geplatzt. Ich hatte versagt. Schon wieder.

»Nehmen Sie sich das nicht so zu Herzen. Väter und Söhne, das ist eine schwierige Konstellation. Ich hab meinem alten Herrn auch so manches Mal gewünscht, von einer Welle vom Kutter gefegt zu werden. Immer in der Hoffnung, er würde untergehen und sein Seemannsgrab finden - ist nie passiert, und ich war froh drum. Das wird schon wieder, da bin ich mir sicher.« Er legte seine schwielige Hand auf meine Schulter und lächelte mir zu.

»Nein, Marty. Das wird nicht wieder. Das war meine letzte Chance.«

Er winkte ab. »Das sagen Väter doch immer. Dann bekommen Sie eben noch eine letzte Chance. Und dann noch eine, wenn es nötig sein sollte. Was soll er schon tun? Sie verstoßen?« Sein Lachen klang wie das ferne Grummeln eines sich anbahnenden Gewitters.

»Ja, genau das wird er tun.« Ich sah auf das Modell, in das ich endlose Stunden investiert hatte und auf das ich so stolz gewesen war. Nun sah ich nur noch weiße Würfel, die mich verhöhnten. Und wie als Beweis meines Versagens landete in diesem Moment ein riesiger Klecks Möwenscheiße auf dem Modell. Was für eine Ironie. Wer auch immer die Strippen des Schicksals zog - der Humor war beschissen.

Ratlos ließ ich mich in den weichen Sand fallen. Er war warm von der Frühlingssonne an diesem Vormittag. Die Wellen rauschten - gekrönt von strahlend weißen Schaumspitzen - an den Strand, zogen sich zurück, nur um erneut aufs Land zu treffen. Immer wieder in einem beinahe meditativen Rhythmus. Aber ich hatte keinen Blick mehr für die Schönheit hier. Was sollte es auch bringen? Mein Projekt war gescheitert. Es würde maximal einen Tag dauern und Dad hätte mich aus dem Leben der Familie MacLannister gestrichen. Wem machte ich etwas vor? Vermutlich hatte er es bereits erledigt.

Müde erhob ich mich. Der mangelnde Schlaf der letzten Woche machte sich plötzlich mit einer Macht bemerkbar, die ich so schon lange nicht mehr gespürt hatte. Sie zog an mir, als hätte jemand unsichtbare Gewichte an jedem einzelnen Gelenk meines Körpers befestigt. Als würde ich nur noch aus Blei bestehen. Ich klopfte mir den Sand von der Hose, warf einen Blick auf das Modell und verließ mit hängendem Kopf den Ort, der meinen Triumph besiegeln hätte sollen und nun Schauplatz meiner Vernichtung geworden war.

Zu meinem Glück war Bowers Beach wie ausgestorben. Niemand lief mir bei meinem Walk of Shame der anderen

Art über den Weg und ich erreichte unbehelligt meinen Porsche.

Der Motor heulte auf, als ich im Leerlauf das Gaspedal einige Male durchdrückte. Der satte, tiefe Sound von 580 PS und vier Litern Hubraum vibrierte unter meinem Hintern und ich umfasste das weiche Leder des Lenkrads fester. Ein weiterer Vorteil von dieser verfluchten Geisterstadt hier: Ich musste auf niemanden Rücksicht nehmen, sondern konnte in aller Ruhe Gas geben.

Und das tat ich. Ich schaltete in den ersten Gang - denn verflucht noch mal, es gab Autos, die durfte man nur mit Handschaltung fahren, alles andere wäre ein Verbrechen -, wendete und trat das Gaspedal durch. Scheiß auf die wenigen Anwohner, Scheiß auf die schmale Straße, Scheiß auf alles. Meinem Porsche die Sporen zu geben war das Einzige, was mich noch irgendwie lebendig fühlen ließ.

Ein Ruck ging durch den Wagen, es rumpelte. Er zog mit einer beinahe brutalen Kraft nach rechts und ich musste all meine Reaktionsfähigkeit und Konzentration aufbringen, um nicht von der Straße abzukommen. Beherzt stieg ich in die Eisen, lenkte gegen und kam schließlich zum Stehen. Ich hatte mich lebendig fühlen wollen. Bitte schön, das hatte ich nun davon: Mein Herz trommelte wie ein wildgewordener Gorilla gegen meine Rippen, und wenn es anatomisch möglich wäre, würde es mir den Brustkorb brechen. Schwer atmend lehnte ich mich im Fahrersitz zurück und wischte mir mit beiden Händen übers Gesicht.

»Scheiße. Das hätte auch ins Auge gehen können.« Ich stieg aus, umrundete den Wagen und entdeckte das Desaster: Der Vorderreifen auf der Beifahrerseite stand in einem ungesunden Winkel ab. Ich hatte keine Ahnung von Autos, aber das würde sich sicher nicht durch ein paar kräftige Tritte gegen das Gummi wieder richten lassen. Aber ich versuchte es trotzdem. Glühender Schmerz zog von meinen Zehen bis hinauf zum Knie. Fluchend rieb ich mit dem Schuh über die Wade des anderen Beins. Hüpfte dabei einbeinig umher, weil ich Schwierigkeiten hatte, das Gleichgewicht zu halten. Konnte dieser verfluchte Tag eigentlich noch demütigender werden?

Ich ging zurück zum Cockpit, setzte mich und betätigte das integrierte Notrufsystem. Eine freundliche Dame teilte mir mit, dass in Kürze ein Abschleppwagen eintreffen würde. Prima.

Nach zwei Stunden rumpelte endlich ein Truck die Straße entlang und zog eine feine Staubfahne hinter sich her. Der Fahrer wendete den Abschlepper und parkte ihn anschließend in Fahrtrichtung des Porsches. Die Tür wurde geöffnet und ein wahrer Muskelberg stieg aus. Brauchte der Typ überhaupt eine Seilwinde oder würde er mein Auto direkt auf seinen Truck heben?

Ich stieg ebenfalls aus und ging auf ihn zu. Er nahm kaum Notiz von mir, sein Blick war auf den Porsche geheftet. Er stieß einen Pfiff aus. »Das ist aber eine Schönheit.«

»Ja.« Ich hatte keinen Bock auf Smalltalk. Er sollte einfach seinen verfluchten Job machen, mich in die nächste Stadt bringen, mir einen Leihwagen geben und ich würde verschwinden.

»Bisschen schnell gefahren für die Straße hier, was? Da muss man ein bisschen aufpassen. Die Schlaglöcher machen dem Grand Canyon Konkurrenz.«

»Was Sie nicht sagen.«

»Okay. Ich sag Ihnen was: Ich bring den Porsche zu mir in die Werkstatt, schau ihn mir an und sehe, was ich tun kann. Aber ich habe sicher keine passenden Ersatzteile da und muss bestellen.«

»Haben die mir etwa keinen Vertragsservice geschickt?«

Das durfte doch nicht wahr sein. Dieser Tag konnte also doch noch schlimmer werden. Großartig.

»Vertragsservice? Nein.« Er lachte. »Dann hätten Sie sicher noch drei, vielleicht vier Stunden länger warten dürfen. Die nächste Porsche-Werkstatt ist nicht um die Ecke.«

»Na, meinetwegen.«

Er nickte, sah mich nun das erste Mal wirklich an und verengte die Augen. »Kennen wir uns?«

»Nicht, dass ich wüsste.«

Der Mechaniker zuckte die Schultern. »Wie auch immer. Wollen Sie mitfahren oder lassen Sie sich abholen?«

Auf die Idee hätte ich auch selbst kommen können. Wenn ich mir vor zwei Stunden ein Uber gerufen hätte, wäre ich jetzt bereits wieder in der Zivilisation und müsste mich nicht auf einer von Schlaglöchern übersäten Straße mit einem Bodybuilding-Mechaniker abgeben.

»Ich würde gern mitfahren«, gab ich kleinlaut zu.

»Okay. Dann setzen Sie sich schon mal rein. Ich nehm noch Ihr Baby auf die Hörner.« Er machte sich ans Werk, während ich mich in die Fahrerkabine des Trucks setzte. Ich hatte angenommen, es würde hier nach Motorenöl, Schweiß und Frittiertem muffeln, aber da hatte ich mich getäuscht. Es roch sauber, beinahe blumig, aber überhaupt nicht aufdringlich. Auch lagen nirgends zerknüllte Getränkedosen oder leere Verpackungen herum. Der Innenraum des Trucks erstrahlte wie neu. Immerhin würde ich mir also keine Krankheit holen, weil ich in diesem Wagen mitfahren musste.

»Okay, dann können wir.« Der namenlose Mechaniker kletterte kurze Zeit später auf den Fahrersitz, verstaute seine braunen Arbeitshandschuhe in der Mittelkonsole und startete den Wagen. Das Radio sprang an und dudelte einen dieser unsäglichen, weichgespülten Taylor Swift-Songs. Toll, nun war nicht nur meine Zukunft zerstört und mein Auto im Arsch. Nun würden auch noch meine Ohren bluten.

Wir fuhren eine Weile schweigend, bis wir eine Ausfahrt nahmen, die ich für falsch hielt. Ich runzelte die Stirn. »Das ist die falsche Ausfahrt. Nach Wilmington fährt man über den Highway.«

»Wer sagt, dass wir nach Wilmington fahren?«

Ich schluckte trocken. Was ging hier ab. Wollte der Typ mich etwa entführen? Natürlich … der Porsche, meine Klamotten … Sicher hatte er vor, mich irgendwo im Nirgendwo festzuhalten, bis ich ihm all mein Geld gegeben hätte. Fuck.

»Ist Ihre Werkstatt nicht dort?«

»Nope.« Ich musterte ihn von der Seite. Der Typ war etwa in meinem Alter und sah aus, als hätte er Actionfiguren Modell gestanden. Komischerweise kam auch er mir bekannt vor, aber ich konnte nicht einordnen, woher.

Wir passierten ein Ortsschild und plötzlich wurde mir alles klar. Wieso war ich vorher nicht darauf gekommen? *Willkommen in Woodside.*

9. Hazel

Ein vertrautes Bimmeln ertönte, als ich die Eingangstür des *Rabbit Hole* mit der Hüfte aufstieß. In den Händen balancierte ich zwei Teller mit Donuts und Cupcakes. Im Buchladen empfing mich wuselige Unruhe. Mindestens zehn Kinder, höchstens im Grundschulalter, flitzten zwischen den Regalen umher. Einige von ihnen waren verkleidet, andere hatten sich als Schmetterlinge, Fledermäuse oder Löwen schminken lassen.

Summer saß auf einem der Sofas, die unter einem der großen Schaufenster standen. Um sie gescharrt kauerten weitere sechs Jungen und Mädchen, die ihr gebannt zuhörten, als sie ihnen aus einem dicken Wälzer vorlas. Weiter hinten hatte Nan Nan Turner Platz genommen und schminkte die Kinder, die Spaß daran hatten.

Ich steuerte den Verkaufstresen an, hinter dem Maple stand und sich das bunte Treiben mit einem zufriedenen Lächeln ansah. »Ist der Vorlesenachmittag heute aus dem Ruder gelaufen?« Mit einem Ächzen stellte ich das Gebäck ab. »Wie viele sind denn hier? Fünfzehn?«

»Etwas. Wir haben heute zwanzig Kinder hier. Das sind eigentlich zu viele. Aber ich bringe es nicht über mich, welche nach Hause zu schicken.«

Der Vorlesenachmittag in Maples Buchhandlung war zu einem festen Bestandteil des Lebens in Woodside geworden und ganz offensichtlich *der* Termin für die unter Achtjährigen der Stadt.

»Und du meinst, Zucker ist da eine gute Idee.«

»Ach.« Sie winkte ab und deutete zur Uhr an der Wand hinter ihr. »Wenn der wirkt, werden die Kiddies abgeholt und sind nicht mehr mein Problem.«

»Okay.« Ich lachte. »Die armen Eltern.«

»Wie gesagt: Nicht mein Problem.« Beiläufig stibitzte sie sich einen Cupcake mit Erdbeersahne und silbernen Zuckerkugeln als Dekoration. »Und? Hast du dich entschieden?«

Ich wusste, was sie meinte, auch wenn sie es nicht direkt ansprach. Um einer Antwort zu entgehen, griff ich ebenfalls nach einem Gebäck, biss hinein und genoss den süßen, sanften Geschmack, den der Rührteig auf meiner Zunge hinterließ.

Maple musterte mich. »Du kannst dich nicht ewig mit Donuts vollstopfen. Irgendwann wirst du mir antworten müssen.«

»Hm.« Ein paar Krümelchen flogen aus meinem Mund.

»Schon gut, schon gut. Antworte, wenn du aufgegessen hast.« Sie zwinkerte, dann wandte sie sich den umherwuselnden Kids zu. »Ihr Süßen, die liebe Hazel hat euch Kuchen gebracht.«

Für eine Sekunde herrschte gespenstische Stille, die Szenerie wirkte wie eingefroren, bis alle zwanzig Kinder sich wie eine Naturgewalt auf den Tresen stürzten. Um ihnen nicht im Weg zu sein, gesellten wir uns zu Summer, bei der auch bereits Nan Nan Platz genommen hatte.

»Also, ihr hättet mir auch gern ein Teilchen retten können, bevor ihr die Meute loslasst.« Sie verschränkte die Arme.

»Das will ich auch meinen.« Mit hochgezogenen Augenbrauen imitierte Nan Nan Summers Geste.

»Keine Sorge.« Ich nahm die kleine Kühltasche von der Schulter und öffnete den Reißverschluss. »Für uns habe ich etwas Besseres dabei.« Mit verschwörerischem Lächeln blickte ich in die Runde aus erwartungsvollen Gesichtern. »Erdbeer-Pannacotta-Cupcakes.« Triumphierend beförderte ich einen Teller mit vier kunstvoll dekorierten Cupcakes darauf aus der Tasche und stellte ihn vor meinen Freundinnen ab. Alle drei musterten die Küchlein, als hätten sie seit Wochen keine feste Nahrung mehr zu sich genommen.

»Warte mal, Hazel, Herzchen.« Nan Nan deutete auf mich. »Wenn du sagst *Erdbeer-Pannacotta-Cupcakes,* meinst du doch eigentlich *Erdbeer-Pannacotta-Cupcakes mit Schuss.* Nur, dass wir uns richtig verstehen.«

Ich lachte, Summer lachte.

Maple verschränkte die Arme und funkelte ihre Großmutter gespielt entrüstet an. »Also wirklich, Nan Nan. Du bist unverbesserlich. Manchmal frage ich, wer von uns hier die Oma und wer die Enkelin ist.«

Die alte Dame schnalzte mit der Zunge. Wir alle wussten, wie sehr sie es hasste, *Oma* oder *Großmutter* genannt zu werden. »Oh, glaub mir, Maplechen, das tue ich auch.«

»Keine Sorge, Nan Nan. In der Creme ist Sahnelikör.« Ich hatte mir bei dem Rezept große Mühe gegeben. Es sollte - wenn ich irgendwann ein Café hätte … *falls* ich irgendwann ein Café hätte - das Highlight meiner Frühlingsspecials werden. Doch um diesem Traum ein Stück näher zu kommen, musste ich meinen Dad anrufen, und dazu hatte ich mich noch nicht durchringen können.

Die Türglocke bimmelte und die ersten Eltern trudelten ein, um ihre Kinder - die alle noch damit beschäftigt waren, meine Gebäckteller zu plündern - abzuholen.

»Hi, Ash!« Summer winkte dem besten Kumpel ihres Freundes zu. Er war der heiße Single-Dad in Woodside und beinahe jeder alleinstehende Mensch in unserer Stadt würde an diesem Umstand gern etwas ändern. Abgesehen von mir. Ich mochte Ash, aber ich hatte gesehen, wie er sich in der Grundschule Erbsen in die Nase gesteckt und anschließend damit geschossen hatte. Nein, ich hatte definitiv keine heißen Fantasien von diesem Kerl.

»Hallo, Ladys.« Er kam zu uns, nachdem er seiner Tochter Lizzy ein Zeichen gegeben hatte, und musterte die Cupcakes auf dem Tisch. »Heilige Scheiße, sehen die gut aus. Hazel, wenn die nur halb so lecker schmecken, wie sie aussehen, kannst du bald Guru einer neuen Kuchen-Sekte werden. Ich werde definitiv dein Anhänger.« Er setzte sich auf die Armlehne des Sofas und stierte weiter gedankenverloren auf den Kuchen.

»Ich teile mit dir, wenn du willst«, bot Summer an. »Aber mehr ist nicht drin.«

»Nein danke.« Er winkte ab und strich sich über den flachen Bauch. »Ich hab seit zwei Tagen nicht trainiert. Kein Zucker für diesen Kerl.« Ja … Er musste sich melden. Ash sah aus wie ein Fitness-Model mit Muskeln an Stellen, von deren Existenz andere Menschen überhaupt nichts wussten.

»Lizzy hat übrigens Charlie geärgert. Gut möglich, dass du da noch etwas von Randall hörst.«

Ash stöhnte auf. »Dieses Kind raubt mir noch den letzten Nerv. Keine Ahnung, wie oft ich ihr schon gesagt habe, sie soll niemanden ärgern. Ich habe mich sogar verkleidet, damit sie mich ernster nimmt, aber das hat offensichtlich auch nichts gebracht.«

»Als was verkleidet man sich denn, um ernster genommen zu werden?«, fragten Summer, Maple und ich unisono.

»Als Erklärbär natürlich. Was sonst?«

Das musste man Ash lassen: Er gab für seine Tochter alles und war ein perfekter Dad. Wenn doch alle Väter so wären.

»Ach, was mir grad einfällt. Summer, dich dürfte es nicht interessieren; du kennst ihn nicht. Aber ihr zwei …«, er fuchtelte mit seinem Zeigefinger zwischen Maple und mir hin und her, »wisst ihr, wer wieder in der Stadt ist?«

Neugierig musterte ich ihn, witterte neuen Tratsch. Ash verschränkte die Arme, lehnte sich ein Stück zurück und sonnte sich sichtlich in der Spannung, die seine Worte erzeugt hatten. »Wer? Sag schon!«

»Sorry, Ladys. Ich muss es doch ausnutzen, wenn ich ein einziges Mal etwas vor unser Gossip-Queen weiß.« Er deutete auf mich und ich verdrehte gespielt empört die Augen.

»Nun sag schon.« Maple wurde zusehends ungeduldiger. Auch wenn sie immer behauptete, sich nicht für den Kleinstadttratsch zu interessieren, konnte sie ihre Neugier nicht verbergen.

»Jamie Arschloch MacLannister.«

Maple wurde erst schneeweiß, dann lief sie röter an als eine überreife Tomate. »Wie bitte?«, piepste sie.

»Jap, hab ihn heute mit seinem Bonzen-Porsche abgeschleppt. Hat mich nicht mal erkannt. Dabei haben wir drei Jahre lang im selben Footballteam gespielt. Der Typ ist so ein Arsch.« Ash schüttelte den Kopf.

»Das kannst du laut sagen. Wenn ich diesen Vollpfosten in die Finger bekomme, dann …« Meine Freundin ballte ihre Hände zu Fäusten.

»Kann mir mal jemand auf die Sprünge helfen? Mein Gedächtnis ist nicht mehr das beste. Wer ist dieser Jamie?« Nan Nan meldete sich zu Wort und auch Summers Blick wanderte fragend zwischen Maple und Ash hin und her.

»Er ist einer von den Idioten, die Ethan das Leben zur Hölle gemacht haben. Das dämliche Arschloch.« Maple schnaubte.

»Ah«, machte Nan Nan. »*Der* Jamie. Der gut aussehende kleine Teufel. War er nicht ein Freund von Chris?«

»Ja.«

Chris war Maples älterer Bruder und die treibende Kraft beim Mobbing gegen Ethan gewesen. Inzwischen hatte er sich entschuldigt und lebte mit seinem Partner in London. Trotzdem war es für Maple ein schwieriges Thema, das wir alle lieber vermieden.

Ich folgte der Unterhaltung, die neben mir entbrannte, nicht mehr. Auch das muntere Geplapper der Kinder und ihrer Eltern trat nach und nach in den Hintergrund. Da war nur noch ein einziger Gedanke in meinem Kopf: Jamie ist zurück. In meinem Magen verkrampfte sich etwas und ich hatte keine Ahnung, ob es eine aberwitzige Art der Freude oder pochender Schmerz war.

10. Hazel

Staubkörnchen tanzten in den warmen Sonnenstrahlen, die durch die Fenster in mein Wohnzimmer fielen. Es war warm im Appartement - viel zu warm, denn es war noch nicht mal Frühsommer. Aber ich war mir auch nicht sicher, ob das Wetter für die Hitze verantwortlich war oder ob ich sie meiner inneren Unruhe verdankte.

Seit Ash von Jamie erzählt hatte, konnte ich kaum noch einen klaren Gedanken fassen. Es war, als hätte jemand mein Gehirn vom Rest meines Körpers getrennt. Nur hin und wieder schaffte es ein besonders starker Gedankenfetzen sich vor meinen Augen zu manifestieren. Jamie in voller Footballmontur auf dem Spielfeld. Jubelnd, das strahlende Lächeln hinter seinem Helm versteckt, doch ich konnte es in seinen Augen sehen, wenn sein Blick mich auf der Tribüne fand. Jamie auf dem Flur der Woodside High mit diesem schelmischen Funkeln in den stahlblauen Iriden. Jamie, der durch mein Zimmerfenster kletterte und mich stürmisch küsste. Jamie ... den Mund zu einem höhnischen Grinsen verzogen mit den schmerzhaftesten Worten auf den Lippen, die ich jemals gehört hatte.

Mein Blick wanderte zum See vorm Fenster, der vor meinen Augen verschwamm. Jamie MacLannister hatte mir vor zehn Jahren das Herz gebrochen. Zehn Jahre, in denen ich ihn nicht ein einziges Mal gesehen hatte. Zehn Jahre, in denen ich ihn vergessen hatte und mein Herz geheilt war. Zumindest hatte ich es mir eingeredet. Denn wenn es stimmte, warum tat es dann so weh, ihn wieder in Woodside zu wissen?

Mein Handy vibrierte auf dem kleinen Küchentisch. Resolut wischte ich mir über die Augen. Niemand sollte wissen, wie sehr mich die Nachricht von Jamies Rückkehr mitnahm. Aber wie sollte es jemals ein Mensch erfahren? Niemand - nicht mal Maple - hatte gewusst, was zwischen uns gewesen war. Und niemand hatte gewusst, wie sehr mich sein Weggang zerbrochen hatte.

Ich nahm mein Smartphone hoch und tackerte mir ein Lächeln ins Gesicht, das sofort wieder verblasste, als ich das Bild auf dem Display erkannte, das ich dem Anrufer vor Jahren zugewiesen hatte. Es war eine wesentlich jüngere Version von mir mit runden Pausbäckchen und zwei geflochtenen Zöpfen. Ich grinste einen Mann an, der damals ungefähr so alt gewesen sein musste wie ich heute. Seine Augen hatten den gleichen haselnussbraunen Glanz wie meine. In seinem braunen Haar lag der identische rötliche Kastanienschimmer. Dad …

Ich seufzte. Das war meine Chance, ihn um Geld für die Anzahlung zum Kauf des *Frozen Dreams* zu bitten. Ein Wink des Schicksals. Ich bräuchte nur das Gespräch annehmen und müsste so nicht mehr über meinen eigenen Schatten springen, um ihn anzurufen. Aber andererseits wollte ich mir auch nicht eingestehen, mit beinahe Ende zwanzig noch immer auf meine Eltern angewiesen zu sein.

Über mein Grübeln hinweg verstummte das Handy und das Bild dieser beiden glücklichen Menschen, die mir inzwischen so fremd waren, verschwand.

Ich schloss kurz die Augen, als ein Brummen einen

winzigen Moment später den Eingang einer neuen Nachricht signalisierte.

Dad:
Hey Cuckoo. Wie gehts dir? Ich muss etwas mit dir besprechen. Ruf mich doch bitte zurück.

Cuckoo … Als ich den alten Spitznamen las, setzte das verräterische Brennen hinter meinen Augen wieder ein. Was war nur los mit mir? Um nicht erneut in Tränen auszubrechen, öffnete ich ein Fenster so weit wie möglich und hielt mein Gesicht in die lauwarme Brise des Maitages. Die Luft roch nach Frühlingsblumen, Wald und Seewasser und legte sich wie eine beruhigende Decke auf meine schwere Seele. Ich schloss die Augen und inhalierte den Duft meiner Heimat. Kein anderer Ort hatte mir jemals dieses Gefühl von Geborgenheit vermittelt. Nicht Chicago, während ich dort auf dem College gewesen war, und auch nicht Paris, als ich zwei Jahre dort gelebt hatte. Nein, kein anderer Ort hatte mein Herz jemals so berühren können wie Woodside.

Aber auch dieses warme Gefühl konnte nicht über die Zweifel in meinem Herzen hinwegtäuschen, die daran zogen und zerrten. Ich war vor ungefähr zwei Jahren voller Tatendrang nach Delaware zurückgekehrt und war mir sicher gewesen, die richtige Entscheidung getroffen zu haben. Selbst wenn ich mit meiner Ausbildung in allen Luxushotels und Sterne-Restaurants der Welt hätte arbeiten können, ich wollte nach Hause. Ich wollte in dieser kleinen Stadt leben, in der mein Herz all die Jahre geblieben war.

Mein Plan hatte vorgesehen, so schnell wie möglich ein eigenes Café zu eröffnen. In meiner Vorstellung hatte ich immer das *Frozen Dreams* gesehen und hatte vorgehabt, es um eine Terrasse über dem See zu erweitern. Sie sollte eine kleine Treppe zum Wasser mit Anlegesteg haben, damit man auch mit dem Boot in mein Café kommen könnte. Die saisonal wechselnde Speisekarte hatte ich bereits seit Jahren im Kopf und passte sie hin und wieder an, wenn ich mir ein besonders leckeres Rezept ausdachte oder irgendwo entdeckte.

Aber bei all den Träumen hatte ich eine wesentliche Kleinigkeit vollkommen außer Acht gelassen: Geld. Zwar machte ich mir persönlich nichts aus schnellen Autos, teuren Handtaschen oder Designer-Schuhen - dennoch war selbst mein bescheidener Lebensunterhalt nicht gratis, und irgendwann schmolzen auch die größten Ersparnisse dahin, wenn nicht viel neues hinzukam. Zu Collegezeiten hatte ich drei Nebenjobs gehabt, um genug Geld für die Zeit in Europa zu verdienen. Während meiner Ausbildung in Frankreich hatte ich sogar ganz passabel verdient, und naiv, wie ich war, hatte ich geglaubt, es würde für die Eröffnung eines Cafés ausreichen. Aber da hatte ich mich getäuscht.

Nun, nach zwei Jahren ohne festes Einkommen, dafür aber mit Miete, Krankenversicherung und allem, was ein verantwortungsvoller erwachsener Mensch eben so zahlen musste, herrschte absolute Ebbe in meiner Kasse.

Erneut machte sich ein unangenehm stechender Druck hinter meinen Augen breit, den ich auf gar keinen Fall zulassen wollte. Denn so war ich nicht. Ich war die fröhliche Hazel. Die, die immer ein Lächeln auf den Lippen trug, ein offenes Ohr für alle hatte, hin und wieder - oder auch öfter - gern tratschte und köstliche Gebäcke kreierte. Diese Person war ich. Diese Person wollte ich sein - nicht dieser Trauerkloß, zu dem ich immer mehr mutierte. Ich straffte die Schultern und griff nach meinem Handy. Das musste jetzt ein Ende haben.

»Cuckoo! Wie schön, dass du dich so schnell meldest!« Die freudige Stimme meines Dads wanderte direkt in meine Erinnerung und beschwor ein paar Bilder meiner unbeschwerten Kindheit herauf.

»Hi, Dad.«

»Wie gehts dir, meine Kleine?«

Direkt bildete sich wieder ein Kloß in meiner Kehle. Dieser Tag war einfach nur zum Vergessen. Wieso musste ich bloß ständig heulen? Ich kniff mir in die Nasenwurzel, um den Tränen keine Chance zu bieten. »Gut. Warum hattest du angerufen?«

»Ah, ja. Ich bin demnächst in New York und dachte, wir könnten uns treffen.«

»Oh, wie schön! Das können wir sehr gern machen. Ich muss dich auch noch etwas fragen, aber erst einmal: Was machst du in New York?«

»Das ist ein Teil meiner Neuigkeiten. Madison hat einen Platz an der *Juilliard.*«

Der Kloß in meinem Hals zerbarst in einer Explosion aus Enttäuschung und Wut. Natürlich kam mein Vater nicht den weiten Weg aus Phoenix nach New York, nur um mich zu sehen. Selbstverständlich tat er das für Madison, seine neue Tochter. »Bist du noch da, Cuckoo?«

»Ja.« Ich räusperte mich, um ihn meine Stimmung nicht merken zu lassen. »Die *Juilliard* also?«

»Unglaublich, oder? Wir sind so stolz! Emma will unbedingt so einen Aufkleber für die Stoßstange. Aber Maddie hat sich auch wirklich den Arsch aufgerissen, um angenommen zu werden. Sie hat Tag und Nacht trainiert und das Vortanzen lief zum Glück großartig. Die Leute vom Auswahlkomitee hatten gar keine andere Wahl, als sie zu nehmen. Und nun kommen wir nach New York, um alles Notwendige zu klären. Maddie will sich ein paar Wohnungen ansehen und ein bisschen shoppen gehen.

Was man eben so macht, wenn man in New York City ist.«

»Was man eben so macht«, echote ich leise, da mir ein Gedanke kam. »Warst du beim Vortanzen auch dabei, Dad?«

»Natürlich. Ich kann doch mein kleines Mädchen nicht allein in die große Stadt reisen lassen. Emma konnte sich bei der Arbeit nicht frei nehmen, ich schon. Deshalb waren nur wir zwei dort und hatten eine schöne Vater-Tochter-Zeit.«

»Oh. Schön für euch.« Seine Worte schmerzten, als hätte jemand das Blut in meinen Adern durch Salzsäure ersetzt. Schon wieder baute sich dieser gemeine Druck hinter meinen Augen auf, nahm diesmal aber meinen gesamten Körper mit ein. *Vater-Tochter-Zeit* … Für seine Stieftochter konnte sich Dad freinehmen und durchs halbe Land fliegen. Für mich reichte es nur für einen Anruf alle paar Wochen und dann auch nur, weil es Neuigkeiten zu der ach so tollen Maddie gab. Dabei war er *mein* Vater, nicht ihrer. Meine Gefühle waren irrational und albern, das wusste ich. Aber seit wann konnte man kontrollieren, was man fühlte?

»Du sagtest, das seien nur ein Teil der Neuigkeiten?« Meine Stimme gab nicht preis, wie es in mir aussah. Sie klang fest und beinahe so fröhlich wie immer. Das naive kleine Mädchen in mir hoffte trotzdem, mein Vater würde den Schmerz bemerken, den ich so gut es ging versteckte, und fragen, was los sei.

»Den Rest wollte ich dir eigentlich erzählen, wenn wir uns sehen. Aber wenn du schon so fragst … Ich habe Emma endlich gefragt, ob sie mich heiratet.« Es fehlte nur noch ein freudiges Kreischen und er hätte als aufgeregte Braut durchgehen können.

»Oh. Schön für euch«, wiederholte ich, nicht in der Lage, einen anderen Satz zu formulieren. Mein Vater lebte seit zehn Jahren in Phoenix und war beinahe genauso lang mit Emma liiert, die ihre Tochter Madison mit in die Beziehung gebracht hatte. Es machte keinen Unterschied, ob sie verheiratet waren oder nicht. Trotzdem fühlte es sich an, als würde er sich endgültig für seine neue Familie und gegen mich entscheiden, und das schmerzte unfassbar.

»Ja, ich freu mich auch total. Ich dachte mir: Was solls? Als ich damals deine Mom geheiratet habe, waren wir beide noch so jung und hatten überhaupt kein Geld. Du weißt ja: Wir wurden ganz schlicht im Rathaus in Woodside getraut. Ohne Feier, ohne Freunde oder Familien. Nur wir zwei und ein Ring aus Alufolie. Und du natürlich, Cuckoo. Zumindest im Bauch deiner Mom.«

»Ich weiß, Dad. Ich kenne die Geschichte.«

»Natürlich. Jedenfalls wollen Emma und ich es jetzt richtig machen. Eine richtige Hochzeit, weißt du. Ich meine, ich bin Mitte vierzig. Wenn ich noch mal eine Bilderbuchhochzeit will, dann jetzt. Später wird es ja albern. Maddie findet es jetzt schon ein bisschen peinlich, glaube ich. Aber das ist ja normal mit sechzehn. Da findet man schließlich alles peinlich, was die Eltern machen.«

»Aha.« Die Fähigkeit zu sprechen war mir abhandengekommen. Aber es machte keinen Unterschied, denn mein Vater plapperte ohne Unterlass weiter.

»Emma ist auch ganz aus dem Häuschen. Sie hat sofort mit den Planungen begonnen. Wir rennen von einer Location zur nächsten, haben Termine bei unzähligen Floristen und probieren jede Menge Torten. Wahnsinn, was es alles für Möglichkeiten gibt inzwischen.« Er holte Luft, weil er durch seinen Redeschwall außer Atem war. »In einer Bäckerei wurden wir sogar gefragt, ob wir eine Torte wollen, die aussieht wie wir. Also so richtig lebensecht. Ist doch verrückt, was heute alles möglich ist. Ach, und da wollte ich dich noch etwas fragen beziehungsweise dich um etwas bitten.«

Plötzlich wich der Druck in meinem Innern und eine Hochzeitstorte setzte sich Stück für Stück vor meinen Augen zusammen. Weißer Fondant, Blütenblätter aus Marzipan mit einem blau-violetten Farbverlauf, so wie Veilchen - die Lieblingsblumen meines Vaters. Die Füllung wäre aus Heidelbeeren, weil wir früher immer gemeinsam in den Wald gingen, um dort im Spätsommer Beeren zu sammeln. Die wilden Blaubeeren waren dabei immer unsere Liebsten gewesen.

»Dad, ich würde gerne …«

»Emma hätte dich gern als Brautjungfer. Oh, was hast du gesagt?«

Natürlich … Emma wollte mich als Brautjungfer. Meine Fähigkeiten als Konditorin schienen bei den Vorbereitungen der Feier keine Rolle zu spielen.

»Ach, nichts. Wann soll die Hochzeit denn sein?«

»Anfang August schon, damit Maddie nicht direkt wieder aus New York nach Phoenix reisen muss.«

»Anfang August in diesem Jahr?«

»Ja. Kurzfristig, ich weiß.« Er lachte. »Aber wir dachten: Warum warten? Und wie gesagt, so ersparen wir Maddie einen Extraflug. Das viele Fliegen ist nicht gut für ihre Ballerina-Beine.«

»Ach, ist das so?«

»Ja. Verrückt, oder? Kurzstrecke ist nicht schlimm. Aber wenn Tänzer und Tänzerinnen länger sitzen, steigt angeblich das Thrombose-Risiko exponentiell an. Wusstest du das?«

»Nein, das ist mir neu.« Was interessierten mich auch die Beine irgendwelcher Tänzerinnen - und Maddies Beine im Speziellen schon mal gar nicht. Aber den Gedanken behielt ich für mich. Es hatte keinen Zweck, sie in die Schusslinie zu zerren. Immerhin konnte sie nichts dafür, dass mein Vater sie mehr liebte als mich. Ich war mir nicht mal sicher, ob ihr das überhaupt klar war.

»War es mir auch. Aber ich habe es erst neulich gelesen - in einem Fachmagazin. Ich möchte schließlich darüber informiert sein, was meine Tochter so macht. Cuckoo, ich muss jetzt leider Schluss machen. Das nächste Meeting wartet. Was wolltest du mich fragen?«

»Hm?« Ob mein Vater auch ein Fachmagazin über Patisserie las? Ich konnte es mir kaum vorstellen. Immerhin war er einer derjenigen Menschen gewesen, die nicht recht verstehen konnten, warum ich nach meinem Wirtschaftsstudium ausgerechnet Bäckerin werden wollte. Ich hatte das langweiligste Studienfach der Welt ausschließlich gewählt, weil es seinem Beruf am nächsten kam und ich in seine Fußstapfen hatte treten wollen. Aber das hatte ich ihm nie verraten. Nachdem er aber nach Phoenix gezogen war, erschien mir das weniger erstrebenswert als vorher.

»Du hattest gesagt, du müsstest mich auch etwas fragen, bevor ich mit meinen Neuigkeiten rausgeplatzt bin.«

»Ach so …« Kurz überlegte ich, meinen Vater nach der Starthilfe fürs Café zu bitten, entschied mich aber dagegen. Ich hatte in diesem Gespräch schon genug Tiefschläge kassiert, da musste ich ihm keine Vorlage für den nächsten bieten. »Nicht so wichtig.«

»Okay. Dann sehen wir uns in New York, oder? Ich sende dir rechtzeitig die Daten. Maddie freut sich schon sehr darauf, dich endlich mal wiederzusehen. Sie hat angekündigt, dich öfter besuchen zu wollen, wenn sie an der Ostküste lebt. Von New York nach Woodside ist es ja auch wirklich nur ein Katzensprung. Das wäre doch toll, oder? Meine beiden Mädchen gemeinsam unterwegs.«

»Jaaa.« Ich zog das Wort absichtlich in die Länge, aber wenn mein Vater es bemerkte, ließ er es unkommentiert. »Das wäre ganz prima.«

»Bye, Cuckoo. Ich hab dich lieb.«

»Bye, Dad.« Seinen Abschied zu erwidern war mir nicht möglich, auch wenn es stimmte. Ich liebte meinen Dad und wünschte mir kaum etwas sehnlicher, als ihn wieder richtig in meinem Leben zu haben - nicht nur alle paar Wochen am Telefon. Als er sich von Mom scheiden ließ, hatte er auch mich verlassen. Er war ans andere Ende des Landes gezogen und hatte mich durch eine niedlichere, schlankere, sportlichere Version ersetzt. Ich war zurückgeblieben mit der Frage, was ich hätte anders machen können und warum er mir nichts von seinen Plänen erzählt hatte. Ich hätte mir ein College im Südwesten suchen können. Aber er hatte mich im Unwissen gelassen, und als ich das erste Mal vom College nach Hause kam, war er nicht mehr da gewesen.

Ich war ihm nicht genug gewesen - genau wie ich Jamie nicht genug gewesen war. So wie ich niemandem genug war.

11. Jamie

Da war ich also wieder. Woodside. Das Kaff, in dem ich nach dem Willen meiner Mutter aufwachsen musste, weil sie die verklärte Vorstellung hatte, in Kleinstädten würden ihre Kinder in Sicherheit und zu besseren Menschen heranwachsen. Ob sie damit recht hatte … Ich würde nicht darauf wetten. Aber ich verstand, was in ihr vorging. Sie wollte meine Schwester und mich vor dem bewahren, was meinem älteren Bruder in New York City passiert war. Cora MacLannister hatte eine weiche Seele und ein noch weicheres Herz. Sie wollte ihre Kinder vor Unheil schützen, das wusste ich. Trotzdem hätte ich es vorgezogen, in der Hauptstadt der Welt aufzuwachsen.

Nach der Highschool hatte ich meine Sachen gepackt, so schnell ich konnte, und war mit Sack und Pack nach Boston ans College aufgebrochen. Meine Kehle schnürte sich zu bei dem Gedanken an den Tag meines Aufbruchs, doch ich ließ die Erinnerung nicht zu. Nie wieder würde ich so schwach sein, mich nie wieder so angreifbar machen wie an jenem letzten Tag in Woodside.

Ich räusperte mich und sah mich im Ort meiner Kindheit um, verdrängte den schalen Geschmack der ungeliebten Erinnerung. Es war - das musste selbst ich zugeben - nicht alles schlecht gewesen. Während meiner Zeit hier hatte ich das verfluchte Dorf regiert. Jeder Mensch an der Schule hatte nach meiner Pfeife getanzt. Okay, nicht nur nach meiner. Aber als einer der besten Spieler des Footballteams hatte ich schon einen verdammt guten Stand gehabt. Keine Party ohne mich. Kein Mädchen, das nicht insgeheim ein feuchtes Höschen bekam, wenn ich vorbeiging. Und kein verdammter Nerd, der nicht zitterte, wenn ich mich näherte. Ich wurde gefürchtet, und das zu Recht. Immerhin hatte man eine Figur in *Game of Thrones* nach mir benannt. Gut, das war sicher ein Zufall und ich hasste es, darauf angesprochen zu werden. Als der verfluchte Kevin mich einmal gefragt hatte, ob ich denn auch meine Schwester ficken würde, hat er mit einer gebrochenen Nase dafür bezahlt. Aber so manch ein naives Mädel hatte mir meine Story von der Namensgebung abgekauft und war noch bereitwilliger mit mir ins Bett gegangen. Das waren schöne Zeiten …

Auch, weil meine Eltern zu der Zeit viel geschäftlich unterwegs waren und unsere Erziehung zu großen Teilen unserer Haushälterin Gabriella - und uns selbst - überließen. Gabriella störte sich nicht daran, wenn ich nicht Klassenbester oder Kapitän des Footballteams war. Leistungen dieser Art waren ihr egal. Sie sorgte sich eher um meine Seele - wollte mich mit in die Kirche nehmen und so ein Zeug. Irgendwann gab sie auf, konzentrierte sich darauf, dass ich genug aß, und ließ mich mein Ding machen. Von da an war ich vollkommen frei in meinem Tun gewesen. Abgesehen von den wöchentlichen Kontrollanrufen meines Erzeugers und meiner bescheuerten Schwester, die ihm in den Arsch kroch, wann immer sie konnte, und ihm regelmäßig Bericht über mich erstattete.

Ich schlenderte die sogenannte Hauptstraße entlang, an die der Rathausplatz grenzte, der sich zum Crystal Lake öffnete und auch als Festplatz diente. Kurz flammte die Erinnerung an Abende mit Lagerfeuer und jeder Menge Bier am Seeufer auf. Beinahe jeden Heimsieg hatten wir damals so gefeiert, weil es in Woodside zu der Zeit keine vernünftige Bar gab. Bei den Bildern, die sich in meinem Kopf wie eine Art Video abspielten, lächelte ich und spürte wieder einen Hauch dieses Gefühls, alles schaffen zu können. Ein Gefühl, das ich zusammen mit einem Teil von mir bei meinem überstürzten Aufbruch hiergelassen und nie wiedergefunden hatte.

Mein Blick wanderte über die kleinen, bunt gestrichenen Holzhäuser, die sich an den Gehweg schmiegten. Es hatte sich nicht viel geändert. Der Blumenladen hatte eine neue Markise, das Klamottengeschäft hatte exakt die gleichen Klamotten im Schaufenster wie vor zehn Jahren - dessen war ich mir sicher. Auf der anderen Straßenseite entdeckte ich den Buchladen und fragte mich, ob ihn wohl noch immer Nan Nan Turner führen würde. Sie war damals schon eine verdammt toughe alte Schachtel gewesen und eine der wenigen, die nicht nach meiner Pfeife tanzten. Genau wie ihre Enkelin Maple, die kleine Furie.

Ich ging weiter und kam an einer breiten Fensterfront vorbei, die einen erneuten Erinnerungsfetzen heraufbeschwor. Milchshakes und Eiscreme im *Frozen Dreams* - das war auch so eine Tradition gewesen. Einem Impuls folgend nahm ich die beiden breiten Stufen zum Eingang und stieß die Glastür auf. Im Inneren schien die Zeit genauso stehen geblieben zu sein wie im Rest des Orts. Der gleiche schwarz-weiße Fliesenboden, die gleichen Stühle und Bänke mit Kunstlederbezug, die man an heißen Sommertagen lieber mied, um nicht einen Teil seiner Haut hierzulassen. Es wirkte zwar alles sauber und ordentlich, aber man sah dem Laden die Spuren der Zeit eindeutig an. Nur der Geruch war ein anderer. Lag früher stets ein leicht süßlicher Duft nach Vanille in der Luft, roch es heute anders. Nicht schlechter - im Gegenteil - und auch noch immer süß. Aber irgendwie … leckerer. Ich schüttelte den Kopf bei dem Gedanken. Wie konnte etwas *lecker* riechen?

Einem alten Automatismus folgend ging ich zur Theke, spähte in das gläserne Ungetüm und runzelte die Stirn. In meiner Erinnerung hatten sich Eissorten über Eissorten getürmt, aber nun entdeckte ich lediglich zwei mittelgroße Gefäße mit den gängigsten Sorten der Welt: Schokolade und Vanille. Ob wohl noch immer die Mrs. Hamilton das Café führte? Ich hatte die alte Schachtel damals vollkommen um den Finger gewickelt und brauchte meine Shakes nie teurer als mit einem Lächeln bezahlen.

Die Tür zum hinteren Bereich des Eiscafés wurde aufgestoßen und heraus kam eine junge Frau, die auf jeder Hand einen Teller balancierte, der mit köstlich aussehenden Backwaren belegt war. Es war eindeutig nicht Mrs. Hamilton, aber sie kam mir verdammt bekannt vor. Die braunen Haare rankten sich in einem geflochtenen Zopf um ihren Kopf wie eine Art Krone. Sie trug ein einfaches, enges schwarzes Tanktop, das ihre spektakulären Rundungen präsentierte. Sie war eigentlich nicht mein Typ - nichts an ihr war kantig und sie brachte eindeutig ein paar Pfund zu viel auf die Waage, aber da war etwas in ihren Augen. Ein Funkeln irgendwo in den Tiefen dieses magischen Karamells, das mir sofort neue Erinnerungsfetzen bescherte. Ich kannte sie, und das war nicht gut - überhaupt nicht gut.

Sie hielt abrupt in der Bewegung inne. Mein Blick huschte zu ihren Lippen, die sich leicht teilten, so wie sie es schon früher für mich getan hatten. Und die nun kaum hörbar meinen Namen formten: »Jamie.«

Ihre Stimme klang rauer als früher. So, als hätte sie seit Tagen nicht gesprochen, aber das konnte wohl kaum sein. Sie hatte nie *nicht* gesprochen. Nur wenn ich ihre Lippen mit meinen verschloss, hatte sie mit dem Reden aufgehört. Ich schluckte hart gegen den Kloß an, der sich bei der Erinnerung an sie in meinen Armen in meiner Kehle formte.

»Hallo, Hazel.« Ich rührte mich nicht. Keine Ahnung, warum. Das Schachbrettmuster des Bodens hielt mich an Ort und Stelle und ich hatte das Gefühl, Hitze und Kälte, Freude und Schmerz, Liebe und Hass würden gleichzeitig meine Adern fluten und meine Synapsen überfordern.

»Du bist zurück.« Keine Frage, nur eine Feststellung.

»Mein Porsche ist in der Werkstatt.«

»Was hast du hier gewollt?«

»Ich wollte hier gar nichts. Ich war zufällig in der Nähe.«

»Natürlich.« Sie stellte die Teller mit dem Gebäck ab, verschränkte die Arme und lenkte so meinen Blick auf ihren Ausschnitt, unter dem sich ihre Brüste in einem schnellen Rhythmus hoben und senkten. Sie ging in Abwehrhaltung und ich tat es ihr gleich, kopierte ihre Haltung. »Wie lange bleibst du?«

Ich fing mich, unterbrach das Starren und zwang mich, meine Maske wieder aufzusetzen. Hazel war die eine Person, die wusste, wie es dahinter aussah. Zumindest hatte sie es gewusst. Aber ich hatte dafür gesorgt, dass sie meine Maske für die Wahrheit und meine Ehrlichkeit für eine Lüge hielt. Und so sollte es bleiben.

»Ich wüsste nicht, was dich das angehen würde, Hazel-Basil.« Den alten Spitznamen zu nutzen, der ihr in der Highschool verpasst worden war, fiel mir schwer. Aber das Arschloch in mir zwang mich dazu. Ich hatte meinen Abwehrmechanismus in den letzten zehn Jahren perfektioniert. Aber wenn ihm - und was schwerer wog: *mir* - jemand gefährlich werden konnte, dann sie.

»Nenn mich nicht so«, fauchte sie.

»Warum nicht, Hazel-Basil? Ich wette, du riechst noch immer so modrig wie ein ganzer Sack Blumenerde.« Lüge. Ich wettete, sie roch ganz hinreißend.

»Basil ist keine Blumenerde, sondern Basilikum. Das hab ich dir und deinen dämlichen Freunden schon in der Highschool gesagt.«

»Das hätte sich aber nicht gereimt, Hazel-Basil.«

Sie schnaubte. »Wie ich sehe, hast du dich kein Stück verändert. Du bist noch immer das gleiche Arschloch, das du vor zehn Jahren warst.«

»Ich hab dir damals schon gesagt, dass man es als rücksichtsloser Arsch leichter in unserer Welt hat.« Ein weiterer Gedankenfetzen streifte meine Erinnerungen: Karamellaugen voller Tränen, ein unterdrücktes Schluchzen, mein Name gerufen im Nachtwind, der ein Lagerfeuer anfachte …

»Ja.« Sie lachte auf. »Das hast du.« Ich fing Hazels Blick auf, in dem heute kein Schmerz lag und keine Tränen schimmerten. Stattdessen entdeckte ich wilden Zorn.

»Also, Hazel-Basil. Was ist aus deinen Plänen geworden? Du wolltest doch ein Wirtschaftswunderkind sein, oder? Für Daddy?«

»Verpiss dich, Jamie.«

»Aber, aber. Geht man so mit seiner zahlenden Kundschaft um?«

»Du bist keine zahlende Kundschaft.«

Ich lachte auf. »Wie ich sehe, hast du dein Feuer nicht verloren. Auf Wiedersehen, Hazel-Basil.« Ich deutete eine affektierte Verbeugung an.

»Hoffentlich nicht«, hörte ich sie sagen, als ich mich umdrehte und das *Frozen Dreams* verließ.

Ich hätte umdrehen können, um ihr die Wahrheit zu sagen. Ihr sagen, wie wunderschön sie aussah mit dem Mehlstaub auf der Wange und dem Funkeln in den Augen. Ich hätte ihr sagen können, wie sehr ich ihre Stupsnase vermisst hatte und dass ich alle Frauen, die ich nach ihr getroffen hatte, mit ihr verglich. Nicht eine von ihnen hatte diesem Vergleich standgehalten. Nicht eine hatte mich so zum Lachen gebracht und nicht eine hatte auch nur im Ansatz so sehr meine Seele - mein tiefstes Inneres - berührt wie sie. Aber das konnte ich ihr nicht sagen. Niemanden gingen meine Gefühle etwas an - nicht mal mich selbst. Und deshalb versteckte ich sie hinter dieser meterhohen Mauer aus Arroganz und Überheblichkeit, bis kein Mensch sie jemals wieder finden könnte.

Meine Gedanken hingen Hazel nach, während ich zurück zur Werkstatt marschierte. Der unfreiwillige Ausflug in meine alte Heimat hatte hoffentlich bald ein Ende. Es war zu gefährlich, hier zu sein. Das Verlangen, einfach umzudrehen, Hazel zu packen, sie auf diesen verfluchten Tresen zu setzen und mich in ihr zu versenken - endlich wieder - zog so heftig an mir, dass ich mich auf meine Schritte konzentrieren musste, um nicht nachzugeben. Aber ich hatte gelernt, mich zusammenzureißen, meine Gefühle zu ignorieren. Denn Gefühle waren etwas für Schwächlinge und Frauen. Das zumindest war es, was mein Vater mir immer wieder eingetrichtert hatte.

Zeig keine Gefühle, Jamie.

Hör auf zu heulen wie ein kleines Mädchen, Jamie.

Ertrage den Schmerz, Jamie.

Ich stoppte und ballte die Hände zu Fäusten, bis es schmerzte. Nein, Gefühle hatten keinen Platz in mir, und deshalb musste ich so schnell wie möglich weg hier.

Bills Garage stand in geschwungenen roten Lettern auf einem Schild über dem alten Gebäude, von dem die weiße Farbe abblätterte. Woodside war kein Vergleich zu Bowers Beach, immerhin herrschte hier eine gewisse Betriebsamkeit und es lebten deutlich mehr als vielleicht zehn Menschen hier. Aber auch diese kleine Stadt hatte definitiv bereits bessere Tage gesehen.

Ich schlüpfte durch das geöffnete Garagentor und blickte mich in dem erstaunlich großen Raum um. Hier drin wirkte es nicht, als sei die Zeit stehen geblieben. Im Gegenteil: Der Boden aus hellgrauem Beton wirkte frisch gegossen und die Geräte sahen allesamt neuwertig und modern aus. Ich entdeckte meinen Porsche, ging mit großen Schritten darauf zu, in der Erwartung, jemanden beim Arbeiten zu überraschen, aber niemand war dort. Mein Blick wanderte durch die Werkstatt, in der noch ein weiteres Auto sowie ein Motorrad standen, ansonsten war ich allein.

»Hallo?«, rief ich in die Stille.

Irgendwo hinter mir quietsche es leise und ich fuhr herum. »Hi, Jamie.« Der Mechaniker, der mich abgeschleppt hatte, trat aus einer Tür, hinter der ich ein Büro ausmachte.

»Hi, Ash.«

»Oha, du hast mich also doch erkannt?« Er zog eine Augenbraue hoch, während er auf mich zukam.

»Nein. Um ehrlich zu sein, war es mir erst klar, als wir in Woodside ankamen.« Er brummte als Antwort. »Und? Wann ist mein Porsche fertig?«

Ash strich sich durchs kurze, braune Haar, machte einen Schritt auf meinen Wagen zu und deutete auf die Beifahrerseite. Ich umrundete die Motorhaube und realisierte erst jetzt, dass der vordere Reifen abmontiert worden war.

»Die Achse ist gebrochen, die Aufhängung ist dementsprechend auch hinüber, genau wie die Felge. Und die Ölwanne hat auch einen mitbekommen. Du kannst von Glück reden, dass du nicht die ganze Straße eingesaut hast.« Er drehte sich zur Werkbank hinter ihm und schaltete den Computermonitor ein, der darauf stand. Nach ein paar

Klicks wandte er sich wieder zu mir. »Die Stoßdämpfer sind ebenfalls ziemlich in Mitleidenschaft gezogen.«

»Was ist denn das für eine Scheiße. Ich dachte, Autos können ein bisschen was vertragen.«

Ash zuckte mit den Schultern. »Tja, Jamie. Da hatte dein Auto wohl einen Vorschaden - so wie du.« Er feixte.

Ich bedachte ihn mit einem eisigen Blick. »Okay. Und was heißt das?«

»So kannst du nicht fahren.«

»Ach was, du Genie. Aber wann bist du mit der Reparatur fertig?«

Er verdrehte die Augen und verschränkte die Arme. Mein Blick fiel unwillkürlich auf seine sich spannenden Unterarme. Es hätte mich nicht gewundert, wenn der Stoff seines Shirts unter der Belastung nachgeben würde wie beim Hulk.

»Jaja, schon gut. Du musst nicht gleich den Gorilla raushängen lassen. Ich seh auch so, dass du gepumpt hast. Also: Wann ist mein Auto wieder intakt? Ich will hier weg.«

»Tja, kann ich schwer sagen. Die Ersatzteile habe ich nicht hier und mein Lieferant ist nicht unbedingt auf solche Luxusautos spezialisiert, aber die Anfrage läuft.«

Genervt stöhnte ich auf. Das durfte doch nicht wahr sein. »Dann ruf bei jemanden an, der sich darauf spezialisiert hat. Das kann ja so schwer nicht sein, oder?«

»Okay, Jamie. Ich sag dir, was wir jetzt machen. Du kannst deinen Wagen hierlassen, bis du den Transport organisiert hast. Versteh das als kleinen Gefallen zwischen ehemaligen Teamkollegen. Aber wenn du hier zu mir kommst und mich um Hilfe bittest, dann zieht diese ganze *Ich-bin-der-geilste-Typ-auf-der-Welt-und-jeder-tanzt-nach-meiner-Pfeife*-Nummer nicht, verstanden?«

»Ich bitte dich nicht um Hilfe. Du arbeitest für mich.« So allmählich wurde ich wütend. Wie beschissen konnte dieser Tag eigentlich werden, und jetzt wollte mir dieser Kleinstadt-Magic-Mike für Arme auch noch ans Bein pissen?

»Ich arbeite ganz gewiss nicht für dich, du Pfosten, sondern ausschließlich für mich. Und nun sieh zu, dass du wegkommst, sonst kannst du deinen Schrotthaufen hier direkt mitnehmen.« Ashs Augen wurden schmal, seine Kieferlinie noch schärfer.

Kurz zog ich in Erwägung, eine weitere Bemerkung fallenzulassen, entschied mich dann aber dagegen. Wer wusste schon, wie schnell ihm die Sicherungen durchbrennen würden. Ich erinnerte mich an ein paar Situationen auf dem Footballplatz, in denen Ash mit seinen Gegnern aus den anderen Teams kurzen Prozess gemacht hatte, und auf eine Prügelei mit ihm hatte ich keine Lust. Vielleicht würde ich dank meines Boxtrainings ein paar Treffer landen, aber gegen so einen Muskelberg wäre ich wohl ziemlich chancenlos. Also drehte ich mich wortlos um und steuerte den Ausgang an - meinen gestreckten Mittelfinger über die Schulter zu heben, ließ ich mir allerdings nicht nehmen.

Im warmen Licht der Maisonne zog ich mein Handy aus der Hosentasche und tippte auf Jenns Kontakt. Es geschah eher aus Reflex und Gewohnheit, als dass ich darüber nachgedacht hätte. Und trotz meines Ausbruchs am Vormittag nahm sie meinen Anruf an.

»Hallo, Jamie.« Ihr Ton war kühl und distanziert und es hätte mich nicht gewundert, wenn Eiskristalle aus dem Lautsprecher meines Smartphones gewachsen wären.

Ich schnalzte mit der Zunge. »Na, na, Jenn. Was hatte ich über die Verwendung meines Vornamens gesagt?«

Ihr Schweigen war noch eisiger als ihre Worte.

»Okay, du bist noch sauer. Meinetwegen. Aber du musst mir einen Gefallen tun. Ich hatte auf dem Rückweg in die Stadt vorhin eine Panne und wurde abgeschleppt. Ich sitze jetzt in der Provinz fest und der Hinterwäldler von Mechaniker kann meinen Porsche nicht reparieren. Organisier mir einen Wagen, ja? Und einen Transport für mein Auto, damit es von fähigen Menschen behandelt werden kann.«

»Sie haben mich gefeuert, schon vergessen?«

»Ach Jenn, komm schon. Das war doch nicht ernst gemeint. Im Eifer des Gefechts sagt man schon mal Sachen, die vielleicht falsch verstanden werden. Nichts für ungut.«

»Auf Wiederhören, Jamie.«

»Jenn? Jenn!« Ich nahm das Telefon vom Ohr und schaute es perplex an. Sie hatte doch wohl nicht einfach aufgelegt? Ich war verflucht noch mal ihr Boss. Wobei, nein, das war ich nicht mehr. Selbst wenn ich sie nicht in einem verzweifelten Versuch, meinen Arsch zu retten, gefeuert hätte, wäre ich nicht mehr ihr Boss. Denn ich war kein Teil der MacLannister Corp. mehr. Ich war nicht mal mehr Teil der Familie, das hatte Dad mir schließlich unmissverständlich klargemacht. Und Victor MacLannister scherzte nicht. Der Verstoß war der Preis meines Versagens, den ich nun zahlen musste.

Ich blickte über die Schulter zurück zur Werkstatt und setzte mich langsam in Bewegung. Plötzlich hatte ich das Gefühl, tonnenschwere Gewichte an meinen Fußgelenken zu haben, die mich zurückhielten. Wollte ich mir wirklich diese Blöße geben? Nein, wollte ich nicht, aber was hatte ich schon für eine Wahl?

Ash, der sich weit über den Motorraum des anderen Wagens gebeugt hatte, sah mit Verwunderung im Blick auf, als er mich bemerkte.

»Okay, nur mal angenommen, ich ließe den Porsche hier reparieren. Wie lange würde das dauern?«

Er richtete sich auf, schnappte einen ölverschmierten

Lappen, der über der Motorhaube hing, und wischte sich daran die Finger ab.

»Klappt nicht so mit dem Transport, was?«

»Ach, leck mich. Also, wie lange?«

Er zuckte eine Schulter. »Warte mal.« Er drehte sich um und marschierte in sein Büro, aus dem ich kurz darauf seine Stimme vernahm, da er offenbar telefonierte. Ein paar Minuten später kehrte er zu mir zurück in die Werkstatthalle. »Also, mein Lieferant schätzt, dass er die Teile in einer Woche liefern kann. Vielleicht auch zwei. Genaueres kann er mir frühestens morgen sagen.«

»Ein oder zwei Wochen? Machst du Scherze?«

»Nein. Und dann muss ich deinen Wagen noch reparieren. Dafür brauche ich auch so zwei bis drei Tage.«

»Dein Ernst?«

Er nickte.

»Und was mach ich jetzt?«

»Ich würde mal damit anfangen, nicht mit überhöhter Geschwindigkeit über eine Schlaglochpiste zu fahren. So hättest du dein Dilemma wunderbar vermeiden können.« Er hob abwehrend die Hände, als er meinen Blick bemerkte. »Just saying.«

»Ich wiederhole: Leck mich.«

Ein amüsiertes Grinsen umspielte Ashs Lippen.

»Hast du einen Leihwagen für mich?«

»Bin ich ein verfluchter Autohändler? Nein, hab ich nicht.«

»Scheiße. Wie komme ich nach New York?«

»Ruf dir 'nen Uber, was weiß ich. Oder nimm morgen den Bus nach Wilmington und fahr von dort aus mit dem Zug. Das ist wohl kaum mein Problem.«

Natürlich konnte ich mir ein Uber rufen und dem Fahrer das Geschäft seines Lebens bescheren. Aber wollte ich in meiner Wohnung in New York sitzen, die ich am Morgen voller Euphorie und Selbstvertrauen verlassen hatte? Von beidem war nichts geblieben. Sofern mein Vater nicht direkt die Schlösser hatte austauschen lassen, denn immerhin war das Appartement Eigentum seiner Firma und ich ihm somit ausgeliefert. Trotzdem könnte ich mir in einer Bar ein Mädchen aufreißen und eine schöne, entspannte Nacht haben, den beschissensten Tag meines Lebens aus der Welt vögeln. Aber warme Karamellaugen hinderten mich daran. Es wäre die logische Entscheidung, nach New York zu fahren, um zu retten, was zu retten war. Aber Logik und ich … das hatte noch nie besonders gut gepasst. »Habt ihr in diesem Kaff inzwischen so was wie ein Hotel?«

12. Hazel

Schockstarre. So konnte man meinen Zustand wohl am besten beschreiben - einzig meine Hände zitterten wie Espenlaub, seit Jamie das *Frozen Dreams* verlassen hatte. Ihn hier zu sehen, hatte mich eiskalt erwischt. Auch wenn Ash von seiner Rückkehr berichtet hatte, war ich mir sicher gewesen, ihn nicht ausgerechnet im alten Eiscafé anzutreffen. Genau das war der Grund gewesen, warum ich mich hastig von Maple und den anderen verabschiedet hatte, um mich in die Küche zu flüchten. Ich hatte mich beschäftigen müssen, meine Gedanken ausschalten, die unablässig um Jamie gekreist waren. Und dann war ich ihm ausgerechnet dort in die Arme gelaufen.

Im ersten Moment hatte er ebenso überrascht gewirkt wie ich. Ich hatte genau wahrgenommen, wie sich seine Augen weiteten. Beinahe hatte ich geglaubt, er würde lächeln - kein überhebliches Grinsen, sondern sein echtes Lächeln, das seine Grübchen tanzen ließ. Das Lächeln, das meine Knie schon früher in Wackelpudding verwandelt hatte. Doch dann, kaum einen Wimpernschlag später, legte sich der arrogante Schleier über sein Gesicht, den ich schon immer verabscheut hatte. Und als er mich mit meinem verhassten Spitznamen aus Highschool-Zeiten ansprach, wäre ich am liebsten auf ihn losgegangen.

Zehn lange Jahre und er ließ mich noch immer nicht kalt.

Warum zum Teufel konnte ich ihn nicht einfach aus meinem Herzen verbannen, so wie er es mit mir gemacht hatte? Wenn ich denn überhaupt jemals einen Platz in seinem gehabt hatte, was ich bezweifelte.

Ein Scheppern ertönte aus der Küche und holte mich aus meiner Starre. Ich schlüpfte durch die Schwingtür und blickte mich um. Im ersten Moment konnte ich nichts erkennen, doch ein schmerzvolles Wimmern erfüllte den Raum. Schnell umrundete ich den Arbeitstisch in der Mitte und entdeckte Mrs. Hamilton, die auf dem Boden lag.

»Scheiße.« Mit einem großen Schritt war ich bei ihr, ging in die Knie und umfasste ihre Schultern, um der alten Dame aufzuhelfen. »Ich helfe dir, Pearl. Ist alles in Ordnung?«

»Ich glaub, ich kann nicht aufstehen, Hazel.« Sie sah mich aus schmerzerfüllten, grün-grauen Augen an, in denen Tränen standen.

»Okay, bleib ganz ruhig. Ich ruf einen Rettungswagen.« Ich kramte mein Handy aus der Tasche und wählte den Notruf. »Nicht bewegen.« Beruhigend strich ich über ihre Schulter, die unter meiner Hand zitterte.

Es dauerte eine gefühlte Ewigkeit, bis endlich die Sanitäter eintrafen, Pearl auf eine Trage schnallten und mit ihr davonfuhren. Ich war schnell in ihre Wohnung gelaufen und hatte das Nötigste für sie aus ihrem Kleiderschrank gegriffen und ein paar Utensilien in ihrem kleinen Bad zusammengerafft.

Nun stand ich auf der Straße und sah den blauen und roten Leuchten nach, die den allmählich dunkler werdenden Himmel erhellten. Mein Herz war voller Mitleid für meine Vermieterin und ich hatte ein schlechtes Gewissen. Ich war ihr aus dem Weg gegangen, um ihr keine Antwort auf ihr Angebot geben zu müssen. Sicher hatte ich ihr das Gefühl gegeben, sie könne mich nicht um Hilfe bitten.

Und nun war sie gestürzt bei dem Versuch, Geschirr aus einem Hängeschrank zu holen, das ich dort hineingeräumt hatte.

»Was ist hier los?« Die tiefe, sonore Stimme eines Mannes erklang neben meinem Ohr und jagte augenblicklich einen Schauder über meinen Rücken. Die Härchen an meinen nackten Armen stellten sich auf wie vor Jahren, als mir genau diese Stimme die süßesten Worte ins Ohr geflüstert hatten. Ich reckte das Kinn, um mich größer zu machen, und verschränkte instinktiv die Arme, um mich zu schützen.

»Was interessiert es dich?« Zu meinem Glück klang meine Stimme nicht so zitterig, wie ich mich fühlte, sondern kühl und abweisend.

»Du kennst mich doch, Hazel-Basil. Ich bin immer um meine Mitmenschen besorgt.« Jamie zwinkerte mir zu und mein Mund wurde augenblicklich trocken. Verflucht, warum hatte er bloß noch immer diese Wirkung auf mich und wieso konnte ich mich nicht einfach umdrehen, um ihn hier stehenzulassen? So wie er es mit mir gemacht hatte.

»Du sorgst dich in erster, zweiter und dritter Linie um dein Wohl, Jamie. Nicht um das der anderen.«

Gespielt schockiert fasste er sich an die Brust, als hätte ich ihm einen schmerzhaften Treffer verpasst. »Was ist mit der alten Schachtel?« Er deutete mit dem Kinn in die Richtung, in die der Krankenwagen gefahren war.

»Sie ist gestürzt, hat vermutlich einen Oberschenkelhalsbruch.« Kaum hatte ich es gesagt, ärgerte ich mich über mich selbst. Er hatte es nicht verdient, Informationen zu erhalten. Schon gar nicht, wenn er so abfällig über Menschen sprach. Diese verfluchte Gossip-Liebe … Ich schüttelte den Kopf, drehte mich um und ging zur Glastür des *Frozen Dreams*.

»Warte mal, Hazel-Basil. Wenn die alte Hamilton im Krankenhaus ist, dann steht doch ihre Wohnung leer.«

»Und?«

»Wie der Zufall es will, brauche ich eine Übernachtungsmöglichkeit.« Wieder dieses Zwinkern.

Ich ballte die Hände zu Fäusten. »Du spinnst doch.«

»Es ist wohl kaum meine Schuld, dass es in diesem verfluchten Saukaff kein Hotel oder wenigstens ein Bed and Breakfast gibt.«

»Und warum verschwindest du nicht einfach?«

»Wo wäre denn da der Spaß? Ich bin doch grad erst angekommen, Hazel-Basil. Du willst mich doch wohl nicht aus meiner alten Heimat vertreiben.«

»Als wenn Woodside jemals deine Heimat war. Du hast doch jeden hier mit Füßen getreten, sobald sich eine Gelegenheit dazu bot.« Ich funkelte ihn an und hoffte, er würde nicht erkennen, wie zerrissen ich innerlich war. Wie sehr ich mir wünschte, ihn zu berühren. Wie sehr ich mir wünschte, ihn nur noch ein einziges Mal zu küssen. Wie sehr ich mir wünschte, er würde verschwinden und nie zurückkommen.

»Autsch.«

Er kam einen Schritt näher und ein zarter Duft nach Leder, gemischt mit etwas fruchtig Scharfem, das ich nicht zuordnen konnte, kitzelte meine Nase. Jamie roch anders als früher - irgendwie männlicher, und trotzdem katapultierten sein Geruch und seine Nähe mich in jene Zeit vor zehn Jahren zurück. Versteckte Küsse, heimliche Treffen. Seine Hände auf meiner Haut, seine Lippen an meinem Hals, ein sanftes Flüstern in der sommerlichen Brise … Ich erschauderte.

»Denk doch mal logisch, Hazel-Basil. Mein Auto ist kaputt, es ist zu spät, um sich ein Uber nach New York zu rufen. Falls sich hier überhaupt jemand hertrauen würde.

Und außerdem habe ich Lust, mein altes Revier zu durchstreifen. Immerhin war ich lange nicht mehr hier.«

»Zehn Jahre«, flüsterte ich und etwas in Jamies Blick veränderte sich. Der Schleier der Arroganz lichtete sich und gab einen Blick auf die Schicht frei, die darunter lag. Und was ich dort entdeckte, wirkte tausendmal stärker als sein Duft. In seinen blauen Augen stand echtes Bedauern.

13. Jamie

Ich wich zurück, wandte mich zum Gehen. Das hier war ein Fehler. Ein gigantischer Riesenfehler, neben dem selbst der Mount Everest wie ein Staubkorn aussah. Er war noch da, der Jamie, den Hazel kannte. Den nur sie kannte. Und genau deshalb durfte ich ihr nicht zu nahekommen - schon gar nicht durfte ich ihr zeigen, wer ich wirklich war. Dummer Fehler, dummer Jamie.

Zehn schnelle Schritte schaffte ich fort von Hazel. Der elfte war langsam, beinahe in Zeitlupe. Einen zwölften Schritt gab es nicht. Ich drehte mich um, sah sie dort stehen, den Blick auf mich geheftet. Der Ausdruck in ihren Augen presste mir die Luft aus der Lunge. Ich sollte gehen - ich musste gehen. Die Chance, die wir gehabt hatten, hatte ich verspielt - so verdammt gründlich verspielt. Und trotzdem machte ich einen Schritt auf sie zu. Dann noch einen und noch einen, bis ich bei ihr war und ihr süßer Duft meine Nase erfüllte.

»Verdammt, Hazel.« Meine Stimme war kaum mehr als ein Krächzen, ein tonloses Flehen. Ich machte einen weiteren Schritt auf Hazel zu, spürte das Pochen in meinen Lippen, und alles in mir brüllte wie ein wildgewordenes Tier. Ich sollte verschwinden. Sie hier im Eingang des alten Eiscafés stehen lassen und einfach abhauen - so, wie ich es schon einmal getan hatte.

Aber meine Beine versagten abermals ihren Dienst, mein Gehirn weigerte sich noch einen rationalen Gedanken zu fassen, und übergab meinem Herzen das Kommando. Dem Herzen, das sich nach Hazel nie wieder jemandem geöffnet hatte. Langsam - wie in Zeitlupe - hob ich meine Hand, und als meine Fingerspitzen Hazels Kiefer berührten, keuchte sie auf. Ich ertrank in ihrem Blick, der mich wie ein Strudel gefangen nahm und nicht wieder freigab. Behutsam strichen meine Finger über die zarte Haut ihrer Wange, saugten begierig ihre Wärme auf. Ich ließ sie weiter wandern, bis meine Hand in ihrem Nacken zum Liegen kam. Eine Strähne, die sich aus ihrer Flechtfrisur gelöst hatte, kitzelte meinen Zeigefinger. Ich griff sie, drehte sie mit leichtem Zug um meinen Finger. Ein süßes Déjà-vu durchflutete meine Sinne - dieses namenlose, unvergleichbare Verlangen nach ihr.

Hazel öffnete leicht ihre Lippen, leckte sich mit der Zungenspitze darüber. Eine winzige - vermutlich unbewusste - Geste, die mir sofort in den Schwanz schoss. Wie von selbst wanderte meine zweite Hand an ihre Hüfte und ich drängte sie noch dichter an die Glastür hinter uns.

»Hazel«, flüsterte ich, »ich habe dich vermisst.« Ein Geständnis, eine Wahrheit, die gleichzeitig eine Lüge war. Sie hatte mir gefehlt, aber ich hatte sie verraten - hatte uns verraten. Ich hatte kein Recht mehr, so für sie zu fühlen, und doch wollte ich nichts sehnlicher, als sie zu küssen. Ich verkürzte den Abstand zwischen unseren Lippen noch weiter, sah das Zucken ihrer Nervenenden, spürte ihren heißen Atem auf meiner Haut. Bei allen Gottheiten dieser Welt ... ich wollte sie küssen - so sehr.

Mein Blick huschte zu ihren Augen. Die Pupillen waren geweitet, nahmen beinahe die kompletten Iriden ein. Nur ein schmaler Ring aus eintausend Karamell-Nuancen lag noch darum. Ein köstlicher Stromstoß in meinem Nacken, als Hazels Fingernägel fordernd über meine Haut kratzten. Ein Tornado in meinen Synapsen, als ihre Lippen meine berührten und sich unsere Zungen trafen. Ich presste Hazel an die Tür, zog leicht an ihren Haaren, beugte ihren Nacken, um tieferen Zugang zu ihr zu gelangen. Versank in ihr, verlor mich und fand mich in der gleichen Sekunde wieder. Erhaschte einen Blick auf den Jamie, der ich vor zehn Jahren gewesen war, der ich mit ihr war.

Ein Ruck ging durch Hazels Körper. Sie drückte ihre Hände gegen meine Brust, stieß mich unsanft fort. Ihre Augen waren lustverhangen und doch blitzte Zorn in ihnen auf.

»Was soll der Scheiß?« Ihre Stimme war ein atemloses Flüstern. »Glaubst du, du kannst nach zehn Jahren zurückkommen und da weitermachen, wo du aufgehört hast? Ich bin nicht mehr das naive Mädchen, das sich nach dir verzehrt, du arroganter, kleiner Pisser. Verschwinde einfach, Jamie.« Sie stemmte die Hände in die Hüften, ließ die Arme wieder sinken, machte einen Schritt vor, hielt inne.

»Ha…« Weiter kam ich nicht. Sie stürzte förmlich auf mich zu, vereinte unsere Lippen zu einem ungestümen Kuss. Zerrte an meinem Shirt, kratzte mit den Fingernägeln über meine Haut und sandte ein Feuerwerk aus tausend Empfindungen durch meinen Körper.

Wir küssten uns wild, begierig, ohne Hemmung. Hazel stöhnte in meinen Mund, der Ton vibrierte in mir, hallte bis in meinem Brustkorb wider. Ich nahm meine Hand von ihrer Hüfte, griff nach der Tür und stieß sie auf. Gemeinsam taumelten wir in den Gastraum, prallten gegen einen der Tische. Mit den Händen umfasste ich Hazels Hintern, hob sie an und setzte sie auf dem Tisch ab, ohne unseren Kuss zu unterbrechen. Sie zog mich zwischen ihre Beine, umklammerte mich mit ihnen, als hätte sie Sorge, ich könnte ihr wieder entgleiten.

Mein Schwanz pochte schmerzhaft in meiner Chino, wollte befreit werden, bettelte um Erlösung. Wollte die Führung übernehmen, doch ich ließ ihn nicht. Das hier sollte keine schnelle Nummer auf einem mindestens vierzig Jahre alten Tisch in einem Café werden.

Auch Hazel schien aus der Überwältigung des Moments aufzutauchen. Sie löste sich von mir, schaute mich an mit einem Blick, den ich nicht deuten konnte. Ihre Lippen waren noch geschwollen von unserem Kuss. Ich wollte mit dem Daumen darüberfahren, bremste mich aber.

»Nicht hier.« Hazel deutete auf die breite Fensterfront. »Jeder, der vorbeikommt, kann uns sehen.« Sie zog die rote Unterlippe zwischen die Zähne, als würde sie überlegen. »Aber du kannst mit zu mir kommen.«

Als ich die Augen aufschlug, wusste ich im ersten Moment nicht, wo ich war. Orientierungslos setzte ich mich auf. Die Lichterkette am Betthaupt, die am Abend noch warmes Licht gespendet hatte - worüber ich sehr froh gewesen war - war erloschen. Zurück blieb das kalte Licht des nahenden Morgens.

Ich blickte auf die Seite der Matratze neben mir, entdeckte zerzauste, braune Haare, die sich halb übers Kissen ergossen und noch halb in einer zerstörten Flechtfrisur steckten. Ich betrachtete Hazel, die von mir abgewandt gleichmäßig atmete. Ich strich mir mit der Hand über das Kinn, das sich alles andere als glatt anfühlte, spürte den Empfindungen der vergangenen Nacht nach. Mit ihr zu schlafen hatte sich seltsam vertraut und gleichzeitig ganz anders als vor zehn Jahren angefühlt. Da war dieses Mal keine Unsicherheit zwischen uns gewesen, nur atemloses Verlangen. Gierige Küsse, hungrige Hände. Wie ein Junkie auf der Suche nach dem nächsten Schuss hatten wir uns aufeinander gestürzt - ohne tiefe Verbundenheit, ohne geflüsterte Versprechen, ohne … Wärme.

Ich erhob mich vom Bett, hielt inne, als die Matratze leise quietschte, doch Hazel atmete ruhig weiter. Ich klaubte meine Klamotten zusammen, die im gesamten Appartement verstreut lagen. Die Boxer-Brief direkt neben dem Bett, meine Socken irgendwo auf halber Strecke zur Küche, gemeinsam mit der Chinohose, die zerknüllt daneben lag. Ich zog alles an, angelte mein Hemd vom Küchentisch. Kurz überprüfte ich, ob Handy und Brieftasche da waren, dann öffnete ich so lautlos wie möglich die Wohnungstür. Mit dem Fuß schob ich meine Schuhe, die ich unweit der Fußmatte ausgezogen hatte, hinaus und trat dann auf den Flur.

Ich ging, ohne noch einen Blick auf Hazel zu werfen. Ich ging, ohne mich zu verabschieden. Ich ging schon wieder … Mein Herz brüllte mich an, es nicht zu tun. Doch es kam nicht gegen die Mauer an, die es umgab, und so prallten die Schreie an den massiven Steinen ab, verhallten irgendwo in der Tiefe.

Ich schlich die Treppe hinab - vorbei an der Wohnung der alten Hamilton und der Hintertür des Eiscafés - und verließ das Gebäude. Unschlüssig blickte ich mich auf dem Parkplatz um. Allmählich wuchs der glühende Streifen der aufgehenden Sonne über dem Wald, tauchte das Nachtblau in Nuancen aus Lila und Rosa und vertrieb damit die Sterne, die die vergangene Nacht stumm bezeugten.

Am Ende des Parkplatzes schimmerte der Crystal Lake im ersten Morgenlicht. Es würde nicht mehr lange dauern und er würde das Geheimnis seines Namens preisgeben.

Ich vergrub fröstelnd die Hände in den Taschen, zog die Schultern hoch und marschierte zur schmalen Uferpromenade, die mir unbekannt war. Sie musste wohl irgendwann innerhalb der letzten Jahre errichtet worden sein. An der niedrigen Kaimauer ließ ich mich nieder. Mit baumelnden Füßen blickte ich auf den See hinaus, der in diesem

Moment wie ein Meer aus abertausenden Diamanten erstrahlte. Ein Lächeln zupfte an meinen Mundwinkeln, als ich das Naturphänomen betrachtete. Und als mir eine Idee kam, wurde es noch breiter.

Als die Sonne sich emporgekämpft hatte und über den Wald lugte, verließ ich meinen Platz am See und machte mich gemächlich auf den Weg zur Werkstatt. Um niemandem über den Weg zu laufen - es gab in dieser Stadt wohl mehr Leute, die mich zum Teufel jagen wollten, als welche, die mich freudig empfangen würden -, ging ich am Ufer entlang. Immerhin war ich hier aufgewachsen und kannte die alten Schleichwege. Und die Wahrscheinlichkeit, Hazel hier zu begegnen, war auf jeden Fall kleiner als mitten auf der Mainstreet mit der Aufschrift Arschloch auf der Stirn, die ich in Hazels Augen sicherlich trug wie einen verfluchten scharlachroten Buchstaben.

Als der Weg um den See eine Rechtskurve beschrieb und weiter gen Wald führte, machte ich einen Schlenker in die andere Richtung und stand kurz darauf vor Bill's Garage.

Was der alte Bill wohl machte? Er war mein Football-Coach in der Middleschool gewesen und hatte viel in mir gesehen. Hatte immer wieder von meinem Talent gesprochen - tja, er hatte sich wohl geirrt. In der Highschool Mannschaft war ich nie über den Posten des Zweitbesten hinausgekommen. Es war egal gewesen, wie sehr ich mich auch bemühte. Meine Leistungen reichten nie für den begehrten Posten des Quarterbacks. Irgendwann gab ich auf. Irgendwann sah ich ein, nicht gut genug für die Spitze zu sein. Immerhin hatte mein Vater keine Gelegenheit verstreichen lassen, um es mir immer und immer wieder einzutrichtern. Letztgeborener, Erstversagender.

Dass Ash nun die Werkstatt offensichtlich leitete, obwohl Coach Bill noch nicht im Rentenalter sein dürfte, war wohl kein besonders gutes Zeichen. Natürlich könnte ich Ash nach seinem Vater fragen, aber ich hatte hier einen Ruf zu wahren, und dazu gehörte eben auch, sich nicht nach anderen Menschen zu erkundigen. Niemals - es sei denn, sie hatten das Potenzial, in irgendeiner Art und Weise nützlich zu sein.

Niemand hat Respekt vor netten Menschen, Jamie.

Nettigkeit ist etwas für Versager, Jamie.

Willst du ewig ein Versager bleiben, Jamie?

Seine Stimme bohrte sich in meine Gedanken und ich war mir nicht sicher, ob die Gänsehaut auf meinen Armen von der kühlen Brise kam oder ob es die Erinnerung an Leitsätze wie diese waren. Ich schüttelte mich und durchbrach das unangenehme Kreiseln meiner Gedanken. Es war Zeit, den vertrauten Schleier aus Arroganz und Überheblichkeit anzulegen. Meine schützende Rüstung, mein verfluchtes Gefängnis.

Ich klopfte an das Tor der Werkstatt, das - anders als gestern - nicht offenstand. Es dauerte eine Weile, bis Ash hinter einem der Glaseinsätze auftauchte und mich musterte.

»Deine Ersatzteile kommen nächste Woche. Hab grad die Mail gelesen.« Er ließ mich eintreten und bedeutete mir, ihm ins Büro zu folgen. Der kleine Raum wirkte einladend und gemütlich. Unter dem Fenster stand ein einfacher Schreibtisch mit einem Monitor und einigen ordentlich gestapelten Papierakten darauf. Auf einem Bücherregal an der Wand hatten einige Bildbände über Autos und passende Modelle ihren Platz gefunden. Auf dem obersten Brett jedoch thronte etwas anderes.

»Ist das …« Ich deutete auf den Football, der in seinem Ständer beinahe herrschaftlich wirkte.

Ash folgte meinem Blick und grinste schief. »Jup, das ist er. Der letzte Ball der letzten Saison.«

»Du hast den entscheidenden Touchdown erzielt.« Ich erinnerte mich an dieses Spiel, als wäre es gestern gewesen.

Die gesamte Stadt hatte uns zugejubelt und gleichzeitig hatte diese nicht greifbare Melancholie in der Luft gelegen. Ein paar Tage später hatten wir unseren Abschluss in der Tasche gehabt und verstreuten uns in alle Himmelsrichtungen.

Ash nickte und deutete auf ein schmales Sofa aus braunem Leder. »Willst du einen Kaffee?« Ohne meine Antwort abzuwarten, griff er nach einer Tasse, schob sie unter eine Maschine und drückte einen Knopf. Augenblicklich erfüllte das ratternde Mahlen den kleinen Raum. »Also, MacLannister.« Er reichte mir den Becher und ließ sich hinter dem Schreibtisch nieder. »Dein Auftauchen hat für Furore gesorgt.«

Unangenehm prickelnde Hitze flutete meinen Körper. Hatte Hazel Ash angerufen und ihm von der letzten Nacht berichtet? Nein, oder? Ich wusste nicht, wie nah sich die beiden inzwischen standen. Genau genommen wusste ich überhaupt nichts mehr über diese verfluchte Kleinstadt. Was, wenn die beiden ein Paar waren? Oder hatte Ash mich gesehen, als ich aus dem Haus geschlichen war? In Städten wie Woodside fiel so etwas natürlich sofort auf. Ich wahrte routiniert mein abgeklärtes Gesicht - meine Maske, die ich für jeden so perfekt trug.

»Maple war direkt fuchsteufelswild, als ich von dir erzählte.«

»Maple Turner? Wollte die nicht immer nach New York?« Erleichterung flutete mich. Es ging nicht um Hazel.

»Da war sie auch. Aber seit das mit ihrem Bruder passiert ist, ist sie wieder hier.« Ein Schatten huschte über Ashs Gesicht.

»Ach ja, das hab sogar ich gehört«, gab ich mit einem Schulterzucken zurück. Ich hatte von dem Unfall gehört, der Maples Bruder das Leben gekostet und einen anderen Jungen aus dem Dorf ins Koma geschickt hatte. Irgendwie war die Nachricht bis zu meiner Mutter vorgedrungen, die es mir erzählt hatte.

»Sie ist auf jeden Fall nicht amüsiert, dich wieder in Woodside zu wissen. By the way, wie lange bleibst du?« Er warf einen Blick auf sein Handy, das in dem Moment zu klingeln begann. Dann sah er mich an, die unausgesprochene Aufforderung im Blick, den Raum zu verlassen.

Ich antwortete mit einer hochgezogenen Augenbraue.

Mit einem Schnauben erhob er sich und nahm im Hinausgehen das Telefonat an.

Mir gab er so die Möglichkeit, über seine Frage nachzudenken, die ich nicht beantworten konnte. Wie lange wollte ich in Woodside bleiben und wo sollte ich übernachten? Die vage Idee des Morgens schlich sich zurück in meine Gedanken, suchte sich eine Ecke und quartierte sich dort ein. Und je eingehender ich darüber nachdachte, desto besser gefiel sie mir.

14. Hazel

Es war nur diese eine Frage, die immer und immer wieder in meinem Kopf rotierte: Wie konnte mir das passieren?

Ich rieb mit beiden Händen über mein Gesicht, stoppte das Karussell in meinem Schädel für eine Sekunde. Länger schaffte ich es nicht, nicht darüber nachzudenken, was in der letzten Nacht passiert war. Ich hatte Jamie mit nach Hause genommen. Hatte ihn aufgenommen wie einen streunenden Hund. Himmel, wäre es bloß ein Hund gewesen, der mir vorm *Frozen Dreams* vor die Füße gestolpert wäre. Den hätte ich gern mit in meine Wohnung genommen, hätte ihm ein Bad eingelassen und es mir mit ihm auf der Couch gemütlich gemacht.

Aber es war kein Streuner gewesen, den ich mit zu mir genommen hatte, sondern Jamie. Jamie Arschloch MacLannister. Und ich hatte ihn nicht nur in meine Wohnung gelassen. Nein. Ich hatte mit ihm geschlafen. Hatte zugelassen, dass sein Duft, seine Augen, sein Lächeln meine Gegenwehr außer Betrieb nahmen. Ich hatte mich ihm ganz und gar hingegeben, und es war so gut gewesen. Die empfindlichen Teile meines Körpers glühten noch immer unter der bittersüßen Erinnerung an die vergangene Nacht.

Aber natürlich war er bereits verschwunden, als ich aufgewacht war. Er hatte sich aus dem Staub gemacht. Ein Teil von mir war froh darüber. So blieb mir wenigstens die Peinlichkeit des Morgens danach erspart. Aber der andere Teil - der, der an nostalgischen Gefühlen festhielt - war gekränkt und spürte das Echo des Schmerzes, das ich so sorgfältig verdrängt hatte. Und in diesem Teil saß auch mein Herz, das nun an genau den Stellen schmerzte, die ich seit zehn Jahren so mühsam zu flicken versucht hatte. Nun waren die Nähte aufgerissen und hinterließen einen brennenden Schmerz. Wieso hatte die Vergangenheit bloß diese verfluchte Eigenschaft, sich immer und immer wieder zu wiederholen?

Mit einem schweren Seufzer schlug ich die Decke zurück, atmete dabei bewusst durch den Mund und nahm mir vor, am Nachmittag das Bett neu zu beziehen. Zu groß war die Gefahr, Jamies Duft in den Laken zu vernehmen. Denn - da war ich mir sicher - sein verfluchter Duft hatte den größten Anteil daran gehabt, dass ich schwach geworden war. Wenn es so etwas wie eine vorübergehende Unzurechnungsfähigkeit wegen Pheromonüberdosis gab, dann hatte ich in der vergangenen Nacht darunter gelitten. So viel war sicher, und das wollte ich nicht noch einmal riskieren.

»Okay, Hazel. Es lässt sich nun nicht mehr ändern. Du hast mit Jamie geschlafen und deswegen flippst du nicht aus. Du erzählst es einfach niemandem - schon gar nicht Maple.« Ich schüttelte energisch den Kopf bei dem Gedanken daran, meine Freundin einzuweihen. Denn sie würde mir selbigen abreißen. Die Bewegung löste eine Strähne, die mir vor die Nase sprang. Ich erstarrte, als mir der ledrig-fruchtige Duft in die Nase stieg, der sich auch in meinem Haar verfangen hatte. Augenblicklich ploppten Gedankenbilder der letzten Nacht auf. In meiner Mitte pochte es sofort wieder bei der Erinnerung an die Stunden, die ich mit Jamie verbracht hatte. Seine Finger, seine Zunge, sein Schwanz …

Ich schüttelte abermals den Kopf. Einmal schwach werden war ein Fehler, zwei Mal schwach werden wäre absolute Dummheit. Nein, das durfte ich nicht zulassen. Ich musste meinen Blick ausschließlich nach vorn richten - in die Zukunft, nicht in die Vergangenheit. Ich musste mich auf meine Karriere konzentrieren und konnte dabei keine Ablenkung gebrauchen. Mein Fokus durfte auf keinen Fall verrutschen.

Auch wenn ich müde war und Koffein brauchte, um wenigstens halbwegs vernünftig in den Tag zu starten - wobei der Start ohnehin bereits verdorben war -, ließ ich die Kaffeemaschine Kaffeemaschine sein und ging ins Badezimmer. Ich musste dringend duschen, um die Spuren der vergangenen Nacht abzuwaschen. Mit ganz viel Glück würde das heiße Wasser auch die Erinnerung davonspülen.

Es klopfte an der Wohnungstür, als ich mit einem frischen Top und einer High-Waist-Jeans bekleidet aus dem Bad kam. Der irrationale Teil von mir hoffte darauf, Jamie zu sehen. Meine Vernunft schob diese Hoffnung beiseite und tadelte die andere Hälfte für diesen törichten Wunsch. Kurz überlegte ich, das Klopfen zu ignorieren, aber es konnte immerhin wichtig sein. Also folgte ich dem Ruf meiner Neugier und öffnete die Tür.

»Hi, Hazel.« Summer strahlte mich an und zog mich in eine herzliche Umarmung.

»Hallo, Summer.«

»Was ist los mit dir? Hast du verschlafen?« Sie drängte sich an mir vorbei in die Wohnung und stoppte. Als wäre sie ein Spürhund, hielt sie die Nase in die Luft. »Hier ist etwas anders«, stellte sie fest und drehte sich zu mir. »Du bist auch anders. Und es riecht so ... Was ist das? Leder? Ingwer? Ich weiß nicht genau.« Sie schnupperte. »Es riecht irgendwie ... teuer und ... männlich?« Prüfend musterte sie mich aus ihren blauen Augen. »Seit ich dich kenne, bist du immer spätestens um halb neun auf der Farm gewesen, um dir Eier abzuholen. Heute nicht. Und du wirkst so …« Sie legte den Kopf schief, dann schnappte sie nach Luft. »Du hattest Sex!«

»Summer!« Augenblicklich explodierte Hitze in meinen Wangen. Was war das bloß mit manchen Menschen, die einem sofort an der Nasenspitze ansahen, ob man mit jemandem geschlafen hatte oder nicht? Ich hatte direkt zwei von der Spezies als Freundinnen, was es nicht leichter machte, ein Geheimnis für sich zu behalten. Um Summer mein Tomaten-Gesicht nicht direkt zu präsentieren und mich so unweigerlich zu verraten, konzentrierte ich mich auf die Kaffeemaschine. Es wurde jetzt endlich Zeit für einen Kaffee.

»Also, wer ist der Glückliche?«

Kurz erwog ich, ihre Annahme zu leugnen, während ich einen Becher aus dem Schrank nahm. Aber ich kannte Summer inzwischen gut genug, um zu wissen, dass sie nicht aufgeben würde.

»Niemand, den du kennst.« Ich winkte ab.

»Also hab ich recht?« Summer quietschte. »Aber … warst du gestern noch aus? Oder … warte … ich hab das mit Mrs. Hamilton gehört. Die Arme. Aber das würde ja bedeuten … Warst du mit einem der Sanitäter im Bett?«

»Wie sollte das denn funktionieren?« Ich lachte und war froh über Summers absurde Theorie. Solange sie wild spekulierte, kam sie der Wahrheit nicht zu nahe. »Meinst du, er hat die bedauernswerte alte Dame liegen lassen, um mit mir ins Bett zu gehen? Das ist hier kein Porno, Süße.«

»Wieso denn nicht? Du bist immerhin verdammt heiß, und da kann es doch schon mal mit einem durchgehen.« Sie legte den Zeigefinger an die Lippen. »Also kein Sanitäter. Okay … Dann fallen mir nur zwei Singlemänner in

Woodside ein, die vom Alter her passen würden. Jim oder Ash?«

»Du kennst ihn nicht, Summer. Und jetzt lass es, bitte.« Ich nahm den Kaffeebecher, pustete hinein und genehmigte mir endlich den ersten Schluck des Tages. »Möchtest du auch einen Kaffee?«

»Nein danke. Ich muss auch gleich weiter. Ich wollte dir nur schnell die Eier vorbeibringen.« Sie deutete auf einen Korb, der neben der Tür stand.

»Danke.«

»Kein Ding. Verrätst du mir wirklich nicht, wer es ist?«

»Summer.« Ich verdrehte nur halb gespielt die Augen. Ich vertraute meiner Freundin. Aber auf keinen Fall durfte Maple von Jamie erfahren und ich wollte Summer nicht antun, ein Geheimnis bewahren zu müssen. Das tat keiner Freundschaft gut.

Am Nachmittag fuhr ich nach Wilmington, um im Krankenhaus nach meiner Vermieterin zu sehen. Die alte Dame, die sonst immer resolut wirkte, nun so klein und zerbrechlich im Krankenhausbett liegen zu sehen, brach mir beinahe das Herz.

Mit einem Räuspern machte ich mich bemerkbar.

Pearl sah auf und lächelte schwach. »Ach Hazel, mein Kind. Wie schön, dass du mich besuchst.« Ihre Stimme war porös wie ein altes Blatt, das kaum noch mehr als ein Gerippe war. Sie winkte mich näher heran.

Ich entdeckte einen Besucherstuhl in einer Ecke des kargen Krankenzimmers und zog ihn zu mir. Bevor ich mich setzte, ging ich zum Schrank und verstaute ein paar Kleidungsstücke darin, die ich für sie aus ihrer Wohnung geholt hatte.

»Ich hab dir ein paar Klamotten mitgebracht, damit du nicht die ganze Zeit diese Krankenhaushemden tragen musst.« Ich hob eine altrosafarbige Strickjacke in die Höhe. »Möchtest du die vielleicht direkt überziehen?«

Pearl nickte und schenkte mir ein dankbares Lächeln. Ich half ihr beim Anziehen und ließ mich dann auf dem zurechtgerückten Stuhl nieder. »Und, was haben die Ärzte gesagt?«

»Ach.« Sie winkte ab. »Der Oberschenkelhals ist gebrochen.« In ihren Augen schwammen Tränen, die sie tapfer fortlächelte. »Ich muss mindestens zwei Wochen im Krankenhaus bleiben und dann in die Reha.« Sie seufzte und tupfte sich vorsichtig über die Lider. »Hazel, ich habe nachgedacht. Mein Haus zu verkaufen, würde mir zwar finanziell helfen, aber ich könnte die Vorstellung auch nicht ertragen, dass es abgerissen wird oder jemand aus dem Café eine schicke Wohnung macht oder sowas. Und ich weiß, dass du das *Frozen Dreams* weiterführen würdest. Ja, ihm sogar zu ganz neuem Glanz verhelfen würdest.«

Meine Finger verkrampften sich um die Stuhllehne. Jetzt kam es … nun war der Moment gekommen, in dem ich ihr gestehen musste, dass ich eine Versagerin war. Ich hatte es nicht geschafft, genug Geld aufzutreiben, um ihr das Haus abzukaufen. Ich hatte nicht geschafft, überhaupt Geld aufzutreiben.

»Pearl, ich …«

Sie unterbrach mich mit einer erstaunlich energischen Geste. »Es tut mir leid, Hazel. Ich war sehr unsensibel.«

Verwirrt sah ich die alte Dame an.

»Du hast nicht genug Geld, um das Haus zu kaufen. Das weiß ich, Kind. Du hast auch nicht genug Geld, um zusätzlich zu deiner Miete eine angemessene Pacht für den Laden zu zahlen. Das weiß ich auch, Hazel. Und trotzdem habe ich von dir verlangt, einen Kredit aufzunehmen oder dir anderweitig Geld zu besorgen.«

»Du hast überhaupt nichts von mir verlangt.«

Sie unterbrach mich abermals. »Deshalb möchte ich dir einen Vorschlag machen.«

»Okay …« Unsicher und etwas beschämt blinzelte ich. War es für alle so offensichtlich, wie schlecht es um meine Finanzen bestellt war?

Die alte Dame griff nach meiner Hand. »Hazel, das macht doch nichts. Es ist kein Grund, sich zu schämen, wenn man kein Geld hat. Das ist nicht das, was uns ausmacht.« Sie lächelte. »Glücklicherweise habe ich eine gute Krankenversicherung, die den Aufenthalt hier und auch die Reha komplett bezahlen wird. Ich habe also im Moment keine Ausgaben. Wie wäre es also, wenn du in der Zeit, in der ich nicht in Woodside bin, das *Frozen Dreams* führst? Ich meine so richtig - als wäre es dein eigenes Café. Du darfst dich gern austoben. Verkaufe deine verrückten Kuchenkreationen, probiere dich an neuen Eissorten, wenn du willst. Der Laden gehört für die nächsten Wochen oder Monate dir. Und wenn es so gut laufen wird, wie ich denke, kannst du in der Zeit genug einnehmen, um eine Bank davon zu überzeugen, was für eine Goldgrube das Café mit dir als Chefin wäre.«

»Aber … das …« Ich konnte kaum glauben, was ich da hörte. »Das kannst du doch nicht machen. Ich …«

»Es ist mein Haus, ich kann machen, was ich will. Ich ärgere mich, dich nicht schon längst als Geschäftsführerin ins Boot geholt zu haben. So hätte ich mit Sicherheit viel mehr einnehmen können als mit zwei gekauften Eissorten.« Sie zwinkerte schwach.

»Ich weiß nicht, was ich sagen soll.« Angestrengt suchte ich nach Worten, die das Gefühlschaos in mir auch nur ansatzweise zum Ausdruck bringen könnten. Überforderung, Freude, Angst und pure Euphorie jagten gleichzeitig durch meine Venen und übertrumpften sich gegenseitig.

»Du brauchst gar nichts sagen, Kindchen. Denk darüber nach, wenn du willst, oder nicke einfach.«

Mein Blick huschte durch das Zimmer, nicht fähig, einen Punkt zu fixieren, und schon gar nicht in der Lage, Mrs. Hamilton anzusehen. Denn dann hätten sich die Tränen, die bereits brennend gegen meine Augen drückten, einen Weg gesucht und hätten den Damm gebrochen. Also nickte ich.

15. Hazel

Ich stieß die Tür zum *Rabbit Hole* auf und flog förmlich hinein. Seit ich das Krankenhaus verlassen hatte, hatte ich ohnehin das Gefühl, zu schweben. Als ich in meinem Auto saß, hatten sich die Tränen Bahn gebrochen, nur um in einem hysterischen Lachen zu münden. Doch dann, als die Erkenntnis ganz langsam in meinen Verstand eingesickert war, setzten sich immer mehr Bilder vor meinen Augen zusammen. Bilder davon, wie es sein würde, das *Frozen Dreams* zu führen. Ich konnte es noch nicht ganz fassen, aber endlich, endlich, endlich schien sich in meinem Leben mal etwas zum Positiven zu wenden.

Maple, die dabei war, Bücher auf einem Tisch zu arrangieren, sah auf.

»Solltest du so irritiert aussehen, wenn Kundschaft in deinen Laden kommt?« Ich grinste bis über beide Ohren.

»Wenn die Tür so aufgerissen wird, dann ja.« Meine Freundin lächelte und legte ein Buch weg. »Ist alles gut bei dir?«

»Jup.«

»Okay. Ich frag nur, weil ich heute keinen Kuchen bekommen habe und ich hörte, du hättest heute verschlafen.« Sie grinste diebisch. »Warum hast du verschlafen, Hazel?«

Wenn ich Summer in die Finger bekäme, dieses kleine Plappermaul. Ein Grund mehr, mir das Tratschen ein für alle Mal abzugewöhnen. Selbst im Fokus der Neugier zu stehen, war alles andere als angenehm. »Ach. Es ist gestern spät geworden. Aber ich muss dir etwas anderes erzählen.« Ich winkte ab, wollte das Thema bloß nicht auf die vergangene Nacht lenken. Die Erinnerung hatte ich krampfhaft aus meinem Kopf ferngehalten, und dank Mrs. Hamilton war mir das auch geglückt.

»Hat es etwas damit zu tun, dass du grinst wie ein Honigkuchenpferd und strahlst wie die Sonne am frühen Morgen?«

»Oha, seit wann so poetisch?«

»Hach.« Maple seufzte schwer. »Meine Lektorin sagt, ich muss mehr bildliche Sprache verwenden, damit sich mein Roman besser liest. Ich dachte, wenn ich das in Unterhaltungen integriere, fällt es mir leichter.«

»Ich bin mir sicher, dein Buch wird toll.« Ich lehnte mich mit der Hüfte an den Verkaufstresen und inspizierte die restlichen Backwaren, die noch darin lagen. Im Geiste machte ich mir eine Notiz, was ich für den nächsten Tag für sie backen wollte.

»Also. Was gibt es denn so Wichtiges?«

»Ich komme grad von Pearl und sie hat mir einen tollen Vorschlag gemacht.« Ich legte eine theatralische Pause ein, die kürzer ausfiel als geplant. Die Neuigkeit entwickelte ein Eigenleben und platzte einfach aus mir heraus. »Also … halt dich fest! Solange sie im Krankenhaus und danach bei der Reha ist, darf ich das *Frozen Dreams* nach meinen Vorstellungen führen und muss dafür keine Pacht oder höhere Miete bezahlen. Ich muss überhaupt gar nichts zahlen, weil sie so eine abgefahrene Luxus-Krankenversicherung hat. Was weiß ich. Jedenfalls - ahhh!« Ich strahlte, konnte diese Neuigkeit noch immer nicht ganz fassen.

»Was? Das ist doch toll!« Maple quietschte und schloss mich in die Arme. »Das ist doch genau das, was du dir gewünscht hast. Das ist ja großartig!«

»Ja, oder? Und wenn alles gut läuft, kann ich mit den Einnahmen aus den nächsten Wochen, vielleicht sogar Monaten, eine Bank davon überzeugen, mir einen Kredit zu geben. Das wäre so toll und ich müsste nicht meinen Vater fragen.« Ich umarmte Maple fester und gemeinsam hüpften wir kreischend im Kreis.

»Darf ich mitmachen?« Kurz nach dem Bimmeln der Türglocke ertönte Summers Stimme.

Wir stoppten unseren Freudentanz und reckten unserer Freundin je einen Arm entgegen, um sie mit in unseren kleinen Kreis zu holen. »Was feiern wir?«, fragte sie nach einer Weile, in der wir wie wild umhergesprungen waren.

»Hazel bekommt das *Frozen Dreams* geschenkt.« Maple ließ sich außer Atem auf das Sofa unter dem Schaufenster fallen.

»Wie? Geschenkt? Wie ist denn das passiert?«

Ich erzählte Summer schnell, was Pearl mir vorgeschlagen hatte, und machte es mir neben Maple bequem. Summer setzte sich auf den niedrigen Couchtisch und zog ihre Beine in den Schneidersitz. Ein freches Grinsen umspielte ihre Lippen. »Da hast du wohl einen Lauf.«

Ich schoss ihr einen bösen Blick zu. Es sollte jetzt nicht um die letzte Nacht gehen. Ich wollte Pläne für mein Café schmieden. Das klang großartig: *Mein* Café.

»Wieso Lauf?«, schaltete sich Maple ein.

»Na ja …« Summer holte Atem, ihre Augen leuchteten auf. Das Kleinstadtleben färbte eindeutig zu sehr auf sie ab. Als sie aus Los Angeles nach Woodside gekommen war, hatte sie die Tratscherei noch verabscheut. Doch nun schien sie selbst Gefallen daran zu finden. »Hazel hatte letzte Nacht S…«

»Einen Sextraum!«, fiel ich ihr ins Wort. »Deswegen habe ich auch verschlafen.

»Was?« Maple lachte auf. »Das muss aber ein guter Traum gewesen sein, wenn du deswegen verschläfst.«

»Ja, war es.« Ich nickte und war mir sicher, wie eine Tomate auszusehen. Summers fragender Blick entging mir nicht. Sie konnte auch nicht wissen, warum Maple auf keinen Fall die Wahrheit über die vergangene Nacht erfahren durfte. Niemand durfte erfahren, was passiert war, und vor allem mit wem. Aber das war jetzt sowieso egal. Jamie war wieder weg und ich musste mich auf das Café konzentrieren. Immerhin musste es unbedingt gut - besser: sensationell - laufen, damit ich ausreichend Einnahmen zur Finanzierung meines Traums erwirtschaften könnte.

Erneut ertönte die altmodische Türglocke am Eingang zum Buchladen. Rian und Ash kamen mit Lizzy herein. Der kleine Wirbelwind flitzte los Richtung Kinderbuchabteilung, nachdem Ash es ihr mit einem Nicken erlaubt hatte. Rian grüßte Maple und mich, dann gab er Summer einen langen Kuss zur Begrüßung.

»Na, euch drei findet man auch immer auf einem Haufen.« Ash schmunzelte und setzte sich auf die Sofalehne. »Maple, wo finde ich denn deinen Lover?«

»Meinen Lover?«, echote sie mit hochgezogener Braue.

»Meinetwegen auch Schatzi, bessere Hälfte oder Hasenpups. Such dir etwas aus.« Ash zuckte mit den Schultern.

»Sorry, Mapes. Ash ist beziehungsmäßig schon ein bisschen eingerostet.« Rian feixte und kassierte einen neckenden Schlag seines besten Freundes gegen den Oberarm.

»Ethan wollte zum Abendessen zurück sein. Was willst du denn von ihm?«

»Ich bräuchte den Schlüssel zum Wohnwagen.«

Etwas in Ashs Blick, in seinem Tonfall, ließ mich aufhorchen. Aber ich schenkte dieser winzigen Irritation keine Aufmerksamkeit. Ich musste konzentriert bleiben und konnte keine Ablenkung brauchen.

»Was haltet ihr davon, wenn ihr alle heute Abend rüber ins Café kommt? Ich koch uns etwas. Immerhin gibt es etwas zu feiern.«

16. Jamie

Ein metallisches Geräusch weckte mich auf. »Hier sind die Schlüssel.« Ash deutete mit dem Kinn auf einen kleinen Schlüsselbund, der auf dem Couchtisch neben mir zu liegen kam. »Der Trailer steht auf dem alten Seegrundstück meines Vaters. Erinnerst du dich?«

Ich richtete mich mit einem schmerzerfüllten Keuchen auf und rieb mir das Kreuz. Das Sofa in Ashs Werkstattbüro war wirklich kein adäquater Ersatz für meine maßangefertigte Matratze in New York.

»Ja. Ich weiß noch.« Auf dem Seegrundstück hatte der Coach uns hin und wieder trainiert, wenn der Sportplatz besetzt gewesen war. Außerdem hatte er uns dort unzählige Runden im eiskalten Wasser des Crystal Lakes schwimmen lassen, um die Ausdauer des gesamten Teams zu verbessern. Danach hatte es Marshmallows und S'Mores am Lagerfeuer gegeben. Wenig konsequent, wenn man es sich heute überlegte. Aber früher hatten wir es alle geliebt. »Wie gehts deinem Vater?«

Ash zuckte die Schultern. »Er ist alt. Aber noch nicht alt genug, um sich nicht ständig hier einzumischen.« Er deutete mit einem Kopfnicken in Richtung Werkstatt.

»Väter …« Ich brummte.

»Also pass auf. Der Wohnwagen gehört Ethan Bogart.« Ash sah mich eindringlich an, als müsste mir dieser Name etwas sagen - aber das tat er nicht. Ich schüttelte leicht den Kopf und zog fragend die Augenbrauen zusammen. Ash stöhnte auf. »E.T.? Klingelt es dann?«

»Ahhh.« Ich lachte kurz bei der Erinnerung an den Jungen mit dem großen Kopf und den viel zu langen Armen und Beinen. »Dem hat doch Chris das Leben schwer gemacht.«

»Nicht nur der, wenn ich mich recht erinnere. Und Chris hat sich im Gegensatz zu anderen aufrichtig bei ihm entschuldigt.« Mein ehemaliger Teamkollege zog tadelnd eine Augenbraue in die Höhe.

»Jaja, schon gut. Ich hatte auch meinen Spaß mit ihm.«

Ash kniff sich in die Nasenwurzel und atmete deutlich hörbar aus. »Jedenfalls hat er den Trailer Rian geliehen, als der ihn brauchte. Und der hat ihn wiederum auf das Grundstück am See gebracht, ein bisschen modernisiert und einige Monate dort gelebt.«

»Und?«

»Rian ist mit Summer zusammen, und das ist eine der besten Freundinnen von Maple.«

»Muss ich verstehen, worauf du hinauswillst?«

»Alter …« Er strich sich übers kurze Haar. »Maple und Ethan sind ein Paar. Und wenn Summer erfährt, wer in dem Wohnwagen wohnt, erfährt es auch Maple. Und die ist nach wie vor stinksauer auf dich.«

»Ich wiederhole: und?« Diese Aufzählung von Dingen, die mich nicht interessierten, war eindeutig nicht ohne Kaffee zu ertragen. Ich deutete auf den Vollautomaten auf dem Sideboard. »Kann ich erst mal einen Kaffee haben? Der Beziehungswirrwarr in diesem Kaff ist ja schlimmer als in einer mexikanischen Telenovela. Also, was hab ich mit Maple zu tun?«

Ash bedachte mich mit einem Blick, als sei ich schwer von Begriff. »Okay, meine Tochter begreift Zusammenhänge schneller als du und sie ist noch nicht mal in der Schule. Also für dich zum Mitschreiben: Du hast Ethan damals auf die schlimmste Art und Weise gemobbt. Daran erinnert sich übrigens die ganze Stadt - nur so nebenbei bemerkt. Wenn Maple jetzt erfährt, dass du in dem alten Trailer pennst, wird sie dir die Eier abreißen. Darauf wartet sie schon ziemlich lange. Und meine wird sie auch nicht verschonen, weil ich dir den Schlüssel besorgt habe.«

»Tja. Dann sollte sie es vielleicht nicht erfahren. Oder sich einfach nicht so aufregen. Das ist doch alles Schnee von gestern.«

Ich verstand wirklich nicht, was die Aufregung sollte. Ja, ich hatte dem kleinen E.T. das Leben schwer gemacht. Ich erinnerte mich an einige Ausflüge aufs Jungsklo, bei denen meine Faust in seinen Rippen oder sein Kopf in der Toilettenschüssel landete. Aber seither waren mehr als zehn Jahre vergangen. So nachtragend konnte doch niemand sein.

»Ich glaube nicht, dass andere das auch so sehen. Du solltest dich bei ihm entschuldigen. Aufrichtig. Erstens ist es das einzig Richtige. Zweitens hast du dann einen sauberen Schnitt und kannst hier ohne ein schlechtes Gewissen haben zu müssen, neu anfangen.«

»Warte mal, wer sagt denn, dass ich ein schlechtes Gewissen habe? Himmel, was soll die Aufregung? Das war die Highschool - da ist das nun mal so, es gibt Bullies und Opfer … Und Entschuldigungen sind etwas für Schlappschwänze.«

Ashs Augenbrauen schossen in die Höhe und verschwanden beinahe unter seinem Haaransatz. »Was ist das für eine verfluchte Scheiße mit dir, Jamie? Manchmal wirkst du echt nett und umgänglich. Das war früher schon so. Man konnte manchmal echt Spaß mit dir haben und das ist auch der Grund, warum ich dir helfe. Und dann stellst du plötzlich wieder in den Arschlochmodus. Was soll das?« Er deutete auf den Schlüssel. »Nimm den Schlüssel und verpiss dich. Ich hab meine Schuldigkeit getan und einem ehemaligen Teamkollegen geholfen. Ich bin raus. Außerdem verstehe ich sowieso nicht, was du hier noch willst. Du verachtest Woodside.« Aus der Werkstatt ertönte eine Stimme und Ash ging zur Tür. »Ich muss arbeiten. Wenn dein Porsche fertig ist, sage ich dir Bescheid. Bis dahin kannst du im Trailer bleiben, wenn du willst. Aber keinen Tag länger.«

Ihm war deutlich anzusehen, wie angepisst er von mir und meinem Verhalten war. Sein Gesicht hatte jede Wärme verloren und bestand nur noch aus harten, scharfen Kanten. Er verließ das Büro und ließ mich zurück.

Er hatte recht: Es gab diese zwei Seiten von mir. Doch die eine davon - die, die Empathie und Liebe verspürte - war tief unter der arroganten, selbstsüchtigen Seite begraben. Denn wenn ich etwas von meinem Vater und seinen Erziehungsmethoden gelernt hatte, dann, dass man mit einer netten Seite nicht weiterkam.

Ich erhob mich vom unbequemen Sofa, nahm mir einen Becher vom Regal und startete die Kaffeemaschine. So viel Gastfreundschaft würde Ash wohl noch aufbringen können. Während der Vollautomat laut röhrte, blickte ich in die Werkstatthalle, in der Ash verschwunden war. Er stand am Garagentor und unterhielt sich mit einem Typen, der mit einem Klemmbrett fuchtelte und immer wieder auf meinen Porsche deutete. Ein flaues Gefühl machte sich in meinem Magen breit. Das durfte doch nicht wahr sein. Ich blickte an mir herunter. Mein Outfit - bestehend aus einer ausgebeulten Sweathose und einem grauen T-Shirt, welches Ash mir geliehen hatte - entsprach nicht unbedingt dem, wie ein MacLannister nach außen wirken sollte. Aber mein Vater war nicht hier und konnte mich demnach nicht tadeln. Also straffte ich die Schultern, nahm meine Geschäftshaltung an und ging zu den beiden Männern.

»Was ist hier los?«, fragte ich und klang, als würde mir die Welt gehören. Als wäre das hier meine verfluchte Werkstatt in meiner verfluchten Stadt.

»Dieser nette Herr will deinen Porsche abholen. Ist dir klar, dass ich bereits die Ersatzteile bestellt und bezahlt habe? Ich hab keinen Bock, auf den Kosten für deine Karre sitzen zu bleiben, Jamie.« Unverhohlener Ärger schwang in Ashs Stimme mit.

»Und wieso möchten Sie meinen Porsche abholen?« Ich richtete mich an den Fremden.

»Meine Firma hat den Auftrag von einem Porschehändler in New York erhalten. Der Leasingvertrag wurde gekündigt.« Der Mann mittleren Alters mit den größten Geheimratsecken, die ich jemals gesehen hatte, verschränkte die Arme vor der breiten Brust. »Hören Sie. Ich mach hier nur meinen Job und will keinen Ärger. Aber ich muss dieses Auto«, er deutete auf meinen Wagen, »jetzt mitnehmen.« Er wandte sich an Ash. »Es tut mir leid, aber mit den Ersatzteilen habe ich nichts zu tun.«

»Sie sind vermutlich einfach zu dämlich, ihre Formulare vernünftig zu lesen und einen einfachen Auftrag auszuführen. Der Wagen gehört mir und sie werden ihn ganz sicher nicht mitnehmen. Zeigen Sie mal den Auftrag.« Ich entriss dem Mann, der durch sein Namensschild am Overall als Sam ausgewiesen wurde, das Klemmbrett und studierte das Papier darauf. Doch daraus ging nichts weiter hervor, als dass ein Autohaus in New York City die Abholung eines Autos in Auftrag gegeben hatte. Und dieses Auto hatte zufälligerweise dasselbe Nummernschild wie meines.

Mein Vater hatte mir den Porsche zum letzten Geburtstag geschenkt. Nicht einmal er würde so weit gehen und ihn mir nun wieder wegnehmen, oder doch?

»Warten Sie hier, ich werde kurz telefonieren.« Ich ließ Ash und Sam am Tor stehen und steuerte das Büro an. Schnell griff ich nach meinem Smartphone und tippte auf den Kontakteintrag meines Vaters. Es klingelte zweimal, dann meldete er sich.

»Jamie. Ich habe mich schon gefragt, wann du dich meldest.« Seine Stimme war kalt und abweisend - noch mehr als üblicherweise.

»Kannst du mir erklären, warum man meinen Porsche abholen will?« Ich bemühte mich um einen ebenso kühlen Tonfall, konnte aber ein leichtes Zittern nicht aus meiner Stimme heraushalten. Wütend über dieses Eingeständnis der Schwäche ballte ich die freie Hand zur Faust.

»Dein Porsche? Der Wagen wurde über meine Firma geleast und stand dir lediglich als Privileg zur Verfügung, so lange du für mein Unternehmen tätig warst. Da das nun nicht mehr der Fall ist, habe ich keine Verwendung mehr für dein Spielzeug und gebe es zurück.«

»Du hast es mir zum Geburtstag geschenkt«, zischte ich.

Er lachte kurz auf. »Hast du es noch immer nicht begriffen, Jamie? Alles ist an eine Gegenleistung geknüpft, auch so etwas wie *Geschenke*. Der Porsche war ein Vertrauensvorschuss. Du hast dieses Vertrauen aber nicht verdient und darüber hinaus meine Großzügigkeit mit Füßen getreten. Also verdienst du auch keine Gegenleistung.«

»Dad, das kannst du nicht …«

»Hör auf zu wimmern wie ein Weichei. Ach ja, ich habe kurz vergessen, dass du eines bist.«

»Dad, bitte …« Ich brach ab, denn die Leitung war tot. Mein Vater hatte aufgelegt. Er hatte ernst gemacht und ich stand schon wieder als Versager da.

Ich umschloss das Smartphone fest mit meinen Fingern, bis das Metallgehäuse in meine Haut schnitt. Ich ließ es los, griff stattdessen nach dem Kaffeebecher, der noch immer im Vollautomaten stand, und schleuderte ihn samt Inhalt gegen die Bürowand. Der Becher zerbarst in unzählige Scherben, die braune Flüssigkeit verteilte sich mit unschönen Spritzern im gesamten Raum.

»Alter, was stimmt nicht mit dir?« Ash stürmte in sein Büro. Sein Gesicht war rot angelaufen, in seinen Augen loderte Wut. *Siehst du, Ash, das passiert, wenn du mir zu nahe kommst …*

Ich sammelte die Schlüssel vom Tisch auf und griff mein Handy vom Boden. »Gib ihm den Porsche. Er gehört mir nicht mehr.« Ohne mich noch einmal umzudrehen, verließ ich Ashs Werkstatt. Es gab nur einen Ort, an den ich jetzt noch gehen konnte.

17. Hazel

Harry Styles sang nur für mich - zumindest fühlte es sich so an, während sein Song durch meine Airpods direkt in meine Beine floss und mich zum Tanzen brachte. Ausgestattet mit einem Putzeimer, unzähligen Lappen und Reinigungsmitteln wuselte ich durch den Gastraum des *Frozen Dreams*. Ich hatte viel zu tun und durfte keine Zeit verlieren, wenn ich auch nur im Ansatz die Chance haben wollte, eine Bank von meiner Geschäftsidee zu überzeugen.

Nachdem meine Freunde am Abend zuvor gegangen waren, hatte ich die halbe Nacht damit verbracht, Pläne zu schmieden und meine Speisekarte perfekt auszuarbeiten, bis ich irgendwann übermüdet ins Bett gefallen war, das ich - anders als geplant - nicht frisch bezogen hatte. In den Fasern der Laken und Kissen hatte noch sein Duft gehangen und mein Unterbewusstsein im Schlaf direkt auf eine Wiederholung der vorherigen Nacht geschickt. Als ich aufwachte, war ich verschwitzt und verwirrt gewesen. Aber niemand konnte etwas für seine Träume, nicht wahr?

Ich sprühte Putzmittel auf einen der Tische und rieb im Takt von *Midnight Talking* mit einem Lappen über die Platte, bis sie glänzte. Als mein Blick durch die breite Fensterfront nach draußen auf die Mainstreet fiel, erstarrte ich. Direkt vor mir - nur durchs Fensterglas getrennt - stand Jamie. Oder besser: jemand, der entfernte Ähnlichkeit mit ihm hatte. Die ausgebeulten, abgetragenen Klamotten, die zerzausten Haare, der zerknirschte Blick … all das passte nicht zu dem Jamie, den ich kannte. Wobei … ich kannte ihn nicht, das hatte ich nie. Es hatte nur eine Zeit gegeben, in der ich es geglaubt hatte.

Ich wollte mich umdrehen, mich von ihm abwenden - mich davon abwenden, was sein Anblick immer wieder mit mir machte. Doch als sein Blick meinen traf, schaffte ich es nicht. Da lag so viel Traurigkeit in den Ozeantiefen seiner blauen Augen, katapultierte mich zurück an einen Nachmittag, an dem diese Augen schon einmal so traurig geschaut hatten. Meine Abwehr fiel von mir ab, ich deutete Jamie mit einem Kopfnicken zur Eingangstür zu kommen, und öffnete ihm. Zögerlich trat er ein.

»Hi, Hazel-Basil.« Seine Stimme war ein Flüstern.

»Du bist noch hier?«

»Sieht so aus.«

»Du siehst scheiße aus.«

»So fühle ich mich auch.«

Ich seufzte und verfluchte mich dafür, ihn nicht rauszuschmeißen. Ich sollte ihn einfach zum Teufel jagen und mein Herz vor ihm und der Anziehung, die er auf mich ausübte, schützen.

Vor mir stand der Mann, der mir einmal die Welt bedeutet hatte. Der mir vorgemacht hatte, sie mir schenken zu wollen, und dann mein Herz zermalmt hatte. Und trotzdem konnte ich ihn nicht aus meinem Leben verbannen. Außerdem brauchte er ganz augenscheinlich Hilfe und ich hatte noch nie jemanden abweisen können, der in Not war.

»Was ist passiert?«

»Mein Vater ist passiert.« Er schnaubte und ließ sich auf einen der Stühle fallen. Exakt an den Tisch, auf den er mich zwei Tage zuvor gesetzt und beinahe besinnungslos geküsst hatte.

»Immer noch?«

Er nickte.

»Hast du noch nicht die Macht in seinem großartigen Imperium übernommen?« Ich konnte den Sarkasmus nicht aus meiner Stimme heraushalten. Von Jamies Familie hatte ich nie viel gehalten. Mit Ausnahme seiner Mutter. Aber sein Vater und seine Schwester waren selbstbezogene, soziopathische Arschlöcher. Sie definierten den Stereotypen der eiskalten Geschäftsleute vollkommen neu. Ganz Woodside war froh gewesen, als die Familie zurück nach New York zog.

Ich wusste, wie sehr er Jamie immer zugesetzt hatte, der Beste sein zu müssen. Und wie schlimm er seinen Sohn behandelte, wenn dieser in seinen Augen versagt hatte.

»Pfft. Das wird wohl auch nichts mehr. Ich hab ihn zu sehr enttäuscht, Hazel. Einmal zu viel.«

Ich seufzte. »Warum willst du es deinem dämlichen Vater denn überhaupt recht machen?«, fragte ich mit plötzlicher Sanftheit in der Stimme. Ich verstand noch immer nicht, warum ich ihn an mich heranließ. Es wäre vernünftig gewesen, einen endgültigen Schlussstrich unter die Sache zwischen uns - was auch immer es war - zu setzen und ihn zu vergessen. Aber ich brachte es nicht übers Herz. »Wie oft haben wir früher schon darüber geredet? Und wie oft habe ich dir gesagt, dass du deine Familie nicht brauchst, um glücklich zu sein?«

»Ziemlich oft.« Ein kleines Lächeln tanzte über seine Lippen.

»Genau. Ziemlich oft. Und das sage ich dir jetzt auch wieder.«

»Du hast keine Ahnung von meinem Leben. Ich bin ein Versager. Ich kann nichts wirklich gut und es ist vollkommen egal, was ich anfasse, es verwandelt sich in Rekordgeschwindigkeit zu Scheiße.« Er vergrub das Gesicht in den Händen.

»Ach komm schon, Jamie. Das stimmt doch nicht. Niemand ist zum Versager geboren - nicht mal du.« Mein mäßig guter Versuch, ihn zu necken, entlockte ihm wenigstens ein winziges Schmunzeln. »Ich hab mich vor ein paar Tagen auch noch so gefühlt. Glaub mir, ich weiß genau, was du im Moment durchmachst. Du denkst, alle anderen bewegen sich nach vorn, nur du … du machst permanent Schritte nach hinten und die Kluft zwischen dir und den anderen wird immer größer.«

»Wir reden jetzt nicht mehr von mir, oder?« Ein belustigter Funke trat in seine Ozeanaugen.

»Ich dachte, es dreht sich immer um dich? Was ich sagen wollte: Bei mir hat sich nun doch alles zum Besseren gewendet. Zumindest in einem Punkt meines Lebens. Vielleicht gibt es doch so etwas wie …« Ich brach ab.

»Karma? Fuck … Dann hab ich schlechte Karten.«

Ich schnaubte. »Stimmt wohl.« Nach einer Pause setzte ich hinzu: »Du hast mir damals wehgetan, weißt du das?«

»Ja.«

»Warum? Warum hast du mich da sitzen lassen? Warum hast du dich nicht auf meine Seite gestellt? Ich weiß, dass diese Wette nur die halbe Wahrheit war.« Endlich war sie raus, die eine Frage, die schon so lange auf meiner Seele brannte. Und nun, da ich sie gestellt hatte, hatte ich Angst vor der Wahrheit.

»Ich konnte nicht anders. Es war … Die ganze Situation war so abgefuckt.«

»Ich weiß. Ich war dabei, wenn du dich erinnerst. Ich hab diesen Abend - oder den Morgen, als sie uns fanden, immer wieder hin und her überlegt und bis ins Kleinste analysiert.«

»Und was hast du dabei herausgefunden?« Er zog eine Augenbraue hoch.

»Damals nach dem Lagerfeuer - das war nicht unser erstes Mal. Du hast das nur behauptet, als wir aufflogen.«

Er nickte leicht. »Du und ich … wir hatten doch nie eine Chance.«

Einen Moment schwiegen wir, unsere Blicke verhakten sich und der Magnetismus, der auch früher schon zwischen uns geherrscht hatte, entfaltete mit einem Schlag seine Wirkung. Unkontrollierbare Hitze sammelte sich in meinem Bauch, machte sich von dort aus kribbelnd, fordernd und pochend in meinem ganzen Körper breit. Langsam machte ich einen Schritt auf ihn zu.

Er streckte eine Hand aus, strich mit den Fingerspitzen zart über meinen Handrücken. Seine Berührung setzte meine Nervenbahnen in Brand, wie sie es schon immer getan hatten.

Ich machte noch einen Schritt, stellte mich zwischen seine Knie. Seine Hände legten sich auf die Rückseiten meiner Oberschenkel, fuhren sie empor, blieben auf meinem Hintern liegen. Ich vergrub meine Finger in seinem Haar, beugte mich vor, mein Blick glitt auf seine Lippen. Doch anstatt meinem Verlangen nachzugeben, ihn zu küssen und wieder auf meinen Lippen zu schmecken, wich ich zurück. »Komm mit.«

18. Jamie

Da saß ich nun, in geliehenen Klamotten, in denen ich bereits die Nacht verbracht hatte. Keine Dusche, kein Deo, kein Kaffee. Stattdessen unterwegs in einem der ältesten Autos, das ich jemals von innen gesehen hatte - abgesehen von gepflegten Oldtimern natürlich. Aber Hazels Honda war alles andere als gepflegt. Er war chaotisch; überall lag etwas rum. Trotzdem wirkte es nicht zugemüllt, sondern einfach ein bisschen unorganisiert und passte damit ganz wunderbar zu seiner Besitzerin. Hazel hatte mir auf meinen fragenden Blick hin versichert, dass er voll verkehrstüchtig und sicher war. Also hatte ich mich meinem Schicksal ergeben und mich in den Schrotthaufen getraut.

»Verrätst du mir nun, wohin wir fahren?«

»Nein. Aber du wirst es erkennen, wenn wir da sind.« Sie schmunzelte.

Diese Frau war unglaublich. Ich hatte sie wie Abschaum behandelt - hatte einfach nicht zu ihr stehen können, und nun war sie es, die mir half. Die nett zu mir war und mich sonst wohin brachte. Wobei … vielleicht war das auch ein ausgeklügelter Racheplan? Sie hatte immerhin zehn Jahre Zeit gehabt, um einen zu schmieden. Vielleicht waren unsere Rollen jetzt vertauscht und Hazel war zum Wolf geworden, der das Lamm Jamie verspeisen würde.

Hazel lenkte ihren alten Wagen vom Highway und bog kurz darauf auf eine mir sehr schmerzhaft vertraute Straße.

»Du bringst mich nach Bowers Beach?«

»Du erinnerst dich?« Sie strahlte mich an, als hätte ich ihr eben eröffnet, dass sie zehn Millionen Dollar gewonnen hätte und der Klimawandel besiegt sei.

»Äh, ich war vorgestern erst hier.« Konnte das wirklich erst zwei Tage her sein? Es fühlte sich wie eine Ewigkeit an. Beinah wie ein anderes Leben. Eines, in dem ich gewusst hatte, was ich wollte. Eines, in dem ich ein großes Ziel gehabt hatte. Eines, das jetzt in Trümmern lag.

Das Strahlen in Hazels Gesicht machte Verwirrung Platz. »Wieso warst du in Bowers Beach?«

»Das war geschäftlich.«

»Oh.« Nun war nur noch Ernüchterung in ihren schönen Zügen zu sehen.

»Woran sollte ich mich erinnern?«

Sie schnaubte. »Ach, nichts. Ich … das war eine blöde Idee. Vergiss es einfach. Ich fahr nur durch bis zum Hafen, dann wende ich wieder.«

Ich griff nach ihrer Hand am Lenkrad. »Hey. Sag schon, woran sollte ich mich erinnern?«

Wieder ein schweres Seufzen. »Wir waren früher schon einmal hier. An einem Nachmittag, als dein Vater dich am Telefon so furchtbar runtergemacht hatte. Deine Schwester hatte dich wegen irgendwas verpfiffen. Ich glaube, du hattest gekifft? Weißt du nicht mehr?«

Mit ihren Worten wehten Erinnerungsfetzen wie von einem Wind getragen in mein Gedächtnis. Es stimmte … wir waren gemeinsam an dem Strand gewesen. Hatten uns stundenlang unterhalten, uns geküsst, miteinander geschlafen und uns einfach nur frei gefühlt. Deshalb war mir der Strandabschnitt so bekannt, so magisch vorgekommen. Mein Unterbewusstsein hatte den Ort wiedererkannt und mit den schönsten Erinnerungen verknüpft, die ich je gesammelt hatte. Erinnerungen, die ich tief vergraben hatte. Die ich zusammen mit meinen Gefühlen eingemauert und verdrängt hatte. Sie hätten nie wieder das Licht der Sonne erblicken sollen, aber Hazel hatte die Gefängnismauern eingerissen und beides - Erinnerungen und mein Herz - in den grellen Schein der Sonne gezerrt. Und dort lagen sie nun vollkommen schutzlos.

»Doch. Ich erinnere mich. Hier waren wir einfach wir.« Ein Kloß verankerte sich in meinem Hals, machte mir das Schlucken schwer und ließ mich kaum zu Atem kommen.

»Ja. An *unserem* Strand hat uns niemand gestört. Niemand hat uns verurteilt oder schief angeschaut. Und wir haben niemanden verletzt.«

Schweigend fuhren wir weiter, bis wir den kleinen Parkplatz am Hafen erreichten. Hazel wendete, hielt in Fahrtrichtung, ließ den Motor jedoch laufen. Ihr fragender Blick traf meinen und ich nickte. Mit einer raschen Handbewegung drehte sie den Zündschlüssel und plötzlich umgab uns ohrenbetäubende Stille im Inneren des kleinen Autos.

»Na komm.« Hazel öffnete die Tür und stieg aus.

Ich folgte ihr und sofort überschwemmten mich die Erinnerungen an meinen letzten Besuch. Der verzweifelte Versuch, meine Haut zu retten, das enttäuschte Gesicht meines Vaters. Doch wenn ich darüber nachdachte, war der Ausdruck in seinem Gesicht keine Enttäuschung gewesen, sondern Bestätigung. Er hatte nie angenommen, dass ich etwas zustande bringen würde, und diese Einsicht schmerzte beinahe noch mehr.

Ich folgte Hazel, die zielsicher auf den Pfad durch das Schilf zusteuerte, die wenigen Stufen nach unten stapfte und sofort ihre Schuhe auszog. Barfuß folgte sie dem sandigen Weg. Ihr Anblick befreite mich aus den immer wiederkehrenden und toxischen Gedanken an meinen Vater und sein Unternehmen. Es war vorbei - warum sollte ich noch meine Energie daran verschwenden? Stattdessen heftete ich meinen Blick auf die kurvige Frau vor mir. Mit jedem Schritt schwang ihr Hintern - der in ihrer engen Jeans einfach perfekt aussah - sanft hin und her. Ihr schimmerndes Haar, das sie in einem breiten, geflochtenen Zopf trug, wippte auf und ab. Wie gern ich danach gegriffen und ihren Mund für mich geöffnet hätte ...

Der Schilfgürtel öffnete sich und gab den Blick auf die Bucht frei, die Marty mir bei meinem ersten Besuch hier gezeigt hatte. Möwen stoben auf und flogen mit protestierendem Kreischen davon. Heute war es windiger, die Wellen des Atlantiks rollten brausend an den Strand, trugen weiße Kronen auf ihren Häuptern und verschluckten dabei einen breiten Streifen des Strands.

»Komm mit.« Hazel drehte sich kurz zu mir und lief dann los - lachend wie ein Kind, das einfach Spaß daran hatte, am Strand zu rennen.

Ich zog meine Schuhe aus, nahm sie in die Hand und folgte ihr. Erst ging ich mit großen Schritten, verfiel dann in ein Lauftempo und merkte mit jedem Atemzug, der salzige Meeresluft in meine Lunge schickte, wie frei ich mich an diesem winzigen Strandabschnitt fühlte. Ein Gefühls-Déjà-vu. Denn genau so hatte ich mich schon früher hier gefühlt - mit Hazel.

Ich holte sie ein, ließ meine Schuhe fallen, griff nach Hazels Taille und wirbelte sie zu mir herum. Ihr Schwung erwischte mich unvorbereitet, ich strauchelte und gemeinsam verloren wir das Gleichgewicht. Ich landete mit dem Gesicht voran im Sand, Hazel quer auf mir. Lachend schob sie sich zur Seite, damit ich mich umdrehen konnte. Ich wischte mir den Sand vom Mund, fühlte mich wie ein paniertes Fischstäbchen, doch als ich Hazels Lachen hörte, ihr fröhliches Gesicht sah, grollte ein Lachen aus meiner

Kehle. Voll, laut und echt - etwas, das schon sehr lange nicht mehr passiert war. Ich ließ mich auf den Rücken fallen, verschränkte die Hände hinterm Kopf und verfolgte die aufgebauschten weißen Wolken über uns am blauen Himmel. Ich spürte dem Gefühl nach, das das Lachen in mir ausgelöst hatte. Ein so pures Glück hatte ich schon lange nicht mehr empfunden. Nicht beim Sport, nicht beim bedeutungslosen Sex mit einer Fremden und schon gar nicht bei der Arbeit. Aber hier mit der glucksenden Hazel neben mir fühlte ich dieses süße Glück und wollte es nicht wieder gehen lassen.

Wie selbstverständlich legte sie ihren Kopf auf meine Brust - an die Stelle, an der er schon früher gelegen hatte, und irgendwo tief in meinem Inneren rastete ein Zahnrad an genau der richtigen Stelle ein. Ein Zahnrad, das zehn Jahre lang unrund gelaufen war.

Ich zog Hazel ein wenig dichter an mich heran und fühlte mich wie der sechzehnjährige Junge, dem mit diesem Mädchen an seiner Seite alles möglich erschienen war. Jamie und Hazel - ein *Wir* -, bis die Welt kam und uns zerstörte. Wobei … es war nicht die Welt - das war nur ich.

19. Hazel

Mein Blick folgte den Wolken, die vom Meereswind ins Landesinnere getrieben wurden. Schafe, Häuser, Einhörner … Sie hatten alle möglichen Formen angenommen. Sie zu beobachten, lenkte mich davon ab, mit wem ich hier am Strand lag. Jamies Auftauchen hatte mich überrumpelt. Sein Zustand hatte mich überrumpelt und meinen Verstand außer Betrieb genommen. Ich hatte nur nach meinem Herzen gehandelt, und das hatte sich bei seinem Anblick sofort verkrampft, um dann wie wild zu wummern.

Ich hätte ihm einen Kaffee und ein Stück Kuchen geben und wieder auf die Straße setzen können. Es hätte vielleicht Überwindung gekostet, aber es wäre vernünftig gewesen. Stattdessen hatte ich ihn in mein Auto bugsiert und war mit ihm an den Ort gefahren, an dem wir auch damals Zuflucht gesucht und gefunden hatten. Bowers Beach, dieser kleine, beinahe ausgestorben wirkende Ort mit den windschiefen Hütten und dem kleinen Ankerplatz war zu unserem sicheren Hafen geworden. Hier hatten wir nicht befürchten müssen, entdeckt zu werden oder höhnische Kommentare zu ernten. Und auch jetzt fühlte ich die Ruhe des Ortes auf mich übergehen.

»Erzählst du mir jetzt, was passiert ist?« Ich drehte mich im Sand auf die Seite und musterte Jamie. Wie gern hätte ich die markante Kieferlinie mit dem Finger nachgefahren, aber ich verbot es mir. Wir waren hierhergefahren, damit Jamie reden konnte. Nicht, damit ich über ihn herfiel - auch wenn mein Körper über dieses Vorhaben alles andere als glücklich war.

»Ich bin raus. Das ist passiert.« Jamie rührte sich nicht, behielt seinen Blick weiter stoisch auf den Himmel über uns gerichtet.

»Wo raus?«

»Raus aus der Firma und raus aus der Familie. Er hat mich verstoßen.« Er schnippte mit den Fingern. »Zack. Raus.«

»Das meint er sicher nicht ernst. Du bist doch sein Sohn …«

»Du erinnerst dich schon, wie mein Vater so drauf war, oder? Und ich versichere dir eines: Er hat sich nicht gebessert.«

»Ja schon, aber …«

»Nein. Kein Aber. Er meint es ernst. Heute Morgen hat er meinen Porsche abholen lassen. Er hatte ihn mir zum Geburtstag geschenkt. Wie sich herausstellte, war dieses *Geschenk* aber an Bedingungen geknüpft.«

»Oh. Okay. Das ist … fies. Und was willst du jetzt machen?«

Er zuckte mit einer Schulter und sah mich endlich an. In seinen Augen schwamm Verzweiflung. »Ich habe keine Ahnung. Meine Wohnung gehört seinem Unternehmen, mein Geld gehört seinem Unternehmen. Mein ganzes Scheißleben gehört seinem Unternehmen. Ich weiß nicht, was ich ohne das machen soll.«

Und da war er. Ganz deutlich und greifbar … der Jamie, in den ich mich damals unsterblich verliebt hatte. Der Jamie, der sich hinter dem Schleier aus Arroganz und Überheblichkeit versteckte. Der Jamie, der zu verletzlich war, als dass er sich in die Öffentlichkeit traute. Aber das musste er auch gar nicht. Er öffnete sich mir und das war ein Anfang.

Ich nahm seine Hand und verschränkte unsere Finger miteinander. Er legte unsere Hände auf seine Brust und schenkte mir ein sanftes Lächeln. So lagen wir eine Zeit lang da, beobachteten die Wolken und Möwen, genossen den Wind, die Gischt, das Salz auf unseren Lippen.

»Warum bist du wirklich wieder in Woodside?« Die Frage war mir über die Zunge gerollt, ehe ich sie aufhalten konnte. Warum wollte ich mich quälen mit dem schmerzhaften Wissen, dass nicht ich der Grund seiner Rückkehr war?

»Ich habe es dir schon gesagt, Hazel. Ich wollte nicht zurückkommen. Es war ein dummer Zufall.«

»Ein dummer Zufall?« Ich wusste nicht, warum seine Worte mich so hart trafen, obwohl ich sie bereits im Voraus gekannt hatte. Sie hätten nicht schmerzen dürfen und doch war jede Silbe wie eine in Gift getränkte Pfeilspitze, die sich tief in mein Herz bohrte. Was hatte ich erwartet? Dass dieser Platz ihm eine Wahrheit entlockte, die eine Lüge war: dass er meinetwegen zurückgekommen war? Nein … ganz sicher nicht. Vermutlich hatte er nicht einen Gedanken in den letzten zehn Jahren an mich verschwendet.

»Ja. Im Prinzip schon. Es war nicht mein Plan, weißt du. Ich wollte nach New York zurück und nach einer beschissenen Präsentation retten, was zu retten war. Und da hatte ich dann eine Panne. Tja, und Ash hat mich abgeschleppt. So bin ich in Woodside gelandet.«

»Wenn also dein Auto nicht kaputt gegangen wäre, dann hätten wir uns nicht wiedergesehen?« Ich zog meine Hand zurück, presste sie an meinen Körper.

»Vermutlich nicht.«

»Hast du es denn mal in Erwägung gezogen, nach

Woodside zu kommen?« Ich setzte mich auf und zog die Beine in den Schneidersitz.

»Hazel, hast du gedacht …?« Jamie seufzte, kniff sich in die Nasenwurzel. »Ach fuck.«

»Hast du denn in den zehn Jahren wenigstens ein Mal an mich gedacht?«

Warum stellte ich diese Frage? Wieso musste ich mich quälen? Es war dieser Ort, oder? Dieser kleine Strand, an dem wir als Teenager an einem Nachmittag wirklich glücklich gewesen waren. Die Erinnerung daran war es, die nun aus mir sprach. Nicht die rationale Erwachsene. Von wegen rational.

»Ob ich an dich gedacht habe? Du hast ja keine Ahnung.«

»Das ist keine Antwort.«

»Was willst du von mir hören?« Er setzte sich nun auch auf und funkelte mich böse an. »Ja, ich habe an dich gedacht. Viele Male. Und nein, ich hatte nicht vor, zu dir oder zu sonst jemandem zurückzukommen. So bin ich nun mal. Ich lasse niemanden wirklich an mich ran. Und besonders du solltest wissen, was passiert, wenn ich es doch tue.«

»O ja, du machst es dir verflucht leicht, Jamie. Deine Abwehrhaltung ist deine Entschuldigung für alles. Ich hab dir wehgetan? Tja, nicht meine Schuld. Du wusstest, dass das passieren wird.« Ich äffte ihn nach und er verengte zornig seine Augen. »Es muss so verdammt einfach sein, so durchs Leben zu gehen, oder? Mit dieser *Mir-doch-scheißegal-wie-du-dich-fühlst*-Einstellung.«

»Ja, es ist wunderbar leicht, so zu sein wie ich.« Seine Stimme war kalt, die Worte scharfkantig wie Scherben.

Ich rappelte mich auf und griff nach meiner Jacke, die ich als Kopfkissen genutzt hatte. »Ich fahre jetzt zurück. Komm mit oder lass es bleiben.«

Ich wich den Schlaglöchern so gut aus, wie ich konnte, und verbiss mir jeden Kommentar. Ich wollte keine neue Unterhaltung beginnen - und auch keinen neuen Streit. Nicht, solange ich nicht verstand, warum ich so sauer auf Jamie war. Solange ich nicht wusste, was ich für ihn empfand. Da war diese Anziehung, die ich nicht leugnen konnte. Die aber über das reine körperliche Verlangen hinausging - auch wenn ich nicht leugnen konnte, dass es sehr stark vorhanden war. Da war diese verräterische Wärme in mir, dieses unregelmäßige Hüpfen meines Herzens, wann immer ich Jamie sah. Und genau das war mein Problem. Hätte ich ihn nur heiß und sexy gefunden, könnte ich ihn endlich aus meinem Leben streichen. Aber er berührte so viel mehr in mir.

Natürlich hatte seine Rückkehr nichts mit mir zu tun gehabt. Das war mir von vornherein klar gewesen, und außerdem hatte er es mir selbst gesagt. Doch hatte es dieses winzige Hoffnungsglimmen in meiner Brust gegeben. Diesen kleinen Lichtpunkt, der durch Jamies schonungslose Ehrlichkeit erloschen war. Nun war da kein Glimmen mehr, keine Glut. Nur noch beißender Qualm, der in meinem Inneren waberte.

Vielleicht war es genau das, was ich brauchte. Daran zu glauben, Jamie und ich hätten noch eine Chance, hatte mich in den letzten zehn Jahren gebremst. Er hatte noch immer einen Teil meines Herzens gehalten, doch damit war jetzt Schluss. Es war mir egal, ob er in meiner Stadt, in New York oder auf dem Mond war. Jamie hatte keinen Platz in meinem Leben verdient. Egal, ob er mein Herz für Streuner ansprach oder nicht. Ich musste mich auf das Café konzentrieren, und ein Jamie MacLannister hatte da keinen Platz.

Ich lenkte den Honda auf den Parkplatz hinter dem Eiscafé, stieg aus und pfefferte die Tür ins Schloss.

Jamie stieg ebenfalls aus und musterte mich mit einer steilen Falte auf der Stirn, die sich von seiner Nasenwurzel bis zum Haaransatz zog. Ich erinnerte mich an diese Falte, … die hatte er früher schon immer gezogen, wenn er etwas nicht verstand.

»Ich hätte nicht schwach werden und dich wieder in mein Leben lassen dürfen. Du bist nicht gut für mich. Du bist für überhaupt niemanden gut. Also verschwinde einfach. Ruf dir ein Uber und fahr zurück nach New York. Ich bin sicher, du hast genug Freundinnen, denen du die Welt versprochen hast, bei denen du unterkommen kannst. Also lass mich in Ruhe.« Ich drehte mich um, ließ ihn auf dem Parkplatz stehen und marschierte zur Hintertür.

Als ich sie schloss, erhaschte ich einen winzigen Blick auf Jamie, der mit gesenktem Kopf und hängenden Schultern zu mir sah. Doch eine Sekunde später richtete er sich auf und sein Gesicht wurde wieder zu der Maske, die er der Welt zeigte.

Ein Klopfen an der Fensterscheibe unterbrach meine ewigen Gedankenkreise, die sich um Jamie drehten, während ich beinahe manisch das Innere des Eiscafés putzte. Ich blickte auf und erkannte Maple vor der breiten Fensterfront. Mit einem Nicken deutete ich ihr an, zur Eingangstür zu kommen. Ich sperrte auf und ließ meine Freundin eintreten.

Sie knetete unaufhörlich ihre Finger, ihr Blick huschte nervös umher.

»Alles in Ordnung?« Ich musterte sie, als würde ich so den Grund ihrer Nervosität ergründen.

»Ähm, nicht wirklich, nein.« Sie sah mich kurz an, dann sah sie wieder nach draußen. »War das Jamie vorhin bei dir?«

Ich widerstand dem Impuls, die Augen zu schließen. Natürlich hatte sie uns gesehen. Das Rabbit Hole lag genau gegenüber. Maple hatte nur aus dem Fenster sehen müssen, und offensichtlich hatte sie genau das getan. Kurz erwog ich, mich irgendwie aus dem Schlamassel zu winden, den ich verursacht hatte, doch ich wollte meine beste Freundin nicht anlügen.

»Ja. Das war er.«

»Okay.« Sie wurde blass. »Und was wollte er von dir? Du … ich meine, ihr habt doch nichts miteinander zu tun?«

»Er wollte nichts. Ich hab ihn nur mitgenommen. Das ist alles. Du kennst doch mein Herz für Streuner.« Es war keine Lüge und trotzdem fühlte es sich falsch an.

»Ich bin mir nicht sicher, ob Jamie Arschloch MacLannister die Definition eines Streuners erfüllt. Und du hattest ja schon immer diese merkwürdige Schwäche für ihn.« Sie sah mich direkt an und legte den Kopf schief.

»Ich hatte auch eine Schwäche für Justin Bieber. Die habe ich auch überwunden.« Ich zuckte betont unbeeindruckt mit den Schultern und Maple lachte auf. Sie wusste von meiner Schwärmerei während der Highschool - doch wie sehr dieser Crush von Jamie erwidert worden war, davon hatte sie keine Ahnung. Und das musste auch so bleiben.

»O ja, das hatte ich ganz vergessen.« Sie grinste, wurde dann aber wieder ernst. »Du weißt noch, was er Ethan angetan hat, oder?«

Ein Seufzen entrang sich meiner Kehle. Das Mobbing gegen Maples Freund hatte ihr damals furchtbar zugesetzt, und dass eine der treibenden Kräfte dahinter Jamie gewesen war, wusste inzwischen die ganze Stadt. Ich ging zu ihr und legte einen Arm um ihre Schultern. »Nein, daran musst du mich nicht erinnern. Ich weiß noch ziemlich genau, was für ein Idiot Jamie ist.«

»Gut. Dann kannst du mir jetzt erzählen, warum er hier rumläuft wie ein Obdachloser. Du bist doch immer bestens informiert. Geht es ihm schlecht? Karmatechnisch würde mich das nicht überraschen … Wäre es sehr böse zu behaupten, es würde mich freuen?« Sie rutschte auf einen der Tische - den, auf dem Jamie mich geküsst hatte - und sah nun überhaupt nicht mehr nervös, sondern nur noch neugierig aus.

»Tut mir leid, ich weiß es nicht.«

»Wieso nicht? Du weißt doch sonst immer alles, was in der Stadt vor sich geht. Und du hast ihn mitgenommen. Habt ihr euch nicht unterhalten?«

»Nein, haben wir nicht. Du weißt doch, Jamie redet nicht mit dem einfachen Volk.«

Sie schnalzte missbilligend mit der Zunge. Eine Eigenschaft, die sie von ihrer Großmutter übernommen hatte. »Na ja, dann muss ich wohl zu Fred gehen und ihn fragen. Ich muss nachher sowieso noch einkaufen.«

»Mach das.«

»Und wie geht es voran mit dem Café? Es blitzt hier ja schon mehr als in den letzten zwanzig Jahren zusammengenommen. Brauchst du vielleicht noch Hilfe?«

»Nein, ist schon gut. Ich werde heute eine Nachtschicht einlegen und backen, was das Zeug hält. Morgen Vormittag werde ich öffnen.«

»Morgen schon?« Maple machte große Augen. »Hazel, warum sagst du denn nichts? Du kannst doch nicht alles alleine machen. Wir hatten das doch alle besprochen. Du hast mir damals auch die Eröffnung gerettet mit deinen köstlichen Kuchen. Lass mich dir jetzt helfen. Oder kommt Jim noch vorbei und hilft dir?« Sie wackelte mit ihren Augenbrauen.

»Jim? Wieso das denn?«

»Zwischen euch sprühen mehr Funken als beim Feuerwerk am vierten Juli. Und ihr seid beide Single. Was wäre also dabei?«

»Dass er Jim ist, wäre dabei. Wie kommst du überhaupt darauf, zwischen uns könnte etwas laufen?«

Zwischen Jim und mir bestand eine besondere Art der Freundschaft, die sonst niemand verstand. Ich hatte wegen Jamie gelitten, er wegen Mel - Jamies Schwester. Das hatte uns während der Highschool schon zu geheimen Verbündeten gemacht. Und diese Verbindung hielt bis heute an, auch wenn wir nie darüber sprachen.

»Ich dachte nur … Er hatte erzählt, wie sehr du ihm neulich mit dieser Reisegruppe geholfen hast.«

»Wir sind hier in einer kleinen Stadt. Da hilft man sich nun mal gegenseitig. Deshalb ist man doch nicht direkt ineinander verschossen. Du hast neulich Fred geholfen, das hab ich genau gesehen. Bist du deshalb in ihn verschossen?«

»Igitt!« Sie verzog das Gesicht. »Fred ist ungefähr einhundert Jahre alt und außerdem rettungslos in Nan Nan verknallt.« Sie schüttelte sich.

»Siehst du. Ich hab Jim nur geholfen, weil wir das eben hier so machen.«

»Wenn du es sagst. Apropos Hilfe … darf ich dir nun mit der Eröffnung helfen?«

»Na gut. Einverstanden. Dann komm vorbei, wenn du Feierabend machst. Aber halt dich von meiner Backstube fern.«

»Ey.« Sie stemmte die Hände in die Hüften. »Ich kann backen.«

»Nein. Du kannst eine Fertigbackmischung mit Wasser anrühren. Das ist kein Backen.«

Sie lachte auf und hüpfte in einer eleganten Bewegung vom Tisch. »Zugegeben, meine Qualitäten liegen auf anderen Gebieten. Aber ich helfe dir trotzdem, und ich sage Summer Bescheid.«

Wir verabschiedeten uns mit einer Umarmung. Ich sah meiner Freundin nach, als sie über die Straße auf ihren

Buchladen zusteuerte. Maple war seit unserer Kindheit für mich da gewesen - es hatte nur eine räumliche Trennung während unserer Zeit am College und meines Aufenthalts in Europa gegeben. Das vertraute schlechte Gewissen ballte sich wie eine Faust in meinem Inneren zusammen. Meine Freundin hatte keine Ahnung, was in unserem Senior-Year zwischen Jamie und mir gelaufen war. Ich hatte es ihr verschwiegen, weil ich sie nicht verletzen wollte. Hätte sie davon gewusst, hätte sie es als Verrat an unserer Freundschaft empfunden. Und ich hätte es sogar verstanden. Deshalb hatte ich geschwiegen - um sie und unsere Verbindung zu schützen. Und ja - auch um mich zu schützen. Es war einfacher zu schweigen, als ihr die Wahrheit zu sagen.

Nun stand ich wieder an exakt diesem Punkt und verheimlichte meiner besten Freundin diese verkorkste Beziehung - oder was auch immer es war -, die Jamie und ich hatten. Es tat weh, aber es war das Beste. Für sie, für mich, für alle.

20. Jamie

Die Sonne kroch langsam über die Baumwipfel, verwandelte die lockeren Wolken in rosa Zuckerwatte und den See vor mir in dieses funkelnde Phänomen, das dem Crystal Lake seinen Namen verliehen hatte.

Ich nahm mein Handy und schoss ein paar Bilder von dem Spektakel. Dann griff ich nach einem Block und einem Bleistift und setzte an zu zeichnen. Die Ideen sprudelten nur so aus mir heraus. Die Skizzen, die aus meiner Vorstellung direkt durch den Stift aufs Papier flossen, waren anders als alles, was ich sonst entworfen hatte. Keine sterilen, gleichförmigen Bauten aus Beton und Glas, dafür kleinere, individuelle Häuser, die sich um den See reihten, sich dabei in die Landschaft einfügten und sie nicht verschandelten.

Viel zu oft hatte ich gesehen, wie mein Vater mit seinen Projekten seine reine Profitgier befriedigte, ohne Rücksicht auf irgendetwas zu nehmen. Und ich war ganz genauso gewesen. Ich wollte meinen Dad beeindrucken, nebenbei von meiner Arbeit profitieren und Geld damit scheffeln - alles andere war mir egal gewesen. Noch vor wenigen Tagen am Bowers Beach hatte ich genau so ein Projekt präsentiert. Meine Verantwortung für die Umwelt war mir dabei vollkommen egal gewesen. Doch irgendetwas hatte sich seitdem geändert. Vielleicht lag es an diesem Wohnwagen, in dem ich seit vier Tagen übernachtete.

Vielleicht an diesem Naturschauspiel am See, das ich seither jeden Morgen beobachtete.

Es war, als hätte sich ein Schalter in mir umgelegt. Natürlich fehlte mir mein Appartement mit dem teuren Kaffeevollautomaten, der Regendusche und - verflucht - meinem Rücken fehlte die sündhaft teure Matratze.

Aber das alles fehlte mir nicht halb so sehr, wie ich erwartet hatte. Die morgendlichen Schwimmrunden im See waren für mein Kardiotraining effektiver als die Joggingrunden, die ich in New York drehte, und die Luft hier war tausendmal klarer und frischer. Die Erkenntnis hatte mich selbst überrascht, aber Woodside hatte mir gefehlt. Und eine Bewohnerin ganz besonders, aber den Gedanken an Hazel und unser letztes Treffen schob ich weit von mir. Ihre Worte hatten mich verletzt und das hatte mich verwirrt. Wie konnte sie so schnell, so mühelos, die Macht haben, mich zu verletzen?

Aber was mich noch mehr als ihre Worte getroffen hatte, war ihr Blick gewesen. Ich hatte nicht über meinen Schatten springen können, um ihr zu sagen, wie oft ich an sie gedacht hatte. Damit hätte ich mich noch angreifbarer gemacht, hätte noch mehr Schwäche gezeigt. Und das ging nicht. Erst musste ich meinen Scheiß klären, bevor ich mich auf etwas anderes konzentrieren konnte.

Ich zog mich am Steg hoch und setzte mich auf das inzwischen von den Sonnenstrahlen erwärmte Holz. Meine Brust hob und senkte sich schnell unter den angestrengten Atemzügen, die ich nach dem letzten Kraulsprint tat. Wasser tropfte aus meinen Haaren, rann über meinen Körper und bildete kleine Pfützen rings um mich. Im See zu schwimmen war definitiv anstrengender, als im gemächlichen Trab durch New Yorks Parks zu laufen.

Das Motorengeräusch eines nahenden Fahrzeugs ließ

mich aufhorchen. Ich spähte zur schmalen Zufahrt zum Seegrundstück und erstarrte, als ich den schwarzen Range Rover erkannte, der meiner Mutter gehörte. Der Wagen hielt an und eine elegant gekleidete Frau stieg aus. Mit ihren High Heels, der hellen, weiten Hose und dem dazu passenden kurzen Blazer sah sie vollkommen fehl am Platz aus. Als sie mich entdeckte, erhellte ein strahlendes Lächeln ihr Gesicht und sie stakste in Richtung des Stegs. Aber bereits auf die Entfernung von vielleicht zehn Metern erkannte ich den Kummer, den ihr Lächeln nicht überspielen konnte.

»Jamie. Mein Liebling.« Mit ausgebreiteten Armen kam sie auf mich zu. Ich beeilte mich, aufzustehen, und ging ihr entgegen.

»Nicht umarmen, Mom. Ich bin ganz nass.«

Sie zog mich an sich, tätschelte meinen Rücken, wie sie es schon getan hatte, als ich noch ein Kind gewesen war. »Das macht mir überhaupt nichts aus. Hauptsache, ich kann meinen Jungen endlich wieder in die Arme nehmen.« Nach einer Weile ließ sie mich los, blickte sich auf dem Grundstück um. Einen Moment lang reckte sie ihr Gesicht mit geschlossenen Augen der Sonne entgegen. »Es ist so schön hier.« Sie seufzte und ging zu einem der Adirondack-Gartenstühle, die vorm Wohnwagen standen. Sie ließ sich nieder, streifte die Schuhe ab und zog die Beine unter ihren Körper. So sehr mein Vater auch anstrebte, in New Yorks High Society aufzusteigen, und so gut meine Mutter dort auf den ersten Blick auch hineinpassen mochte, so sehr wusste ich, wie sie wirklich war. In ihr steckte keine Habgier oder blinder Ehrgeiz. Sie war noch immer das nette, einfache Mädchen aus Kentucky, das sich am College in einen ambitionierten Architekturstudenten verliebt hatte. »Also, Schatz, was machst du hier?«

Ich zuckte die Schultern. »Ich bin hier gestrandet, würde ich sagen.«

»Ach, es gibt schlimmere Orte zum Stranden als Woodside, oder?« Sie holte tief Luft. »Mir fehlt dieser Ort. Ich würde so gern unser altes Haus zurückkaufen, aber dein Vater will das partout nicht. Lieber schleppt er mich von einer Kreuzfahrt auf die nächste. Dabei habe ich ihm gesagt, dass ich das alles nicht will. Ich möchte einfach nach Hause zurück. Wir waren viel zu selten als Familie hier zusammen. Euer Vater und ich waren viel zu oft unterwegs, um diese dumme Firma zum Laufen zu bekommen. Aber wenn wir alle hier zusammen waren, war es eine wunderbar unbeschwerte Zeit, oder? Ich habe es so geliebt, deine Schwester und dich im Garten umhertollen zu sehen.« Sie schüttelte leicht den Kopf, als würde sie eine sentimentale Erinnerung vertreiben wollen. »Aber es geht jetzt nicht um mich, sondern um dich. Also, was machst du hier? Warum bist du nicht in New York?«

»Du weißt, warum. Er hat mich rausgeworfen. Ich hab keine Wohnung mehr, kein Auto. Ich weiß nicht, was mit meinen Sachen passiert ist. Meine Kreditkarte funktioniert auch nicht mehr. Ich kann mir nicht mal Nudeln kaufen, Mom.«

»Ach Schatz, dein Vater wird sich auch wieder beruhigen. Und ich habe dir einige Sachen aus deiner Wohnung mitgebracht. Kleidung, deinen Zeichentisch …«

»Was? Meinen Tisch? Wie …«

Sie unterbrach mich mit einer Handbewegung. »Ich bin stärker, als ich aussehe, Jamie. Außerdem bin ich auf einer Farm aufgewachsen, schon vergessen? Ich kann anpacken. Also, Victor ist, wie er ist. Weder du noch ich werden ihn ändern können. Aber er wird allmählich alt, seine Zeit ist vorüber. Deine bricht nun an. Verbiege dich nicht, um ihm zu gefallen.« Sie deutete auf die Zeichnungen, die auf dem kleinen Tisch zwischen uns lagen. »Ich hab so eine Ahnung, es war eine gute Idee, deine Architekten-Utensilien mitzubringen.« Sie nahm den Block und studierte die Zeichnungen darauf. »Die sind wunderschön. Viel schöner als die hässlichen Klötze, die dein Vater in die Gegend setzt.«

»Aber was soll ich machen, Mom? Er will nichts mehr von mir wissen. Ich habe ihn zu oft enttäuscht.«

Meine Mutter legte den Kopf schief und strich mit ihren Fingern über meine Wange. »Vielleicht. Vielleicht sind seine Erwartungen auch einfach so hoch, dass niemand sie je erfüllen könnte.«

»*Er* könnte sie erfüllen.«

Sie schloss die Augen, die meinen so ähnlich waren. Tränen schwammen darin, als sie sie wieder öffnete. »Nun, wir werden nicht erfahren, was er gekonnt hätte und was nicht, nicht wahr?«

Nach einer Weile holte ich die Sachen aus dem Wagen, die meine Mutter mir mitgebracht hatte, und stellte sie in den Wohnwagen. Nur den Zeichentisch positionierte ich auf der kleinen Holzterrasse mit Blick auf den See.

»Mom?«, fragte ich, als sie sich in den SUV setzte, um zurück nach New York zu fahren.

»Ja, mein Schatz?«

»Woher wusstest du, dass ich hier bin?«

»Ich würde gern sagen, dass ich so eine Ahnung hatte - eine Art mütterliche Intuition. Aber das stimmt nicht. Dein Vater hat es mir gestern Abend widerwillig erzählt. Und dass ich dich hier am See finden würde, war mir klar. Es ist immer dein Lieblingsplatz gewesen. Und so viele Zufahrten gibt es schließlich nicht. Bei der dritten habe ich dich gefunden.« Sie wuschelte mir durchs Haar, etwas, das sie nur schaffte, weil sie in ihrem riesigen Auto saß. »Ach, ehe ich es vergesse …« Sie zog ein Bündel Geldscheine aus der Tasche ihres Blazers und reichte es mir.

»Mom, du musst mir kein Geld geben. Du hast mir meine Sachen gebracht, das reicht doch.«

»Na ja, das würde vielleicht ausreichen, wenn du deine Klamotten essen könntest. Du hast mir vorhin erzählt, du könntest dir nicht mal Nudeln kaufen. Du bist also nicht in der besten Verhandlungsposition.«

Ich wusste, sie würde nicht nachgeben und nahm ihr die Scheine ab. »Danke.«

»Keine Ursache, mein Schatz. Ruf mich an, wenn du etwas brauchst.« Sie startete den Motor per Knopfdruck, winkte mir mit einem schiefen Lächeln und fuhr in Richtung Straße davon. Ich hätte mit ihr zurück nach New York fahren können, um bei meinem Vater zu Kreuze zu kriechen.

Ich würde in die Stadt zurückkehren. Aber erst, wenn meine Pläne für Woodside perfekt wären und ich sie ihm präsentieren könnte. Und dieses Mal würde es nicht schiefgehen. Dieses Mal würde ich ihm zeigen, was wirklich in mir steckte. Und ich würde es mir zeigen.

21. Hazel

Meine Arme schmerzten von der Putzaktion und den vielen Teigen, die ich geknetet hatte. Meine Beine waren bleischwer und protestierten bei jedem Schritt, den ich in meiner kleinen Backstube machte, und meine Augenlider waren schwer und wollten sich einfach nur schließen. Die letzten Tage, die ich mit Renovierungsarbeiten verbracht hatte, steckten mir zusätzlich in den Knochen. Trotzdem fühlte ich mich nicht müde - im Gegenteil. Ein Cocktail aus Adrenalin, Koffein, Endorphinen und Angst strömte durch meine Adern und spülte die Müdigkeit fort.

Ich kontrollierte die Zimtschnecken im Ofen, probierte noch einmal das Frosting, das ich bereits vorbereitet hatte, und ging dann in den Gastraum. Ich wusste nicht, wie oft ich bereits nach dem Rechten gesehen hatte, doch ein weiteres Mal konnte nicht schaden.

Maple und Summer hatten mich überredet, die Eröffnung zu verschieben, damit ich ein paar kleine Änderungen am Café vornehmen konnte. Sie waren mit den Jungs angerückt und hatten mit angepackt.

Als ich mich nun umsah, musste ich zugeben, dass sie recht gehabt hatten. Es war wichtig für mich gewesen, dem *Frozen Dreams* zumindest einen kleinen Stempel von mir aufzudrücken und nicht einfach so weiterzumachen wie Mrs. Hamilton bisher. Und das Ergebnis konnte sich

- wenn man die kurze Zeit, die wir für das Makeover gehabt hatten, bedachte - wirklich sehen lassen. Zwar blieb mir nun weniger Zeit, ausreichend Geld für eine Finanzierung zu erwirtschaften, aber ich hoffte darauf, mit dem frischeren Look auch mehr Gäste anzulocken. Allerdings beschränkte sich meine Zielgruppe auf die Einheimischen Woodsides, denn Touristen verirrten sich selten hierher. Es war mir immer sehr recht gewesen, aber mit dem Blick einer Geschäftsführerin - wie ungewohnt sich das anhörte - wäre ein bisschen Tourismus sicher nicht schlecht für unser Örtchen.

An den Tischen standen nicht mehr nur die alten Kunstlederstühle, sondern wechselten sich mit den verschiedensten Sitzgelegenheiten ab: Küchenstühle aus Holz, alte Sessel, hin und wieder ein Fake-Fur-Hocker. Die nicht mehr ganz so schönen Tischplatten erstrahlten nun mit dunkelgrauer Dekorfolie in einem ganz neuen Glanz. Die ehemalige Eisvitrine hatte ebenfalls einen neuen Look bekommen: Rian hatte sie mit gleichmäßigen Streifen abwechselnd in Pastellgrün und Rosa gestrichen, was großartig aussah. An den Wänden wechselten sich Makramee-Anhänger mit Fotografien von Woodside ab und überall standen große Grünpflanzen. Im Schaufenster hingen Blumenampeln, die meinen Gästen als Sichtschutz dienen sollten. Diese hatte ich mit hängenden Erdbeerpflanzen bestückt und hoffte so, möglichst lange meine Erdbeer-Pannacotta-Cupcakes anbieten zu können. Ich war mir sicher, den Gästen würde es gefallen, wenn die Erdbeeren aus meinem eigenen kleinen, hängenden Garten stammten.

Zufrieden stemmte ich die Hände in die Hüften und ließ sie direkt sinken, um nicht wieder die typische Geste meiner Mutter zu imitieren. Sie war gestern kurz vorbeigekommen, um mir viel Erfolg zu wünschen. Sie hatte keine Zeit, am Eröffnungstag teilzunehmen - natürlich nicht. Immerhin stand ein tantrischer Massagekurs bei ihr an. Ich wunderte mich nicht mehr darüber, aber es tat noch immer weh. Es war ihr nicht wichtig, mich zu unterstützen - ich war ihr nicht wichtig genug. Aber ich hatte mir fest vorgenommen, mich an diesem Tag nicht darüber zu ärgern und wünschte mir mehr Gleichgültigkeit ihr gegenüber.

Mein Blick wanderte durchs Café. Es war sicher nicht perfekt, aber das machte nichts. Es war auch nicht wirklich mein Café - aber das war okay. Denn wenn es gut laufen würde, würde es bald wirklich meines sein, und darauf freute ich mich sehr.

Ich schlenderte zurück in die Backstube, nahm die Zimtschnecken, die den perfekten Bräunungsgrad erreicht hatten, aus dem Ofen und konnte nichts gegen das Lächeln tun, das sich beinahe schmerzhaft auf meinem ganzen Gesicht ausbreitete. Es dauerte nicht mehr lange, bis meine ersten Gäste - und hoffentlich wären es mehr als eine Handvoll - kommen würden. Es wurde Zeit für mich, meine Klamotten zu wechseln und mich zumindest ein wenig frisch zu machen.

Ich löste die Schürze, warf sie auf die Arbeitsplatte und ging durch die Hintertür zum Treppenhaus. Als ich im zweiten Stock vor meiner Wohnung eine Silhouette stehen sah, überrollte mich eine Welle aus freudiger Überraschung, Schreck und echter Freude.

»Was machst du denn hier?«

»Hi, Cuckoo.« Er breitete seine Arme aus und ich ließ mich in seine Umarmung fallen. Fühlte mich augenblicklich wieder wie das kleine Mädchen, das seinen Vater vermisste, wenn er mal für ein paar Tage geschäftlich unterwegs gewesen war.

»Wir wollten uns doch erst in ein paar Tagen in New York treffen. Wieso bist du schon da?«

»Ach.« Er winkte ab. »Ich lass es mir doch nicht entgehen, wenn meine Tochter ein Café eröffnet.« Er schob mich auf Armeslänge von sich weg und sah mich tadelnd an. »Da fällt mir etwas ein: Warum musste ich das von deiner Mutter erfahren? Meinst du nicht, mich interessiert das auch?«

Ich nickte schuldbewusst. »Doch, schon. Aber ich hatte so viel um die Ohren und es ging alles schnell. Außerdem hast du wegen der Hochzeit bestimmt eine Menge zu tun.«

»Warum verschließt du dich, Kleines? Was ist los?«

»Nichts. Und Mom … na ja, sie hat sich nicht wirklich darum gerissen, mir zu helfen. Und heute hat sie sowieso keine Zeit.« Ich biss mir auf die Unterlippe. Auf keinen Fall wollte ich mich bei ihm über sie ausheulen. Ich war erwachsen und eröffnete mein eigenes Geschäft, da machte man so etwas nicht mehr, oder?

»Okay, ich gebe zu, deine Mutter ist in letzter Zeit etwas egozentrisch geworden.«

»In letzter Zeit? Etwas?« Ich lachte auf. »Sie hat einen ausgewachsenen Schatten, wenn du mich fragst.«

»Hazel Vivienne Saintpreux, so redest du nicht über deine Mutter.«

»Tschuldigung. Aber immerhin bist du ans andere Ende des Landes vor ihr geflohen. Ich wohne in der gleichen Kleinstadt wie sie. Was ist da wohl besser? Du musst mir schon hin und wieder einen kleinen Hieb in ihre Richtung zugestehen.«

Er lachte. »Schon gut, schon gut. Und nur fürs Protokoll: Ich bin nicht geflohen. Aber das ist auch nicht das Thema. Warum weichst du meiner Frage aus?« Er strich mir sanft über die Oberarme, eine vertraute Geste, die er schon immer gemacht hatte, wenn er meinte, ich hätte ein Geheimnis vor ihm.

»Mach ich doch gar nicht. Aber Dad, ich war die ganze Nacht wach und habe gebacken. Ich muss mich jetzt umziehen und frisch machen. So kann ich meinen Gästen doch nicht entgegentreten.« In einer dramatischen Geste zeigte ich an mir hinab.

Mein Vater musterte mich einen Augenblick skeptisch, dann seufzte er. »Gut. Ich mache dir einen Vorschlag. Ich geh runter ins Café und warte dort auf dich. Gibt es für mich etwas zu tun? Soll ich irgendetwas vorbereiten?«

»O Dad, ich warne dich. Halt dich bloß von meinen Kuchen fern.« In einer gespielten Drohung hob ich den Zeigefinger. »Du kannst die Kaffeemaschine einschalten. Ich habe schon Wasser und Kaffeepulver aufgefüllt. Du brauchst nur auf den Knopf drücken.«

Er salutierte, lief die Treppe runter und ich ging in meine Wohnung, um mich umzuziehen. Es war schön, ihn hierzuhaben - ohne seine neue Familie. Ohne die neue Tochter: Hazel 2.0.

Erst jetzt, da er hier war, fiel mir auf, wie sehr mir die Nähe zu meinem Vater gefehlt hatte. Besonders in letzter Zeit. Ich hatte mich einsam gefühlt und mich nach unserer alten Nähe - nach seiner bedingungslosen Liebe - gesehnt. Meine Gedanken schweiften ab in eine Art alternative Realität und ich fragte mich, wie mein Leben sich entwickelt hätte, wenn meine Eltern sich nicht hätten scheiden lassen. Wenn mein Vater nicht ans andere Ende des Landes gezogen wäre und keine neue Familie hätte. Sicher wäre ich nicht jeden Tag bei ihnen zu Besuch. Aber ich hätte wenigstens einen Menschen in meinem Leben, der mich nicht gegen etwas Wichtigeres eingetauscht hatte - nicht gegen einen Job, nicht gegen eine neue Tochter, nicht gegen … keine Ahnung, wogegen Jamie mich getauscht hatte. Gegen etwas, das ihn weniger daran erinnerte, was für ein egoistisches Arschloch er war, vermutlich.

Ich schob die negativen Gedanken beiseite. Sie hatten heute keinen Platz in meinem Kopf. Eigentlich wollte ich sie nie wieder haben. Aber ganz besonders diesen Tag sollten sie nicht verderben. Es war doch albern, sich noch immer verletzt zu fühlen, nur weil die Eltern sich vor zehn Jahren getrennt und neue Leben begonnen hatten. Es war auch albern, einer Jugendliebe hinterherzutrauern - sei sie noch so präsent in den letzten Tagen. Ich wollte nicht mehr albern sein.

Ich schlüpfte aus meinen Klamotten, die an unzähligen Stellen Flecken vom Mehlstaub aufwiesen, und genehmigte mir eine schnelle Dusche. Mein Haar flocht ich zu zwei dicken Zöpfen, die ich wie eine Krone um meinen Kopf legte. Dann zog ich eine schwarze Jeans und ein schlichtes Shirt an, das exakt den hellen Grünton besaß, in dem Rian die Vitrine gestrichen hatte.

Mit dem Blick konzentriert auf den Badezimmerspiegel gerichtet, betonte ich meine Augen in einem ähnlichen Ton, tuschte die Wimpern und trug etwas Lipgloss auf. Zufrieden nickte ich mir zu. Heute würde mein Tag werden, und daran würde niemand etwas ändern. Nicht meine Eltern und auch nicht Jamie, der immer wieder wie ein Gedankengespenst in meinem Kopf auftauchte.

Zeitweise hatte ich das Gefühl, ganz Woodside war auf den Beinen, um das alte *Frozen Dreams* im neuen Glanz zu sehen. Sogar Rians Bruder Kayne, der inzwischen in Wilmington lebte, war vorbeigekommen. Ich freute mich unglaublich, ihn zu sehen. Besonders, weil es ihm viel besser zu gehen schien. Vor einem Jahr, als er aus Woodside fortzog, war er noch auf einen Stock angewiesen gewesen und hatte noch sehr unter den Folgen des Komas nach seinem schweren Unfall gelitten. Nicht nur unter den physischen Folgen. Doch jetzt bewegte er sich viel sicherer, benötigte keine Hilfsmittel mehr und wer nicht wusste, was ihm passiert war, sah es ihm nicht mehr an.

Auch das Verhältnis zu seinem Bruder schien wieder besser zu sein, was nicht zuletzt Summer zu verdanken war. Sie wirkte wie Balsam für die verwundete Seele der Familie Miller.

Ein leiser, feiner Stich durchfuhr mich, als ich die drei gemeinsam sah. Sie wirkten so vertraut und zufrieden und in mir keimte die Frage auf, ob ich jemals auch so etwas haben würde. Aber - immerhin hatte ich mir vorgenommen, an diesem Tag keine negativen Gedanken zuzulassen - ich schob die dunkle Wolke beiseite und setzte ein strahlendes Lächeln auf. Es verstärkte sich noch, als ich meine Eltern an einem der Tische sitzen sah. Es war schön zu sehen, wie gut sie sich noch verstanden - vor allem wenn man bedachte, wie manche andere Paare nach einer Scheidung miteinander umgingen. Ich wollte zu ihnen gehen und meine Mutter fragen, was sie hier tat, als Maple mir in den Weg trat.

»Hazel, die Zimtschnecken sind schon alle weg. Hast du noch welche?« Sie hielt mir ein Tablett vors Gesicht, auf dem nichts mehr lag, außer ein paar Krümel.

»Ja. Ich hol schnell welche.« Ich nahm ihr das Tablett ab und verschwand in meine Küche. Wie unwirklich sich das noch immer anhörte: *meine Küche.*

Mit einem Lächeln im Gesicht - meine Wangen schmerzten bereits vom vielen Grinsen an diesem Tag - stapelte ich Zimtschnecken, damit sich alle Gäste davon überzeugen konnten, wie lecker sie schmeckten.

»Hi, Hazel-Basil.«

Ich zuckte zusammen und fuhr herum. In der Hintertür, die zum Treppenhaus führte, stand Jamie. Er wirkte deutlich weniger zerknirscht als bei unserem letzten Aufeinandertreffen. Seine Augen waren voller Zuversicht, der Blick aus seinen blauen Meeraugen verfehlte seine vertraute Wirkung nicht, hypnotisierte mich sofort. Doch ich ließ die Wärme nicht zu, die der Klang seiner Stimme in mir aufwallen ließ.

»Was willst du?«, fragte ich kühl.

»Warum so unfreundlich, Hazel-Basil?« Er grinste überlegen. Von seiner verletzlichen Seite, die er mir gezeigt hatte, war nichts mehr zu sehen.

»Weil du keine Freundlichkeit verdienst, Jamie.« Ich ignorierte das sehnsüchtige Ziehen in meiner Mitte, das seine Nähe, seine Stimme in mir auslöste.

»Ich möchte dir etwas zeigen.« Er stieß sich vom Türrahmen ab und kam langsam auf mich zu. Wie ein Panther, der sich anmutig an seine Beute anschleicht. Aber ich war keine Beute - schon gar nicht seine.

»Es interessiert mich nicht. Was auch immer du mir zeigen willst, ist mir egal. Du bist mir egal. Außerdem habe ich jetzt keine Zeit.« Ich wandte mich ab, widmete mich wieder den Zimtschnecken.

»Ich kann warten, Hazel-Basil.« Seine Stimme war nun nah an meinem Ohr, seine Körperwärme dicht an meinem Rücken. So dicht, ich hätte mich nur zurücklehnen müssen, um mich an ihn zu schmiegen. Meine empfindlichste Stelle reagierte sofort und vollkommen unangemessen auf ihn. Verräterischer Körper …

»Du sollst mich nicht so nennen«, wisperte ich.

»Wann kann ich dich abholen?« Seine Lippen strichen über mein Ohrläppchen, seine Fingerspitzen fanden ihren Weg unter mein Shirt. Versengten meine Haut, sobald er sie berührte. Nein, nein, nein! Das lief in die vollkommen falsche Richtung. Ich wollte mich nicht wieder auf ihn einlassen, das hatte ich mir geschworen. Und doch verzehrte sich jede Zelle meines Körpers nach seiner Berührung.

»Hör auf!«, zischte ich, wollte von ihm abrücken. Aber ich war eingekeilt zwischen ihm und der Arbeitsplatte.

»Warum?« Ein heiseres Flüstern an meinem Hals, heißer Atem auf meiner Haut.

»Maple wartet auf die Zimtschnecken. Sie könnte jeden Moment reinkommen.« Ich wand mich, doch seine Nähe, sein Duft, seine Hände machten es mir unmöglich, zu entkommen. Für einen Moment ließ ich mein Verlangen Oberhand gewinnen, lehnte mich gegen ihn. Ließ zu, dass seine Lippen eine Spur von Küssen auf meinem Hals zogen. »Meine Eltern sind nebenan.«

Ein heiseres Lachen entrang sich seiner Kehle, das direkt in meinen Unterleib schoss. »Wie früher. Weißt du noch?« Er fand mein Ohrläppchen, umspielte es kurz mit seiner Zunge, biss dann neckend hinein.

»Was zum …?«

Jamie ließ mich abrupt los, ich fuhr herum und erstarrte. In der nächsten Sekunde durchflutete mich Erleichterung. Summer stand in der Tür - nicht Maple.

»Entschuldigung. Ich wollte euch nicht stören. Sondern …« Ihr Blick huschte durch den Raum und heftete sich dann auf das Backblech mit den Zimtschnecken, das neben mir auf der Arbeitsplatte stand. »Ich wollte nur den Nachschub holen. Aber … lasst euch … uff.« Sie schüttelte den Kopf und drehte sich zurück zur Tür.

»Summer, warte.« Ich stieß Jamie von mir und forderte ihn mit einem unmissverständlichen Blick zum Gehen auf. Er nickte knapp mit einem Lächeln auf den Lippen, das seine Grübchen ans Tageslicht beförderte.

»Da gibt es nichts zu grinsen.«

»Doch, ich finde schon.« In seiner Stimme lag eindeutig zu viel Belustigung. Dann verzog er sich und nahm die Wärme mit, die sich in meinem Körper seinetwegen aufgebaut hatte.

»Entschuldige.« Summer hob die Hände. »Ich wollte euch wirklich nicht unterbrechen.« Sie lugte an mir vorbei zur

Hintertür, durch die Jamie in diesem Moment verschwand. »Das ist also dein geheimer Lover? Du Glückliche - er ist heiß. Wer ist das?«

»Das ist ... niemand von Bedeutung. Summer, du darfst Maple auf keinen Fall davon erzählen. Bitte!«

»Warum nicht?« Sie sah mich irritiert an und ich hasste es, von ihr zu verlangen, ein Geheimnis vor unserer Freundin zu haben.

»Weil ... sie mag ihn nicht.«

»Maple kennt ihn? Ey! Das ist unfair. Ich will auch wissen, wer das ist.« Sie verschränkte die Arme, zog die Nase kraus und wirkte wie ein wütendes Kaninchen.

»Er hat früher hier gelebt.«

»Ooooh.« Erkenntnis breitete sich in ihren Zügen aus. »Das ist Jamie ...«

Ich nickte knapp.

»Ich verstehe. Ich weiß zwar nicht genau, was es mit ihm auf sich hat. Aber ich finde es ganz ehrlich nicht toll, Maple anzulügen.«

»Ich weiß. Entschuldige. Ich ...« Ich legte den Kopf in den Nacken und stöhnte auf. »Es war nicht geplant. Ich kann ihn einfach nicht ... Summer. Er hat so was an sich, gegen das ich nicht ankomme.«

»Ich seh schon, du magst die bösen Jungs. Okay. Ich werde Maple nichts sagen, versprochen. Das überlasse ich dir. Wirklich, rede mit ihr. Es ist nie gut, Geheimnisse in einer Freundschaft zu haben und du weißt, was Maple für einen Spürsinn hat. Was meinst du, was passiert, wenn sie selbst dahinterkommt. Sie liebt dich. Ganz sicher wird sie dir nicht böse sein. Zumindest nicht lange.« Sie nahm das Tablett mit den Zimtschnecken. »Ich bringe die mal rüber.« Dann schob sie sich durch die Schwingtür in den Gastraum und ließ mich mit meinem schlechten Gewissen allein.

Der Rest der Eröffnung lief reibungslos. Allerdings schweiften meine Gedanken immer wieder zu Jamie und seinem überfallartigen Auftauchen ab. Ich hatte mir so fest vorgenommen, mich von ihm fernzuhalten. Meine Annahme, er hätte wieder wortlos die Stadt verlassen, hatte geholfen. Außerdem hatte ich mich in die Arbeit gestürzt, mich auf die Eröffnung konzentriert, mich abgelenkt. Doch all das war nun zunichtegemacht - und dafür war nur sein einfaches Auftauchen nötig gewesen.

Inzwischen war es ruhiger, nur noch wenige Gäste saßen an den Tischen und unterhielten sich. Einer von ihnen war mein Vater, der sich zu freuen schien, mal wieder mit den ehemaligen Nachbarn zu quatschen. Als er meinen Blick bemerkte, stand er auf und kam zu mir.

»Hey, Cuckoo.« Er legte seinen Arm um mich. »Das hast du toll gemacht. Ich bin stolz auf dich.« Wärme durchflutete mich. Endlich einmal seine Anerkennung für meine Arbeit zu bekommen, bedeutete mir so unendlich viel. Ich legte meinen Kopf an seine Schulter.

»Danke, Dad. Weißt du, ich hab mir etwas überlegt …« Ich sah zu ihm auf.

»Was denn, Kleines?«

»Ich würde gern die Hochzeitstorte für Emma und dich backen. Du hast ja jetzt gesehen, was ich kann.«

»Oh.« Rührung stand in seinen Augen. »Süße, ja natürlich. Du kannst wunderbar backen. Aber ein paar Zimtschnecken und Cupcakes sind keine Hochzeitstorte. Und wie willst du denn die Torte nach Phoenix schaffen? Außerdem … na ja, wir müssten das mit Emma besprechen. Sie hat da ziemlich präzise Vorstellungen.«

Ich winkte ab, bemühte mich um ein unbeschwertes Lächeln, befürchtete aber, es gelang mir nicht besonders gut. Denn in meinem Inneren breitete sich bei seinen Worten dumpfe Kälte aus, die mein Hochgefühl gnadenlos betäubte.

»Ist schon gut, Dad. Es war ja nur ein Vorschlag.« Ich löste mich aus seiner Umarmung und wischte ein paar unsichtbare Krümel vom Tresen.

»Cuckoo, sei nicht sauer. Ich bin mir sicher, eine Torte von dir gebacken wäre ein Highlight für jede Hochzeit. Wir schlagen es Emma gleich vor, was meinst du?« Er nahm meine Hand in seine und schenkte mir ein versöhnliches Lächeln.

»Okay. Na gut. Dann ruf sie an.«

»Das brauche ich gar nicht. Sie kommt gleich mit Maddie hierher.«

»Wie bitte?«

»Wir sind früher nach New York geflogen. Hab ich das nicht gesagt? Himmel, mein Gedächtnis ist auch nicht mehr das, was es mal war. Jedenfalls haben wir nun doch alle frei bekommen und verbinden Maddies Wohnungssuche mit einem kleinen Familienurlaub in der Stadt.« Da war nichts Böses in seinem Blick, keine Kälte in seinem Gesicht. Nicht der kleinste Hinweis darauf, dass ihm klar war, wie sehr er mich verletzte. »Und als deine Mutter von der Eröffnungsfeier erzählte, habe ich es mir natürlich nicht nehmen lassen, meine kleine Cuckoo zu besuchen. Ich musste ihr schließlich sagen, wie stolz ich auf sie bin.« Er drückte mir einen Kuss auf den Scheitel. »Ich geh mal eben raus und ruf Emma an. Nicht, dass sich meine Mädels noch verfahren.«

Natürlich … Er war nicht meinetwegen früher an die Ostküste gekommen. Wie hatte ich das nur annehmen können? Es hatte nur ganz zufällig in die Pläne seiner neuen Familie gepasst. Und was noch schwerer wog: Mein Vater hatte es nicht mal für nötig erachtet, sich bei mir zu melden, um mich nach einem früheren Treffen zu fragen. Immerhin hätte er mich auch besuchen können. Was, wenn nicht zufällig die Eröffnung gewesen wäre? Bittere

Enttäuschung breitete sich in mir aus, als hätte jemand einen Tropfen Tinte in ein Wasserglas gegeben.

Mein Blick wanderte zum Fenster. Hinter den Blumenampeln erkannte ich meinen Vater, der das Handy in seine Hosentasche steckte. Ein strahlendes Lächeln machte sich auf seinem Gesicht breit und ich musste mich nicht mal fragen, warum. Keine fünf Sekunden später flog ein blondes Mädchen in seine Arme. Er hob sie mit Leichtigkeit hoch, wirbelte mit ihr einmal um seine eigene Achse und setzte sie dann auf dem Boden ab. Ich verdrehte die Augen und war mir sicher, meine Stiefschwester zog diese Show nur ab, um es mir unter die Nase zu reiben. Welche Teenagerin würde sich sonst so in die Arme ihres Vaters - Stiefvaters - werfen?

Eifersucht war ein ekelhaftes und furchtbar kleinliches Gefühl. Aber was sollte ich machen? Ich konnte meinem Herzen schlecht vorschreiben, was es zu fühlen hatte. Und genau dieses Gefühl schlug seine hässlichen Klauen in mich.

Emma, Maddie und mein Dad betraten das Café und die beiden Frauen sahen sich kurz um. Ich wollte dem Impuls nachgeben, mich zu verstecken, doch wieder einmal schienen meine Füße mit dem Schachbrett-Boden verwachsen zu sein. Ich war unfähig, mich zu rühren. Die beiden entdeckten mich und kamen zu mir. Maddie strahlte übers ganze Gesicht, umarmte mich und ihr aufdringlich süßer, künstlicher Erdbeergeruch stieg mir in die Nase. Sie warf die langen blonden Haare zurück und zeigte ihre makellos gepflegten Zähne.

»Es ist so schön, dich zu sehen, große Schwester.« Sie säuselte in mein Ohr. *Schwester* … Ich wünschte, ich könnte es genauso sehen, sie ebenso herzlich umarmen und an mich ziehen. Doch der Schatten, der mich umgab, war einfach zu groß. Es war eigentlich kein Schatten, sondern ein tiefer, dunkler Graben, den ich einfach nicht überwinden konnte.

»Hach, ist das schön.« Mein Vater stellte sich in unsere Mitte und legte einen Arm um meine und einen um Maddies Schulter. »Meine Mädels so zusammen zu sehen …« Er grinste. »Da geht mir das Herz auf.«

Ich wand mich aus der Umarmung und begrüßte Emma, die mich kurz umarmte und mir Luftküsse auf beide Wangen hauchte. Wie sehr ich diese Art der Begrüßung hasste.

»Möchtet ihr vielleicht etwas Kuchen probieren? Es ist zwar kaum noch etwas da, aber ich habe hinten in der Küche bestimmt noch etwas für euch.«

Zwei beinahe gleiche Gesichter starrten mich mit großen Augen an. Die Ähnlichkeit zwischen Mutter und Tochter war unfassbar. »Kuchen?« Emma strich sich über den flachen Bauch. »Liebend gern, aber ich muss bis zur Hochzeit aufpassen. Danach probiere ich mich auf jeden Fall durch deine gesamte Karte.« Ihr Lachen wirkte aufgesetzt.

»Und ich esse keine Kohlenhydrate mehr, seit ich mich bei der Juilliard beworben habe.« Madison winkte ab. »Ich bin mir sicher, dass deine Küchlein lecker sind. Aber ich verzichte.«

»Okay. Dann nicht.« Ich zuckte mit den Schultern.

»Mädels, wollt ihr nicht wenigstens einmal probieren? Ich habe noch nie so leckere Cupcakes gegessen wie diese kleinen Erdbeerteilchen, die Hazel gebacken hat.«

Dads diplomatischer Ruf blieb ungehört.

»Paxton!« Emma sah meinen Vater vorwurfsvoll an. »Du hast einen Cupcake gegessen? Wir heiraten bald, dein Smoking muss dir dann noch passen.«

»Nun, ich bin mir sicher, ein Cupcake wird mir nicht schaden. Und wozu gibt es Änderungsschneidereien?« Er klopfte auf seinen Bauch. »Ich habe mir übrigens gedacht, dass wir alle vier gemeinsam essen gehen heute Abend. Es gibt doch jetzt diese Bar hier, oder, Hazel?«

»Ähm ja. Das Jim-Boos.«

»Das ist doch wunderbar. Dann lasst uns doch dorthin gehen.«

»Eine Bar?« Wieder sahen Emma und Maddie exakt gleich aus. Vollkommen entsetzt, als hätte Dad vorgeschlagen, gammeliges Gemüse und Kakerlaken zu verspeisen.

»Daddy, ich kann doch nicht in einer Bar essen gehen.« Madison zog eine Schnute.

»Jim hat auch sehr leckere Salate.« Ihre Voreingenommenheit Jims Bar gegenüber ärgerte mich und ich spürte das Bedürfnis, ihn zu verteidigen.

»Ja, und ich wette, die ertränkt er in fetten Dressings. Nein, danke.«

Nach ein paar Minuten Diskussion, aus denen ich mich vollkommen heraushielt, gab mein Vater schließlich nach. »Nun gut, dann fahren wir zurück nach New York und nehmen ein spätes Abendessen im Hotel.« Sein zerknirschter Blick huschte zu mir. »Cuckoo, möchtest du nicht mitkommen?«

»Nein danke. Das wird mir zu spät, ich müsste ja auch noch zurückfahren. Ich kann doch nicht direkt am zweiten Tag das Café geschlossen lassen. Außerdem habe ich schon in der letzten Nacht nicht geschlafen. Das schaffe ich kein zweites Mal in Folge.«

»In Ordnung.« Er küsste mich auf die Stirn. »Aber unsere Verabredung steht noch, oder? Wir sehen uns in ein paar Tagen in der Stadt?«

»Na sicher doch.« Ich wollte ihn umarmen, doch Emma hakte sich bereits bei ihm ein und zog ihn mit sich. Maddie winkte mir mit einem breiten Lächeln zu und folgte den beiden. Die drei schlenderten wie eine Einheit am

Schaufenster vorbei und blickten nicht noch einmal ins Innere des Cafés. Sie zogen davon als echte Familie. Eine Familie, in der ich keinen Platz hatte.

22. Jamie

Ich lehnte mit dem Rücken an der Holzwand des Treppenhauses. Keine Ahnung, wie viele Stunden ich schon auf dem zugigen Flur ausharrte. Auf jeden Fall war mein Hintern inzwischen eingeschlafen und meine Beine fühlten sich unangenehm taub an. Ich zog mein Handy aus meiner Jackentasche und ließ das Display aufleuchten. 22:01 Uhr.

Wie lange sollte diese blöde Eröffnung denn noch dauern? Ich lauschte in die Stille hinein, doch es war nichts anderes als genau das zu hören: Stille. Wären noch Gäste im Café, müsste ich doch auch hier oben einen Hauch von Gesprächsfetzen oder wenigstens Stimmengemurmel vernehmen. Aber nur mein gleichmäßiger Herzschlag durchbrach die Ruhe. Wahrscheinlich war Hazel mit ihrer Freundesclique losgezogen, um ihren Erfolg zu feiern. Denn auch wenn ich nicht dabei gewesen war, war ich mir ganz sicher: Hazels Café würde ein Erfolg werden.

Beim Gedanken daran, dass sie lieber mit ihren Freunden feiern ging als mit mir, durchfuhr mich ein feiner Stich der Eifersucht. Schon wieder war ich nicht gut genug - schon wieder war ich nur die Nummer zwei.

Mühsam rappelte ich mich auf und fühlte mich dabei wie ein alter Mann. Verfluchter Holzboden, verfluchter eingeschlafener Hintern.

Ich stemmte meine Hände ins Kreuz und dehnte mich, so gut es ging, dann lief ich steifbeinig die Treppe nach unten. Mit jeder Stufe, die ich nahm, wankte mein Entschluss mehr. Was wollte ich hier? Es war unerheblich, was Hazel von meinen Plänen hielt. Ich musste nicht sie, sondern meinen Vater überzeugen. Vielleicht hätte er endlich mehr als Hohn für mich übrig, wenn ich ihm bewies, meinen eigenen Weg gehen zu können. Wenn ich meine Zeit nicht mehr darauf verschwendete, ihn zu kopieren und dabei immer wieder zu scheitern.

Meine Pläne waren beinahe fertig gezeichnet und die Idee in meinem Kopf ausgereift. Es war an der Zeit, Woodside wieder zu verlassen. Doch dieses Mal hatte ich vor, zurückzukommen.

Ich legte meine Hand an die Tür, die zum Parkplatz führte, doch da hörte ich es. Ein Geräusch, das ich nicht zuordnen konnte, drang aus der halbgeschlossenen Küchentür. Langsam schlich ich in den Flur hinein, lugte durch den Spalt der Küchentür in den Raum dahinter und hörte den gequälten Laut erneut. Es war eindeutig ein Schluchzen. Im schummrigen Licht der Küche erkannte ich nur die Umrisse von Schränken und einiger Küchengeräte. Vorsichtig tat ich einen Schritt hinein, folgte dem Schluchzen und dann sah ich sie. Hazel kauerte in einer Ecke, die Knie dicht an ihren Körper gezogen, die Arme darum geschlungen. Den Kopf hatte sie auf ihren Beinen abgelegt, ihre Schultern erbebten unter regelmäßigen, tiefen Schluchzern.

Ich räusperte mich, um sie nicht zu erschrecken. »Hazel-Basil?«

Sie sah auf. Im fahlen Licht konnte ich die Einzelheiten ihres schönen Gesichts nicht ausmachen, aber ich war mir sicher, dass ihre Augen geschwollen waren. »Verpiss dich, Jamie.« Ihre Stimme war rau vom Weinen.

»Ganz sicher nicht. Ich werde dich so nicht allein lassen.«

»Warum nicht? Es wäre nicht das erste Mal.«

Ich ignorierte die Spitze, ließ mich neben ihr auf dem Boden nieder und stupste sie leicht mit dem Knie an. »Was ist los?«

»Was geht es dich an?«

»Nichts. Aber das hat dich doch noch nie davon abgehalten, Dinge zu erzählen.« Ich versuchte mich an einem aufmunternden Lächeln.

Hazel machte ein Geräusch, das irgendwas zwischen Lachen, Grunzen und Schnauben war. »Das war nicht sehr nett. Ich bin keine Tratschtante.«

»Ich bin ja auch nicht dafür bekannt, besonders nett zu sein, oder? Und du bist eine Tratschtante.« Ich legte einen Arm um Hazel. »Was ist passiert? Solltest du nicht auf Wolken schweben nach deiner Eröffnung?«

»Sollte ich wohl.« Sie wischte sich über die Augen. »Aber es sieht nicht so aus, oder?«

»Siehst du, Hazel-Basil. Deshalb frage ich ja, was passiert ist.«

»Na ja, wie es aussieht, bin ich meinem Vater nicht so wichtig, wie es seine neue Familie ist. Also …«

»Dein Dad? Wenn ich mich richtig erinnere, wart ihr doch immer ein Herz und eine Seele.« Ich hatte die Familie nie besucht - immerhin hatten Hazel und ich keine offizielle Beziehung gehabt. Aber sie hatte immer viel von ihrem Vater berichtet, der ihr deutlich näherstand, als ihre Mutter es tat. Genau andersherum als bei mir.

Hazel zuckte müde mit einer Schulter. »Meine Eltern sind inzwischen geschieden und mein Vater lebt mit seiner neuen Familie in Phoenix.«

»Familie ist scheiße, das sag ich schon mein Leben lang.« Ich zwinkerte ihr zu und erntete wieder dieses Lach-grunz-schnaub-Geräusch, das mich zum Lachen brachte.

»Im Ernst, Jamie, was willst du hier?« Hazel lehnte sich seitlich weg, entglitt mir. Ihre Gesichtszüge verschlossen sich. Ich wollte sie nicht gehen lassen, sie sich nicht abkapseln lassen. Nicht, wenn sie so aufgewühlt war.

»Ich habe dich schluchzen gehört.«

»Na, großartig und da dachtest du, du kommst als strahlender Ritter zu mir gestürmt und rettest mich in meiner Not.«

»Ich dachte eher, es wäre nett, nachzusehen, wie es dir geht, Hazel-Basil.«

»Wir haben doch eben festgestellt, dass du nicht nett bist. Und hör endlich auf, mich so zu nennen.«

»Möglicherweise mache ich für dich eine Ausnahme.«

»Das wäre ja etwas ganz Neues.«

»Schon möglich. Aber für dich probiere ich es gern mal aus.« Ich lehnte meinen Kopf an die Schranktür hinter mir. »Weißt du, jemand, der viel schlauer ist als ich, hat mal gesagt, dass es egal ist, was die anderen in uns sehen oder von uns erwarten. Wichtig ist nur, was wir in uns sehen und was wir von uns erwarten.«

Sie verengte die Augen. »Das hätte also jeder zu dir sagen können.«

»Wie witzig du bist.« Ich fasste mir theatralisch ans Herz und führte innerlich einen kleinen Freudentanz auf, weil ein feines Lächeln Hazels schöne Lippen umspielte.

»Er hat mich ersetzt«, sagte sie nach einer Weile des Schweigens.

»Dein Vater?«

Sie nickte. »Als ich in grad in Chicago am College angekommen war - nach zwei Tagen oder so -, rief meine Mutter an. Sie bat mich, nach Hause zu kommen, weil sie sich das Bein gebrochen hatte. Ich war nicht begeistert, weil … na ja, das College hatte noch nicht mal richtig begonnen -

ich war noch dabei, mich am Campus einzuleben. Und ich war traurig wegen …«

»… mir?«

Sie nickte wieder und ein trauriger Schleier trübte ihre schönen Karamellaugen, der sofort auch mich einhüllte. *Es tut mir leid, Hazel.*

»Jedenfalls bin ich dann zu ihr gefahren, weil sie sagte, dass Dad nicht da sei. Ich hatte geglaubt, er wäre geschäftlich unterwegs. Aber als ich nach Hause kam, waren all seine Sachen weg und Mom erzählte, er sei ausgezogen.«

Ich verbiss mir den Kommentar, wie froh ich gewesen wäre, wenn mein Vater dasselbe getan hätte und wortlos verschwunden wäre. Aber das war etwas anderes. Hazels Dad war kein psychopathisches Arschloch. Also tat ich gar nichts, außer ihr zuzuhören.

»Zuerst wollte ich es nicht glauben und habe ihn angerufen. Na ja, es war kein Irrtum. Er hatte einen neuen Job am anderen Ende des Landes und ein paar Wochen später erzählte er dann das erste Mal von Emma und Maddie.«

»Seine neue Familie?«

»Jap. Das klingt jetzt so beleidigt und kleinlich, ich weiß.« Ihr Seufzen klang bitter vor Enttäuschung. »Und ich möchte ja, dass er glücklich ist. Das möchte ich wirklich. Aber wieso liebt er mich nicht mehr?« Hazels Stimme brach und mit ihr mein Herz für sie.

In mir wuchs die Wut auf ihren Dad. Wie konnte er etwas so Schönes wie Hazel so quälen? Plötzlich kamen mir die Methoden meines Vaters gar nicht mehr so grausam vor, denn er hatte wenigstens nie vorgegeben, mich zu lieben. Ich wusste nicht, was grausamer war: dem eigenen Kind mit eisiger Kälte und Ablehnung zu begegnen oder Liebe vorzugaukeln und diese bei der erstbesten Gelegenheit wieder zu entziehen.

Mein Blick glitt über Hazel, die schluchzend ihr Gesicht

in den Händen vergrub. Zögernd legte ich meine Hand auf ihren Rücken, zog träge Kreise in der Hoffnung, es würde sie beruhigen. Ich war verdammt noch mal nicht gut in solchen Sachen. Andere Menschen weinen zu sehen, ließ mich absolut kalt. Aber bei Hazel war das anders. Sie so zu sehen, berührte etwas tief in mir, brach es auf. Eine dicke Eisschicht, die unter den Strahlen der Sonne zu schmelzen begann, bis sie schließlich ganz nachgab, um preiszugeben, was darunter lag.

»Ich weiß nicht, was in deinem Vater vorgeht, Hazel. Und ich habe keine Ahnung, warum er so zu dir ist. Ich weiß aber, dass ich ihn nicht mag, wenn er dir ein schlechtes Gefühl gibt. Und ...« Ich senkte die Stimme. »... ich weiß, es ist leicht, dich zu lieben. Niemand, der dich kennt, kann dich nicht nicht lieben.« Ich schluckte hart. Hatte ich das wirklich gesagt? Eine Wahrheit - *meine* Wahrheit -, die ich so lange unter Verschluss gehalten hatte.

Hazel hielt inne, wirkte einen Moment wie eingefroren, dann drehte sie den Kopf langsam in meine Richtung. Ihr Blick traf mich unerwartet, auch wenn ich nicht genau wusste, was ich erwartet hatte. Aber die Abneigung und Distanz, die in ihren Karamellaugen lag, war es nicht.

»Das ist nicht dein Ernst«, fauchte sie.

»Was denn?« Ihre Reaktion verwirrte mich. Ich hatte gedacht, wenn ich mit ihr über meine Gefühle redete - ich wusste selbst nicht, ob es ganz alte oder ganz neue waren - würde sie anders reagieren. Ich hatte mir jedenfalls etwas anderes erhofft. Sie musste mir ja nicht direkt um den Hals fallen und unsere Zukunft planen. Aber ein kleines bisschen mehr Euphorie oder wenigstens Überraschung wäre schön gewesen. Unsicherheit griff nach mir mit ekelhaft klammen Gliedern. Was machte sie nur mit mir? Ich war doch sonst nie unsicher - nicht, wenn mein Vater nicht in der Nähe war.

»Willst du mich verarschen, Jamie? Du kommst hierher - nach zehn Jahren! - und willst mir jetzt weismachen, du hättest Gefühle für mich?« Sie sprang auf die Füße und funkelte mich böse an. »Oder ist das deine Art, jemandem, der ohnehin schon am Boden liegt, noch einen Tiefschlag zu verpassen? Ach ja, das hast du ja auch schon immer gern getan, nicht wahr? Nachtreten?« Sie zeigte vage in Richtung des Gastraums. »Dort hinten sind die Toiletten. Willst du meinen Kopf vielleicht in eine Schüssel stecken? Sollen wir es jetzt direkt hinter uns bringen?« Sie warf die Arme in die Luft und stürmte aus der Küche, ohne sich noch einmal zu mir umzudrehen.

Vollkommen überfordert, irritiert und hilflos sah ich ihr nach. Ich wollte aufspringen und ihr nachlaufen. Ihr sagen, dass sie mich missverstanden hatte. Aber ich tat es nicht. Stattdessen rappelte ich mich vom Boden auf und verließ das Gebäude.

Die Zuversicht der letzten Tage schwand mit jedem Schritt, der mich weiter von Hazel fortbrachte. Ich hatte meiner Vergangenheit entkommen wollen, aber sie hatte mich zu fest im Griff. Ich war voll mit optimistischen Gedanken vor ein paar Stunden hierhergekommen, doch die hatten sich nun in Luft aufgelöst. Wenn Hazel in mir noch immer das Arschloch von früher sah, dann sah ich keinen Grund, es nicht auch zu sein.

23. Jamie

Totale und alles verschlingende Dunkelheit umgab mich. Ich blickte mich hektisch um, doch nirgends war auch nur das kleinste Licht zu sehen. Kälte kroch über meinen Rücken, drang in jede Pore ein, schlängelte sich über meine Arme, meine Beine, meine Brust. Umschloss mein Herz mit eisiger Faust. Ich japste nach Luft im verzweifelten Versuch, meine Lunge mit Sauerstoff zu füllen, zu schreien oder wenigstens zu wimmern. Doch es gelang mir nicht. Meine Kehle war wie zugeschnürt. Als würde ein Schraubstock um meinen Hals gelegt werden und immer enger, enger, enger werden … Ich bekam keine Luft. Meine Lungenflügel versagten ihren Dienst. Ich erstickte.

Ein Schrei durchschnitt die Finsternis, plötzlich war da wieder Licht. Hände, die nach mir griffen und die Kälte vertrieben.

24. Hazel

Auch wenn ich einen Muskelkater direkt aus der Hölle hatte, - ja, ich sollte mehr Sport treiben - knetete ich den Hefeteig hingebungsvoll. Ich zwang mich, in Gedanken immer und immer wieder das Rezept für das süße Hefebrot aufzusagen, das ich den heutigen Frühaufstehern anbieten wollte. Mit aller Macht musste ich mich davon abhalten, abzudriften. Ich verbot meinen Gedanken, einen Schlenker zu Jamies Worten zu machen. Was sollte das auch bringen? Er hatte es schon einmal geschafft, mich mit jeder Menge entwaffnender Offenheit kleinzukriegen. Doch damals war ich sechzehn gewesen, noch ein halbes Kind. Heute war ich eine erwachsene Frau und würde nicht wieder auf ihn reinfallen.

Und vor allem musste ich meine körperlichen Bedürfnisse ignorieren. Denn diese verfluchte Anziehung, die Jamie noch immer auf mich ausübte, war schon beinahe übernatürlich. Als wäre er ein Dämon oder ein Vampir oder so was.

Aber das war hier keine Teenie-Serie, das war mein Leben, und ich konnte nicht zulassen, dass Jamie mir dazwischenfunkte. Nur gingen mir seine Worte nicht mehr aus dem Kopf. Sie hatten mich daran gehindert, in den Schlaf zu finden, und mich stattdessen dazu gebracht, um zwei Uhr morgens in meine kleine Backstube zu gehen.

Und nun knetete ich, was das Zeug hielt, um meinen Kopf freizubekommen.

Als ich das zweite Blech mit Hefegebäck darauf in den Ofen schob, fiel mein Blick auf die Ecke, in der ich am Abend zuvor gekauert hatte. Die Ecke, in der Jamie mich in den Arm genommen hatte, um mich zu trösten. Er hatte nett sein wollen - was für ihn schon eine Leistung war, wenn man seinen Ruf in unserer Stadt bedachte -, und ich hatte ihn weggestoßen. Ich hatte überreagiert. Das tat ich oft. Mein Temperament ging mit mir durch und ich explodierte. Was hätte ich in dem Moment dagegen tun sollen? Aufspringen und Hefeteig kneten? Denn das war so ziemlich das Einzige, was mich wirklich und zuverlässig beruhigte.

Mit einem schweren Seufzen lehnte ich mich an die Ofentür und genoss die warme Luft, die die Lüftung gegen meine Schultern pustete. Ich fasste einen Entschluss: Ich musste mit Jamie sprechen und herausfinden, was er mit seiner Äußerung gemeint hatte. Ansonsten würde ich weitere zehn Jahre darüber nachdenken, was aus uns hätte werden können.

Aber wo sollte ich ihn finden? Seit er zurück in Woodside war, tauchte er immer nur bei mir auf. Ich wusste nicht, wo er untergekommen war, und ein Hotel hatten wir seit Jahren nicht mehr im Ort. Die einzige Möglichkeit, die es gab, in Woodside zu übernachten, war auf Summers und Rians Farm. Unwahrscheinlich, dass er dort ein Zimmer gemietet hätte. Summer hätte es mir mit Sicherheit schon erzählt.

Ich überlegte, was ich an seiner Stelle getan hätte. Er hatte erwähnt, sich sein *altes Revier* ansehen zu wollen. Dazu gehörten auch die alten Teamkameraden, oder nicht? Vielleicht wusste Ash also, wo ich ihn finden könnte.

Ich zog mein Handy aus der Hosentasche, schaltete das Display an. 03:57 Uhr. Um diese Zeit konnte ich unmöglich bei Ash anrufen. Aber gegen eine Nachricht wäre sicher nichts einzuwenden. Immerhin war es wichtig.

Hazel:
Hi Ash. Sorry für die frühe Störung.
Weißt du, wo ich Jamie finde?

Ich schob mein Telefon zurück in die Tasche. Es war viel zu früh, um mit einer Antwort rechnen zu können. Also zog ich eine neue Rührschüssel vom Regal, griff mir Mehl und Hefe und setzte einen neuen Teig an. Ein bisschen weiter zu kneten konnte immerhin nicht schaden.

»Was ist denn hier passiert?« Summer betrat mit einem beinahe ehrfürchtigen Staunen die Küche des Cafés. Sie stellte den Korb mit den Eiern auf der Arbeitsplatte ab und schnappte sich eine Zimtschnecke vom Blech, das ich kurz zuvor aus dem Ofen gezogen hatte. Das Gebäck verströmte ein wunderbar süß-würziges Aroma, das im gesamten Raum hing. Meine Freundin biss hinein und verdrehte genießerisch die Augen. »Dasch ischt köschtlisch«, nuschelte sie mit vollem Mund.

»Danke.« Zufrieden lächelte ich in mich hinein. Wenigstens etwas, das ich kontrollieren konnte.

»Wann hast du das alles gebacken?«, fragte sie, bevor sie einen weiteren großen Bissen nahm, und deutete auf die unzähligen Bleche voll mit kleinen Hefezöpfen, süßen Brötchen und Zimtschnecken.

»Heute Nacht.« Ich zuckte mit den Schultern. »Ich konnte nicht schlafen.«

»Ach so?« Sie kam zu mir, stupste mich an und wackelte mit den Augenbrauen. »Wieso denn nicht?«

»Hör auf damit.« Ich fuchtelte mit dem Finger vor ihrem Gesicht. »Das sieht ja unheimlich aus.«

»Du lenkst ab.«

»Tu ich nicht.«

»Doch, genau das tust du. Also, warum konntest du nicht schlafen? Hat dich vielleicht jemand Bestimmtes um die wohlverdiente Nachtruhe gebracht?«

»Nein. Zumindest nicht, wie du denkst.«

»Aha. Also hat Jamie dich um den Schlaf gebracht?« Ein zufriedenes Grinsen umspielte Summers Lippen.

»Ja … schon. Aber wir haben nicht miteinander geschlafen. Nur … er war gestern Abend hier und hat etwas gesagt, dass mir nicht mehr aus dem Kopf geht.«

»Was denn?«

»Dass es unmöglich ist, mich nicht zu lieben.«

»Awww. Das ist ja süß.«

»Hör auf, Jamie zu awwwn. Das hat er nicht verdient.«

»Also für meine Begriffe hat das jeder verdient, der solche Sachen sagt.« Sie hievte sich auf die Arbeitsplatte und ließ die Beine baumeln. »Und was hast du gemacht?«

»Ich hab ihn erst angeschrien und dann rausgeschmissen«, gab ich kleinlaut zu. »Könntest du bitte nicht auf der Arbeitsfläche sitzen? Darauf bereite ich meine Kuchen zu und wer weiß, in welchen Ställen du dich mit dieser Hose wieder rumgetrieben hast.« Ich verscheuchte sie von ihrem Sitzplatz.

»Hey!« Lachend hüpfte sie runter. »Warum hast du ihn rausgeschmissen?«

»Das weiß ich auch nicht so genau.« Ein schweres Seufzen entrang sich meiner Kehle. »Ich will so was nicht von ihm hören, weil … er hat solche Dinge früher schon einmal gesagt und sie nicht ernst gemeint. Das herauszufinden, hat ziemlich wehgetan.«

Summer nickte. »Ich verstehe. Nur … ich weiß nicht recht, Hazel. Ich kenne Jamie nicht und ich weiß auch nicht, was damals zwischen euch gelaufen ist. Aber ich sehe deinen verklärten Blick, wenn du über ihn sprichst. Und ich habe gesehen, wie er dich gestern angesehen hat. Ich kann mir nicht helfen.« Sie zuckte mit den Schultern. »Ich glaube nicht, dass er das Arschloch ist, das du in ihm sehen willst. Ich glaube, so wie er dich ansieht, sieht man nur Menschen an, die man wirklich, wirklich gernhat.« Sie nahm meine Hand in ihre. »Rede doch einfach mit ihm.«

»So was sagst du nur, weil du bis über beide Ohren in Rian verknallt bist.«

»Schon möglich. Aber deshalb sind meine Worte nicht weniger wahr.« Sie zwinkerte, stellte sich auf die Zehenspitzen und gab mir einen Kuss auf die Wange. »Ich muss zur Farm. Gib ihm eine Chance, Hazel. Vielleicht ist er es nicht wert. Aber vielleicht ist er es eben doch. Wenn du ihn nicht fragst, wirst du es nie erfahren und dich weiter damit quälen. Und wenn du dir Sorgen wegen Maple machst: Sie wird sicher nichts dagegen haben, wenn du glücklich bist.«

Sie schlüpfte durch die Hintertür und ich sah ihr noch eine Weile nach. Wie konnte so viel Weisheit in so einer kleinen Frau stecken?

Das Geräusch einer eingehenden Nachricht zog meine Aufmerksamkeit auf sich. Ich nahm es aus der Hosentasche und öffnete die Nachrichten-App.

Ash:
Sorry, ich hab Rian versprochen, nichts zu sagen.

Hazel:
Er ist in Ethans Trailer im See?!

Hazel:
**am See. Wobei … im wäre vielleicht besser für alle.*

Ash:
wtf? Von mir weißt du das nicht, sonst reißt Rian mir die Eier ab.

Hazel:
Ich kann schweigen, das weißt du doch.

Ash:
…

Mein Blick huschte zum oberen Rand des Displays. Kurz nach sieben Uhr am Morgen. Das Café wollte ich in weniger als einer Stunde öffnen, doch bis zum Abend zu warten, um mit Jamie zu sprechen, kam mir sehr lang vor. Ich hatte Mist gebaut und wollte mich bei ihm dafür entschuldigen. Besser jetzt sofort, als wenn ich noch den ganzen Tag dafür nutzen könnte, mir Ausreden zu überlegen, doch nicht mit ihm zu reden.

Ich nahm die Schürze ab, hängte sie ordentlich an einen der Haken neben der Tür und trat hinaus in den angenehm lauen Morgen. Einen Moment gönnte ich mir, reckte mein Gesicht der Sonne entgegen und genoss ihre wärmenden Strahlen auf meiner Haut. Bald würde endlich Sommer sein - meine mit Abstand liebste Jahreszeit. Doch nun hatte ich keine Zeit, mich darauf zu konzentrieren. Ich hatte eine Mission zu erfüllen.

Die Fahrradkette quietschte protestierend, während ich auf die Mainstreet abbog, und ich nahm mir vor, ihr am Abend eine Portion Kettenöl zu spendieren. Der leichte

Wind strich angenehm kühl über meine Haut und milderte die Hitze, die in mir bei dem Gedanken aufkochte, gleich Jamie gegenüberzustehen. Es war nur eine kurze Strecke zu dem Seegrundstück, auf dem der Trailer stand. Ich kannte es gut, denn im letzten Sommer hatten Rian und Summer hier hin und wieder Barbecues veranstaltet oder wir hatten uns zum Schwimmen verabredet. Es war ein wunderbar friedliches Plätzchen, das ich inzwischen in mein Herz geschlossen hatte. Und nun lebte dort genau der Mann, den ich vor so vielen Jahren ebenfalls in mein Herz geschlossen hatte und bisher keinen Weg fand, ihn dort wieder hinauszuschmeißen. Und jetzt, da er wieder hier war, wusste ich auch nicht so genau, ob ich das überhaupt wollte.

Die Anziehungskraft zwischen uns war schon immer irgendwie magisch gewesen - wie eine Macht, der ich nichts entgegenzusetzen hatte. Vor zehn Jahren hatte er mir bereits sein anderes - sein, wie ich hoffte, wahres - Gesicht gezeigt. Aber ich brauchte Sicherheit. Ich musste herausfinden, welcher Jamie der echte war: Das Arschloch, das alle anderen Menschen wie Leibeigene behandelte. Oder der sympathische, verletzliche Mann, den er kaum jemanden sehen ließ.

Ich bog von der Straße ab, die aus Woodside herausführte, und folgte dem sandigen Weg in Richtung des Sees. Links und rechts davon standen einige Pappeln, die im Morgenwind rauschten. Ich sog tief den würzigen Duft meiner Heimat ein, die ich so sehr liebte. Natürlich, ich war befangen, aber für mich war Woodside einfach ein Stückchen vom Paradies auf Erden.

Als der alte Trailer in Sicht kam, ließ ich mich ausrollen und stieg ab. Das Fahrrad lehnte ich an einen der Bäume und holte noch einmal tief Luft. Es wäre einfach gewesen, umzudrehen. Jamie hatte mich noch nicht gesehen. Ich könnte zurückfahren und so tun, als wäre ich nie da gewesen. Und ein Teil von mir wollte genau das: abhauen. Doch der andere Teil von mir wollte Antworten, wollte Gewissheit.

Langsam ging ich über den Sand, der unter den Sohlen meiner Sandalen knirschte. Das Geräusch klang unfassbar laut in meinen Ohren und würde mich ganz sicher verraten.

Der Wohnwagen strahlte hell in der Morgensonne. Nichts erinnerte mehr an den verwitterten und abgenutzten Zustand von früher, als Ethan darin im Wald gehaust hatte. Rian hatte ganze Arbeit geleistet, als er ihn modernisiert und verschönert hatte. Nun war er ein wahres Schmuckstück - sicherlich würden einige Menschen viel Geld dafür zahlen, in so einem Trailer auf einem Grundstück wie diesem ihren Urlaub zu verbringen.

Als ich die Holzterrasse erreichte, die zum See hin zeigte, stoppte ich und legte den Kopf in den Nacken. War es wirklich richtig, was ich hier tat? Immerhin genoss Jamie nicht ohne Grund das wenig schmeichelhafte Ansehen eines arroganten Arschlochs. Ich schob die Hände in die Hosentaschen, nur um sie sofort wieder herauszuziehen. Ich machte einen Schritt vor, dann wieder einen zurück. Wenn man mich aus der Ferne beobachtet hätte, hätte man sicher geglaubt, ich würde tanzen … Ich schmunzelte bei dem Gedanken. Immerhin konnte ich das noch.

Ein entferntes Platschen zog meine Aufmerksamkeit auf sich und unterbrach meine Grübelei. Meine Neugier übernahm das Ruder und steuerte mich in die Richtung, aus der das Geräusch gekommen war. Mein Blick glitt über das funkelnde Wasser des Sees und stoppte bei einem Punkt, der sich rasch hin und her bewegte. Ich schirmte meine Augen mit einer Hand gegen die Sonne ab und kniff sie zusammen, um besser sehen zu können.

Es war ein Schwimmer. Jamie … Mit kraftvollen Armschlägen kraulte er durchs Wasser. Auf die Entfernung konnte ich es nicht wirklich sehen, aber ich bildete mir ein, das beeindruckende Muskelspiel seiner Arme erkennen zu können.

Auf dem Steg, der einige Meter auf den See hinausführte, setzte ich mich auf eine hölzerne Bank, die Ashs Vater vor Jahren aus Baumstämmen gebaut hatte. Eine Geschichte, die bei den vielen Grillabenden am See immer wieder gern zum Besten gegeben wurde, weil Ash ins Wasser gefallen war, als er seinem Vater beim Aufstellen der schweren Bank helfen wollte, und seitdem permanent von Rian damit aufgezogen wurde.

Ich zog meine Beine in den Schneidersitz und beobachtete Jamie eine Weile bei seinen Schwimmzügen. Mein Blick heftete sich an seine Arme, meine Gedanken schweiften zu jener Nacht vor beinahe zwei Wochen, als er mich in genau diesen Armen gehalten hatte. Mit seinen Händen meinen Körper erkundet, mit seiner Zunge meinen Mund erobert hatte. Nein, stopp! Das war eine Richtung, die ich jetzt nicht brauchen konnte. Ich musste konzentriert bleiben und durfte nicht wieder in der Anziehung versinken, die er auf mich ausübte.

Ich musste mich ablenken und ihn verflucht noch mal nicht so anstarren. Mein Blick fiel auf einen Zeichenblock, der zugeklappt neben mir auf der Bank lag. Ich steckte meine Hand danach aus, um ihn aufzublättern, doch stoppte in der letzten Sekunde. Diese verdammte Neugier … Es ging mich nichts an, was auf dem Papier war. Ich wollte schließlich auch nicht, dass irgendjemand in meinen Rezepten stöberte. Ich kreierte sie immerhin nicht zum Verschenken. Und was auch immer auf diesem Block gezeichnet worden war, war nicht für meine Augen bestimmt.

Ich zwang mich, den Blick abzuwenden, musterte meine Fußnägel, die definitiv neuen Lack vertragen könnten. Doch als wäre dieses blöde Skizzenbuch neben mir ein Magnet, sah ich immer wieder hin. Mit einem Blick vergewisserte ich mich, wo Jamie war, und erkannte ihn weit entfernt beinahe in der Mitte des Crystal Lakes. Wieder streckte ich meine Hand nach dem Block aus und stoppte diesmal nicht, sondern schlug das Deckblatt auf. Ich legte den Kopf schief und kniff die Augen leicht zusammen, um die feinen Linien besser erkennen zu können. Die Bleistiftskizze eines Sees, dahinter erkannte ich einen Wald. Ein Lächeln kitzelte an meinen Mundwinkeln. Jamie war ein wirklich talentierter Zeichner - das hätte ich ihm gar nicht zugetraut.

Ich blätterte um, stutzte und nahm den Block in die Hände. Das gezeichnete Panorama war eindeutig das, das sich vor mir erstreckte. Der Crystal Lake mit dem Wald, der sich am anderen Ufer majestätisch erhob. Doch etwas unterschied die Zeichnung von der Realität: Wo jetzt friedliche, unberührte Natur war, waren überall Häuser gezeichnet.

Ich blätterte weiter. Auch die nächste Zeichnung zeigte ein ähnliches Bild, genau wie die danach und die danach. Eine der Bleistiftskizzen zeigte eindeutig die Mainstreet Woodsides, allerdings waren einige der kleinen, gemütlichen Holzhäuser verschwunden und durch größere - modernere - ersetzt worden. Mein Magen verknotete sich. Mir wurde eiskalt und gleichzeitig kochend heiß. Als hätte ich mich an den Seiten verbrannt, ließ ich den Block zurück auf die Bank fallen. Das durfte doch nicht wahr sein. Jamie war nicht zufällig nach Woodside gekommen. Er war hier, um es zu zerstören, und er hatte mich angelogen. Schon wieder.

25. Jamie

Meine Muskeln brannten wie Feuer, ein leichtes Zittern fuhr bereits durch meine Arme und Beine, doch ich ließ nicht locker. Pflügte durch das Seewasser, als sei ich ein verfluchtes Motorboot. Noch ein Kraulschlag, noch einer, noch einer. Nichts half mir so gut den Kopf freizubekommen, wie die morgendlichen Schwimmrunden im Crystal Lake. Hier verschwendete ich keinen Gedanken an meine Zukunft, keine an meine Vergangenheit, die ich mehr als alles andere vergessen wollte. Hier, im kalten Wasser, war ich allein - ohne Dämonen und Ängste, die mich quälten.

Ich erreichte eine kleine rote Boje, die wohl die Reuse eines Anglers markierte und gleichzeitig mein Ziel war. Seit ich im Trailer wohnte, schwamm ich jeden Morgen zu ihr, hielt einen Moment inne, um dann zum Steg zurückzukehren.

Mein Körper jubilierte, als ich sein Flehen erhörte und eine kurze Pause machte, um Atem zu holen. Ich änderte meine Position, ließ mich auf dem Rücken treiben, musterte die bauschigen Wolken, die wie Zuckerwatte über den tiefblauen Himmel glitten. Ein letzter tiefer Atemzug, dann ließ ich die Beine sinken, um zurückzukraulen. Mein Blick fiel auf den Steg und ich verengte die Augen, wischte mir das Seewasser hinaus, um besser sehen zu können. Dort stand eindeutig eine Person. War das … Hazel?

Sofort wurde die Leere in meinem Kopf mit Gedanken an diese wunderbar warmherzige Frau geflutet. Gedanken, die ich nicht haben wollte. Ich wollte sie nicht gernhaben, ich wollte sie nicht in meiner Nähe haben. Wenn sie da war, war ich nicht der Hai, der ich sein musste, sondern der niedliche kleine Seehund, der in die Flossen klatschte. Und das konnte ich mir nicht erlauben. Nicht jetzt, da ich eine Idee hatte, die mich zurückbringen könnte. Zurück in mein altes Leben. Außerdem hatte sie mehr als deutlich gemacht, was sie von mir hielt: nichts.

Trotzdem machte ich ein paar kräftige Schwimmzüge in ihre Richtung, bevor ich wieder in meinen schnellen Kraulrhythmus verfiel, der mich mit jeder Armbewegung und jedem Beinschlag näher zu Hazel brachte.

Es dauerte viel zu lange und gleichzeitig nicht lang genug, bis ich den Steg erreichte. Schwer atmend stemmte ich mich am Holz hoch, zog meine Beine nach und kam vor Hazel zum Stehen. Zugegeben, ich hätte die Leiter nehmen können, aber so präsentierte ich ihr ganz nebenbei den besseren Blick auf meine Muskulatur. Man musste schließlich zeigen, was man hatte.

Hazel musterte mich aus verengten Augen. Im Karamell ihrer Iriden blitzte es zornig auf. »Was ist das?«, zischte sie und feuerte meinen Skizzenblock auf den Boden vor meine Füße.

Fuck.

»Zeichnungen, Hazel-Basil. Das ist doch offensichtlich.« Ich verschränkte locker die Arme, auch wenn alles in mir schrie, meine Zeichnungen - die besten, die ich je angefertigt hatte - aufzusammeln und in Sicherheit zu bringen, bevor ein Windzug sie ins Wasser befördern würde.

»Das sehe ich. Aber was hat es damit auf sich? Was hast du mit Woodside vor?«

»Hast du eigentlich schon einmal in deinem Leben

etwas von Privateigentum gehört? Es ist unhöflich, sich anderer Leute Sachen, ohne deren Erlaubnis anzusehen.«

»Lenk nicht ab, Jamie. Was hast du vor? Was sind das für Häuser?« Sie deutete auf die Papiere am Boden.

Ich gab dem Drang, ihr alles zu erzählen, nicht nach. Stattdessen stellte ich das überheblichste Lächeln zur Schau, das ich aufbringen konnte. Ich wusste, es würde seinen Zweck nicht verfehlen, auch wenn es nur dazu diente, das Chaos in meinem Inneren zu kaschieren. Denn genau das tobte in mir: reines Chaos. Oben war unten, unten war oben. Alles lief komplett falsch und ganz anders, als ich es mir gedacht hatte.

»Das, Hazel-Basil, sind Pläne für dieses dämliche Kaff. Du weißt schon, um ihm Leben einzuhauchen. Die Leute werden sich darum reißen, hier leben zu können. Woodside ist ideal für Touristen und Berufspendler gleichermaßen. Ihr sitzt hier auf einer Goldgrube, ohne es überhaupt zu ahnen. Und ich werde sie ausheben.«

»Das kann nicht dein Ernst sein.« Hazel wurde erst blass, dann feuerrot.

»Doch, das ist es. Hotels, Ferienhäuser, vielleicht eine kleine Mall. Wer weiß, was mir noch einfällt.« Die Sache mit der Mall war gelogen, aber sie servierte mir eine Gelegenheit auf dem Silbertablett, mich nicht wieder vor ihr zum Idioten zu machen, und die musste ich nutzen.

»Das kannst du nicht machen. Du zerstörst unsere Stadt.«

»Welche Stadt?« Ich lachte kalt und höhnisch - ein Geräusch, das sich grausam exakt nach meinem Vater anhörte. »Dieses elendige Kaff nennst du *Stadt*? Wenn ich damit fertig bin, wird es den Namen vielleicht verdienen. Vorher nicht.« Ich stellte einen Fuß auf meine Pläne, damit sie nicht doch noch im Wasser landeten oder Hazel sie aufsammelte und zerriss.

Doch sie tat nichts dergleichen, sondern starrte mich nur an mit einer Mischung aus Wut und Enttäuschung im Blick. Eine Mischung, die mir vertrauter war als alles andere.

26. Hazel

In meinem Bauch war nichts als Wut - alles verzehrende, aufschäumende Wut.

»Maple!«, rief ich in den Buchladen hinein, als ich die Tür aufstieß. Das fröhliche Bimmeln der altmodischen Türglocke passte dabei so gar nicht zu meiner Stimmung.

Meine Freundin kam mit einem dampfenden Becher - dem Geruch nach - voll mit Kaffee aus dem Hinterzimmer des Ladens und blinzelte mich an. »Hazel? Was ist los? Ist etwas passiert?«

»Jamie ist passiert.« Ich schnaubte - halb vor Wut und halb, weil ich so schnell mit dem Fahrrad gefahren war und meine mangelnde Kondition sich nun rächte.

»Was hat er gemacht?« Sofort wirkte Maple wacher und ich hörte deutlich, wie alarmiert sie war. »Hat er dir etwas getan? Oh, dieses Arschloch. Ich mach ihn fertig!« Sie stellte ihren Becher ab und gestikulierte wild mit den Händen. »Was macht der überhaupt noch hier? Und wer verflucht lässt ihn bei sich übernachten? Das darf doch alles nicht wahr sein.«

»Er schläft im Trailer, aber das ist nicht der Punkt.« Ich biss mir auf die Unterlippe, als ich realisierte, welche Worte mir über die Lippen gekommen waren.

»Im Trailer?« Meine Freundin hielt inne und wurde blass. »Jamie Arschloch MacLannister schläft in Ethans Trailer?«

Ich nickte. »Ja, aber darum geht es jetzt nicht.«

»Und du wusstest es?«

»Erst seit heute Morgen. Aber hör mir doch mal zu. Das ist jetzt gar nicht der Punkt. Er plant etwas, und das ist nichts Gutes. Er will Woodside zerstören.«

Sie sah mich mit gerunzelter Stirn an. »Er will was? Ist er jetzt der Superschurke in einem Marvel-Film, oder was?«

»Nein, natürlich nicht. Aber ich habe Pläne gesehen. Er will hier Häuser bauen und Hotels, Geschäfte … Er will Woodside, wie wir es kennen und lieben, dem Erdboden gleichmachen.«

»Jamie? Bist du sicher?« Maple machte ein verächtliches Geräusch. »Der war doch schon immer zu blöd, um eine Gabel von einem Löffel zu unterscheiden. Er wird wohl kaum in der Lage sein, ein Bauvorhaben zu leiten.«

»Täusch dich da nicht. Er ist clever, das war er schon immer.«

»Woher weißt du das denn?«

Mit einem Seufzen legte ich den Kopf in den Nacken. »Ich kenne ihn besser, als du denkst.«

»Inwiefern?« Verwirrung stand in Maples Gesicht und sie verschränkte abwehrend die Arme.

»Du weißt, dass ich in der Highschool einen Crush auf ihn hatte.«

»Ja. Habe ich damals schon nicht verstanden, aber ich erinnere mich.« Sie musterte mich.

»Es war mehr als das. Wir waren irgendwie so was wie … zusammen?«

Nun war es raus. Das Geheimnis, das ich zehn Jahre lang besser gehütet hatte als ein Drache seinen Schatz. Ich presste die Augenlider zusammen. Meine Worte würden meine Freundin hart treffen, und doch konnte ich keine Rücksicht darauf nehmen. Nicht jetzt jedenfalls.

»Was?« Maple sah aus, als hätte ihr jemand gesagt, Donald Trump würde sich zukünftig für Frauenrechte und eine verbesserte Immigrationspolitik einsetzen. Ich hätte über ihren Gesichtsausdruck lachen können, wenn meine Mission nicht so ernst wäre.

»Ja, na ja … Wir haben es geheim gehalten, weil ich ja wusste, wie du über ihn dachtest. Und seine Familie war eben auch schwierig und … Ach, es ist auch egal. Jedenfalls waren wir verliebt. Ich war verliebt.«

»Das verstehe ich nicht.«

»Ich weiß. Ich auch nicht. Ich habe mich damals auch geschämt und …«

»Wieso warst du bei ihm? Jetzt, meine ich.«

Wieder seufzte ich schwer. »Als er zurückkam nach Woodside, habe ich … haben wir …« Ich griff nach dem Ende meines geflochtenen Zopfes und zwirbelte es zwischen den Fingern. »Also … wir haben miteinander geschlafen.«

»Hazel!«

»Da ist diese komische Anziehung zwischen uns. Ich kann nichts dagegen tun, verstehst du?«

»Nein! Das verstehe ich ganz und gar nicht. Du weißt doch, was für ein Typ er ist. Du weißt, was er Ethan angetan hat, und trotzdem schläfst du mit ihm?«

»Ich weiß, es war falsch, aber …«

»Kein Aber. Er ist ein böser Mensch und das weißt du auch. Und du … du … du hast mich angelogen.«

»Ja. Na ja. Ich wollte dich schützen. Aber darum geht es doch jetzt auch gar nicht. Wir müssen alle zusammentrommeln und eine Gemeindeversammlung abhalten. Alle sollen wissen, was er vorhat, damit wir es verhindern können.«

Maple starrte mich unverwandt an. In ihren Augen lag ein Ausdruck, den ich so noch nie gesehen hatte. In all den Jahren unserer Freundschaft hatte sie mich noch nie derart enttäuscht angesehen.

»In Ordnung. Ich helfe dir, alle zusammenzutrommeln. Aber das ändert nichts daran, wie enttäuscht ich von dir bin. Nicht nur, dass du jahrelang so ein Geheimnis vor mir hattest. Aber okay, du warst jung und da machen wir alle komische Dinge. Aber jetzt … ich bin echt traurig.« Sie machte eine Pause, blinzelte ein paar Mal und räusperte sich dann. »Aber wie du schon sagtest: Darum geht es jetzt nicht, sondern um Woodside. Ich werde mit Nan Nan sprechen, sie wird dafür sorgen, dass heute Abend alle ins Rathaus kommen.«

Das Rathaus von Woodside war weder besonders groß noch besonders elegant oder herrschaftlich. Wie die meisten der älteren Häuser im Ort war es aus Holz erbaut. Es hatte einen weißen Anstrich, der erneuert werden dürfte, und einen kleinen Glockenturm, der früher dazu gedient hatte, die Menschen vor nahenden Katastrophen zu warnen. Wenn man den Aufzeichnungen Glauben schenken konnte, war er nie zum Einsatz gekommen. Doch nun hatte ich das starke Bedürfnis, die Glocke darin zu läuten, denn Woodside stand eine gewaltige Katastrophe bevor. Kein Wirbelsturm oder eine massive Sturmflut, die den Atlantik bis zu uns treiben würde. Nein, diese Katastrophe trug den Namen Jamie MacLannister.

Im kleinen Foyer tummelten sich bereits einige Einwohner und immer mehr strömten durch die weit geöffnete Flügeltür ins Innere des Rathauses. Nan Nan hatte ganze Arbeit geleistet und wirklich viele Menschen dazu bewegt, herzukommen.

»Hazel, ich kündige dich gleich kurz an, und dann erzählst du, was du mir berichtet hast, ja? Ich kann heute leider nicht viel sagen, diese fürchterliche Erkältung setzt mir zu.« Betty, unsere Bürgermeisterin und Jims Großtante, räusperte sich. Sie klang wirklich nicht gesund und sofort überfiel mich das schlechte Gewissen, sie herbestellt zu haben. »Bist du bereit?«

Ich nickte, bevor sie auf die unterste Stufe einer breiten Treppe trat, die in den ersten Stock zum einzigen Büro in diesem Gebäude führte.

»Liebe Nachbarinnen und Nachbarn.« Das Fiepen einer Rückkopplung verschaffte Betty die notwendige Aufmerksamkeit. So begann sie immer ihre Reden - seit ihrer Amtseinführung vor dreißig Jahren. Sie lächelte und ein amüsiertes Raunen ging durch die Menge. »Gleich zu Beginn muss ich mich für mein Krächzen entschuldigen.« Sie hustete. »Aber nun zu den wesentlichen Dingen: Vielen Dank für euer zahlreiches Erscheinen bei dieser spontanen Versammlung. Ich will euch nicht langweilen, deshalb gebe ich direkt weiter an unsere liebe Hazel. Sie ist dieses Mal die treibende Kraft hinter unserem kleinen Treffen und wird euch nun informieren.« Betty deutete auf mich und sämtliche Augenpaare folgten ihrer Armbewegung.

Ich atmete tief durch. Auch wenn ich so gut wie alle Anwesenden seit meiner Kindheit kannte, griff Nervosität nach mir. Ich hatte diese Versammlung einberufen, ohne wirklich Fakten zu kennen, und das war nie gut. Vielleicht ging das alles zu schnell. Vielleicht hätte ich noch einmal in Ruhe mit Jamie sprechen sollen. Doch nun war es zu spät. Ich trat unter Bettys aufmunterndem Blick ans Mikro und räusperte mich.

»Guten Abend allerseits.« Es war kein riesiger Scheinwerfer auf mich gerichtet, und trotzdem brach mir Schweiß aus. Ich spürte, wie kleine Tröpfchen auf meine Stirn traten und in feinen Rinnsalen an meinen Schläfen hinabliefen. Still verfluchte ich meine Kleiderwahl. Das hellblaue Shirt dürfte sehr bald sehr dunkel aussehen, wenn das so weiterging. »Vielen Dank, Betty.« Ich nickte ihr zu. »Und vielen Dank euch allen fürs Kommen.«

»Hast du uns Kuchen mitgebracht?«, rief Fred, der Besitzer des Lebensmittelgeschäfts, und kassierte dafür einen Klaps auf den Oberarm von Nan Nan Turner.

»Beachte ihn nicht, Liebes«, rief sie mir zu. »Der Mann ist nur scharf auf Süßes, weil der Arzt ihm im Schlafzimmer eine Pause verordnet hat.« Sie wackelte mit den Brauen und erntete - wie immer - reichlich Lacher.

»Ungeachtet der Situation in Freds Schlafzimmer geht es heute Abend um eine ernste Angelegenheit.« Trotz meiner Nervosität klang meine Stimme fest und sicher. »Ich habe besorgniserregende Dinge erfahren. Und zwar hat ein Bauunternehmen vor, hier in Woodside Grundstücke zu erwerben, um darauf Ferienhäuser, Einfamilienhäuser, Hotels, Ferienanlagen und dergleichen zu bauen. Sogar von einer Mall ist die Rede.« Ich legte eine dramatische Pause ein, um dem Publikum Zeit für Reaktionen zu geben. Doch der erwartete Proteststurm blieb aus. Stattdessen sah ich in irritierte, zuweilen erfreute Gesichter. Hier und da war zustimmendes Gemurmel zu hören.

»Und was ist daran schlecht?«, rief eine Frau mittleren Alters, die ich nur vom Sehen kannte.

»Nun ja. Wir alle lieben Woodside, wie es ist. Die Natur, den Wald, unseren Crystal Lake. Wenn wir uns in dem Maße, wie es das Bauunternehmen vorhat, dem Tourismus öffnen, bringt das mehr Müll, mehr Verkehr, mehr Unruhe in die Stadt. Das sind Dinge, die wir nicht wollen, hab ich recht?«

Wieder Gemurmel, von dem ich nicht sagen konnte, welcher Seite sie ihre Zustimmung gaben.

»Das stimmt. Es würde viel Unruhe in den Ort bringen. Und viele von uns haben sich hier doch niedergelassen, um die Abgeschiedenheit Woodsides zu genießen.« Melody, eine Mittdreißigerin, die vor etwa einem Jahr mit ihrer Familie nach Woodside gezogen war, nickte mir aufmunternd zu.

»Ihr Zugezogenen habt da mal gar nichts zu melden. Ihr könnt mit eurem Geld überall im Land neue Häuser kaufen!« Fred schnaubte und kassierte einen erneuten Klapser von Nan Nan. Ich sah unseren Lebensmittelhändler entsetzt an. Woher kam plötzlich dieser Zorn? Mit jeder Sekunde, die verstrich, heizte sich die Stimmung mehr auf. Es schien, als wäre Woodside ein Pulverfass und ich hatte die Lunte in Brand gesteckt.

»Können wir bitte sachlich bleiben?« Marcia, Ethans Mutter, meldete sich zu Wort und erhob sich. »Ja, Touristen würden mehr Unruhe bringen und sicher würde es auch gelegentlich nerven. Aber es würde auch bedeuten, dass unsere Geschäfte mehr Kundschaft hätten. Wir müssten zum Einkaufen nicht immer nach Wilmington fahren - nichts für ungut, Fred. Außerdem würden unsere Grundstücke an Wert gewinnen, wenn der Ort lebendiger wäre. Manche von uns könnten Zimmer an Touristen vermieten und sich so etwas dazu verdienen. Das wäre doch ein positiver Aspekt an diesem Bauvorhaben.« Gefühlt richtete sich jedes einzelne Augenpaar erwartungsvoll auf mich.

»Ja, aber …«

»Es würden auch mehr Arbeitsplätze entstehen«, warf jemand anders ein.

»Aber was ist denn mit dem Müll?«

»Und außerdem haben wir nur einen einzigen Polizisten. Wie soll Mitch mit potenziellen Straftätern umgehen?«

»Als ob alle Touristen direkt Straftaten begehen würden.«

»Das hört man doch aus allen möglichen Touristenorten. Es wird viel getrunken, gefeiert und sich geprügelt.«

»Wir bräuchten dann auch viel mehr Parkplätze und diese Ladesäulen für Elektroautos.«

Die Zwischenrufe wurden zu einem Meer aus Worten, zu Wellen aus Silben und Buchstaben, die über mir zusammenschlugen. Das lief hier ganz und gar nicht nach Plan.

In meiner Vorstellung waren alle meiner Meinung gewesen. Alle hatten an einem Strang gezogen. Ganz vielleicht hatte ich mir auch vorgestellt, manch einer würde wutentbrannt zum Seegrundstück rennen, um Jamie zu vertreiben. Sicher hatte ich mir nicht ausgemalt, Woodside in zwei Lager zu spalten. Doch genau das hatte ich geschafft.

Und ich musste zugeben, nun, da ich die dafürsprechenden Argumente der anderen hörte, hatte ich mich eventuell - also wirklich nur eventuell - geirrt. Ein paar Ferienhäuser am See und ein Hotel in der Mainstreet könnten für Woodside wie eine Frischzellenkur wirken. Immerhin würde auch das Café von mehr Betrieb im Ort profitieren.

»Sicher gibt es Argumente, die dafürsprechen.« Ich ergriff wieder das Wort. »Doch wir müssen sorgfältig abwägen, wie sehr wir uns dem Tourismus öffnen wollen und was wir geben können, ohne den besonderen Charakter Woodsides zu gefährden oder gar zu verlieren. Denn diese Gefahr besteht selbstverständlich.«

»Warum ist denn niemand von diesem ominösen Bauunternehmen hier?« Randall, ein junger Vater, der mit seinem Partner und dem gemeinsamen Sohn vor einiger Zeit zugezogen war, erntete zustimmendes Gemurmel.

»Genau! Wir hätten dem unsere Fragen stellen und die Pläne mit eigenen Augen sehen können.«

»Woher weißt du überhaupt davon, Hazel? Hat sonst irgendwer von diesem Vorhaben gehört?«

»Das ist doch Zeitverschwendung hier!«

Immer größere Unruhe ergriff die Menschen im Foyer und ich fühlte mich mehr und mehr wie ein Reh im Scheinwerferlicht. Inzwischen konnte man mit Sicherheit riesige Schweißflecken unter meinen Armen erkennen - davon war ich überzeugt. Was hatte ich mir bloß bei dieser Schnellschuss-Versammlung gedacht?

Ich suchte das aufgebrachte Publikum mit dem Blick nach vertrauten Gesichtern ab. Ash nickte mir aufmunternd zu und Maple beäugte mich kühl mit verschränkten Armen. Summer, Rian und Ethan hatten sich entschuldigt, weil sie keine Zeit gehabt hatten. Im Augenwinkel erkannte ich Betty, die Jim einen Schubser in meine Richtung gab.

»Leute! Beruhigt euch mal.« Er baute sich neben mir auf und hob beschwichtigend seine Hände. »Ihr alle wisst, dass Hazel stets und immer nur das Beste für unseren Ort will. Sie wird sich das sicher nicht ausgedacht und uns nur aus Spaß herbestellt haben. Also sollten wir uns auch anhören, was sie zu sagen hat.« Er sah mich auffordernd an und deutete aufs Mikro.

»Ja …« Meine Stimme klang plötzlich rau und belegt. Ich räusperte mich. »Jim hat recht, ich will nur das Beste für unseren Ort. Und vielleicht klingen meine Bedenken kleinlich, aber ich möchte, dass ihr alle darüber nachdenkt und …«

Wieder redeten viele durcheinander, gestikulierten wild und übertönten mich. Ich fühlte mich unsichtbar. Als wäre ich überhaupt nicht da und meine Worte, meine Gedanken vollkommen irrelevant.

»Schluss jetzt!« Jim, der dank seiner tiefen Stimme kein Mikro benötigte, ergriff wieder das Wort. »Folgender Vorschlag: Wir ernennen Hazel als Kontaktperson zu diesem Bauunternehmen. Wenn ihr Fragen habt, wendet ihr euch an sie und sie trägt sie dann weiter. Ist das ein Plan?«

Zustimmendes Gemurmel flutete das Foyer.

»Gut. Betty? Können wir das irgendwie organisieren?« Jim sah zu seiner Tante, die zu uns trat und sich räusperte.

»Natürlich. Ihr könnt alle morgen früh ab acht Uhr ins Rathaus kommen, um eure Fragen zu notieren. Ich leite alles gesammelt an Hazel weiter. Ich würde vorschlagen, wir treffen uns hier in zwei Wochen wieder. Dann habt ihr ausreichend Zeit, eure Fragen zu formulieren und Hazel, um mit dem Unternehmen zu sprechen. Wir können dann hoffentlich eine produktive und konstruktive Diskussion führen.« Sie bedachte mich mit einem Seitenblick, den ich nicht ganz deuten konnte.

Ich stand wie festgewachsen auf der Stufe, rührte mich keinen Zentimeter. Das war ja mal gründlich in die Hose gegangen. Ich hatte Jamie einen Strich durch die Rechnung machen wollen und nun waren nicht nur die Mehrheit der Bewohner Woodsides auf seiner Seite. Sondern - was noch tausend Mal schlimmer war - ich musste mich von jetzt an ganz offiziell im Namen der Stadt mit ihm auseinandersetzen.

Was sollte eigentlich noch alles schieflaufen? Auf das kurze Hochgefühl, das ich wegen meines Cafés gehabt hatte, folgte ein Tiefschlag nach dem anderen. Erst mein Vater, dann ganz Woodside und als Kirsche obendrauf Jamie …

27. Jamie

Sie tat mir schon beinahe leid. Hazel wirkte so verängstigt und überfordert, als sie vor den aufgebrachten Menschen im Foyer des Rathauses zu sprechen versuchte. Ich hatte kurz erwogen, ihr zur Seite zu stehen und mich zu erkennen zu geben. Der Teil von mir, der Hazel vor allem beschützen wollte, hatte auf die Bühne - Treppe - stürmen wollen, um sie in den Arm zu nehmen und sie zu trösten. Doch mein schadenfroher und selbstgefälliger Teil hatte gewonnen. Sie hatte sich dieses Gemeindeversammlungsdesaster selbst zuzuschreiben.

Wäre sie vorhin nicht wie eine erzürnte Furie auf mich losgegangen, als sie die Zeichnungen entdeckt hatte, wäre es anders gekommen. Ich hätte ihr erklären können, was ich mir vorstellte: Nachhaltige Materialien, große, naturbelassene Grundstücke, so wenig Rodung wie möglich. Aber sie hatte mir nicht zugehört, sondern mich angegriffen und ich war in Verteidigungshaltung gegangen. Hatte den Arschloch-Mode aktiviert und meine Rüstung angelegt.

Als die meisten das Rathaus verlassen hatten, stieß ich mich von der Rückwand neben der Tür ab und schlenderte nach vorn, wo Hazel noch immer regungslos auf der untersten Stufe stand. Ich schob die Cap etwas aus meiner Stirn und streifte die Kapuze meines Hoodies ab. Nun, da niemand sonst mehr hier war, war eine Tarnung nicht mehr notwendig.

»Lief wohl nicht so, oder?« Ich legte den Kopf schief, betrachtete Hazel, die mich noch nicht bemerkt zu haben schien. Sie wirkte, als sei sie in einer Art Trance. Mit den Fingern schnipste ich vor ihrem Gesicht, bis sie blinzelte. »Alles gut, Hazel-Basil?«

Sie schüttelte leicht den Kopf, dann sah sie auf und der Blick aus ihren Karamellaugen riss mir wieder einmal beinahe den Boden unter den Füßen weg. »Was machst du denn hier?«

»Du hast eine Gemeindeversammlung zu meinen Ehren ausgerufen. Da wäre es doch unhöflich, nicht zu kommen.«

»Und da hast du nicht die Gelegenheit ergriffen, dich in den Mittelpunkt zu drängen?«, keifte sie.

»Warum denn gleich wieder so feindselig, Hazel-Basil? Du hattest es doch wunderbar im Griff. Mir schien, die Meute fraß dir aus der Hand.«

»Du kannst mich mal, Jamie.« Sie straffte die Schultern, ging an mir vorbei in Richtung Ausgang.

Ich folgte ihr, genoss den lieblichen Vanilleduft, den sie verströmte und von dem ich mir nie sicher war, ob es ihr ganz eigener Duft war oder ob er vom vielen Backen herrührte.

»Das würde ich mit Freuden, wenn du mich lässt.« Ich feixte.

Hazel stoppte abrupt, wirbelte zu mir herum und fast stießen wir zusammen. Ganz offensichtlich hatte sie nicht damit gerechnet, wie nah ich ihr sein würde. Ihre Pupillen wurden groß, ihr Mund öffnete sich einen Spalt. Ich fuhr mit der Zungenspitze über meine Unterlippe, nicht aus Kalkül, weil ich sie nervös machen wollte. Nein, ich war selbst mit der plötzlichen Nähe überfordert. Wollte am liebsten sofort meine Hände in ihren Haaren vergraben und sie küssen, bis sie atemlos nach mehr flehte. Ich musste all meine Selbstbeherrschung aufbringen, um nicht genau das zu tun, sondern ein minimales Stück zurückzuweichen. Ich durfte sie nicht schon wieder so überfallen, wie bei ihrer Eröffnung in der Backstube, als ihre Freundin dazwischenfunkte. Es war nicht richtig, ihr meinen Willen aufzuzwingen - auch wenn es mir unverschämten Spaß machte, mit diesem Feuer zwischen uns zu spielen. Doch eine Flamme, sei sie noch so klein, hatte immer auch eine zerstörerische Seite. Und genau die musste ich im Zaum halten, um meinen Plan nicht zu gefährden.

»Warum lässt du mich nicht einfach in Ruhe, Jamie?« Ihre Worte standen im krassen Gegensatz zu ihrem Verhalten. Statt umzudrehen und zu gehen, verharrte sie. Fixierte mich mit einem beinahe hypnotischen Blick, dem ich kaum widerstehen konnte.

Wenn sie wüsste, wie schwer es mir in dieser Sekunde fiel, standhaft zu bleiben. Dieser unerklärlichen Anziehung zwischen uns nicht nachzugeben, die Kontrolle zu behalten.

»Wie ich höre, sind wir jetzt Ansprechpartner, wie soll ich dich da in Ruhe lassen?«

»Weil …« Sie machte einen Schritt auf mich zu. »Ich es nicht kann.« Sie griff nach dem Stoff meines Hoodies, krallte sich hinein und zog mich dichter an sich. Als ihre Lippen fordernd auf meine trafen, entfuhr mir ein überraschter Laut. Doch die Überraschung machte schnell meinem Verlangen Platz. Ich vertiefte den Kuss gierig, umfasste ihren Hintern, hob sie hoch. Wie automatisch schlang sie ihre Beine um meine Mitte, ihre Arme um meinen Hals. Ich taumelte mit ihr nach hinten, presste sie gegen die Wand, ohne den Kuss zu unterbrechen. Immer intensiver, immer lustvoller küssten wir uns - verschlangen uns regelrecht. Meine Hände lagen an ihrem verführerischen Po, mit den

Fingern fuhr ich über ihre gespreizte Mitte, spürte ihre Hitze selbst durch den Stoff ihrer Jeans. Entlockte ihr ein Stöhnen, das ich in mir aufnahm, in mir nachhallen ließ, bis es meinen Schwanz pulsierend zum Leben erweckte. Ich presste Hazel fester gegen die Wand, fixierte sie mit meinem Körper, um meine Hände frei zu haben. Ich fuhr unter ihr Shirt, ertastete Rippen und ihre weiche, erhitzte Haut. Spürte die Spitze ihres BHs unter meinen Fingerkuppen, ihre Nippel, die sich unter der dünnen Seide aufrichteten und sich mir entgegenstreckten. Ich drängte mit meiner Hüfte gegen ihre Mitte, während sie sich in meinen Haaren festkrallte, meinen Kopf leicht nach hinten zog und mir einen köstlichen Schauer feinen Schmerzes bescherte.

»Zu viel Stoff«, murmelte sie atemlos an meinen Lippen. Ich grinste, weil ich ihr zustimmte. Es waren einfach viel zu viele Lagen Kleidung zwischen uns und … zu viel Ungesagtes. Es wäre nicht richtig, jetzt weiterzumachen. Es wäre wie einer Sucht nachzugeben.

Behutsam setzte ich sie ab, erntete ein frustriertes Schnauben, als ich Abstand zwischen uns brachte. Hazels Blick war lustverhangen, ihre Augen wirkten im schummrigen Licht des verlassenen Rathauses beinahe schwarz. Doch schnell klärte sich ihr Blick wieder und sie schlug die Lider nieder. Als sie sie wieder öffnete, tobte alles verzehrendes Chaos in ihnen.

»Das können wir nicht mehr machen, Jamie. Dieses ewige Hin und Her zwischen uns.« Sie rieb sich über die Stirn. »Ich kann das nicht mehr. Das ist nicht gut für mich.«

»Ich weiß.« Ich griff nach ihrer Hand und hauchte einen Kuss auf die Knöchel. »Ich verstehe nicht, was zwischen uns ist. Das habe ich noch nie. Aber ich will nicht mehr, dass wir ein Geheimnis sind.«

Sie lachte auf. »Und wie soll das gehen? Du hast noch nie für uns eingestanden und meine Freunde hassen dich - daran hat sich nichts geändert.« Sie sah mich mit unendlicher Traurigkeit im Blick an. »Vielleicht hatten wir irgendwann einmal eine Chance. Vielleicht werden wir irgendwann einmal eine Chance bekommen. Aber nicht jetzt. Nicht hier. Vielleicht niemals.« Sie stellte sich auf die Zehenspitzen und küsste mich. Nun schmeckte sie nicht mehr nach Lust, Verlangen und Verheißung - sie schmeckte nach Bedauern, Trauer und Endgültigkeit.

28. Hazel

Etwas unbeholfen und mit dem Gefühl, zu viel getrunken zu haben, stolperte ich aus dem Rathaus. In meinem Körper hallte noch die Lust nach. Es war schon wieder passiert … Schon wieder hatte ich nachgegeben, war Jamie zu nahegekommen und hatte die Kontrolle verloren. Es hätte nicht viel gefehlt und ich hätte mich von Jamie im Foyer des Rathauses vögeln lassen. In aller Öffentlichkeit. Ohne Schutz. Ohne Vorsicht. Ohne Vernunft. Nur reines Verlangen.

Auf dem Platz vorm Rathaus stoppte ich. Mein Blick wanderte zum See, der in der Abenddämmerung rot-golden glitzerte und mich wie ein Magnet anzog. Ich erreichte die Kaimauer, zog meine Schuhe aus und setzte mich. Das kalte Wasser umspülte meine Knöchel, kühlte mein erhitztes Gemüt ab. Der Schleier der Erregung lichtete sich nach und nach. Verzog sich wie ein Nebel an einem sonnigen Frühlingsmorgen.

Ich seufzte auf, vergrub das Gesicht in meinen Händen und stellte mir immer und immer wieder die gleiche Frage: Wie konnte etwas falsch sein, wenn es sich so gut anfühlte?

»Hey.« Eine viel zu vertraute Stimme ertönte hinter mir. Es überraschte mich nicht, sie zu hören. Denn so wie Jamie das sprichwörtliche Licht war, das mein Motten-Ich anzog, so schien ich die zweite Hälfte seines Magnets zu sein. Es schien uns beiden unmöglich, sich voneinander fernzuhalten.

»Hey.«

Er setzte sich neben mich auf die Mauer, zog ebenfalls die Schuhe aus und tauchte seine Füße ins Seewasser. Schweigend stieß er mich sachte mit der Schulter an. Zögerlich sah ich zu ihm, und als unsere Blicke sich verhakten, flatterten die Motten, die zu ihrem Licht wollten, ungestüm in meinem Bauch umher. Streiften meine Haut mit ihren zarten Flügeln, kitzelten mich von innen. Ich wollte keine Gedanken zulassen, wollte einfach hier sitzen, neben dem Mann, in den ich schon so lange verliebt war. Es sollte in dieser Sekunde keinen Platz für Probleme, Chaos, Geheimnisse geben.

»Es gibt hier Schnappschildkröten«, platzte es aus mir heraus.

»Was?« Jamie blickte mich irritiert an.

»Das stimmt. Eigentlich leben die ja in Flüssen, aber irgendjemand hat hier mal einige im See ausgesetzt. Und nun leben hier auch welche. Das wollte ich dir neulich schon sagen, als du im See baden warst.«

Jamie zog seine Beine aus dem Wasser in den Schneidersitz und ich schmunzelte. »Ich war nicht *baden*. Das war schwimmen, Hazel-Basil.«

»Wie du meinst.«

Die Sonne versank allmählich hinter den Bäumen des Waldes auf der anderen Seite des Sees. Lange Schatten legten sich über das Wasser, verschluckten das liebliche Roségold des Abends und kündigten die Kälte der Nacht an.

»Soll ich dir jetzt von den Skizzen erzählen, die du gesehen hast?«, fragte Jamie nach einer Weile, in der wir schweigend nebeneinandergesessen hatten.

Ich wusste nicht, ob ich wirklich wissen wollte, was er

vorhatte. Solange er nichts sagte, konnte ich einfach in diesem Moment bleiben - ohne Streit, ohne die Verantwortung, die mir aufgedrängt worden war. Trotzdem nickte ich langsam.

»Okay. Ich habe nicht vor, Woodside zu *vernichten*. Du hast das alles ganz falsch verstanden. Ich habe auch kein Bauunternehmen am Start, das nur darauf wartet, hier alles dem Erdboden gleichzumachen.«

»Aber dein Vater …«

»Der hat da gar nichts mit zu tun und das soll er auch nicht. Es ist dieser Ort. Woodside macht etwas mit mir. Ich … ich erinnere mich hier daran, wie ich einmal war. Wie ich mit dir war, Hazel.« Er sah mich an und ich versank förmlich in seinen Augen. »Ich habe immer wieder Entwürfe gemacht, um meinen Dad zu beeindrucken. Um ihm zu zeigen, dass ich der Sohn bin, den er immer wollte. Dass ich den Sohn ersetzen kann, den er …« Er verstummte, räusperte sich und trotz der nahenden Dunkelheit erkannte ich den tiefen Schatten, der über sein Gesicht flog. »Ich wollte immer nur, dass er stolz auf mich sein kann. Aber das habe ich nie geschafft. Egal, wie sehr ich mich auch bemüht habe. Er hat jede einzelne Entscheidung, die ich jemals getroffen habe, kritisiert und ins Lächerliche gezogen. Egal, ob es meine Ambitionen waren, in der NFL zu spielen, Architekt zu werden oder wen ich datete. Nichts hat ihn je zufriedengestellt oder auch nur ansatzweise mit Stolz auf mich erfüllt. Für ihn war ich immer nur Nummer zwei. Der Versager.« Er verschränkte die Arme hinter dem Kopf und ließ sich auf den Steinboden sinken. »Und da habe ich mir gedacht: Warum sollte ich weiterhin versuchen, ihm zu gefallen? Warum sollte ich mich verbiegen für einen Menschen, der mich nicht akzeptiert? Warum mache ich nicht einfach das, was ich will? Entwerfe die Häuser, die mir gefallen und nicht ihm? Ich bin schließlich Architekt - im Gegensatz zu ihm. Er hat das Studium abgebrochen, als es schwierig wurde.« Er lachte auf.

»Also waren die Zeichnungen nur Ideen?«

»Ja, im Prinzip schon. Fingerübungen und Ideen. Ich musste erst einmal wieder mit dem Zeichnen warm werden und habe drauf losgekritzelt. Es ist nicht ausgereift oder so. Aber die Morgen am See haben mich inspiriert. Der Crystal Lake ist so besonders, und das wissen nur so wenige Menschen. Ich dachte mir, es würde nichts dagegensprechen, es noch ein paar mehr Menschen zu zeigen.« Er richtete sich wieder auf und deutete zum anderen Seeufer. »Du hast es doch gesehen, Hazel. Ich habe das Panorama vom Steg aus gezeichnet. Wie viele Häuser hast du auf meiner Zeichnung erkannt?«

Ich zuckte mit den Schultern. »Ich weiß nicht genau. Zehn oder zwanzig?«

Er schüttelte lächelnd den Kopf. »Vielleicht auf einigen Probezeichnungen. Aber, nein. Tatsächlich sind es fünf. Ich habe genau fünf Ferienhäuser geplant. Alle auf großen, bewaldeten Grundstücken. Alle aus schnell nachwachsenden Rohstoffen gebaut, mit Solaranlagen auf den Dächern. Gleiches gilt für das Hotel.«

»Aber dafür würdest du Häuser abreißen«, stellte ich fest, denn ich war mir sicher, das auf der Zeichnung so erkannt zu haben.

»Meine erste Idee sah so aus, das stimmt. Aber ich habe noch eine Zeichnung gemacht und das Hotel an den Rand Woodsides gesetzt. So würde alles so bleiben wie bisher. Es würden nur ein paar mehr Menschen hierherkommen, aber ich versichere dir: Wenn wir die ökologische Bauweise ins Marketing integrieren, sprechen wir auch diejenigen an, die sich um unsere Umwelt sorgen. Denen es nicht egal ist, was wir unserem Planeten antun.«

»Und was ist mit der Mall?«

Er lachte auf. »Ich hab dich nur verarscht. Eine Mall habe ich nie geplant.«

»Hm.« Ich bedachte ihn mit einem bösen Blick, nickte dann nachdenklich. »Ich gebe zu, dass ich überreagiert habe, als ich deine Zeichnungen gesehen habe. Für mich war sonnenklar, dass du im Auftrag deines Vaters handelst und hier ein Feriendorf aufziehen wolltest.«

»Das wäre vor wenigen Wochen auch nicht abwegig gewesen.«

»Aber was du sagst, klingt vernünftig und auch einige der Einwände vorhin bei der Versammlung konnte ich gut nachvollziehen. So sehr es wehtut, aber Woodside blutet aus. Es stirbt langsam, aber sicher. Immer mehr junge Menschen ziehen nach dem Abschluss weg, sie gehen zum College und kommen nur noch zu den Feiertagen zurück. Die, die bleiben, haben ein eigenes Geschäft, und die meisten laufen - seien wir mal ehrlich - eher schlecht als recht. Die Häuser, die aufgegeben werden, werden von Leuten gekauft, die jeden Tag zur Arbeit in die Stadt pendeln. Doch ihre Kinder werden dann auch wieder wegziehen, wenn sie so weit sind.«

»Das Schicksal teilen viele Kleinstädte.«

»Ja, ich weiß. Ich hatte nur gehofft, Woodside wäre eine Ausnahme.«

»Das kann es auch sein, wenn ihr das nutzt, was es so besonders macht. Und dabei kann ich euch helfen. Also Hazel-Basil, was sagst du? Denkst du, wir können zusammen an den Entwürfen arbeiten und sie nächste Woche bei der Versammlung vorstellen?« Jamie stieß mich wieder sachte mit der Schulter an.

Ich schüttelte den Kopf und nickte gleichzeitig. »Ich glaube schon.«

29. Jamie

Sand knirschte unter ihren Füßen. Der Park um sie herum lag in Dunkelheit, die nur hin und wieder von den fahlen Lichtkegeln einer Laterne erhellt wurde.

Ich schrie sie an, umzukehren, einen anderen Weg zu nehmen. Nicht durch den Park. Doch der Junge an ihrer Hand plapperte vor sich hin, sie hörten mich nicht. Sie hörten nicht die fremden Schritte hinter sich. Aber ich tat das. Ich schrie lauter, lauter, lauter. Vergebens. Sie gingen weiter in den Park hinein. Fort von der rettenden Straße. Fort vom Licht. Fort von Hilfe.

Sie lachte über etwas, das der Junge zu ihr sagte - laut und herzlich. Voller Wärme. Sie wusste nicht, dass sie nie wieder so lachen würde. Sie wusste nicht, was auf sie wartete.

Nur ich sah ihn kommen …

Mein Herz hämmerte, als ich aufschreckte. Verwirrt blickte ich mich um und erkannte allmählich die Schemen der einfachen Möblierung des Trailers um mich herum. Ich tastete nach meiner Stirn, fühlte den kalten Schweiß unter meinen Händen. Wie lange hatte mich dieser Traum schon nicht mehr heimgesucht? Es war Jahre her, und nun - plötzlich - war er wieder da.

Ich atmete tief und bewusst ein, hielt die Luft in meiner Lunge, zählte bis zehn, dann entließ ich sie wieder. Langsam wurde mein Herzschlag ruhiger.

Ich schwang die Beine aus dem Bett, stützte die Ellenbogen auf meinen Knien ab, vergrub das Gesicht in meinen Händen. Ich war müde, sehnte mich nach Schlaf. Doch ich wollte es nicht riskieren, die beängstigenden Bilder des Traums wieder heraufzubeschwören. Ich konnte sie nicht ertragen - nicht wieder und wieder vor mir sehen, was passiert war.

Also hievte ich mich schwerfällig von der Matratze und verließ das winzige Schlafzimmer, das die Bezeichnung kaum verdiente. Ich befüllte den Espressokocher und stellte ihn auf den Gasherd. Hinter der zerkratzten Plexiglasscheibe war es noch dunkel, doch die unzähligen Sterne, die man hier sehen konnte, und der Mond spendeten kühles, unwirkliches Licht. Ein paar wenige der Solarlampen, die auf dem Holzdeck vor dem Trailer verteilt waren, glommen noch müde vor sich hin. Ich war froh über die Laternen und Lichterketten, die hier verteilt worden waren und nie vollkommene Dunkelheit entstehen ließen, denn ich hasste kaum etwas mehr als sie.

Mit einem Becher voller Kaffee in der einen und meinem Skizzenblock in der anderen Hand verließ ich den Trailer. Ich schaltete die kleine Außenlampe an, die auf dem Tisch zwischen den beiden Gartensesseln stand, und ließ mich auf dem weichen Polster nieder. Die Kommentare bei der Gemeindeversammlung und das Gespräch mit Hazel hatten mich inspiriert. In meinem Kopf schwebten unzählige Ideen für diesen Ort. Also setzte ich den Stift an und zeichnete, bis der Crystal Lake schon längst friedlich im Sonnenlicht glitzerte.

»Hi.«

Ich sah auf und erkannte Hazel, die in heller Jeans und

dunkelblauem, eng anliegendem Shirt vor der Terrasse stand. Ihre haselnussbraunen Haare hatte sie wie immer in einer Flechtfrisur gezähmt. Mein Herz machte einen kleinen Hüpfer vor Freude.

»Hi. Was machst du denn hier?«

»Wir wollten doch gemeinsam deine Zeichnungen durchgehen und Ideen sammeln. Schon vergessen?«

»Natürlich nicht. Aber du solltest dein Café nicht vernachlässigen, Hazel-Basil.«

Sie zog die Stirn kraus. »Ich vernachlässige das Café nicht. Es ist bereits nach sechs, da darf ich doch wohl Feierabend machen.« Ihre Stimme hatte wieder eine gewisse Schärfe angenommen.

»Tatsächlich?« Irritiert ließ ich das Display meines iPhones aufleuchten. Sie hatte recht, … es war fast halb sieben. Ich hatte den gesamten Tag mit Zeichnen verbracht, ohne zu bemerken, wie die Zeit verflogen war.

Ich stand auf und streckte mich. Bis eben hatte ich meinen schmerzenden Rücken nicht bemerkt, doch nun, da ich aus der Konzentration auftauchte, brauchte ich dringend etwas Bewegung. Und wann hatte ich eigentlich zuletzt etwas gegessen? Wie zur Bestätigung des Gedankens knurrte mein Magen unüberhörbar.

Hazel quittierte das Geräusch mit einer hochgezogenen Augenbraue. »Du hast Glück, ich hab Reste aus dem Café dabei.« Sie hob eine braune Papiertüte an, die sie in der Hand hielt.

»Du bist meine Lebensretterin, Hazel-Basil.« Ich machte eine einladende Handbewegung, da sie noch immer vor der Terrasse stand, der sie folgte.

»Nenn mich nicht so, Jamie. Wie oft soll ich dir das noch sagen?« Ihre Worte klangen wieder scharf, doch in ihrem Blick lag Belustigung.

»Dann muss ich mir wohl einen neuen Spitznamen für

dich ausdenken.« Ich zwinkerte ihr zu und deutete dann auf die Tüte. »Was hast du mitgebracht?«

»Zimtschnecken und Chocolate Cookies.«

Nachdenklich tippte ich mir gegen die Lippen. »Cinnamon«, murmelte ich und musterte Hazel dabei.

»Wie bitte?«

»Cinnamon. Das wäre ein guter Spitzname für dich, weil du irgendwie immer Zimtschnecken am Start hast, seit ich wieder hier bin. Oder eher Cinnamon Roll?«

»Untersteh dich, mir einen Spitznamen zu verpassen, in dem *roll* vorkommt.« Sie erdolchte mich förmlich mit ihrem Blick und ich hob abwehrend die Hände.

»Gut, das sehe ich ein. Und Cinnamon klingt eher nach dem Pseudonym einer Stripperin. Ich muss wohl weitersuchen.« Ich lugte in die Tüte. »Cookie … Hm, ne. Das ist ein Name für einen Hund.«

Hazel lachte auf und ich genoss diesen Klang. Seit wir uns wiedergetroffen hatten, hatte über ihr ein grauer Schleier gelegen, doch heute strahlte sie endlich wieder in Millionen feiner Nuancen. Bei ihrem Anblick konnte ich nicht anders, als zu lächeln und die Wärme zu genießen, die sich in meinem Bauch ausbreitete.

Ich nahm mir eine der Zimtschnecken, biss hinein und verdrehte genießerisch die Augen. Wie konnte man nur so gut backen?

»Ich hab mir etwas überlegt.« Hazel schnipste ein paar Krümel von ihrem Schoß, während ich sie kauend betrachtete. »Was hältst du davon, wenn wir uns gar nicht auf Häuser konzentrieren, sondern um den See verteilt Trailer wie diesen aufstellen?« Sie machte eine Armbewegung, die den gesamten Crystal Lake umfing. »Die Menschen, die wir ansprechen wollen, sollen ja nicht auf der Suche nach Action und Trubel sein, sondern sie sollen Erholung suchen. Und was ist erholsamer als ein Urlaub mitten in der Natur wie beim Zelten? Aber eben kombiniert mit einem gewissen Komfort. Außerdem ist Glamping total angesagt. Hab ich auf Pinterest gesehen.« Sie lehnte sich mit einem zufriedenen Gesichtsausdruck zurück.

»Das stimmt.« Ich nickte. »Und der See würde sich dafür wirklich anbieten. Man bräuchte auch nicht extra Zuwegungen für Baufahrzeuge schaffen, wie es bei den Häusern der Fall wäre.« Mein Blick huschte zu den Zeichnungen. »Oder eine Kombination aus beiden Varianten. Ein paar Trailer und ein paar Häuser.«

»Das könnte ich mir auch gut vorstellen.« Hazel stimmte eifrig zu. »Du hast ja bereits einiges zu Papier gebracht. Aber wusstest du, dass Maple und Ethan vor zwei Jahren auf der anderen Seeseite eine kleine Blockhütte für sich errichtet haben? Soweit ich weiß, haben sie auch nur nachhaltiges Material genutzt und haben eine Solaranlage und so was. Vielleicht sprichst du mal mit ihnen?«

»Mit Maple und Ethan? Ich glaub nicht, dass sie besonders scharf darauf wären.«

»Du könntest dich bei der Gelegenheit direkt entschuldigen.«

»Hm.« Es stimmte. Ich hatte mich in meiner Jugend Ethan gegenüber immer wieder wie ein Arsch verhalten. Hatte ihn verprügelt und gequält. Maple war mir als seine beste Freundin öfter mal in die Quere gekommen und hatte dann eben auch ihr Fett abbekommen. Natürlich nur verbal.

Noch vor zwei Wochen hatte ich das mit einem Schulterzucken hingenommen, weil es nun mal andere Zeiten gewesen waren und es an sämtlichen Highschools von New Mexiko bis Alaska genauso lief. Aber inzwischen keimte so etwas wie ein schlechtes Gewissen in mir, wann immer ich an die Schulzeit und meine Rolle dabei zurückdachte. »Ja, vielleicht.«

»Okay, kommen wir zurück zu den Plänen …«

Hazel schien wie ausgewechselt. War sie zuerst von meinen Zeichnungen und den geschilderten Plänen entsetzt gewesen, war sie nun Feuer und Flamme. Sie redete wie ein Wasserfall - natürlich tat sie das. Sie hatte tausend Ideen, die wir diskutierten, verwarfen, wieder aufnahmen oder umstrukturierten. Irgendwann, ich hatte keine Ahnung, wie lange wir schon beisammengesessen und diskutiert hatten, gähnte Hazel vernehmlich.

»Entschuldige.« Sie streckte sich und rutschte auf dem Gartensessel hin und her. »Ich glaube, ich sollte gehen. Morgen klingelt wieder früh der Wecker.« Sie rappelte sich auf, streckte sich kurz und ich tat es ihr gleich. Langsam schlenderten wir zu ihrem Fahrrad, das am Gatter an der Grundstückszufahrt lehnte. Immer wieder streiften unsere kleinen Finger sich fast unmerklich, und doch sandte jede dieser federleichten Berührungen feine Stromstöße durch meinen Körper.

Am Rad angekommen zögerte sie, drehte sich zu mir und lächelte schüchtern. »Das war … überraschend nett.«

»Warum überrascht es dich so, einen netten Abend mit mir haben zu können? Das hatten wir doch schon öfter.« Ich wackelte mit den Brauen.

»Ja, das schon. Aber meistens sind wir irgendwann im Bett gelandet. Heute war es irgendwie … anders.«

»Mein Bett steht dahinten. Wenn du willst, können wir da sofort hin.« Ich zwinkerte und sie verpasste mir einen sanften Klaps gegen den Oberarm.

»Ich meine es ernst, Jamie. Es war schön, mal ohne diese aufgeladene Spannung Zeit mit dir zu verbringen.«

»Du meinst die Spannung, die jetzt wieder zwischen uns ist?«, flüsterte ich und machte einen Schritt auf sie zu, legte eine Hand an ihre Taille.

»Ja.« Zuerst dachte ich, sie würde mir entgegenkommen,

doch dann murmelte sie: »Gute Nacht, Jamie«, und schwang sich auf ihr Fahrrad.

»Gute Nacht, Hazel-Basil«, rief ich ihr nach und beobachtete den roten Schein des Rücklichts, bis er hinter einer Wegbiegung verschwand. »Pass auf dich auf. In der Dunkelheit lauern Gefahren.« Eine Gänsehaut überlief mich, als ich in die Schwärze blickte, die sich vor mir erstreckte. Schnell drehte ich mich um und beeilte mich, in den Schein der Lichterketten zu gelangen.

30. Hazel

Ich hätte einfach weiterfahren sollen. Denn solange ich kräftig in meine Pedale getreten hatte, war ich damit beschäftigt gewesen, meinen Körper ausreichend mit Luft zu versorgen, und hatte keine Energie darauf verschwenden können, an Jamie zu denken. Doch nun war ich in meiner Wohnung, lag auf meinem Bett und konnte meine Gedanken nicht davon abhalten, abzuschweifen. Egal, was ich tat, wie sehr ich mich auch auf etwas anderes - oder eben gar nichts - konzentrieren wollte, es gelang mir nicht. Stattdessen tauchten immer wieder diese stahlblauen Augen vor mir, auf mit ihren moosgrünen Sprenkeln rund um die Iriden, die mir erst heute aufgefallen waren. Und dieser warme Klang seines Lachens, das immer und immer wieder in meinen Ohren ertönte, obwohl er nicht hier war. Sein muskulöser Oberkörper über und über bedeckt von Wassertropfen. Das Spiel seiner Muskeln, als er sich aus dem See hievte. Das musste unbedingt aufhören.

Dieser Abend, den wir damit verbracht hatten, zu reden, war der schönste, den wir je gehabt hatten. Jamie zu küssen, war atemberaubend, mit ihm zu schlafen, setzte mich in Brand. Aber das schlechte Gewissen, das mich danach grundsätzlich befiel, gab dem einen schalen Beigeschmack. Heute aber hatte ich keine Gewissensbisse. Heute fühlte ich mich nicht schlecht und irgendwie … schmutzig.

Heute waren da nur flatternde Motten auf der Suche nach ihrem Licht an der Stelle, an der sonst mein Magen saß.

Ich nahm mein Kopfkissen, presste es mir aufs Gesicht und schrie hinein. Es nützte nichts. Ich war dabei, mich in Jamie MacLannister zu verlieben. Nicht die Schwärmerei von früher wieder aufleben zu lassen, nein. Ich war dabei, mich in den Mann zu verlieben, der er geworden war. Und das machte mir eine Scheißangst.

Ich hatte es bereits an dem Nachmittag am Bowers Beach bemerkt. Seine weiche Seite zu sehen, hatte etwas tief in mir berührt. Etwas, von dem ich dachte, er hätte es vor vielen Jahren unwiederbringlich zerbrochen. Wahrscheinlich hatte ich deshalb in seinen Worten nach einem Anhaltspunkt gesucht, um ihn fortzuschieben. Um mich vor ihm und meinen zunehmenden Gefühlen zu schützen. Doch nun, das musste ich zugeben, waren die alten Gefühle in mir machtvoll erwacht, erstarkt und mit jedem Treffen größer geworden. Hatten jetzt mehr Kraft als jemals zuvor. Wenn ich in Jamies Augen blickte, war ich mir sicher, in ihnen ein ähnliches Chaos erkennen zu können, doch ich schwor mir, ihn niemals danach zu fragen. Zu groß war meine Angst, wieder zurückgewiesen zu werden. Wieder nicht gut genug zu sein. Der Sturz nach dem Höhenflug wäre einfach zu brutal.

Aufgeputscht von zu viel Kaffee und zu wenig Schlaf schloss ich ein paar Stunden später die Eingangstür zum *Frozen Dreams* auf. Wie an den letzten Morgen auch erwarteten mich schon einige Menschen ungeduldig, die es sich angewöhnt hatten, bei mir ihren Morgenkaffee für den Weg zur Arbeit abzuholen.

»Guten Morgen, Hazel.« Randall hielt seinen kleinen Sohn Charlie an der Hand und winkte mir zu. Ich hatte keine Ahnung, wie er es machte, aber ich hatte diesen Mann noch nie nicht gut gelaunt gesehen. Er war tatsächlich ein Phänomen. »Es tut mir so leid, dass die Versammlung neulich aus dem Ruder gelaufen ist. Zum Glück ist Jim dir beigesprungen. Ich wusste gar nicht, dass zwischen euch was läuft. Aber ihr seid wirklich süß zusammen.«

Ich verdrehte gespielt genervt die Augen. Wieso wurde mir in letzter Zeit so oft eine Beziehung mit Jim nachgesagt? Er war ein Freund und zum Glück wusste ich, dass er es ebenso sah.

»Da läuft ja auch nichts, Randall.«

»Oh, na, das sah aber anders aus.« Er deutete auf einen der frischen Schoko-Cookies und auf einen Erdbeer-Cupcake. »Und wieso auch nicht? Für mich ist diese bärtige Holzfäller-Sache nichts. Aber wenn es dir gefällt.«

»Tut es nicht.« Ich grinste, weil Randall eine Schnute zog, da ich sein etwas plumpes Ausfrage-Manöver durchschaut hatte.

»Machst du mir noch einen Flat White, bitte?«

Ich nickte und machte mich daran, die Kaffeemaschine zu bedienen.

»Also nicht Jim … aber was ist mit dem heißen Bauunternehmer, der im Trailer am See wohnt?«

Mir fiel beinahe das Kännchen für den Milchschaum aus der Hand.

Randall grinste triumphierend. »Erwischt.«

Augenblicklich kribbelte Hitze auf meinen Wangen, ich spürte, wie meine Ohren glühten und war mir sicher, wie eine Tomate auszusehen. »Woher …« Ich räusperte mich. »Woher kennst du ihn?«

»Ich kenne ihn gar nicht. Aber du vergisst offensichtlich, dass ich einen kleinen Sohn habe, der neuerdings Fahrrad fährt. Und das wiederum bedeutet: Ich bin ständig in Woodside unterwegs, weil der kleine Mann üben will. Also hab ich auch diesen Leckerbissen am See entdeckt. Und damit meine ich nicht das Grundstück, auf dem ich liebend gern ein Haus bauen würde. Und wen habe ich dort noch gesehen?« Er legte gespielt nachdenklich den Kopf schief. »Richtig! Dich.« Charlie zog an Randalls Hand und dieser schickte ihn in die kleine Spielecke, die ich neu eingerichtet hatte. »Also, was hat es mit ihm auf sich?«

»Gar nichts.« Ich reckte das Kinn in die Höhe.

»Oh, du kannst dich aufplustern, so viel du willst, Süße. Ich habe dich durchschaut. Meine Verhörmethoden sind legendär.« Er zwinkerte.

»Charlie tut mir jetzt schon leid, wenn er eine Freundin oder Freund hat und es verheimlichen will.« Ich biss mir auf die Unterlippe, als ich merkte, wie meine Worte klangen.

»Aha! Er ist dein Freund?«

»Verdammt, du bist wirklich gut. Und nein, er ist nicht mein Freund. Wir kennen uns nur von früher.«

»Oh, ja … Eine zweite Chance für die Liebe«, säuselte Randall.

»Wir sind hier nicht in einem Liebesroman.« Wieder verdrehte ich mit einem Lachen die Augen.

»Zum Glück.« Auch Randall lachte. »Aber irgendwoher muss das Trope ja kommen, denn Kunst imitiert nun mal das Leben.«

»Muss Charlie nicht allmählich in den Kindergarten?«, gab ich zurück und Randall nickte.

»Hast du ein Glück. Wir sehen uns morgen früh und dann hätte ich gern mehr Einzelheiten.« Er rief seinen Sohn, winkte mir und die beiden verließen das Café.

Nachdenklich sah ich ihnen nach. Randall war neben Fred und mir eines der größten Tratschmäuler in Woodside. Er würde niemals böswillig jemandem Schaden zufügen. Trotzdem war es nur noch eine Frage der Zeit, bis Jamie und ich das Gesprächsthema Nummer eins werden würden. Und bevor das passierte, musste ich dringend etwas klären.

Ich spähte durch das Fenster auf die andere Seite der Mainstreet und seufzte schwer. Maple war noch sauer, das wusste ich - umso wichtiger war es, mit ihr reden. Gerade als ich meine Schürze abnehmen und schnell ins *Rabbit Hole* flitzen wollte, wurde die Tür des Cafés geöffnet und einige Seniorinnen, darunter Nan Nan Turner und die Bürgermeisterin, kamen herein. Die alten Damen futterten sich durch die halbe Auslage, verwickelten mich in ein Gespräch und brachten mich von meinem Vorhaben, zu Maple zu gehen, ab.

Später an diesem Nachmittag hatte ich endlich ein wenig Luft. Es war toll, wie gut das neue *Frozen Dreams* von den Menschen in Woodside angenommen wurde. Viel besser, als ich es erwartet hatte. Deshalb musste ich die ruhige Minute nutzen, stellte das *Bin-gleich-zurück*-Schild auf den Tresen und machte mich auf den Weg zur anderen Straßenseite.

Das vertraute Bimmeln kündigte mein Kommen im Buchladen an und ich sah mich erwartungsvoll um. Doch nicht Maple kam mit neugierigem Blick aus dem Hinterzimmer, sondern Nan Nan.

»Nana, Hazel. Was machst du denn hier?«

»Ich wollte zu Maple. Ist sie nicht da?« Enttäuschung machte sich in mir breit. Es hatte mich einige Überwindung gekostet rüberzugehen, und nun vor der Großmutter meiner Freundin zu stehen war nicht das, was ich mir vorgestellt hatte.

»Nein. Sie ist in Wilmington bei einem Termin.« Die alte Dame musterte mich. »Was ist denn los?« Sie zog eine der energisch nachgezogenen Augenbrauen hoch.

»Gar nichts. Ich wollte nur mit ihr … reden.«

Sie schnalzte mit der Zunge. »Also meiner bescheidenen

Meinung nach - die ich dir jetzt sage, auch wenn du nicht danach gefragt hast - sind Streitereien unter Freundinnen normal und notwendig.«

»Woher weißt du, dass wir gestritten haben?«

»Also bitte. Du hast den gleichen Ausdruck eines geprügelten Welpen im Gesicht wie meine Enkelin, als sie vorhin gefahren ist. Stell doch bitte meine Intelligenz und herausragende Auffassungsgabe nicht infrage.«

»Kommt jetzt noch ein Ratschlag hinterher?«, fragte ich schnippisch. Ich liebte Nan Nan Turner für ihre erfrischend offene Art. Aber manchmal könnte sie gern schneller zum Punkt kommen.

»Ich weiß ja nicht, was zwischen euch vorgefallen ist - und das stört mich schon mal ungemein -, doch ...« Sie verstummte, sah mich mit einer plötzlichen Irritation im Blick an, als sei ich eine Außerirdische. »Mir fällt kein Rat, kein weiser Spruch ein, den ich dir jetzt um die Ohren hauen könnte.« Sie legte eine Hand auf ihre Brust und japste nach Luft. »Das ist mir ja noch nie passiert.«

Ich lachte ungläubig auf. »Das wird die Schlagzeile für die Woodside News: Nan Nan Turner fehlen die Worte - wird sie endlich alt?«

»Untersteh dich!« Die hob drohend den Zeigefinger. »Gut, dass wir keine Zeitung mehr haben.«

»Dafür rufe ich sie extra ins Leben zurück.« Ich verabschiedete mich lachend und ging zurück ins Café, das noch immer verwaist war. Da es bereits kurz vor achtzehn Uhr war, beschloss ich, Feierabend zu machen.

Schnell lief ich in meine Wohnung und stellte mich unter die Dusche, um den Mehlstaub des Tages von mir zu spülen. Ich verzichtete darauf, meine Haare zu waschen, denn der holländische Zopf, den ich heute Morgen zu einer Krone auf meinem Kopf geflochten hatte, saß einfach noch zu gut, um ihn zu öffnen.

Nach dem Duschen zog ich eine bequeme Wide-Leg-Jeans an und kombinierte dazu eines meiner geliebten schlichten, eng anliegenden Shirts. Ich wusste, dass ich ein paar Kilo zu viel auf den Rippen hatte. Aber warum sollte ich meine Röllchen unter weiten Oberteilen verstecken? Sie gehörten genauso zu mir wie das sensationelle Dekolleté, um das mich sowohl Summer als auch Maple glühend beneideten.

Auf dem Weg nach draußen machte ich noch einen Abstecher in die Café-Küche und schnappte mir die braune Tüte, die ich dort deponiert hatte. Als ich sie im Fahrradkorb verstaut hatte, kündigte mein Handy mit einem Vibrieren eine neue Nachricht an.

Dad:
Hi Cuckoo! Ich habe für übermorgen Abend um 20 Uhr einen Tisch reserviert. Die Adresse schicke ich dir. Ich freu mich auf ein Essen mit meinen drei Mädels.

Kurz darauf blinkte die Nachricht mit der Adresse des Restaurants in Manhattan auf.

Ein schwerer, undefinierbarer Klumpen aus unangenehmen Gefühlen machte sich in meinem Magen breit. Ich wurde ihn auch während meiner kleinen Radtour zum See nicht los. *Meine drei Mädels …* Wieso konnte ich ihn nicht ein einziges Mal alleine treffen und ohne seine neue Familie Zeit mit ihm verbringen?

Erst als ich Jamie im Schneidersitz auf der Bank am Steg sitzen sah, vertrieben die eifrigen Motten den kompakten Klumpen.

31. Jamie

Das Geräusch nackter Füße auf hölzernem Boden ließ mich aufsehen. Hazel kam - wie immer atemberaubend schön - auf mich zu. Es war ungewohnt, dass sie lächelte, wenn sie mich sah, aber ich liebte es. Ich stutzte bei dem Gedanken. *Liebe …*

»Hi, du«, sagte sie und hielt wie tags zuvor eine braune Papiertüte in die Höhe. »Deine Essenslieferung ist da.«

»Wie aufmerksam, Food Girl.«

Sie stockte. »Food Girl?«

»Vergiss es. Ich bin noch auf der Suche, okay? Es kann nicht immer gleich perfekt passen.«

»Na gut.« Sie setzte sich neben mich auf die Bank und spähte auf meine Zeichnungen. »Wow.« Sie griff nach einem Papier und studierte es eine Weile. Ich hatte darauf ein Seegrundstück gezeichnet, das diesem sehr ähnlich war. Darauf befand sich allerdings kein Trailer, sondern ein Baumhaus, das ich auf einem mächtigen Baum gezeichnet hatte. Es war nur eine spontane Idee gewesen und sah aus, als hätte ein Riese sein Spielzeughaus auf einem Baum vergessen.

»Das sieht toll aus.«

Ich nahm ihr das Blatt wieder ab und zuckte mit den Schultern. »Ich erinnerte mich, dass wir früher öfter bei Rian Miller in einem Baumhaus abgehangen haben, und hatte plötzlich wieder diese lauen Sommerabend-Vibes.« Ich schob die Zeichnung zu den anderen. »Aber ich weiß nicht, ob das hier funktionieren würde. Es ist nicht einfach, die geeigneten Bäume zu finden. Die Statik und so muss passen. Wir wollen ja nicht, dass die Leute mitsamt dem Haus zusammenbrechen.«

»Das wäre tatsächlich nicht förderlich.« Hazel lachte, wurde beim Blick auf die Papiere aber wieder ernst. »Vielleicht wäre es eine Idee, verschiedene Wohnmöglichkeiten anzubieten? Auf dem einen Grundstück ein Tiny House, auf dem anderen eine Jurte, dann wieder ein Trailer oder eben ein Baumhaus. Das wäre individueller, als immer das Gleiche anzubieten. Und wer das nicht möchte, mietet sich im Hotel ein.« Hazels Karamellaugen leuchteten auf.

»Das ist gar keine schlechte Idee, Woody.«

Sie schnaubte. »Ist das dein Ernst?«

»Nein. Ich hab's selbst gemerkt. So heißt doch diese eine Zeichentrickfigur, oder?« Nun musste ich auch lachen. »Aber ich verspreche dir: Ich finde den perfekten Spitznamen für dich.«

Sie lächelte als Antwort und legte ihre Hand auf meinen Unterarm. Mit der unerwarteten Berührung entzündete sie ein Feuer in meinem Inneren, das es mir schwer machte, sie nicht zu küssen. »Ich habe dir Essen mitgebracht und nun fordere ich einen Gegen-Gefallen.«

»So funktioniert das aber nicht. Ich habe dich nicht darum gebeten, mir Essen zu bringen. By the way, … was hast du mir heute mitgebracht?« Ich versuchte, einen Blick in die Tüte zu erhaschen, doch sie war am oberen Ende umgeknickt und offenbarte nicht ihren zweifellos köstlichen Inhalt.

»Nicht so schnell. Als Dankeschön für meine Großzügigkeit wollte ich dich fragen, ob du mich übermorgen nach New York begleitest.«

Ich lehnte mich gegen das raue Holz der Bank. Ich sollte mit ihr nach New York fahren? Das war wohl kaum eine gute Idee. Ich hätte mich sofort mit Hazel in einen Flieger nach San Francisco, Philadelphia oder Charleston gesetzt. Aber New York? Ich war noch dabei herauszufinden, wie ich außerhalb des Schattens meines Vaters leben konnte und wer ich ohne seinen ständigen Druck war. In der Stadt wäre ich ihm und der Erinnerung an das Ich, das ich für ihn immer sein wollte, überall ausgesetzt. Ich war mir nicht sicher, ob ich stark genug war, nicht wieder in diesen Strudel aus unerfüllbaren Erwartungen und toxischen Manipulationen zu stolpern.

»Ich weiß nicht, Hazel. Das …«

»Bitte. Ich möchte mich nicht allein mit meinem Vater und seiner schrecklichen neuen Familie treffen. Ich könnte auch Summer oder Maple fragen, aber … Wenn ich einen Mann mitbringen würde, wäre das noch mal etwas ganz anderes.« Sie sah mich an und faltete die Hände wie zum Gebet in meine Richtung.

Ich sollte ablehnen, ich musste ablehnen, aber ihr Blick machte es mir unmöglich. Würde ich ihr von meinen Zweifeln, meiner Angst erzählen, würde sie mich nicht zwingen. Aber ich wollte ihr einen Gefallen tun. Wollte ihr zeigen, dass ich für sie da war, wenn sie mich brauchte. »In Ordnung. Ich komme mit. Wohin soll es gehen?«

»Wirklich? Danke!« Sie strahlte und dieser Ausdruck auf ihrem Gesicht entlohnte mich für meine Zweifel. »Keine Ahnung. Das ist irgend so eine hippe Rooftop-Bar mit einer Abkürzung als Namen.«

»RH?« Ich zog die Augenbrauen hoch.

»Ja, genau das war es. Kennst du die?«

»Ja.« Das RH war eines der exklusivsten und angesagtesten Restaurants in New York City und eines der liebsten Lokale meines Vaters. Ich konnte nur hoffen, dass er nicht ausgerechnet morgen Abend dort sein würde. Ansonsten wäre ein Desaster vorprogrammiert.

»Danke, Jamie. Ganz ehrlich.«

»Kein Problem. Ich helfe dir gern. Und was soll ich da machen? Deinen Freund spielen oder so was?«

Hazel beugte sich vor, zögerte einen Moment. Ihr Atem strich über meine Lippen und setzte mich unter Strom. Dann überbrückte sie die winzige Distanz, küsste mich. Fuhr sanft mit ihrer Zunge über meine Lippen, teilte sie, stupste einmal kurz gegen meine Zunge. Ich wollte sie packen, den Kuss vertiefen, sie schmecken, doch da zog sie sich zurück.

»Musst du da so viel spielen?«, fragte sie mit einem leichten Beben in der Stimme.

Ich griff nach einer Strähne, die sich aus ihrem Zopf gelöst hatte. »Nein, Hazel. Da muss ich überhaupt nicht spielen.« Ich umfasste ihren Nacken, zog sie dichter und ich küsste sie. Und zum ersten Mal seit langer Zeit fühlte es sich nicht verboten oder falsch an - es fühlte sich einfach nur perfekt an.

Hazel schwang ihr Bein über meinen Schoß und setzte sich rittlings auf mich, ohne unseren Kuss zu unterbrechen. Fuhr mit ihren Fingerspitzen über meine Brust, über meine Schlüsselbeine, bis sie meine Kieferlinie mit ihnen erkundete. Quälend langsam rieb sie sich an mir. Ich keuchte in ihren Mund, als ihre Mitte auf meinen Schwanz traf und ich ihre Hitze noch durch den schweren Denimstoff spürte. Ich schob meine Hände unter ihr Shirt, spürte tausend pulsierende Stromstöße unter meinen Fingerspitzen, als ich ihre nackte Haut berührte. Gemächlich erkundete ich ihren Rücken, glitt über die feinen Erhebungen ihrer Wirbelsäule, bis ich den Verschluss ihres BHs fand. Ich ließ ihn unbeachtet, tastete mich mit einer Hand nach vorn, schob sie zwischen uns, bis ich ihre perfekte Brust spürte. Ich umfasste sie, spielte durch die dünne Spitze ihrer Wäsche mit ihrem Nippel, der sofort hart unter meiner Berührung wurde. Er reckte sich mir fordernd entgegen.

Hazel unterbrach unseren Kuss, ließ ihren Kopf in den Nacken fallen und gab mir Raum, die Rundung ihres Halses zu erkunden. Ich küsste mich hinab, schmeckte ihre Haut, die nach Vanille duftete, und wollte in diesem Moment versinken. In diesem perfekten Augenblick, der nur uns gehörte. Ich genoss jeden Millimeter, den sie mir gestattete zu berühren, zu schmecken, zu liebkosen. Und doch wollte ich mehr. Ich wollte sie ganz und gar - hier auf dem Steg, in meinem Bett, überall.

Hazels Finger spielten in meinem Haar, sie zog meinen Kopf leicht zurück und sah mich mit lodernden Flammen im Blick an. Langsam glitt sie von meinem Schoß, richtete sich Stück für Stück auf, bis sie in ihrer vollen Schönheit vor mir stand. Sie griff an den Saum ihres Shirts, zog es Zentimeter für Zentimeter nach oben und entblößte makellose, helle Haut, die im Abendlicht golden schimmerte. Ich schluckte, als sie das Oberteil über ihren Kopf zog und nur noch in Jeans und BH vor mir stand. Ich streckte meine Hand nach ihr aus, doch sie ignorierte mich und knöpfte unbeirrt ihre Hose auf. Der Stoff raschelte, als er an ihren Beinen nach unten glitt.

Mein Mund wurde trocken. Ich leckte über meine Lippen, wollte Erlösung für diese süße Folter, auf die sie mich spannte. Ich stand auf und verflocht ihre Finger mit meinen. »Du bist wunderschön«, flüsterte ich dicht an ihrem Ohr, legte meine freie Hand an ihren unteren Rücken und zog sie dichter an mich. Mein Mund fand ihre Schulter, setzte eine Spur aus zarten Küssen bis zu ihrem Kiefer, wurde fordernder und vergaß jegliche Zurückhaltung, als sich unsere Lippen erneut trafen. Unser Kuss war nicht länger zurückhaltend, nicht vorsichtig oder sogar scheu. Reines Verlangen und pure Lust lagen nun darin.

Hazel griff nach meinem Shirt, schob es mir über den Kopf und ließ es achtlos zu ihrer Kleidung auf den Boden fallen. Ihre Haut so nah und nackt an meiner zu spüren, heizte mich noch weiter an. Trieb mich voran. Ich wollte mehr. Mehr von ihr. Mehr von uns.

Ich spürte Hazels Erregung in ihren Küssen, in der Art, wie sie ihre Fingernägel in meinem Rücken vergrub. Und trotzdem wollte ich unbedingt ihre Zustimmung. Mit einem letzten Funken Selbstkontrolle unterbrach ich den Kuss und erntete ein protestierendes Schnauben von ihr, das mich lächeln ließ.

»Wir können jederzeit aufhören, wenn du willst. Wir machen nichts, was du nicht willst.« Meine Stimme war rau vor Verlangen.

»Ich will dich endlich in mir, Jamie. Also hör auf zu reden.«

Ihre Worte vernichteten jeglichen Rest meiner Beherrschung. Mit einem Knurren versenkte ich meine Hand in ihrem Haar und eroberte ihren Mund, auf dass er niemals wieder jemand anderem gehören würde. Glitt mit den freien Fingern hinab, bis ich ihren Slip erreichte, schob sie weiter über ihren feinen, weichen Flaum, teilte sie und versank in ihrer heißen Feuchtigkeit. Ihr Stöhnen war mein Lohn. Mit einem Finger umspielte ich ihre Klitoris, spürte ihr Erbeben. Kostete ihr Keuchen, als ich einen Finger in sie schob, ihn sanft krümmte. Sie wollte ihren Kopf in den Nacken legen, doch ich ließ sie nicht, hielt sie an Ort und Stelle. Vertiefte den Kuss. Genoss ihr lustvolles Wimmern an meinen Lippen.

Mein Schwanz drückte schmerzhaft gegen meine Jeans, wollte sich so gern in ihr versenken. Doch wir hatten Zeit, konnten uns die ganze Nacht nehmen. Ich dirigierte

Hazel ein Stück zurück, ohne von ihr abzulassen, bis ihre Beine gegen die Bank stießen. Vorsichtig ließ ich sie hinab aufs Holz sinken. Ich zog meine Finger aus ihr zurück und nahm den Slip mit. Wie von selbst fielen ihre Knie auseinander, machten mir Platz, gaben den Blick frei auf ihre Mitte, die mich so köstlich lockte. Ich ging auf die Knie, zog eine feuchte Spur an ihrem Oberschenkel empor, setzte einen ihrer Füße auf meine Schulter und küsste sie. Kniff mit den Zähnen in ihr empfindliches Nervenbündel, umspielte es mit meiner Zunge. Ich nahm meine Finger zur Hilfe, fand den perfekten Rhythmus aus Lecken und Gleiten.

Hazels Stöhnen war mein Ansporn. Ihre Süße war meine Nahrung. Als ihre Muskeln sich um meine Finger anspannten, zuckten, mich ganz gefangen nahmen, war ich am Ziel.

Sie stöhnte lauter, wimmerte, stieß unverständliche Laute aus, sackte dann auf der Bank zusammen. Sie japste nach Luft und hatte den glückseligsten Ausdruck auf dem Gesicht, den ich je gesehen hatte. Ich legte mein Kinn auf ihrem Venushügel ab und beobachtete, wie die Wellen ihres Orgasmus langsam abebbten. Es war das Schönste, das ich je gesehen hatte.

Mit einem Lächeln öffnete sie langsam die Augen, ließ sich zur Seite auf die Bank sinken und zog mich zu sich. Ich küsste sie tief, legte aber keinerlei Forderung in meinen Kuss, wollte sie nicht drängen.

»Ich habe nichts hier«, flüsterte ich an ihren Lippen. Sie zog die Stirn kraus, brauchte offenbar einen Moment, bis sie verstand, was ich meinte.

»Hintere Hosentasche.« Ein diebisches Grinsen verzog ihren Mund und meinen direkt mit.

»Du steckst voller Überraschungen.« Ich angelte nach ihrer Jeans, fischte das charakteristisch knisternde Päckchen heraus und legte es neben uns auf die Bank. »Aber wir haben Zeit.« Mit einem Zwinkern umfasste ich ihr Gesicht, küsste sie erneut und wollte nie wieder etwas anderes tun.

Hazels Hände gingen auf Wanderschaft über meinen Rücken, erkundeten meinen Körper, hinterließen eine glühende Spur auf meiner erhitzten Haut. Sie schob sie in meine Jeans, die ich noch immer trug und die mich einengte. Es wurde nicht besser, als sie fordernd meinen Hintern umfasste.

»Wie kommt es, dass du noch so viele Klamotten anhast?« Hazel sah auf, nahm mich mit ihrem Blick gefangen.

»Keine Ahnung, Hazel-Basil. Sag du es mir.«

Sie richtete sich auf, griff nach dem Verschluss meiner Hose und zerrte ungeduldig daran, bis der Knopf endlich nachgab und sie meine Hose nach unten schieben konnte. Dabei ließ sie ihre Hände langsam und lasziv über meinen pochenden Schwanz gleiten. In ihrem Blick lag nichts als Verlangen, und zu wissen, dass ich dieses Gefühl in ihr auslöste, machte mich noch härter.

Sie stand in einer geschmeidigen Bewegung von der Bank auf, legte ihre Hände flach auf meine Brust und drückte mich auf die Sitzfläche. Sie gab mir einen Moment, sie zu betrachten. Ihre üppigen Brüste, den süßen, runden Bauch, die wohlgeformten Oberschenkel. Ich wollte jeden Millimeter dieses Körpers erkunden. Sie mit der Zunge verwöhnen, sie mit tiefen Stößen zum nächsten Höhepunkt bringen.

Mein Atem stockte, als sie sich vorbeugte, ihre Finger in den Bund meiner Shorts hakte und sie nach unten zog. Ich hob mein Becken an, reckte mich ihr entgegen. Ihre Lippen umspielte ein zufriedenes Grinsen, als ihr Blick auf meine Erektion fiel. Langsam bewegte sie sich auf mich zu, schob ihren Körper auf meinen Schoß. Sie griff nach dem Kondompäckchen, öffnete es, und als sie es über mir abrollte, wollte ich nur noch explodieren. Doch ich riss mich zusammen und überließ ihr die Kontrolle.

Sie schloss zwei Finger um meinen Schwanz, führte ihn an ihren Eingang. Quälte mich, als sie mit ihm immer wieder darüber glitt, ohne mich einzulassen. Mir entfuhr ein frustrierter Laut, als sie sich wieder neckend von mir zurückzog. Sie legte den Kopf schief und musterte mich aus ihren Karamellaugen, die so viel dunkler als sonst wirkten. Bedächtig lehnte sie sich vor, presste ihre Lippen auf meine, umspielte meine Zunge mit ihrer und endlich, endlich ließ sie sich auf mich sinken. Verband uns.

Ich stöhnte in ihren Mund, krallte meine Finger in ihre Hüften, wollte den Rhythmus bestimmen, doch sie hatte andere Pläne. Bestimmt löste sie meine Hände und verschränkte unsere Finger. Gemächlich kreiste sie ihre Hüfte auf mir, nahm mich tief, tief, tief in sich auf. Ritt mich langsam, ohne den Kuss zu unterbrechen. Ihre weiche Hitze zu spüren, brachte mich beinahe um den Verstand. Ich merkte, wie sich ihre innersten Muskeln um mich anspannten, sie noch enger machten, und wurde noch härter in ihr.

Ihre Lippen rutschten von meinen, ihr Kopf kippte nach hinten. Hazels Stöhnen erfüllte die Luft um uns, vibrierte in meiner Brust, ließ mich die Kontrolle verlieren. Ich stieß ihr entgegen, trieb sie weiter ihrem Orgasmus entgegen. Immer wilder, immer ungestümer wurden meine Stöße und das Stöhnen, das ich ihr entlockte. Sie bäumte sich auf, wölbte mir ihre Brust entgegen. Ich nahm ihren Nippel zwischen die Zähne, biss hinein und gab ihr damit das letzte Fünkchen, das ihren Orgasmus endgültig explodieren ließ. Ich ließ meine Kontrolle los und folgte ihr nach zwei weiteren tiefen Stößen. Es war alles, was ich je gewollt hatte.

32. Hazel

»Guten Morgen.« Jamie stand in der schmalen Tür des winzigen Schlafzimmers und hielt zwei Becher in der Hand, aus denen köstlicher Kaffeeduft aufstieg. Der Blick auf seinen nackten, fein definierten Oberkörper und die Jogginghose, die ihm tief auf den Hüften saß, weckte meine Mitte mit wohlig pulsierender Hitze. Bei der Erinnerung an die letzten vierundzwanzig Stunden verstärkte sie sich nur noch, sandte wohlige Stromstöße in meinen Körper.

Ich hatte pünktlich am Morgen aufstehen wollen, doch es war mir unmöglich geworden, als ich Jamie neben mir liegen sah. Es hätte ein kleiner Guten-Morgen-Kuss werden sollen, dann wäre ich zur Arbeit gegangen. Aber aus dem Kuss wurde wildes Knutschen, aus dem Knutschen Fummeln und aus dem Fummeln heißer, heißer Sex. Immer und immer wieder. Für diesen einen Tag voller inniger Berührungen, geflüsterter Versprechen und unvergesslicher Lust hatte es nur uns gegeben. Kein Café, keine Baupläne, keine anstehende Versammlung. Nur Hazel und Jamie.

»Guten Morgen.« Verschlafen blinzelte ich zum Fenster, hinter dem sich bereits die morgendliche Sonne zeigte, den Himmel färbte und die Wolken zu zartrosa Zuckerwatte machte. »Wie spät ist es?« Vergeblich glitt mein Blick auf der Suche nach meinem Handy durch den kleinen Raum.

»Gleich halb sieben.« Jamie trat ans Bett und reichte mir einen der Becher.

»Halb sieben?« Vor Schreck hätte ich ihm das Getränk beinahe aus der Hand geschlagen. »Scheiße! Ich muss los. O nein, o nein, o nein.« Eilig sprang ich aus dem Bett und sah mich nach meinen Sachen um. Entdeckte jedoch nichts. Mist, sie mussten noch draußen auf dem Steg liegen. Ich konnte mich nicht daran erinnern, sie seit dem Abend gesehen zu haben.

»Hier.« Jamie reichte mir meine Hose. »Ich hab sie schon reingeholt. Sind aber ein bisschen klamm vom Tau. Kommt nicht so gut, wenn Klamotten so lange draußen liegen.« Er zwinkerte mit einem Grinsen, das mich ihn sofort wieder ins Bett ziehen lassen wollte. Aber ich untersagte es mir.

»Wieso hast du mich nicht früher geweckt?« In Windeseile stieg ich in die Jeans, die sich nasskalt an meine Beine schmiegte.

»Ich habe es versucht, aber mehr als ein Brummen war nicht aus dir herauszubekommen.« Entschuldigend zuckte er mit den Schultern. »Sleepy.«

»Wie bitte?«

»Ich überlege nur, ob Sleepy zu dir passen würde. Aber nein, das gefällt mir nicht.« Er trank einen Schluck und musterte mich über den Rand des Bechers hinweg mit gespielter Ernsthaftigkeit.

Ich verkniff mir ein Lächeln, um ihn bei seiner Suche nach einem neuen Spitznamen für mich nicht noch zu bestärken. Denn normalerweise empfand ich Spitznamen als schrecklich - abgesehen von wenigen, liebevollen Ausnahmen. Die meisten dienten dazu, eine Person zu ärgern oder - schlimmer noch - zu demütigen. Aber irgendwie war es auch süß, wie sehr Jamie sich bemühte, mir einen Spitznamen zu verpassen, den ich mochte und der besser zu mir passte als das alte, verhasste Hazel-Basil.

»Speedy würde im Moment eher passen. Ich muss mich jetzt wirklich beeilen. Heute muss ich das Café auf jeden Fall öffnen, aber es wird wohl erst mal keine große Auswahl geben.«

Er griff nach meinem Handgelenk und zog mich an sich. Die Berührung seiner warmen Fingerspitzen auf meiner Haut sandte sofort winzige Feuerwerke durch meine Nervenbahnen. Jamie vergrub eine Hand in meinem Haar, beugte mich leicht zurück und küsste mich tief und fordernd. Die Lichtblitze in meinen Synapsen wurden größer und größer, sandten Explosionen aus Lust und Verlangen in die entlegensten Winkel meiner Wahrnehmung und setzen mich gänzlich unter Strom. Wie gern ich dem Drängen meines Körpers und seiner Erektion, die gegen meinen Bauch drückte, nachgegeben und uns noch einen Tag gestohlen hätte. Doch es ging nicht. Ich musste arbeiten. Wie würde es aussehen, wenn ich das *Frozen Dreams* so kurz nach der Neueröffnung für zwei Tage geschlossen ließe? Pearl würde es unter Garantie in Rekordgeschwindigkeit erfahren und ihr großzügiges Angebot überdenken. Einen Tag könnte ich mit einer Magenverstimmung oder ähnlichen erklären, aber zwei? Davon abgesehen, dass ich mir keinen weiteren Tag ohne Einnahmen würde leisten können.

Ich schob Jamie sanft, aber bestimmt von mir, auch wenn meine Entschlossenheit mir beinahe körperliche Schmerzen verursachte.

»So gern ich noch einen Tag hierbleiben würde, es geht leider nicht.« Entschuldigend zuckte ich mit den Schultern und schlüpfte in mein Shirt, das sich ebenso klamm anfühlte wie meine Hose, meiner erhitzten Haut aber eine angenehme Abkühlung verschaffte.

»Soll ich dir helfen?«

Ich musterte ihn aus verengten Augen. »Du kannst nicht backen.«

»Woher willst du das wissen?«

Ich zuckte mit den Schultern. »Ich weiß es nicht. Also … kannst du?«

»Nein. Das heißt, ich habe keine Ahnung. Habe es nie ausprobiert. Aber ich schaffe ein ganz anständiges Omelett, wenn du mich fragst.«

Ich lachte. »Doof nur, dass ich keine Omeletts auf der Speisekarte habe.«

»Vielleicht solltest du das heute ändern.« Er zwinkerte mir zu. »Aber ich helfe dir wirklich gern, wenn du möchtest. Ich könnte dein Diener sein.« Seine Stimme wurde mindestens zwei Nuancen tiefer, sein Lächeln anzüglicher.

Kurz überlegte ich. War es eine gute Idee, Jamie mit ins Café zu nehmen? Was, wenn ihn jemand sah? Die Gerüchteküche würde augenblicklich überkochen - immerhin war ich die offizielle Verbindungsfrau zwischen ihm und der Stadt. Wie würde es da aussehen, wenn er am frühen Morgen in meiner Backstube stünde. Ich sollte ablehnen, aber heute konnte ich wirklich Hilfe brauchen.

»Gut, meinetwegen. Dann kannst du mitkommen. Aber wehe, du machst nicht genau das, was ich sage.«

»Das würde mir nicht im Traum einfallen. Ich bin dein ergebener Diener. Schon vergessen, Bossy?«

Ich sah ihn mit schiefgelegtem Kopf und hochgezogenen Augenbrauen an und er zog die Nase kraus.

»Schon gut.« Abwehrend hob er die Hände.

In meiner kleinen Backstube setzte ich einen schnellen Rührteig an, den Jamie erstaunlich akribisch auf mehrere Muffinbleche verteilte. Es war … niedlich. Ein Attribut, das ich nie mit Jamie in Verbindung gebracht hätte. Doch ihm zuzusehen, entfachte eine andere - eine neue Art - Wärme in mir. Er wirkte fast wie ein kleines

Kind, das zum allerersten Mal Weihnachtsplätzchen backen durfte.

Als ich pünktlich um acht Uhr die Ladentür öffnete, wies nichts darauf hin, dass ich viel später als üblich mit dem Backen begonnen und die letzten Nächte nicht in meinem eigenen Bett verbracht hatte. Dachte ich …

Randall begutachtete mich mit hochgezogener Augenbraue, als er nach dem ersten Pendleransturm für seinen morgendlichen Kaffee zu mir kam.

»Was ist?« Unsicher blickte ich an mir hinunter. Zwar trug ich die gleichen Sachen wie am vorgestrigen Abend, aber ich hatte sie frisch angezogen, bevor ich zu Jamie gefahren war. Die Geruchsprobe hatten sie überstanden, also hatte ich keine Notwendigkeit gesehen, sie zu tauschen - zumal ich jede Sekunde zum Backen benötigt hatte. Und zum Knutschen mit meinem heutigen Gehilfen, aber das ging Randall nichts an. »Was ist?«, wiederholte ich meine Frage und sah ihn auffordernd an.

»Was war gestern mit dir los und was ist heute mit deinen Haaren?« Er legte den Kopf schief und musterte mich, als sei ich ein verunglücktes Kunstwerk auf einer Vernissage.

Aus einem Reflex griff ich nach meiner Frisur, die - wie mir jetzt auffiel - keine war. Von meinen Zöpfen war kaum noch etwas übrig. Vermutlich glichen sie inzwischen eher einem Vogelnest und weniger der kunstvollen Flechtfrisur, die sie einmal darstellten.

»Magenverstimmung. Und mit meinen Haaren ist nichts los.« Es war ein lahmer Versuch, mich aus der Affäre zu ziehen. »Ich habe nach einem unangenehmen Tag in meinem Badezimmer heute nur verschlafen.« Ich spürte die Hitze in meinen Ohren, die vermutlich glühten wie ein Feuermelder. Sie würden Randall direkt darauf stoßen, dass ich nur die halbe Wahrheit preisgab. Ein blinkender Neonpfeil wäre nicht auffälliger gewesen.

»Magenverstimmung?« Er zog eine perfekt getrimmte Braue in die Höhe. »Und heute geht es dir gut genug, um wieder zu backen?«

»Ja. Was soll ich machen? Ich bin selbstständig, da kann ich mir keine Krankheit leisten.«

»Und heute hast du verschlafen?« Er ging überhaupt nicht auf meine Antwort ein, sondern fixierte mich immer eingehender. Unter seinem Blick kam ich mir vor wie in einem Polizeiverhör.

»Verschlafen. Genau. Das passiert, wenn es einem nicht so gut geht.«

»Soso. Der süße Bauunternehmer trägt nicht zufällig Schuld an deiner Magenverstimmung, oder?« Er malte Anführungsstriche in die Luft.

»Nein.« Ich stemmte die Hände in die Hüften, verschränkte dann die Arme vor der Brust. Ich sollte mir diese Geste dringend abgewöhnen. »Ich habe gestern Abend, als es mir besser ging, nur ein bisschen zu lange Netflix gesehen und … bin zu spät ins Bett gegangen.«

»Aha, Netflix also? Welche Serie denn?«

Ich hatte nicht mal mehr einen Netflix-Account, weil ich sparen musste. Also kramte ich verzweifelt in meiner Erinnerung nach einer Serie, von der ich wusste, dass sie dort zu streamen und möglichst unverfänglich war.

»Bridgerton«, wisperte ich und ärgerte mich über das Quietschen in meiner Stimme.

»Bridgerton? Interessante Wahl. Lass mich raten: Du warst Daphne und dein Bauunternehmer der heiße Duke. Und ihr habt es genauso wild getrieben wie die beiden?«

Na toll, … warum musste ich auch zielsicher eine Serie erwähnen, in der offenbar mehr gevögelt wurde als in einem Softporno? Und als wäre die ganze Situation nicht schon peinlich genug, wurde genau in dem Moment die

Tür zur Küche aufgestoßen und Jamie kam mit einem Teller voller perfekt aufgegangenen Muffins heraus.

»Wo willst du die Teilchen haben, Hazel-Basil?«, fragte er, ohne aufzusehen.

»Genau, Hazel-Basil«, echote Randall. »Wo willst du die Teilchen haben?«

Ich wollte auf der Stelle im Erdboden versinken.

Jamie, der meinen Kunden nicht bemerkt zu haben schien, sah auf. Sein Blick flog erst zu mir, dann zu dem großen Mann auf der anderen Seite der Theke. Randall grinste zufrieden und warf mir einen triumphierenden Blick zu.

»Hi.« Jamie stellte den Teller ab und reichte ihm die Hand. »Ich bin Jamie und Hazels … Aushilfe.«

»Aushilfe, Duke … was macht das schon für einen Unterschied, nicht wahr?« Er schüttelte Jamies Hand, nahm dann seinen Mehrwegbecher entgegen, den ich inzwischen befüllt hatte. Randall öffnete den Mund, um etwas zu sagen, als die Eingangstür schwungvoll aufgestoßen wurde und Maple in den Laden stürmte. Ihr Gesicht war gerötet vor Zorn, in den sonst so freundlichen grünen Augen loderte Wut. Sofort bäumte sich mein schlechtes Gewissen auf.

»Du!« Sie deutete mit dem ausgestreckten Zeigefinger auf Jamie. »Du hast hier nichts zu suchen, du Arschloch.«

Er sah sie einen Augenblick lang verdattert an. Ich erkannte, wie sich die Rädchen seines Gehirns drehten, bis er die wütende Frau vor sich offensichtlich erkannte. Sein irritierter Gesichtsausdruck verwandelte sich, machte etwas anderem Platz: seiner üblichen Arschloch-Maske, doch sie war eindeutig verrutscht und ergänzt durch etwas Offeneres.

»Maple.« Er lächelte verbindlich. »Es ist schön, dich zu sehen. Du siehst gut aus.«

»Spar dir dein Süßholzgeraspel. Ich will dich nicht in

meiner Stadt haben und sonst auch niemand. Verschwinde einfach wieder, du …« Sie schnaubte anstelle eines Schimpfwortes.

Jamie hob die Hände. »Schon gut, schon gut. Ich weiß, früher ist einiges zwischen uns schiefgelaufen. Aber das ist Schnee von gestern, okay? Ich glaube nicht, dass es hier noch irgendjemanden interessiert, was ich als Schüler der Woodside High angestellt habe.«

»Mich interessiert es«, keifte Maple. »Und Hazel sicher auch, oder?« Meine Freundin funkelte mich an und ich schluckte hart.

Ich verstand wirklich, warum sie mit ihrem überdimensionalen Beschützerinstinkt derart extrem auf Jamie reagierte. Er hatte ihrem Lieblingsmenschen früher nun mal sehr zugesetzt. Mehr als das …

Ich wünschte, er würde sich einfach entschuldigen. Er bereute doch, wie er sich früher gegeben und verhalten hatte. Das wusste ich. Ich erkannte es in seinem Blick, wenn unsere Schulzeit zur Sprache kam. Wieso konnte er nicht über seinen Schatten springen und gab Maple gegenüber zu, einen schlimmen Fehler gemacht zu haben?

»Entschuldige dich doch einfach bei ihr. Sag, wie leid es dir tut, was damals passiert ist«, raunte ich ihm zu.

Jamies Blick flog zu mir und ich erkannte exakt den Moment, in dem sich der Schleier aus Arroganz und Überheblichkeit, den er in den letzten Tagen bei mir vollständig abgelegt hatte, wieder über ihn legte und ihn unter sich begrub. Ich wollte nach ihm greifen, meinen Jamie halten. Aber er verschränkte die Arme, räusperte sich und musterte Maple mit einem abschätzigen Blick. »Ich verstehe nicht, wieso es mein Problem sein sollte, wenn dieser Freak, mit dem du dich schon immer abgegeben hast, so ein Schwächling ist. Es stand ihm jederzeit frei, sich zu wehren. Ich kann nichts dafür, wenn er sich in der Opferrolle so wohlgefühlt hat.«

Maple schnappte synchron mit Randall nach Luft. Ich schloss die Augen und senkte den Kopf.

»Das …«, setzte Maple an, doch Jamie unterbrach sie mit einer Handbewegung.

»Spar dir deinen Atem, Maple, und langweile mich nicht mit deinem Gekeife. Wir können gern mal über alte Zeiten plaudern, wenn du dich nicht mehr wie ein Kindergartenkind aufführst.« Er wandte sich mir zu. »Du weißt, wo du mich findest, Hazel-Basil.«

In seinen Augen lag so viel Kälte, die mir einen Schauer über den Rücken jagte. Ich sah ihm nach, als er durch die Küchentür verschwand. Was war hier passiert? Wie hatte die Stimmung so schnell so drastisch kippen können?

»Und das ist der Typ, mit dem du vögelst?« Maples Stimme klang zorniger als jemals zuvor.

»Ich …«, begann ich, doch meine Freundin - falls sie das denn noch war - stürmte bereits aus dem Café.

Randall verzog bedauernd das Gesicht, bevor er ihr folgte.

Ich war mir sicher, in weniger als einer Stunde würde ganz Woodside von dieser Begegnung wissen.

Mit einem frustrierten Schnauben fuhr ich mir durch meine ohnehin ruinierte Frisur. Was für ein riesengroßer Haufen Kacke …

33. Jamie

Ich rannte mehr, als dass ich lief, und am liebsten hätte ich geschrien. Die Enttäuschung in Hazels Blick, als ich meine perfekte Arschloch-Rüstung angelegt hatte, hatte das Blut in meinen Adern zu Eis werden lassen. Und ich verstand sie. Sie hatte recht. Es wäre das Einfachste und das einzig Richtige gewesen, sich bei Maple zu entschuldigen. Ihr zu sagen, wie sehr ich mein Verhalten bereute. Ich hätte sie bitten sollen, Ethan zu mir zu schicken, wenn er denn so weit wäre, sich meine Entschuldigung anzuhören. Es klang so einfach und doch war es für mich das Schwierigste. Genauso gut könnte ich in Flip-Flops einen Marathon laufen - ach, das wäre vermutlich leichter.

Entschuldigungen sind etwas für Schlappschwänze. Bist du ein Schlappschwanz, Jamie?

Die boshafte Stimme meines Vaters schnitt wie ein scharfkantiges Wurfmesser durch meine Gedanken und zerstörte alles in mir, das gut und freundlich war.

Ein MacLannister hat es nicht nötig, freundlich zu sein.

Ich schlug mit der Faust gegen einen Baum, der am Rand des sandigen Weges stand, der um den Crystal Lake herumführte. Schmerz explodierte in meiner Faust, aber ich hieß ihn willkommen. War er es doch, der mir bewies, dass ich Gefühle hatte.

Warum hatte mein Vater noch so viel Macht über mich

und zerstörte das Beste, das mir seit Langem - nein, überhaupt - passiert war, und warum ließ ich es zu? Ganz offensichtlich war ich genau der Schlappschwanz, für den er mich hielt, der nicht in der Lage war, für sich selbst und seine eigenen Wünsche einzustehen.

Mit hängenden Schultern und brennender Lunge erreichte ich das Seegrundstück. In mir tobte reines Chaos. Es schrie mich an, Woodside zu verlassen. Zu meinem Vater zu gehen, ihn um Gnade anzuwinseln wie der dressierte Köter, der ich war. Doch noch lauter schrie eine zweite Stimme: Sei kein Feigling. Bleib! Hier ist alles, was du brauchst - alles, was du jemals wolltest.

Mir wurde heiß und kalt zugleich. Panik kroch in mir hoch, griff mit ihren ekelhaft klammen, dürren Fingern nach meiner Kehle. Drückte boshaft lachend zu, weiter und weiter, bis kein Sauerstoff mehr in meiner Lunge war. Bis die schwarzen Wände sich vor mir schlossen und mich in alles verzehrende Dunkelheit zogen, in der ich mit einem erstickten Schrei versank.

Der Kies knirschte laut unter den Füßen der Frau und des Jungen an ihrer Hand. Das Geräusch hallte in meinen Ohren. Sie wirkten unbeschwert und fröhlich. Der Junge plapperte vergnügt, erzählte von seinem Schultag. Er zog stolz am dunkelblauen Blazer der Privatschule, auf die er seit wenigen Tagen ging. Die Worte sprudelten nur so aus ihm heraus. Neue Freunde, eine Lehrerin, die er mochte.

Mein Blick huschte zu der Frau. Sie lächelte ihn an, strich sich dabei über den gewölbten Bauch unter ihrem Mantel. Ich drehte mich um und sah ihn kommen.

Langsam schälte er sich aus der Finsternis. Etwas in seiner Hand glomm im Schein der Laterne auf. Ein Messer.

Ein Schrei gellte durch die Nacht. War ich das? Hatte ich geschrien?

»Jamie?«

Etwas berührte mich an der Wange.

»Jamie.«

War es die Frau? Hatte ich es endlich geschafft, sie zu retten? Hatte ich endlich einmal nicht versagt?

»Wach auf.«

Mühsam schlug ich die Augen auf. Meine Lider waren so unendlich schwer, wie ich mich fühlte. Als wäre ich eine Statue aus Stein gehauen.

»Jamie. Was ist passiert?«

Verwirrt blinzelte ich gegen die plötzliche Helligkeit und brauchte einen Moment, bis ich erkannte, wo ich war. Ich lag nicht auf dem sandigen Fußweg in einem Park in New York City, sondern auf einem grasigen Untergrund. Über mich beugte sich nicht die Frau, die ich immer wieder in meinen Albträumen sah. Vertraute Karamellaugen sahen mich besorgt an.

Sie lächelte mich aufmunternd an, doch das Lächeln vertrieb nicht den Kummer aus ihrem Blick. »Geht es dir gut?« Hazel half mir, mich aufzurichten.

»Ja. Ich …« Ich presste die Augen zusammen und kniff mir in die Nasenwurzel. Vorsichtig holte ich Luft, doch die Blockade war nicht mehr da. Frischer Sauerstoff strömte ungehindert in meine Lunge. »Es war eine Panikattacke.«

»Oh.« Hazel strich mit zwei Fingern ganz sanft über meine Wange. »Bist du wirklich okay?«

»Ja. Es geht schon. Ich kenn das.« Ich winkte ab, um der Attacke keine zu große Bedeutung beizumessen.

»Du kennst das? Hast du das öfter?«

»Früher, ja.« Ich rappelte mich auf und klopfte meine Klamotten ab. »Aber das ist schon lange her. Ist keine große Sache.«

»Keine große Sache? Du hast hier auf dem Boden gelegen. Ohnmächtig!« Sie baute sich vor mir auf. »Für mich klingt das nach einer ziemlich großen Sache.«

»Ich war nicht ohnmächtig, ich habe geschlafen.«

»Auf dem Boden?«

»Ja. Ist besser für den Rücken.«

»Jamie … bist du damit in Behandlung?«

»Mit meinem Rücken? Nein, dem gehts prima.«

»Hör auf damit!« Hazel verschränkte die Arme. »Du weißt genau, was ich meine.«

»Nein, bin ich nicht. Ein MacLannister braucht so etwas nicht. Therapie ist etwas für verweichlichte Schwächlinge.« Die Worte schmeckten bitter, hinterließen einen schalen Nachgeschmack. Das war nicht ich, der da sprach, nicht meine Überzeugung. Es war eine Aussage, die mir eingeimpft worden war und die ich viel zu lange für eine - für meine Wahrheit gehalten hatte. Ich straffte die Schultern und ging zum Trailer. Hazel folgte mir. Ich wusste nicht, ob es gut war, sie in diesem Moment bei mir zu haben. Auf der einen Seite wollte ich mich in Arme werfen, mich von ihr halten lassen, bis auch der letzte Schatten des Albtraums verblasst war. Aber ich hasste es, ihr meine schwache Seite zu zeigen.

»Das ist doch Bullshit! Mentale Gesundheit ist genauso wichtig wie körperliche. Vielleicht sogar wichtiger. Und wenn dir das öfter passiert, solltest du …«

Ich schnitt ihr das Wort mit einer barschen Handbewegung ab. »Können wir bitte das Thema wechseln? Ich möchte darüber nicht reden, okay?« Ich betrat den Trailer und kramte in dem kleinen Schrank, in dem meine wenigen Klamotten, die meine Mutter mir gebracht hatte, untergebracht waren.

»Gut, dann reden wir eben darüber, warum du dich nicht einfach bei Maple entschuldigt hast.«

Ich erstarrte, unfähig, etwas zu erwidern. Warum konnte sie es nicht einfach gut sein lassen?

»Du willst nichts sagen?« Hazel griff nach meinem Oberarm und drehte mich zu sich. »Gut, dann rede ich. Du hast Angst, Fehler zuzugeben. Wahrscheinlich wurde dir eingetrichtert, dass deine Familie niemals Fehler macht, sondern nur die anderen. Stimmt's? Aber - Überraschung! - das ist nicht wahr. Du kannst nicht einfach durchs Leben marschieren, anderen Schaden zufügen und dich niemals dafür entschuldigen. So läuft das nicht.«

»Entschuldigungen sind etwas für Schlappschwänze«, sagte ich das Mantra meiner Erziehung ohne Schärfe in der Stimme auf.

Hazel legte ihre Stirn in Falten. »Wie meinst du das?«

Ich zuckte mit den Schultern, wollte ihr sagen, sie solle es vergessen und nie wieder nachhaken. Sie solle gehen und niemals wieder an mich denken. Sich vor mir schützen. Noch war es nicht zu spät, noch könnte sie sich in Sicherheit bringen. Doch mein Mund verselbstständigte sich. Gab Dinge preis, die ich noch nie einer Menschseele anvertraut hatte. »Das hat mein Vater mir eingetrichtert. Immer und immer wieder. Er hat mir meine Fehler, meine Unzulänglichkeiten immer wieder vorgehalten, und wenn ich mich dafür entschuldigen wollte, nannte er mich einen Schlappschwanz oder Schlimmeres.«

»Seit wann hat er das gemacht?«, flüsterte Hazel.

Ich wusste, wie harmoniebedürftig sie war. Das war sie schon immer gewesen, und sie konnte sicher nicht nachvollziehen, wie man so herzlos mit seinen Kindern umgehen konnte. Dabei kannte sie jetzt nur einen Bruchteil der Wahrheit, aber mehr würde ich sie niemals sehen lassen.

»Schon immer.« In meiner Stimme lag ein Beben, das sich meiner Kontrolle entzog. »Seit ich denken kann. Ich erinnere mich an einen Freund, den ich im Kindergarten hatte. Er war kleiner und jünger als ich. Wir haben fast jeden Tag zusammen gespielt, aber - wie das mit Kindern nun mal manchmal ist - wir haben uns gestritten. Keine Ahnung mehr, warum … ich glaube, er hatte den blauen Ball, den ich haben wollte, oder so. Jedenfalls habe ich ihn irgendwann geschubst, weil er ihn mir einfach nicht geben wollte und ich mir nicht anders zu helfen wusste.« Bei der Erinnerung schüttelte ich den Kopf. »Er ist hingefallen und hat sich wehgetan. Immerhin war ich größer, hatte viel mehr Kraft als er. Ich hab Ärger bekommen und sollte abgeholt werden. Die Erzieherin forderte eine Entschuldigung von mir. Nachvollziehbar. Aber mein Vater … er verlangte, es zu unterlassen und mich nicht zu entschuldigen. Ich sei schließlich ein MacLannister und kein verfluchter Schlappschwanz.« Ich lachte freudlos auf.

»Wie alt warst du da?«

»Drei, vielleicht vier Jahre. Das ist meine erste echte Erinnerung. Ich stand im Arbeitszimmer meines Vaters und er schrie mich an, dass ich mir bloß nicht einfallen lassen sollte, mich zu entschuldigen. Das war das erste von unzähligen Malen.«

»Das ist furchtbar, Jamie.« Hazels Hand ruhte auf ihrer Brust, die sich schnell hob und senkte. »Jetzt verstehe ich, warum du solche Schwierigkeiten hast, jemanden um Verzeihung zu bitten. Danke, dass du es mir erzählt hast.«

»Aber es ändert nichts, oder? Es ist egal, warum ich es nicht tue. Ich bleibe das Arschloch, das sich nicht entschuldigt und alles als sein gutes Recht betrachtet.«

»So sehe ich dich aber nicht.« Sie legte eine Hand an meine Wange und ich schmiegte mich in ihre Berührung. »Die alten Wunden sind oft die tiefsten. Aber sie machen uns auch zu den Menschen, die wir sind. Wir können sie nicht einfach ignorieren, dann holen sie uns früher oder später ein. Wir können uns aber dazu entscheiden, offen mit ihnen umzugehen. Dann verlieren sie ihre Macht über uns.«

»Vielleicht sollte ich dich in Zukunft *wise old Owl* nennen.«

»Untersteh dich.« Sie gab mir erst einen sanften Klaps gegen den Arm, dann einen zarten Kuss auf die Lippen. »Du bist bereit, an dir zu arbeiten, das weiß ich. Ich habe es in den letzten Tagen ganz deutlich gesehen. Du wirkst inzwischen viel offener. Und darauf kommt es schließlich an.«

»Du jagst mich also nicht zum Teufel?«

»Hmm.« Sie legte den Kopf schief und trommelte mit dem Zeigefinger kurz auf ihre Lippen. »Nein, auf gar keinen Fall. Aber ich muss eines zugeben: Ich war wirklich sauer, als ich herkam. Es war mir absolut schleierhaft, warum du dich nicht entschuldigen konntest. Aber jetzt verstehe ich es. Und ich möchte dir helfen. Wenn das für dich okay ist.«

»Okay.« Ich umschloss ihre Taille mit meinen Armen und fühlte mich in diesem winzigen Trailer ohne Komfort oder Luxus mit dieser wunderschönen Frau in meinen Armen so sehr geborgen und zu Hause wie noch nie.

34. Hazel

Ich fühlte mich nicht wohl in New York - das hatte ich noch nie. Die Stadt war mir einfach zu groß, zu voll, zu dreckig. Das war auch der Grund, weswegen ich mich entschieden hatte, nicht hier zu studieren. Das Columbia-College in Chicago lag zwar ebenfalls zentral wie die Universität in New York, aber die ganze Stadt wirkte weniger erdrückend auf mich. Vielleicht lag es am frischen Wind, der ständig durch Chicagos Straßen fegte und ihr ihren Beinamen gab.

Doch das College lag schon lange Zeit hinter mir, und nun stand ich im Big Apple und blickte an einem beeindruckenden Wolkenkratzer empor, den Google Maps als mein Ziel ausgewiesen hatte.

»Bist du sicher, dass wir richtig sind?« Ich blickte abwechselnd zwischen Jamie, meinem Handy und dem Hochhaus vor uns hin und her.

»Absolut. Du hättest dein Navi nicht gebraucht. Ich war schon oft hier. Aber was weiß ich schon?« Er zwinkerte.

»Wieso können wir uns denn nicht in einer gemütlichen Pizzeria treffen? Dieser Schickimicki-Schuppen passt doch gar nicht zu meinem Vater.« Ich klang wie ein quengelndes Kleinkind.

»Vermutlich passt das hier«, er deutete auf den Eingang vor uns, »besser zu Emma?«

Ich verzog beim Klang des Namens das Gesicht. Es war unfair, denn sie war im Grunde eine nette Frau. Aber trotzdem passte mir rein gar nichts an ihr.

»Können wir?« Jamie griff nach meiner Hand und setzte einen Kuss auf meine Knöchel. »Keine Sorge, ich bin die ganze Zeit bei dir und werde dich bis aufs Blut verteidigen, wenn dir jemand blöd kommen sollte.«

»Danke«, flüsterte ich und setzte mich langsam in Bewegung. Alles in mir wollte fliehen, aber mit Jamie an meiner Seite fühlte ich mich nicht verloren wie sonst, wenn ich einem Treffen mit Emma und Maddie entgegensah.

Die verspiegelten Glastüren öffneten sich vollkommen geräuschlos und gaben den Blick frei auf eine Lobby, die mindestens so groß war wie der Festplatz von Woodside in doppelter Ausführung. Der Boden glänzte in weißem Marmor, die Außenwände bestanden ausschließlich aus Glas. Indirektes Licht setzte den Raum perfekt in Szene, ließ ihn warm und einladend wirken.

An einem Empfangstresen, der ebenfalls aus weißem Marmor gearbeitet worden war, saß ein Mann mittleren Alters in einem edel aussehenden dunkelblauen Anzug. Er blickte auf und nickte uns zu. »Guten Abend, Mister MacLannister«, sagte er in einem freundlich distanzierten Tonfall.

»Guten Abend, Oliver.« Jamie nickte ebenfalls und führte mich zu den Fahrstühlen im hinteren Bereich der Lobby. Während ich mich die Umgebung etwas - oder auch etwas mehr - einschüchterte, bewegte Jamie sich hier vollkommen selbstverständlich. Er wirkte überhaupt nicht deplatziert, sondern so, als würde er genau dorthin gehören. Ein feiner Stich fuhr in meine Brust. Wir waren so verschieden - er der Geschäftsmann aus der Weltstadt, ich die kleine Bäckerin aus der Provinz. Wie sollten sich diese komplett verschiedenen Welten je kombinieren lassen?

Ich schob den Gedanken fort. Ich musste mich auf das bevorstehende Treffen konzentrieren und konnte nicht an zwei Fronten gleichzeitig kämpfen.

Verstohlen musterte ich Jamie von der Seite. Sein blondes Haar trug er heute ordentlich nach hinten frisiert, seinen in den letzten Tagen kräftig gewachsenen Bart hatte er abrasiert. Sein Kiefer wirkte dadurch schärfer, sein Gesicht kantiger. Mir fehlten die Stoppeln, die etwas dunkler als sein Haupthaar waren, schon jetzt. Aber es würde nicht lange dauern, bis sie wieder da sein würden. Beim Gedanken daran, wie fordernd sie an der Innenseite meiner Schenkel gekratzt hatten, durchlief mich ein wohliger Schauer.

Die Muskeln an Jamies Kieferlinie zeichnete sich gestochen scharf ab, als wir die Kabine des Fahrstuhls betraten. Sein Gesicht hatte jegliche Weichheit verloren, sein Körper wirkte angespannt. Nervös tippte er immer wieder mit dem Fuß auf den polierten Boden des Aufzugs. Hatte ich ihn mit meiner Unruhe angesteckt?

Die digitalen Ziffern der Fahrstuhlanzeige erhöhten sich in einem schwindelerregenden Tempo und gaben mir keine Zeit, noch einmal durchzuatmen oder meinen Puls, der beinahe genauso rasch in die Höhe schoss, zu beruhigen. Das *Pling* ertönte und forderte uns auf, den Fahrstuhl zu verlassen. Vor uns erstreckte sich eine Fläche, die noch größer und weitläufiger erschien als die Lobby des Gebäudes. Trotz der Sitznischen aus beigen Stühlen und in regelmäßigen Abständen aufgestellten, mit halbhohen Grünpflanzen bestückten Raumteilern wirkte das Restaurant nicht überladen. Im Gegenteil. Über jedem Tisch hingen funkelnde Kronleuchter, die alles in ein warmes, beinahe magisches Licht tauchten. In der Mitte war eine gigantische Bar angeordnet, die sich über die gesamte Länge des Raumes erstreckte. Stimmengewirr und

Gelächter lagen in der Luft und vermischten sich mit dem Duft der zweifellos köstlichen Speisen, die hier serviert wurden.

»Guten Abend, Mister MacLannister.« Eine gertenschlanke Blondine, die wie ein Modell aussah, begrüßte uns - oder besser Jamie - mit einem strahlenden Lächeln.

»Hallo, Laetitia.«

»Ich wusste gar nicht, dass Sie uns heute die Ehre erweisen.« Sie zwinkerte ihm zu und ich fragte mich, ob sie mich absichtlich ignorierte oder ich einfach zu unscheinbar aussah in meinem schlichten Outfit. Sie tippte auf ihrem Tablet herum und machte ein bedauerndes Gesicht. »Ich befürchte, wir haben keine Reservierung auf Ihren Namen heute. Und leider sind wir gänzlich ausgebucht.«

»Es ist auf den Namen Saintpreux reserviert«, schaltete ich mich ein.

Laetitia bedachte mich einem eisigen Blick, bevor sie eine Maske professioneller Höflichkeit überzog und erneut ihr Tablet studierte. »Ach ja. Sie werden bereits erwartet«, säuselte sie und gebot uns, mit ihr zu kommen.

Während wir ihr zu unserem Platz folgten, entging mir nicht, wie häufig Jamie von den anderen Gästen - vorwiegend den weiblichen - angesehen wurde. Ein undefinierbarer schwerer Klumpen bildete sich in meinem Magen, verknotete sich mit meinen Eingeweiden.

Laetitia führte uns in den hinteren Bereich zu einem Tisch, der an der Fensterfront stand, durch die man einen atemberaubenden Blick auf die Stadt hatte. Von hier oben wirkte sie gar nicht mehr so eng, voll und dreckig, sondern einfach nur magisch.

»Cuckoo!« Mein Vater erhob sich mit einem Strahlen von seinem Stuhl und zog mich in eine herzliche Umarmung.

»Hi, Dad.«

Er hielt mich auf Armeslänge von sich und betrachtete mich eingehend. »Gut siehst du aus, Schätzchen.« Sein Blick huschte zu Jamie, der schräg hinter mir stand. »Und wen hast du uns da mitgebracht?«

»Das ist Jamie MacLannister. Du erinnerst dich vielleicht? Er hat früher ebenfalls in Woodside gelebt. Wir sind zusammen zur Schule gegangen.« Ich machte einen Schritt zurück, damit die beiden sich die Hände reichen konnten. »Jamie, das ist mein Vater, Paxton Saintpreux.«

»Guten Abend, Sir.«

»Jamie MacLannister? Na, ist das zu glauben.« Die Stimme meines Vaters hatte einen eigenartigen Ton angenommen. »Setzt euch doch bitte. Hätte ich gewusst, dass du in Begleitung kommst, hätte ich das bei der Reservierung natürlich angegeben.« Er machte sich auf die Suche nach einem Mitglied des Servicepersonals, um einen weiteren Stuhl zu organisieren.

Ich begrüßte derweil Emma und Maddie, die Jamie neugierig beäugten und ihn sofort mit Fragen löcherten. Immerhin geriet ich so vorerst nicht in die Schusslinie.

Als mein Vater zurückkam und wir alle Platz nehmen konnten, entwickelte sich tatsächlich recht schnell ein unverfängliches Gespräch. Maddie erzählte von den Wohnungen, die sie sich bisher angesehen hatte. Emma berichtete von den Hochzeitsvorbereitungen und mein Vater von einem Finanzierungsprojekt, das zu langweilig war, um dabei zuzuhören. Trotzdem hatte ich das erste Mal seit langer Zeit ein wirklich angenehmes Gefühl in der Gesellschaft meines Vaters und seiner neuen Familie. Der dumpfe Knoten in meinem Bauch löste sich mit jedem Wort und jedem herzlichen Lachen an unserem Tisch immer mehr auf.

Immer wieder streifte Jamies Oberschenkel meinen oder er berührte wie beiläufig meinen Arm. Ich genoss diese verborgenen, kleinen Berührungen und konnte es kaum erwarten, mit ihm allein zu sein.

Eine Stimme, so dunkel und bedrohlich wie ein Hurrikan ertönte neben unserem Tisch. »Jamie?«

Alle Worte verstummten und sämtliche Fröhlichkeit wurde von der fremden Aura eingesogen wie von einem schwarzen Loch. Ich sah zu Jamie, registrierte, wie sämtliche Farbe aus seinem Gesicht wich. Seine Mundwinkel, die eben noch zu einem freundlichen Lachen verzogen waren, bogen sich nach unten. Seine gesamte Körperhaltung wirkte nun nicht mehr locker, sondern angespannt. Mein Blick huschte zu seiner Hand, die sich auf dem Tisch zu einer Faust ballte. Ohne zu ihm aufzusehen, wusste ich, wer an unseren Tisch gekommen war.

»Guten Abend, Vater.«

35. Jamie

Die Luft wurde schlagartig kälter und füllte sich mit unheilvoller Spannung. Ich hatte befürchtet, ihm hier über den Weg zu laufen, und doch hatte ich mich der albernen Hoffnung hingegeben, ich würde ihm entgehen. Es hätte einer jener seltenen Abende sein können, an dem er nicht in der Rooftop-Bar sein würde. Doch ganz offensichtlich hatte ich mich getäuscht.

Neben dem Tisch ragte Victor MacLannister bedrohlich wie ein Schatten auf, der augenblicklich alles Licht absorbiert. In seinem Blick lag die kühle Verachtung, die ich schon so oft darin gesehen hatte.

Hazel griff unter dem Tisch nach meinem Knie und drückte es aufmunternd, doch es half nichts. Ich taumelte bereits in Richtung des finsteren Abgrundes, in den mich mein Vater regelmäßig stieß, spürte die Finsternis nach mir greifen.

»Victor.« Hazels Dad stand auf und reichte dem Eindringling seine Hand, die dieser mit einem distanzierten Lächeln ergriff. Man konnte ihm an der Nasenspitze ansehen, dass er keine Ahnung hatte, wer der Mann vor ihm war. Eine Tatsache, die ihm vollkommen gleichgültig war. »Paxton Saintpreux. Wir kennen uns aus Woodside.«

»Ah.« Erkenntnis erhellte seinen Blick, doch ich konnte nicht deuten, ob diese aufrichtig oder gespielt war, und das irritierte mich. »Richtig. Nachbarn aus Woodside. Machen die Hinterwäldler also mal einen Ausflug in die große Stadt?« Er zwinkerte, doch niemand lachte. »Wie ich höre, gehörst du auch wieder zu den Einwohnern dieses Kaffs.« Nun wandte er sich an mich, ohne den anderen am Tisch weitere Beachtung zu schenken. Diese lag nun ungeteilt auf mir.

»Ich habe mich dort vorübergehend einquartiert. Das stimmt.«

»Soso. Und wie lange soll das noch gehen?« Er zog eine Augenbraue hoch und verschränkte die Finger hinter dem Rücken.

»Du hast mich rausgeworfen, *Dad*, wenn ich dich erinnern darf.«

Er schnalzte tadelnd mit der Zunge. »Sei nicht so dramatisch. Wie oft soll ich dir das noch sagen? Ich habe dir eine dringend notwendige Lektion erteilt. Wenn du das nicht begriffen hast, war ich wohl nicht streng genug und muss mir etwas anderes überlegen. Aber dessen ungeachtet: Du bist ein MacLannister. Da kommt es nicht infrage, dass du in einem schäbigen Wohnwagen irgendwo in der Provinz haust.«

Seine Worte waren wie Eiswasser, das jemand in meine Venen pumpte. Ich erfror von innen, verlor jeglichen Halt. Das konnte nicht sein Ernst sein.

»Wie meinst du das?« Ich hasste, wie wenig souverän meine Stimme klang. So wie immer, wenn ich mich meinem Vater gegenübersah.

»Du solltest mich inzwischen gut genug kennen, Jamie. Ich hasse es, mich zu erklären. Aber gut, für dich formuliere ich es noch einmal ganz einfach, damit auch du es begreifst: Das Appartement steht dir nach wie vor zur Verfügung. Die Kreditkarten werde ich wieder freischalten lassen, sobald du deine Arbeit wieder aufgenommen hast.

Den Porsche kannst du wiederhaben. Er ist übrigens repariert, soweit ich weiß. Selbstverständlich werden die Tage, die du der Arbeit ferngeblieben bist, nicht vergütet. Ich erwarte dich morgen um neun Uhr in meinem Büro. Jenn freut sich ebenfalls auf dich.« Ein siegessicheres Grinsen umspielte seine harten Züge.

»Morgen ist Sonntag«, erwiderte ich trocken. Doch in mir tobte ein Sturm, der an mir zerrte. Er bot mir mein altes Leben auf dem Silbertablett an. Ich konnte zurück in meine Wohnung, in meinen Job … Ich bekam noch eine Chance, ihm zu beweisen, was in mir steckte. So wie Marty es gesagt hatte.

Aber über all den Verlockungen schwebte eine andere, viel größere Frage: Wollte ich überhaupt zurück? Wollte ich wieder zu dem Mann werden, der ich vor ungefähr drei Wochen gewesen war? Die Zeit in Woodside hatte mich verändert, Hazel hatte mich verändert. Aber … wie würde meine Zukunft dort aussehen? Hatte ich dort überhaupt eine? Oder war es nur eine kleine Auszeit - ein Ausflug in ein wunderschönes Was-wäre-wenn - in eine Illusion?

Mein Vater schnaubte. »Hattest du nicht ausreichend Freizeit in den vergangenen Wochen? Aber meinetwegen. Dann sehen wir uns am Montag.« Ohne eine Antwort abzuwarten, ohne sich zu verabschieden, wandte er sich ab und verließ das Restaurant.

»Alles in Ordnung?«, raunte Hazel mir zu.

Ich lächelte knapp und nickte. Der Blick ihrer Karamellaugen zeigte deutlich, dass sie mir nicht glaubte, doch sie fragte nicht weiter nach.

Für den Rest des Abendessens zog ich mich aus der Unterhaltung, zu der hauptsächlich Maddie beitrug, zurück. Ich spürte immer wieder Hazels besorgten Blick auf mir, versank aber zu sehr in meinen Gedanken, um sie zu beruhigen.

Ich hätte ihr gern gesagt, sie solle sich keine Sorgen machen, aber die Wahrheit war: Es wäre eine Lüge.

Ich hatte mir ein Wiedersehen mit Victor MacLannister so oft vorgestellt, hatte ihm die Meinung sagen und mich endgültig von ihm lossagen wollen. Aber mein grandioser Plan war ebenso grandios gescheitert. Wie immer hatte ich mich in seiner Gegenwart wie ein Schuljunge gefühlt, der gemaßregelt wurde. Eine Schachfigur, die er nach seinem Belieben auf dem Spielfeld hin- und herschob. Ich hasste es aus tiefster Seele. Ich hasste diese Situation, die Wahl, vor die er mich stellte. Die Verlockung, die sein Angebot trotz allem auf mit ausübte - der Pakt mit dem Teufel. Ich hasste mich.

Schweigend gingen wir zu Hazels Honda, für den sie erstaunlich mühelos eine Parklücke in einer Seitenstraße gefunden hatte. Das erste Mal, seit wir uns wiedergetroffen hatten, war die Stille zwischen uns nicht angenehm, sondern drückend und allumfassend. Ich überlegte, sie mit Belanglosigkeiten zu füllen, doch mir fiel nichts ein. Also schwieg ich weiter, gab der Stille mehr und mehr Raum, bis sie ohrenbetäubend wurde.

Erst als wir bereits eine halbe Stunde im Auto saßen und Manhattan hinter uns ließen, hatte ich das Gefühl, wieder freier atmen zu können.

»Du bist so still, seit *er* da war«, stellte Hazel irgendwann fest. Natürlich wusste sie, was mich bewegte. Vielleicht ahnte sie sogar, welch Chaos in mir herrschte.

»Ja. Ich … habe Kopfschmerzen bekommen.« Eine lahme Ausrede, das war mir klar.

Hazel glaubte mir kein Wort, ihr Blick verriet es überdeutlich. »Es muss komisch für dich gewesen sein, deinen Vater wiederzutreffen.«

»Hm. Schon möglich.«

»Du denkst doch aber nicht über sein Angebot nach, oder? Ich meine, willst du wirklich zurück in seine Firma? Zurück zu ihm, obwohl er dich schon immer so schlecht behandelt hat. Und sein Auftritt war nun auch alles andere als charmant.«

Anstatt ihr zu antworten, ließ ich meinen Blick aus dem Beifahrerfenster gleiten. Im Fensterglas spiegelte sich mein Gesicht - fahl, leblos und voller Schatten. Wie eine Polaroid-Fotografie, die allmählich verblasste, bis vom Bild schließlich nichts mehr übrig war.

Ich spürte Hazels Hand auf meinem Bein, eine zarte Berührung, die mich noch vor ein paar Stunden in Brand gesetzt hätte. Jetzt drang ihre Wärme nur noch wie durch tausend Schichten Watte zu mir durch. Vermochte es nicht, in mein Innerstes vorzudringen.

Hazel stellte den Wagen auf dem Parkplatz neben dem *Frozen Dreams* ab, machte aber keine Anstalten, auszusteigen. Mir ging es genauso. Solange wir in diesem alten Auto blieben, musste ich nicht nachdenken. Solange ich bei ihr war, war alles gut.

Ich schluckte hart. Meine Zunge, mein Hals - alles fühlte sich taub an, als hätte ich seit Tagen nicht mehr gesprochen. »Kann ich heute Nacht bei dir bleiben?« Heiser und rau krächzte meine Stimme durch den Innenraum wie das Rufen einer Krähe. Es war falsch, sie darum zu bitten. Aber ich wollte nicht zum Trailer gehen, nicht durch die dunklen Schatten der Nacht schleichen, die unheilvoll in den Ecken lauerten und nach mir greifen würden, sobald ich es zuließ. Lieber versteckte ich mich in Hazels warmem Sonnenlicht.

»Natürlich.« Sie nickte. »Ist wirklich alles in Ordnung?«

Nun nickte ich ihr zur. »Du bist da. Was sollte da nicht in Ordnung sein?«

Ein schwaches Lächeln huschte über ihr Gesicht und erhellte ihre vorher besorgten Züge. Sie sah so atemberaubend schön aus - so perfekt. Und mein Herz rief in diesem Moment tausendfach lauter als die unzähligen Fragen, die in mir aufstiegen, wie Kohlensäurebläschen in einem Glas an der Oberfläche zerplatzten und meinen Entschluss mit ihrem Gas vernebelten.

36. Hazel

Er entglitt mir. Ich spürte es seit der Sekunde, als sein Vater an unseren Tisch gekommen war. In Jamie war etwas zerbrochen. Etwas, das sich in den letzten Wochen erst neu zusammengesetzt hatte. Was er mir über seinen Vater erzählt hatte, war schrecklich gewesen, und spätestens seit ich Victor wiedergesehen hatte, zweifelte ich nicht im Geringsten am Wahrheitsgehalt von Jamies Erzählungen. Das hatte ich vorher auch nicht getan, doch untermauerte Victors ganzes Gebaren zusätzlich die Worte seines Sohnes. Ich konnte mir aber nicht erklären, warum er noch immer diese Macht auf Jamie ausübte.

Ich hatte das Zittern bemerkt, das Jamie überlaufen hatte, als sein Vater ihn angesprochen hatte. Als sei er ein pawlowscher Hund, der auf gewisse Impulse immer gleich reagierte. Insgeheim hatte ich befürchtet, er würde direkt aufstehen, um seinem unglaublich abstoßenden Vater brav zu folgen. Um zu tun, was er von ihm verlangte, und ich war unfassbar froh gewesen, als er sitzen geblieben war.

Aber seitdem war Jamie mit jeder Minute, die verging, stiller, weniger geworden. Schemenhafter - als hätte die Begegnung mit seinem Dad ein Ventil geöffnet, aus dem seine eigene Persönlichkeit unaufhaltsam abfloss.

»Möchtest du etwas trinken?«, fragte ich, als die Tür meiner Wohnung hinter uns ins Schloss fiel und ich das

Licht eingeschaltet hatte. Es tauchte den Raum in ein warmes, heimeliges Licht, das in einem krassen Gegensatz zu meiner inneren Unruhe stand.

»Hast du Whiskey?« Jamies Antwort wurde von einem Schnauben begleitet.

»Öhm. Nein. Ich glaube nicht. Rum habe ich da, aber der ist eigentlich zum Backen gedacht.« Nachdenklich kratzte ich mich am Kopf und ging im Geiste meine spärlichen Alkoholvorräte durch. »Und Amaretto.«

Jamie verzog das Gesicht. »Dann lieber Rum.«

Ich lachte über seine Grimasse, öffnete einen Hängeschrank in der Küche und beförderte eine Flasche mit bernsteinfarbener Flüssigkeit heraus. »Voilà!« Triumphierend reckte ich sie in die Höhe.

Jamie kam zu mir und nahm mir die Flasche aus der Hand. Ohne sie anzusehen, stellte er sie hinter mir auf der Arbeitsfläche ab.

»Doch keinen Rum?« Meine Stimme klang atemlos von seiner plötzlichen Nähe.

»Du bist der einzige Rausch, den ich brauche«, raunte er nah an meinem Mund, umfasste meine Taille, zog mich dicht an sich und presste seine Lippen gegen meine. Ein überraschtes Keuchen entfuhr mir, das er gierig schluckte. Jamie zog mich mit sich, ohne den hungrigen Kuss zu unterbrechen, dirigierte er mich zu meinem Bett. Kurz löste er sich von mir, betrachteten mich aus vor Lust verhangenen Augen. Mit einem schiefen Grinsen stupste er mich an und ich ließ mich auf die Matratze fallen. Als er mir nachkam, gab sie unter seinem Gewicht nach.

Ich wusste, wir sollten reden und uns nicht in eine Ablenkung stürzen. Doch die süße Sucht, die Jamie für mich war, vertrieb jeden vernünftigen Gedanken. Ich zog ihn zu mir, öffnete meine Lippen für ihn und erwiderte seinen Kuss ebenso tief, ebenso fordernd. Ich zerrte an seinem Hemd.

Es war mir egal, ob sich dabei Knöpfe verabschieden würden, ich wollte ihn spüren - ganz und gar. Körper an Körper, Haut an Haut, Lippen an Lippen. Solange ich ihn spürte, konnte ich ihn halten.

Jamie schob mein Kleid nach oben, streifte mit den Fingerspitzen über meinen Bauch, küsste die Kuhle zwischen meinem Hals und meinem Ohr. Zentimeter für Zentimeter tastete er sich mit der Hand zurück, strich über meine Rippen, fand meine Brüste, kniff durch die zarte Spitze meines BHs in meine Brustwarzen, die sich ihm bereit und fordernd entgegenreckten. Ich schluckte, als er seine Finger ohne Zögern oder Necken in mein Höschen schob. Ich spreizte meine Beine weiter, gab ihm alles, was ich hatte, und er nahm es sich. Drang mit zwei Fingern in mich ein, so tief, dass ich keuchte. Unterbrach dabei keine Sekunde den intensiven Tanz unserer Zungen.

Irgendwie schaffte ich es, seine Hose zu öffnen und seinen steinharten Schwanz zu umfassen. Mit kräftigen Bewegungen fuhr ich an ihm auf und ab, spürte sein Erzittern unter meinen Fingern.

»Fuck, Hazel. Wenn du so weitermachst, komme ich direkt in deiner Hand.« Seine Stimme war ein tiefes, beinahe animalisches Knurren, das das Feuer in meiner Mitte noch weiter anheizte. Ich rieb mich im Takt meiner Hand an ihm, stöhnte, biss in seine Schulter.

Seine Antwort ließ nicht lange auf sich warten. Mit einem Ruck griff er nach meinen Handgelenken, führte sie über meinem Kopf zusammen und fixierte sie mit seinen Fingern. Mit der freien Hand streifte er sich seine Hose über die Beine. Ich hörte das knisternde Geräusch eines Kondompäckchens und zerfloss vor Lust und Vorfreude darauf, ihn tief in mir zu spüren. Aber Jamie ließ sich Zeit, dachte nicht daran, mich zu erlösen.

»Bleib so«, befahl er, als er sich aufrichtete. Er betrachtete mich kurz, wie ich im Schein der Lichterketten mit um die Brust hochgerafftem Kleid vor ihm lag. Eine plötzliche Sanftheit ergriff seine Züge, die im krassen Gegensatz zu dem Verlangen stand, das in seinem Blick tobte. Langsam, beinahe andächtig knöpfte er mein Kleid auf. Befreite mich vom Stoff, strich mit den Fingerspitzen federleicht über die Ansätze meiner Brüste. Zart wie Schmetterlingsflügel folgte er dem Lauf meines Brustbeins, ließ seine Finger unter den Stoff meines BHs schlüpfen. Ich explodierte fast, als er mir zeitgleich in meine Nippel kniff. Köstlicher Schmerz peitschte über meine Nervenbahnen und verwandelte sich in pure Begierde, die meine Mitte nur noch wilder pochen ließ. Ich reckte Jamie mein Becken entgegen im stummen Flehen, er möge mich endlich erlösen. Doch er grinste nur und legte meine Brüste frei. Unter dem kühlen Lufthauch wurden meine Brustwarzen noch härter.

Er beugte sich zu mir, nahm einen Nippel in den Mund und fuhr mit der anderen Hand hinab zu meinem Oberschenkel. Glitt an der Innenseite wieder hinauf und stoppte, kurz bevor er meine Mitte erreichte. Er ließ seine Finger bedächtige Kreise über die Haut dort beschreiben. Wie zufällig berührte er dabei sanft meine glühenden Lippen. Ich wurde immer feuchter, immer gieriger, immer ungeduldiger. Und doch genoss ich die süße Qual, die er mir bereitete.

Ich wand mich unter ihm, die Arme noch immer über dem Kopf zusammengelegt, als er endlich wieder einen Finger in mich schob, dann einen zweiten dazu nahm. Er rieb mich von innen, mal schnell und hart, dann wieder langsam und sanft.

Ich keuchte, schrie, stöhnte, genoss das Gefühl seines kräftigen Körpers auf meinem. Ich warf den Kopf zurück, schloss meine Augen, kostete das wilde Feuer aus, das

Jamie in mir schürte. Das immer weiter anschwoll, loderte, alles verzehrte, bis er seine Finger aus mir gleiten ließ. Er fand meinen Kitzler, kniff ihn mit perfektem Druck und stürzte mich ins Feuer.

Jamie richtete sich auf, öffnete das Kondompäckchen und rollte es sich über. Ohne Zögern drang er in mich ein, gab mir keine Zeit, zu Atem zu kommen. Ließ sich das Feuer nicht zurückziehen, sondern goss mit jedem seiner Stöße neues Benzin hinein.

Ich schlang meine Beine um seine Hüften, ließ ihn tiefer hinein, bis er gegen mich stieß und verharrte. Seine Arme neben meinem Kopf zitterten vor Anstrengung, Schweiß rann über seine Stirn. »Sieh mich an, Hazel«, wisperte er. In seinen Augen, verborgen hinter einem Schleier aus Lust, erkannte ich einen Schatten. Doch ich vergaß ihn, als er sich wieder in mir bewegte. Erst kontrolliert, ohne Hast und ohne den Blickkontakt zu unterbrechen. Dann schneller, ungestümer, wilder, bis sein Stöhnen sich mit meinem verband und zu einem gemeinsamen Schrei wurde.

Ich wusste es, noch bevor ich die Augen öffnete. Eine unbestimmte, drückende Schwere beherrschte jeden Winkel meiner Wohnung. Mit noch geschlossenen Augen tastete ich zur anderen Seite des Bettes, in stummer Hoffnung, mein Gefühl würde mich täuschen. Aber sie war leer und kalt. Jamie war fort.

Als würde sich das Ergebnis dadurch ändern, riss ich die Augen auf und blickte mich in der Wohnung um. Das Resultat blieb gleich. Jamie stand nicht an die Arbeitsplatte gelehnt, mit einem Kaffee in der Hand, den Blick versonnen auf mich gerichtet. Er war auch nicht im Badezimmer, sonst wäre die Tür geschlossen und Licht würde durch den Spalt darunter scheinen. Er stand auch nicht am Fuße des Bettes, um mich zu beobachten - das wäre auch etwas gruselig gewesen, aber immerhin wäre er noch da. Hätte mich nicht ohne ein Wort zurückgelassen - schon wieder.

Schwerfällig erhob ich mich aus meinem Bett, wickelte die Decke um meinen nackten Körper und tapste in die Küche auf der Suche nach einer Botschaft. Einem Zettel vielleicht - irgendein Hinweis darauf, dass ich mich irrte. Vielleicht triggerte es mich auch einfach nur auf eine absurde Art und Weise alleingelassen worden zu sein. Aber da war kein Zettel, keine kitschige Botschaft mit Lippenstift an die Schrankwand gekritzelt. Gut, auch das hätte wieder etwas Gruseliges gehabt.

Ich seufzte schwer, ging zum breiten Panoramafenster und lehnte meine Stirn gegen das kühle Glas. Vor einiger Zeit hatte ich hier auch so gestanden, mich selbst bemitleidet und keinen Ausweg mehr gesehen. Jetzt war immerhin meine berufliche Perspektive eine bessere, aber dafür war mein Herz millionenfach schwerer als jemals zuvor.

Mein Blick glitt zum See zu meinen Füßen und wanderte in die Richtung, in der der Trailer stand. Ein kaltes Kribbeln überlief meinen Körper, nistete sich in jeder Pore ein und ließ mich frösteln. Hinter meinen Lidern baute sich ein unangenehmer Druck auf, der schmerzhaft in meinem Kopf zu pochen begann. Wieder einmal hatte mich ein Mensch verlassen, den ich liebte. Wieder einmal war ich nicht genug gewesen.

Da heute Sonntag war, öffnete ich das *Frozen Dreams* planmäßig später. Die Berufspendler und Pendlerinnen würden ohnehin nicht kommen, sondern sich ihr morgendliches Koffein in der heimischen Küche abholen. Also hatte ich mich bei der Planung der Öffnungszeiten an den Wochenenden auf das Nachmittagsgeschäft konzentriert. Trotzdem musste ich bald nach unten in die Backstube und Kuchen und Torten vorbereiten.

Also duschte ich, zog mich an und mit jeder Sekunde, die verging, sickerte die Tatsache, dass Jamie gegangen war, tiefer in mein Gehirn ein. Schließlich flüchtete ich in die Backstube, denn nichts konnte mich besser auf andere Gedanken bringen als Backen.

Ich drapierte ein paar Cupcakes und Macrons in der Auslage, als die Eingangstür geöffnet wurde. Eine sehr kleine, sehr zornig aussehende Frau kam auf mich zu gestapft. Wobei das eigentlich nicht stimmte, denn selbst wenn sie wirklich wütend war, war Summer noch immer süß. Ich konnte mir ein Grinsen nicht verkneifen, als sie auf mich zustürmte.

»Summer! Wie schön, dass du wieder da bist.« Sie und Rian waren für ein paar Tage unterwegs gewesen, um einige Pferde von einem Reiterhof abzuholen, der sein Geschäft aufgegeben hatte. »Was hat Rian denn diesmal angestellt?«

Sie stoppte. »Wieso Rian?«

»Du siehst aus wie ein verärgertes Eichhörnchen, und dafür ist normalerweise er verantwortlich.«

Sie verschränkte die Arme. »Das stimmt doch gar nicht! Na ja, vielleicht manchmal. Aber ich bin nicht wegen Rian sauer.«

»Sondern?« Ich musterte sie neugierig und ein Teil von mir hoffte auf etwas Tratsch, um mich von dem schmerzenden Herzen abzulenken.

»Du! Ich bin auf dich sauer.« Sie verengte die Augen. »Und auf Maple.«

Sofort pikste das schlechte Gewissen in mein ohnehin schon wundes Herz.

»Da ist man mal ein paar Tage nicht in der Stadt und

ihr zwei Zicken schlagt euch direkt die Köpfe ein.« Sie funkelte mich böse an.

»Wir haben uns nicht …«

Summer unterbrach mich mit einer resoluten Geste. »Du kommst jetzt mit.«

»Ich kann nicht …«

Sie warf mir einen bitterbösen Blick zu, der keine Widerrede duldete. Also kam ich wie ein geprügelter Hund hinterm Tresen hervor und stellte das *Bin-gleich-zurück*-Schild auf. Dann folgte ich ihr nach draußen. Zielstrebig steuerte sie das *Rabbit Hole* an, was mich nicht überraschte. Sie stieß die Tür auf und baute sich vor der überrascht aussehenden Maple zu ihrer ganz und gar nicht beeindruckenden vollen Körpergröße auf.

»Ihr beide«, sie deutete zwischen Hazel und mir hin und her, »werdet euch jetzt vertragen. Verdammt noch mal!«

Maple und ich sahen erst Summer an, dann uns, dann wieder Summer und gleichzeitig brachen wir in schallendes Gelächter aus. Ich lachte so lange, bis mir der Bauch wehtat, ich nach Atem rang und mir Tränen über die Wangen liefen.

»Was gibt es da zu lachen?«, fragte Summer, wedelte mit den Händen und fachte unseren Lachanfall nur noch mehr an.

»Entschuldige, Summer«, japste ich halb keuchend, halb lachend. »Aber du siehst wirklich aus wie eine grumpy Kampfmaus, wenn du …« Der Rest des Satzes ging in Maples und meinem Gelächter unter.

Irgendwann beruhigten wir uns und Stille legte sich über das *Rabbit Hole.* Nur gelegentliches Schniefen und schweres Atmen war zu hören. Maple sah mich aus rotgelachten Augen an, legte fragend den Kopf schief. Ich lächelte zaghaft, sie spiegelte es.

»Es tut mir leid, Maple.«

»Mir tut es auch leid.«

Wieder quollen Tränen aus meinen Augen, diesmal aber nicht vor Lachen. Eine Mischung aus Erleichterung über unsere Versöhnung und Schmerz durch die Erinnerung an Jamie trieb sie mir in die Augen. Auch Maples Augen schimmerten feucht, als zu mir kam und mich in ihre Arme zog.

»Was ist passiert, Hazel?«, fragte sie mitfühlend und mein Herz schmerzte ein kleines bisschen weniger. Ich erzählte meinen Freundinnen alles. Von Jamies und meinem ersten Aufeinandertreffen seit zehn Jahren, unseren Zickereien und meinen vergeblichen Versuchen, mich von ihm fernzuhalten. Von den Plänen, die wir für den Tourismus in Woodside nach der Versammlung ausgearbeitet hatten bis hin zum gestrigen Abend. Ich verriet ihnen auch, wie ich mich gefühlt hatte, bevor Jamie zurückgekommen war. Meine Einsamkeit, das Gefühl, nicht gut genug zu sein - irgendwo in meinem Leben eine falsche Abzweigung genommen zu haben.

Ich ließ nichts aus, außer der Dinge, die Jamie mir über seinen Vater anvertraut hatte. Es stand mir nicht zu, darüber zu sprechen. Selbst wenn Maple dann vielleicht verstehen würde, warum es Jamie so schwerfiel, sich zu entschuldigen. Immerhin hatte er es mir im Vertrauen erzählt und das wollte ich auf keinen Fall missbrauchen. Auch wenn er meines mit seinem Fortgehen mit Füßen getreten hatte.

»Wieso bist du denn nicht zu uns gekommen?« Inzwischen hatten wir es uns auf den Sofas gemütlich gemacht und Summer legte eine Hand auf mein Knie.

»Ich hatte ehrlich keine Ahnung, dass du dich so fühlst.« In Maples Augen schwammen wieder Tränen. »Ich habe immer gedacht, dir geht es großartig.«

»Genau das solltet ihr ja auch denken. Ich habe mir große Mühe gegeben, niemanden hinter diese Mauer aus Fröhlichkeit blicken lassen - auch euch nicht. Nur Jamie hat es irgendwie sofort geschafft. Keine Ahnung ... irgendwie sind wir ...«

»Seelenverwandte«, warf Summer ein.

»Nein, so 'n Quatsch.« Ich winkte ab.

»Doch«, sagte Maple. »Summer hat recht. Da war schon immer diese besondere Bindung zwischen euch. So ein Funkeln in euren Augen, wenn ihr euch angesehen habt. Ich habe mich früher nur geweigert, das zu sehen. Aber wenn ich jetzt darüber nachdenke, hat man das schon während der Highschool gemerkt. Vielleicht seid ihr wirklich so was wie Seelenverwandte?«

»Wenn, dann sind wir jetzt ziemlich entfernte Seelenverwandte.« Zynismus hatte sich in meinen Tonfall geschlichen. »Es ist egal, wie ihr es nennen wollt. Es ist vorbei. Genau wie damals.«

37. Jamie

Fehler, Fehler, Fehler - alles in mir schrie mich an, als ich auf dem Rücksitz eines Ubers saß, das mich mit jedem Wimpernschlag dichter an New York zurückbrachte. Mit jeder Sekunde wurde diese Vorstellung finsterer, mit jeder Meile, die der Wagen zurücklegte, erschien es mir dunkler zu werden. Als würden sich Gewitterwolken unheilvoll zusammenbrauen und die Nacht in den Tag bringen.

Ich hätte dem Typen auf dem Fahrersitz - Miguel oder so hieß er - sagen sollen, dass er mich rauslassen sollte. Irgendwie wäre ich schon nach Woodside zurückgekommen. Doch was gab es dort noch für mich? Die Zukunft, die ich mir dort erträumt hatte, war nichts anderes als das: Ein Traum.

Inzwischen dürfte Hazel aufgewacht sein und realisiert haben, dass ich sie im Stich gelassen hatte. Wieder hatte ich nicht zu ihr - zu mir - stehen können. Mein Vater hatte gepfiffen und ich - artiger Schoßhund, der ich war - war gesprungen. Genau wie immer; genau wie vor zehn Jahren. Und genau wie damals hatte ich das Kostbarste in meinem Besitz achtlos auf den Boden geworfen, war darauf herumgesprungen, um es im Dreck liegenzulassen. Dabei war ich es, der in den Dreck gehörte. Nicht sie.

Die Straßen waren verhältnismäßig leer für New York. Miguel parkte seinen Wagen schneller als erwartet vor dem Stadthaus aus rotem Backstein im Village, in dem ich die Wohnung im obersten Stockwerk bewohnte. Ich bezahle den Fahrer und steige aus. Der vertraute Geruch nach tausend verschiedenen Speisen, noch mehr unterschiedlichen Menschen und Müll empfing mich. Sofort fehlte mir die frische Luft in Woodside. Mein Blick glitt an den Häuserfassaden empor, die auf mich zuzukommen schienen. Mein Herz schrie ohrenbetäubend laut nach dem beruhigenden Blick über das sanft gekräuselte Seewasser. Ich seufzte. »Home, sweet home.«

Meine Beine waren bleischwer, als ich mich endlich in Bewegung setzte und mich zur Haustür schleppte. Für eine Sekunde hoffte ich, der Schlüssel würde nicht mehr passen und mich so zu einem Rückzug zwingen. Doch er tat mir den Gefallen nicht. Auch meine Wohnungstür ließ sich problemlos öffnen. Mit einem Seufzen betrat ich das Appartement, in dem ich seit drei Jahren lebte. In dem ich mich immer wohl und zu Hause gefühlt hatte. Doch nun kam ich mir wie ein Eindringling vor. Wie ein außenstehender Beobachter, der sich in einer fremden Wohnung umsah. Ein Einbrecher im eigenen Leben. Mein Blick fiel auf die Sofas aus schwarzem Leder, den Glastisch davor. Das niedrige Sideboard, auf dem mein aberwitzig riesiger Flatscreen stand. Dies hier war kein Zuhause - es war eine Unterkunft. Wie ein Hotelzimmer.

Es klopfte an der Tür und ich schrak zusammen. Der Schreck legte sich sofort, machte Hoffnung Platz. Sie war mir gefolgt, stand nun vor meiner Tür.

Mit einem zaghaften Lächeln öffnete ich und es erstarb sofort. Auf dem Flur stand nicht Hazel, sondern ein Mann, den ich schon ein paar Mal im Büro meines Vaters gesehen hatte. Seinen Namen hatte ich mir nie gemerkt. Er war jung - Anfang zwanzig höchstens -, nicht dick, aber auch nicht schlank und insgesamt irgendwie weich.

Alles an ihm sah unförmig aus wie ein Klumpen Keksteig, den man irgendwo vergessen hatte und der allmählich auseinanderfloss.

»Was gibt's?«, fragte ich.

Er hob seine Hand wie zur Erklärung, in der er eine Reisetasche hielt. »Mister MacLannister, Sir. Ihr Vater hat mich geschickt, um Ihnen Ihre Sachen zu bringen.«

»Oh.« Ich gab die Tür frei, damit er eintreten konnte. »Danke …« Auffordernd sah ich ihn an.

»Parker.«

»Danke, Parker.« Mit einem unverbindlichen Lächeln legte ich eine Hand auf seinen weichen Rücken und schob ihn wieder zur Tür. Das wars dann also. Ich war hier, meine Sachen waren hier. Schon bald würde meine Zeit in Woodside nichts mehr als ein ferner Fiebertraum sein. Die Erinnerung an einen Urlaub in einem weit entfernten Land, das man nie wieder bereisen würde.

Ich hörte sie schon, bevor ich sie sah. Das unbeschwerte Lachen, das fröhliche Plappern des Jungen. Sie bogen vom belebten Gehweg in den kleinen Park ab, der sie von ihrem Zuhause trennte. Unwissend, was in der Dunkelheit auf sie lauerte.

Ich schrie, wedelte mit den Armen, flehte sie an, den Park nicht zu betreten. Doch es war, als wäre ich nicht da. Als würde ich wie ein Geist unsichtbar über der Szene schweben. Die Frau mit dem langen goldenen Haar griff nach der Hand des Jungen, die er ihr sofort entzog.

»Mom, ich bin zu alt, um an deiner Hand zu laufen.«

Sie lachte wieder und wuschelte ihm über den Kopf, der ihr schon beinahe bis zur Schulter reichte. Dann strich sie sich über den Babybauch. »Du wirst nie so groß werden wie dein Bruder, oder, Jamie?«, flüsterte sie ihrem Bauch zu.«

»Mom, mach meinen kleinen Bruder nicht jetzt schon zum Muttersöhnchen.« Der Junge grinste, dann begann er von seinem Schultag zu berichten.

Ein warmes Gefühl flutete meinen Bauch, ein Lächeln verzog meine Lippen, doch alles Gute in mir erfror, als ich die Schritte hörte. Mein Blick flog über meine Schulter zurück. Ich erkannte die dunkle Gestalt, die sich aus den Schatten schälte. Die Schritt für Schritt näher kam. Ihre schmalen Lippen zu einem diabolischen Grinsen verzogen.

Ich schrie, riss am Ärmel der Frau, am Ärmel des Jungen - doch sie reagierten nicht. Ich schnappte mir Steine, schmiss sie nach der Gestalt, doch ein Kiesel nach dem anderen flog einfach durch ihn hindurch. Er war nur noch wenige Meter von ihnen entfernt und streckte seine Hand aus. In der anderen schimmerte die kalte Klinge eines Messers.

»Mom!« Ich schrie, schrie, schrie, doch niemand hörte mich.

Mit einem Ruck setzte ich mich auf. Mein Herz hämmerte gegen meine Rippen, als hätte es einen Vorschlaghammer, mit dem es mich von innen heraus zertrümmern wollte. Dieser verfluchte Albtraum … Ich hatte ihn jahrelang nicht mehr gehabt. Warum suchte er mich in der letzten Zeit nur immer wieder heim?

Verwirrt sah ich mich um, brauchte einen Augenblick, um mich zu erinnern. Ich war nicht mehr in dem Trailer, der mir inzwischen so vertraut geworden war, sondern lag in meinem eigenen Bett. Die maßgefertigte Matratze, die ich so vermisst hatte, fühlte sich seltsam fremd unter mir an. Das Licht der Nachttischlampe neben mir blendete mich, als ich nach meinem Handy griff. Es war zwei Uhr - mitten in der Nacht.

Am Abend zuvor hatte ich immer wieder Hazels Kontakt aufgerufen, mich dann aber doch in der letzten Sekunde davor gedrückt, sie anzurufen. Hatte Nachrichten getippt und sie alle wieder gelöscht, bis ich schließlich in den Schlaf geglitten war. Was sollte ich ihr auch sagen? Wie sollte ich ihr erklären, dass ich genau der Versager war, für den mein Vater mich hielt? Ich hatte mich für eine Weile dem Bild hingegeben, das sie von mir hatte. Wollte an dieser Version von mir festhalten. Aber Hazel hatte sich in mir getäuscht, nicht Dad. Warum sonst war ich wieder hier?

Ich ließ mich in meine Kissen sinken, starrte an die Decke. Ich wollte nicht einschlafen - einen weiteren Albtraum würde mein Herz in dieser Nacht nicht überstehen. Vielleicht sollte ich den Gedanken an eine Therapie doch nicht so weit von mir weisen. Wenn ich die Vergangenheit so gut bewältigt hätte, wie ich bis vor kurzem dachte, würde sie mich dann immer wieder derart heimsuchen?

Im wachen Zustand würde ich jedoch permanent an Hazel denken und auch das würde mein Herz nicht mehr lange mitmachen. Was ich brauchte, war Ablenkung. Also schwang ich meine Beine aus dem Bett, bereitete mir einen extra starken Kaffee in der Küche zu und zog mich in mein Arbeitszimmer zurück. Hatte Parker auch meine Zeichnungen gebracht? Ich ging zurück ins Wohnzimmer, in dem meine Reisetasche noch unangerührt auf dem kühlen Holzboden stand. Die Zeichnungen waren nicht da. Ich wühlte mich unzählige Male durch den Inhalt des Gepäcks, doch mein Zeichenblock mit den Skizzen, die ich gemeinsam mit Hazel erarbeitet hatte, fehlten. Meine besten Arbeiten überhaupt, und der Handlanger meines Vaters hatte sie - vermutlich aus dessen Geheiß hin - einfach entsorgt, als wären sie Müll.

Ich schlurfte zurück in mein Arbeitszimmer, setzte meine Kopfhörer auf, die ich via Bluetooth mit meiner Anlage verband, und stellte meine Playlist an. Ich drehte die Musik so laut, wie ich es aushielt - bis zur Schmerzgrenze. Aber besser realer Schmerz im Kopf als Phantomschmerz im zerstörten Herzen.

Am nächsten Morgen machte ich mich früh auf den Weg ins Büro. Ich fühlte mich wie verkleidet in meinem dunkelblauen Business-Zweiteiler. Als würde ich an Halloween einen Anzug tragen, um mich als skrupelloses Arschloch zu maskieren. Doch das war keine Verkleidung. Das war ich.

New York brüllte wie ein Monster, das mich verspeisen wollte. Ich hatte diese Stadt immer geliebt, doch nun überforderte mich die Hektik, die fehlende Weite, der Lärm. An einer Straßenecke schloss ich die Augen, beschwor das Bild des Crystal Lakes funkelnd im Morgenlicht herauf, blendete die wuselnden Menschen um mich herum aus. Es funktionierte, bis einer von ihnen mich anrempelte und böse anfunkelte. Dies war kein Ort zum Innehalten. Es war ein Ort zum Mit-dem-Strom-schwimmen oder untergehen.

Ich hielt ein Taxi an, nannte die Büroadresse und ließ mich ins Kunstleder sinken. Die Luft im stickigen Innenraum roch nach einer Mischung aus Schweiß, orientalischen Gewürzen, Parfum und billigem Lufterfrischer. Wieder sehnte ich mich nach Woodside, nach der frischen Luft, die dort meine Lunge geflutet hatte. Nun wand sie sich unter der Zumutung, die man hier Atemluft nannte.

Das Taxi fuhr - oder besser: stand sich - durch die verstopften Straßen. Der Fahrer fluchte, hupte, schimpfte, und ganz offensichtlich war nicht einer der vorherigen Fahrgäste für den Schweißgeruch verantwortlich, sondern er. Denn es wurde immer schlimmer …

Ich hasste diesen Tag schon jetzt. Trotzdem kratzte ich den letzten Rest Optimismus in mir zusammen und sagte mir, dass es wohl kaum schlimmer werden könnte, wenn es schon so losging. Darin, mich selbst zu belügen, war ich schon immer ausgezeichnet.

»Ah, Jamie.« Mein Vater sah auf, als ich kurz gegen den Türrahmen klopfte. »Komm rein.« Er stand aus seinem Schreibtischstuhl auf und kam in seinem Maßanzug auf mich zu. Wann hatte er sich das letzte Mal bemüht, aufzustehen, um mich zu begrüßen? Irritiert runzelte ich die Stirn, als er mir seine Hand entgegenstreckte, die ich zögernd ergriff.

»Guten Morgen, Dad.«

Er lachte. »Nun sieh mich nicht so misstrauisch an. Darf ein Vater sich nicht freuen, seinen Sohn zu sehen?« Er klopfte mir auf die Schulter und deutete auf die Sitzecke, die dem Schreibtisch gegenüber auf der anderen Seite des Raumes am hohen Fenster stand. »Sollen wir uns setzen?«

Ich folgte skeptisch seiner auffordernden Handbewegung und ließ mich auf einem der Sessel nieder. Das teure, weiche Leder knarzte unter meinem Gewicht. Ein Lächeln umspielte die Mundwinkel meines Vaters, als er mich musterte. Insgesamt wirkte er viel weniger kühl und abweisend als normalerweise. Irgendwas stimmte hier nicht. Das Gedankenkarussell in meinem Kopf nahm Fahrt auf. Hatte ich ihm etwa gefehlt? War der Rauswurf der Tropfen, der ihn dazu gebracht hatte, über unser Verhältnis nachzudenken? Nein, das konnte nicht sein. Victor MacLannister suchte Fehler niemals bei sich selbst, sondern grundsätzlich bei den anderen.

Dads Assistentin betrat den Raum und stellte ein Tablett mit zwei Tassen darauf ab. Fragend musterte ich eine davon.

»Flat White«, erklärte mein Vater. »Den trinkst du doch gern, nicht wahr?« Er bedankte sich bei seiner Angestellten, die sich zurückzog.

Was war hier los? Er bedankte sich, bestellte meine Lieblings-Kaffee-Variation für mich …

»Du fragst dich sicher, was hier los ist.« Er lehnte sich zurück und legte die Fingerspitzen aneinander. »Nun, Jamie, du weißt, wie schwer es mir fällt, zuzugeben, wenn ich einen Fehler begangen habe. Denn ein MacLannister begeht keine Fehler, nicht wahr?« Er machte eine dramatische Pause und musterte mich aus seinen stahlblauen Augen, die meinen so ähnlich waren und die ich aus genau diesem Grund hasste. »Aber in diesem Fall habe ich einen Fehler gemacht. Dich aus der Firma zu werfen war falsch. Und dich aus der Familie auszuschließen, ebenso. Deine Mutter hat mir die Hölle heißgemacht, das kannst du mir glauben.« Er lachte auf und sah mich auffordernd an. Erwartete offenbar, ich würde einfallen, aber das tat ich nicht. In mir blinkten sämtliche Warnsignale in einem stroboskopartigen Takt, alles war auf Vorsicht ausgelegt. Ich kannte meinen Vater. Er war ein perfekter Jäger, der sein Opfer in Sicherheit wog, um dann erbarmungslos zuzuschlagen. Zu oft schon war ich auf seine Masche reingefallen. Zu oft hatte er meine aufkeimende Hoffnung zermalmt und sich an meinen zersplitterten Träumen ergötzt.

Sein Lachen verstummte. Ein Anflug von Irritation legte sich für einen winzigen Augenblick auf seine Züge, die er sofort fortwischte. »Doch was ich von dir gesehen habe, hat mir recht gegeben, nicht wahr? Es war richtig, dich aus deiner Komfortzone zu holen, damit du endlich erkennst, worum es uns geht.«

Nun war es an mir, irritiert zu sein. »Was meinst du?«

»Ich habe Parker damit beauftragt, dich aus diesem armseligen Wohnwagen abzuholen. Dank deiner Mutter wusste ich, wo man dich finden würde. Du kannst dir vorstellen, wie erfreut ich war, als er mir sagte, dass du bereits abgereist seist. Ich wusste, dass du zurückkommen würdest, wenn ich dich rufe.« Er grinste selbstgefällig. »Guter Junge.«

Eiskalter Zorn breitete sich in mir aus, griff nach mir, lähmte mich. Wie konnte er es wagen, so mit mir zu reden? Ich wollte ihn anschreien, mir ein Mindestmaß an Respekt und elterlicher Liebe entgegenzubringen, doch ich schwieg. Wie immer, wenn es um ihn ging. Wie immer, wenn er ich demütigte und es genoss.

»Parker hatte die Anweisung, all deine Sachen mitzubringen. Ich wusste selbstverständlich, dass deine Mutter dir Arbeitsutensilien gebracht hat und habe Parker angewiesen, etwaige Zeichnungen, Entwürfe und dergleichen direkt zu mir zu bringen. Ich mir alles angesehen und muss sagen, deine Zeichnungen sind sogar ganz passabel. Mehr noch. Sie gefallen mir. Wer hätte das gedacht, nicht wahr?«

Augenblicklich verwandelte sich mein Zorn in Überraschung. Er hatte meine Entwürfe gesehen und sie gemocht? Nie im Leben hätte ich damit gerechnet. Mein Vater stand für klares, modernes Design, nicht für rustikale Blockhütten und Baumhäuser. »Die Skizzen gefallen dir?«

»Ja.« Er lächelte zufrieden. »Schon in Bowers Beach war ich beeindruckt von deiner Vision. Die Umweltsache ist blöd gelaufen, aber Jenn hat mir alles erzählt. Du hast dich richtig verhalten. Wer sollte ahnen, dass die Politik neuerdings die Gutmenschen-Schiene fährt? Aber bei deinen Plänen für Woodside hast du noch einmal eine Schippe draufgelegt und gezeigt, was wirklich in dir steckt.«

Ein Chaos aus Gefühlen tobte in meiner Brust, das ich nicht recht entwirren konnte. Endlich hatte ich sie: die Anerkennung meines Vaters. Und das mit einem Projekt, das mir am Herzen lag, das ich mit Hazel gemeinsam entworfen hatte. Aber neben all den positiven Tönen in mir schrie ein kleiner Teil danach, auf der Hut zu sein. Flackerte verzweifelt mit seinem Licht, warnte mich zu bedenken, wie mein Gegenüber tickte.

»Ich habe heute Morgen bereits die Modelle in Auftrag gegeben. Darum musst du dich nicht kümmern. Jetzt muss nur noch ein Termin mit dem Bürgermeister von Woodside her. Darum wird Jenn sich kümmern.«

»Bürgermeisterin.«

»Wie bitte?«

»Woodside hat eine Bürgermeisterin.«

»Das ist unerheblich für uns.«

»Es gibt schon einen Termin.«

»Wirklich?« Er sah mich erfreut an.

»Ja. Übermorgen. Eine Gemeindeversammlung im Rathaus.«

»Wie praktisch.« Mein Vater nickte anerkennend. »Nun, dann werden wir wohl alle zusammen nach Woodside fahren.«

»Mom wird mitkommen?«

»Nein, deine Mutter nicht. Ich befürchte, sie nicht mehr aus dem Kaff wegzubekommen, wenn sie noch einmal dorthin fährt. Uns wird jemand anderes begleiten.« Wie auf Kommando wurde die Bürotür geöffnet und eine große, schlanke Frau trat ein. Ihr blondes Haar fiel in perfekten Wellen über ihre Schultern, die Bluse erstrahlte in makellosem Weiß, genau wie ihre Zähne hinter den kirschroten Lippen. Mit selbstbewusstem Gang betrat sie das Büro und ich fragte mich, ob sie wohl gelauscht und auf ihr Stichwort gewartet hatte oder ob ihr Timing wirklich so perfekt war.

»Hallo, Mel.«

»Hallo, kleiner Bruder.«

38. Hazel

Hatte sich das Wetter in den letzten Wochen schon frühsommerlich angefühlt, zeigte es sich nun von seiner nasskalten Seite und passte sich in seiner Tristheit meiner Stimmung an. Nicht einmal Teigkneten half mir, mich abzulenken und meine Gedanken auf etwas anderes als Jamie zu fokussieren. Ich hatte es in dem Moment gewusst, als sein Vater ihn aufgefordert hatte, nach New York zu kommen. Ich hatte gewusst, dass er dem Ruf folgen würde. Aber trotzdem hatte mein törichtes Herz gehofft, gefleht, geglaubt, er würde bleiben. Die Geschichte würde sich nicht wiederholen. Doch leider hatte sie diese Eigenschaft seit Menschengedenken.

Seufzend schob ich mir ein Stück der Zimtschnecke in den Mund, die für den Verkauf zu unförmig geworden war. Doch auch das samtig-süße Frosting schaffte es nicht, die Wolken in meinem Kopf zu vertreiben.

»Hallo, Hazel.« Jim betrat das *Frozen Dreams* und strahlte mich durch seinen Vollbart an.

»Hi, Jim. Was kann ich für dich tun?«

»Betty schickt mich. Sie möchte wissen, ob für die Gemeindeversammlung morgen Abend alles bereit ist.«

O Mist, die hatte ich vollkommen vergessen. Ich hatte der Bürgermeisterin versprochen, mich darum zu kümmern. Doch abgesehen von den Entwürfen, die Jamie und ich gemeinsam entwickelt hatten, hatte ich mich nicht weiter damit beschäftigt. Weder war ich im Rathaus gewesen, um die Fragen der Anwohner zu sichten, noch hatte ich mich um irgendetwas anderes gekümmert. Und wenn ich ehrlich war, wusste ich auch nicht, was ich sagen sollte. Jamies Zeichnungen, die ich derart aufgebauscht hatte - was mir inzwischen hochgradig peinlich war -, waren nicht mehr als das gewesen: Zeichnungen, mit denen er sich die Zeit vertrieben hatte.

Ich sollte die ganze Sache abblasen. Es würde vielleicht Gerede geben, einige würden mich für melodramatisch halten. Aber es würde schnell ein neues Thema wichtiger werden. Doch stattdessen lächelte ich so verbindlich, wie ich konnte, und stemmte die Hände in die Hüften. »Natürlich. Es ist alles bereit.«

»Gut, dann sage ich ihr das. Sie ist beeindruckt, dass du sogar das Bauunternehmen eingeladen hast.« Jim zwinkerte mir zu.

»Das Bauunternehmen?«

»Ja. MacLannister Corp. Sie haben im Rathaus angerufen und bestätigt, dass sie morgen hier sein werden. Und deshalb wollte ich auch noch mit dir reden.« Er blickte sich verstohlen um. »Unter vier Augen.«

»Es kommen Leute von MacLannister?«, fragte ich ungläubig.

»Ja. Wohl eine ganze Delegation. Und ich wollte wissen …« Wieder ein vorsichtiger Blick zu den besetzten Tischen. Doch keiner der Gäste nahm Notiz von uns. »Weißt du, ob Mel auch kommen wird?«

»Mel?«

»Ja. Du weißt schon. Melanie MacLannister, Jamies Schwester.«

»Ich weiß, wer das ist. Soweit ich weiß, ist sie in London.«

»Oh.« Das hoffnungsvolle Strahlen wich aus Jims Augen,

machte Resignation Platz. »Schade. Ich hatte gehofft, sie zu sehen.« Er zuckte mit den Schultern und strich sich durch den Bart. »Ist wohl auch besser so.«

»Habt ihr keinen Kontakt mehr?« Ich verstand, wie es ihm ging. Er war so verliebt und vollkommen vernarrt in dieses Mädchen gewesen, das ihn nur dann gut behandelt hatte, wenn sie etwas von ihm gewollt hatte. Trotzdem hatte er alles für sie getan. Ganz so hatte es sich zwischen Jamie und mir zwar nicht abgespielt, trotzdem wusste ich nur zu genau, wie er sich fühlte.

»Ach.« Er winkte ab. »Schon seit sie aufs College gegangen ist, nicht mehr.« Er lächelt, aber seine Augen schimmerten noch immer bekümmert. »Weißt du, ich bin extra nach Südamerika gegangen, um sie zu vergessen. Aber meinst du, es hat etwas gebracht?«

Ich schüttelte den Kopf. »Nein, hat es nicht.«

»Nein, hat es nicht«, echote er traurig. »Aber du«, Jim versuchte sich erneut an einem Lächeln, »hast die Chance auf einen zweiten Anlauf bekommen. Das freut mich für dich.«

»Wie kommst du darauf?«

»Na, Jamie und du. Ihr seid das Stadtgespräch. Wusstest du das nicht?«

»Wir sind wohl kaum das Stadtgespräch.« Ich winkte ab.

»Doch, doch. Alle wissen, dass ihr zusammen seid, und ich freue mich für dich.«

Randall, diese verfluchte Tratschtante. »Wir sind nicht zusammen, Jim. Wir haben nur gemeinsam an seinen Entwürfen für Woodside gearbeitet und uns drüber vielleicht so was wie angefreundet, … aber jetzt ist er wieder fort und … ach, ich weiß nicht.« Ich lächelte tapfer gegen den Druck an, der sich hinter meinen Augen aufbaute. »Ich muss mich ja auch auf das Café konzentrieren und habe keine Zeit, mich um andere Dinge zu kümmern.«

»Tja, na ja. Wie du meinst. Ich würde jedenfalls einiges darum geben, noch einmal mit Mel reden zu können. Das kannst du mir glauben.«

»Sie ist doch nicht tot, Jim. Wenn es dir so wichtig ist, mit ihr zu reden, dann mach das.«

»Nein, tot ist sie nicht. Aber sie ist für mich wie ein Geist, der mich in der Vergangenheit gefangen hält.« Er winkte und verließ das Café.

In meinem Kopf sprangen seine Worte hin und her wie eine Kugel in einem altmodischen Flipperautomaten. War Jamie das auch für mich? Ein Geist, der mich in der Vergangenheit hielt? Musste ich ihn endlich loslassen, damit ich nach vorn blicken und in meine Zukunft aufbrechen konnte? Er hatte es auch geschafft, mich loszulassen - vielleicht war die Zeit gekommen, für mich dasselbe zu tun.

Es war kurz vor sechs Uhr am Abend, als ich mich mit schmerzenden Füßen an die Theke lehnte und mit verschränkten Armen mein Reich betrachtete. Innerhalb kürzester Zeit hatte ich mir etwas Besonderes aufgebaut. Natürlich, es war nur ein Provisorium. Ein Traum auf Zeit. Aber jeden Tag kam ich seiner endgültigen Erfüllung näher. Immerhin etwas, das einigermaßen reibungslos funktionierte.

Ich griff nach einem Teller, um die restlichen Gebäckstücke, die noch in der Vitrine lagen, in den großen Kühlschrank zu bringen, als die Türglocke ertönte.

»Ich wollte grad schließen.« Mit einem entschuldigenden Lächeln sah ich auf, doch es verrutschte auf meinen Lippen, als ich sah, wer da in mein Café spaziert kam.

»Guten Abend, Hazel.«

»Mom, was machst du denn hier? Ich dachte, du bist auf einem Retreat irgendwo in Nevada.« Das hatte mir zumindest Randall vor ein paar Tagen erzählt. Meine Mutter hatte sich seit der Eröffnung nicht mehr bei mir blicken lassen.

»Das war ich auch. Und während einer geführten Meditation ist mir etwas klar geworden.« Sie kam ein paar Schritte auf mich zu und wirkte mit ihrem rot-orange-violetten Batikkleid wie ein bunter Farbklecks an diesem tristen Juni-Abend. Wie ein Klecks Hoffnung in meinem tristen Herzen. »Ich habe dich vernachlässigt und das tut mir sehr leid.«

Ihre Worte trafen mich mit der Wucht einer Abrissbirne. Es stimmte: Sie hatte mich mehr und mehr aus ihrem Leben verdrängt, aber ich hatte nie den Eindruck gehabt, dass sie es überhaupt merken würde.

»Wie … « Ich räusperte mich, weil meine Stimme ihren Dienst versagen wollte. »Wie kommst du denn jetzt darauf?«

»Ich habe auf dem Retreat viel nachgedacht. Ein besonderer Schwerpunkt wurde dort auf die Familie gelegt. Darauf, was unsere Eltern mit uns machen - ob sie es nun wissen oder nicht.« Sie machte einen weiteren Schritt auf mich zu. »Zuerst habe ich mich natürlich darauf konzentriert, wie das Verhältnis zu meinen Eltern war, habe darüber nachgedacht, wie sie sich verhalten haben, als ich so jung mit dir schwanger wurde. Doch dann kreisten meine Gedanken immer mehr um dich, meine kleine Haselnuss.«

Den alten Kosenamen aus ihrem Mund zu hören, versetzte mir einen Stich. Sie hatte mir früher oft erzählt, wie sie mich nach der ersten Ultraschalluntersuchung immer Haselnuss genannt hatte und sich deshalb für den Namen Hazel entschieden hatte. Als sie immer exzentrischer wurde, hatte sie irgendwann damit aufgehört.

»Warum erzählst du mir das, Mom?« Meine Stimme war kratzig, als hätte ich tagelang geschrien. Und in mir schrie auch alles. Schrie meine Mutter an, sie möge endlich die Klappe halten, wenn sie ihre Worte, ihre plötzliche Zugänglichkeit nicht ernst meinte.

»Weil ich es viel zu lange nicht gesagt habe. Ich habe mich dir gegenüber wie ein Miststück verhalten. Und es tut mir leid.« Ich wollte etwas erwidern, doch sie brachte mich mit einer Handbewegung zum Schweigen. »Lass mich bitte ausreden, Hazel. Es fällt mir nämlich nicht leicht.« Sie räusperte sich, verlieh ihrer Stimme mehr Klang. »Du warst immer ein Papakind. Das ist überhaupt kein Vorwurf, Paxton ist toll, aber manchmal war ich eifersüchtig auf ihn. Er hatte dich, während wir uns als Familie immer weiter voneinander entfernten. Ihr habt diese Einheit gebildet und ich war außen vor. Da habe ich nach etwas gesucht, um diese Leere in mir zu füllen. Ich habe nicht bemerkt, wie weit ich deinen Vater und dich dadurch von mir gestoßen habe.« Sie seufzte schwer. »Erinnerst du dich daran, als Paxton ging?«

Ich nickte, unfähig, etwas zu erwidern. Zu sehr drückten Tränen gegen meine Augen, lähmten meine Zunge.

»Ich wusste, dass er mich verlassen würde. Dass diese Versetzung nur eine Ausrede war. Aber ich habe nichts gesagt. Ich habe dir nichts verraten, weil ich dachte, du würdest mich vielleicht mehr lieben. Ich hätte vielleicht eine Chance gegen eure Verbindung, wenn du ihn nicht mehr auf dieses Podest stellen würdest.«

»Mom …«

Sie schüttelte den Kopf. »Das war falsch, ich weiß. Und statt mit dir darüber zu sprechen, habe ich mich zurückgezogen wie ein schmollendes Kleinkind. Das tut mir so, so leid, Hazel. Es ist ein Irrglauben, Scheidungen würden ältere Kinder nicht so sehr belasten. Das stimmt nicht, denn unser inneres Kind leidet mit zehn genauso wie mit zwanzig oder fünfzig. Es tut mir leid, dass ich nicht für dich da war. Durch meinen Egoismus habe ich dir nicht nur den Vater, sondern auch die Mutter genommen. Und das werde ich mir nie verzeihen.« Tränen liefen ihr nun ungehindert über die Wangen. Sie machte einen weiteren Schritt auf mich zu. Griff nach meinen Händen und flutete meinen Körper mit einer Welle aus Wärme.

»Da gibt es nichts zu verzeihen, Mom.« Ich schluchzte, blinzelte chancenlos gegen die Tränen an, die sich nun auch einen Weg über meine Wangen bahnten. »Mir tut es leid, wenn ich dir immer das Gefühl gegeben habe, anders für dich als für Dad zu empfinden. Du bist meine Mom - natürlich liebe ich dich.«

Mom lächelte und drückte meine Hände fester. »Du brauchst dich für überhaupt gar nichts zu entschuldigen, meine kleine Haselnuss. Ich hätte für dich da sein sollen - ohne Wenn und Aber.« Ihr Blick huschte zum Gebäck in der Vitrine. »Sind das die Zimtschnecken nach dem Rezept deiner Grandma?«

Ich nickte. »Ja, nur ein wenig abgewandelt.«

»Darf ich eine essen?«

»Die sind aber voll mit Industriezucker«, griff ich ihren Einwand von vor einigen Wochen auf.

Sie lachte. »Tja, manchmal geht eben nichts über guten, alten Industriezucker.«

39. Hazel

Die Zeit bis zur Gemeindeversammlung kroch förmlich dahin. Ich wusste nicht, wie ich mich fühlen sollte. Da war diese unerwartete Leichtigkeit beim Gedanken an das Gespräch mit meiner Mutter. Gleichzeitig das schlechte Gewissen ihr gegenüber, weil ich ihr mit meinem Verhalten jahrelang das Gefühl gegeben hatte, sie nicht genug zu lieben. So, wie sie mir dieses Gefühl dann gespiegelt hatte. Wie verkorkst konnte eine Familie bitte sein?

Und dann war da diese alles verzehrende Schwärze, wenn sich Jamies Gesicht vor meinen Augen manifestierte. Seine stahlgrauen Augen, sein verschmitztes Jamie-Lächeln, das viel zu wenige Menschen kannten.

Es gelang mir nicht, mich mit dem Ausprobieren neuer Rezepte abzulenken - meine altbewährte Strategie scheiterte kläglich. Immer und immer wieder drifteten meine Gedanken zu Jamie, mal zu den schönen Momenten, mal zu den schmerzhaften und immer wieder zu dem Augenblick, als ich ohne ihn erwachte.

Ich schloss das Café um kurz vor sechs und holte die notierten Fragen der Anwohner aus dem Rathaus. Das war ein vollkommen unprofessionelles Verhalten. Ich hätte mich viel früher darum kümmern müssen. Immerhin verließen sich Betty und ganz Woodside auf mich. Aber die verzaubert leichten Tage mit Jamie, die nun überhaupt nicht mehr leicht waren, sondern wie dickflüssiger Teer an mir hafteten, hatten meinen Sinn für die Realität verschleiert.

Ich legte die Papiere auf meinem Küchentisch aus und versuchte, mich auf die Beantwortung der Fragen zu fokussieren. Aber wie könnte ich das, wenn ich nicht einmal wusste, ob es ein Projekt geben würde? Schon als Jamie noch da war, war es - anders als ich zunächst angenommen hatte - nur eine Spielerei gewesen. Und nun kam eine ganze Delegation der MacLannister Corp.? Das war schon merkwürdig und ich wusste ganz und gar nicht, was ich davon halten sollte. Hatte Jamie mich in den letzten Wochen so sehr zum Narren gehalten? War doch seine charmante, verletzliche Seite die Maske und nicht umgekehrt. Kam er nun mit seinem Vater, um mit einem kalten, triumphierenden Lächeln Woodside dem Erdboden gleich zu machen?

Ich befestigte ein Haargummi an meinem geflochtenen Zopf und legte ihn mir über die Schulter. Aus dem Spiegel über dem Waschbecken in meinem kleinen Badezimmer sah mir ein Paar müder Augen entgegen. Ich verteilte etwas Concealer auf den Augenringen und legte mehr Make-up und Rouge als gewöhnlich auf, nur um halbwegs passabel auszusehen. Vor meinem Schrank hatte ich kurz überlegt, ein luftiges Kleid anzuziehen, nur für den Fall, dass Jamie doch kommen würde. Doch ich entschied mich dagegen. Zum einen war das kühle Regenwetter ein schlagkräftiges Gegenargument, zum anderen wollte ich etwas anzuziehen, in dem ich mich sicher und rundum wohl fühlte. Also schlüpfte ich in eine helle High-Waist-Jeans und ein einfaches schwarzes Langarmshirt. Wenigstens würde man so keine Schweißflecken erkennen.

Im Rathaus begrüßte ich erst einige der bereits Anwesenden, dann Betty und Jim. Sie löcherten mich mit Fragen, ob ich bereit sei für den großen Auftritt, und schürten so nur noch mehr meine Nervosität. Als ich Maple, Ethan, Summer und Rian unter den Ankömmlingen entdeckte, atmete ich auf und entschuldigte mich bei den beiden.

»Ihr seid gekommen«, stellte ich erleichtert fest.

»Natürlich.« Ethan legte einen Arm um Maples Schultern und tupfte einen Kuss auf ihr Haar. »Das wollen wir doch um keinen Preis verpassen.« Er lächelte mir aufmunternd zu und deutete dann auf eine der Stuhlreihen. »Ich reserviere uns schon ein paar Plätze.«

Obwohl er in Woodside lebte, seit er zehn Jahre alt war und ich ihn beinahe genauso lange kannte wie Maple, hatte ich es nie geschafft, seine Mauer zu durchbrechen. Zwar war er immer nett und zuvorkommend, aber am liebsten war es ihm ganz eindeutig, wenn er mit seiner Freundin allein war und sich nicht unters Volk mischen musste. Ein schwerer Brocken machte sich in meinem Magen bemerkbar, als mir bewusst wurde, dass besonders Jamie für dieses Verhalten verantwortlich war.

»Bist du bereit?« Rian nahm mich freundschaftlich in den Arm und hielt mich einen Moment fest. Er war das genaue Gegenteil von Ethan. Zwar wirkte er im ersten Moment auf Außenstehende immer ein wenig grummelig, aber das täuschte. In ihm schlummerte ein offenherziger, witziger Typ, den ich immer mehr in mein Herz schloss, seit er mit Summer zusammengekommen war.

»Nein«, gab ich zu. »Aber ich kann Betty nicht hängenlassen.«

»Du wirst das toll machen.« Rian drückte mich noch einmal kurz an seinen kräftigen Körper.

Mein Blick fiel auf Ash, der in diesem Moment die Treppen zum Rathaus hochgeeilt kam und sich suchend im Foyer umsah. Als er uns entdeckte, erhellte sich seine Miene. »Ich dachte schon, ich komme zu spät. Ich musste

Lizzy noch zu Charlie bringen. Hab ich etwas verpasst?« Er sah in die Runde.

»Nein«, antwortete Rian. »Aber wenn ich mir die Drei«, er deutete der Reihe nach auf Summer, Maple und mich, »so ansehe, stören wir hier jetzt.« Er ließ mich los und gesellte sich dann gemeinsam mit Ash zu Ethan.

»Bist du denn sicher, dass diese Versammlung überhaupt sinnvoll ist? Ich meine, es ist doch nicht mal sicher, ob es einen Bau geben wird. Da ist doch dieses Frage-und-Antwort-Spiel heute etwas verfrüht. Besonders, wenn man bedenkt, wie die letzte Versammlung gelaufen ist.« Maple traf wie immer den Nagel auf den Kopf.

»Nun mach sie doch nicht nervöser, als sie ohnehin schon ist«, warf Summer ein.

»Ich bin nicht nervös.«

»Und warum zwirbelst du dann schon die ganze Zeit an deinem Zopf?«

Ertappt ließ ich mein Haar los, das ich gefühlt in der Hand hielt, seit ich das Rathaus betreten hatte. »Ich habe Betty versprochen, es durchzuziehen, und dann mache ich das auch. Das wird schon, und wenn es nur dazu dient, die Überlegung anzuregen, ob wir uns dem Tourismus öffnen wollen.«

Maple setzte an, etwas zu sagen, als eine Gruppe von elegant gekleideten Menschen das Rathaus betrat. Augenblicklich verstummten alle Gespräche und die Blicke sämtlicher Anwesenden hefteten sich auf die Neuankömmlinge, die so deplatziert wirkten wie frisch frisierte Königspudel auf einem Bauernhof. Als wären sie Magnete, glitt auch mein Blick zu ihnen. Ich verkrampfte mich sofort, als ich den Mann in vorderster Reihe erkannte: Victor MacLannister, Jamies Vater.

Bei der Erinnerung an sein Verhalten, als wir ihn vor wenigen Tagen in New York getroffen hatten, wurde mir schlagartig kalt. Wenn ich daran dachte, was er Jamie angetan hatte, überzog eine Eisschicht mein Herz. Ich verschränkte fröstelnd die Arme. Es war, als wäre dieser Mann Jack Frost und der Nachtkönig in einer Person. Sein Aussehen unterstrich diesen Eindruck zusätzlich. Sein Haar reflektierte das einfallende Licht der Lobby, schien beinahe weiß. Seine stahlgrauen Augen, die Jamies so ähnlich sahen, funkelten wie Eiskristalle.

An seiner Seite ging eine ebenso kühl und unnahbar wirkende blonde Schönheit. Ihr schlanker Körper steckte in einem dunkelblauen Business-Kostüm, die Füße in sündhaft teuer aussehenden Pumps, auf denen ich vermutlich keine drei Zentimeter weit laufen könnte.

Ein Stück hinter ihnen lief er: Jamie. Mein Herz schmerzte, setzte einen Schlag aus, raste dann umso schneller weiter. Ich hatte so sehr gehofft, ihn zu sehen, ich hatte so sehr gehofft, ihn nicht zu sehen. Wie konnten Gefühle so widersprüchlich sein? Er hatte mich im Stich gelassen. Hatte alles verraten, was wir uns ausgemalt hatten und doch schlug mein dummes Herz für ihn.

Jamie sah so anders aus. Sein blondes Haar war ordentlich frisiert und hing ihm nicht wie sonst so oft in letzter Zeit locker in die Stirn. Sein Körper steckte in einem maßgeschneiderten Anzug, der ihm großartig stand und seine breiten Schultern betonte. Trotzdem gefiel er mir in seinem Jeans- und Shirt-Look deutlich besser. Seine Kieferpartie trat scharf hervor, die Hände hatte er zu Fäusten geballt. Alles an ihm schrie hinaus, wie ungern er hier sein wollte. Während mein dummes Herz sich freute, ihn zu sehen, schien er sich ganz weit wegzuwünschen. Wahrscheinlich hatte sein Vater ihn einfach gezwungen, hierherzukommen. Wenn es nach Jamie gegangen wäre, hätte er es sich sicher in seinem schicken Appartement bequem gemacht und keinen Gedanken an Woodside oder - was mehr schmerzte - an mich vergeudet.

»Alles okay?«, raunte Summer mir ins Ohr und strich sanft über meinen Unterarm.

»Natürlich. Warum sollte etwas nicht in Ordnung sein?« Ich lächelte, aber es fühlte sich an wie eine gruselige Maske.

40. Hazel

Ich schloss die Augen und atmete ein paar Mal tief durch, dann straffte ich die Schultern. Es war nicht notwendig, nach außen zu zeigen, wie zerschlagen ich mich fühlte. Ich sah die teils mitleidigen, teils neugierigen Blicke der Nachbarschaft und ignorierte sie, so gut ich konnte. Auch wenn sich alles in mir verkriechen wollte, schritt ich so würdevoll wie möglich durch die Stuhlreihen nach vorn zum Fuß der Treppe. Hatte ich mich vorher bereits kolossal unvorbereitet gefühlt, erreichte dies nun eine ganz neue Ebene. Es war die eine Sache vor den Anwohnern zu sprechen, aber eine ganz andere, es vor dieser MacLannister-Delegation zu tun. Victor würde keine Sekunde zögern und mich in der Luft zerreißen, wenn ich einen Fehler machte. Verfluchte Scheiße … Ich hätte mich nicht von Jamie ablenken lassen dürfen, sondern das hier ernster nehmen sollen. Dieser ganze Schlamassel war auf meinem Mist gewachsen. Wenn MacLannister nun Woodside als Bauprojekt erachten würde, wäre das ganz allein meine Schuld.

Ein junger Mann schleppte ein unförmiges Ding mit einem weißen Laken darüber ins Foyer und stellte es vor der Treppe auf einem Tisch ab, von dem ich vorher keine Notiz genommen hatte. Stirnrunzelnd sah ich den Mann an. Er lächelte knapp und drängte sich an mir vorbei.

Ich hatte genügend romantische Komödien gesehen, in denen der Protagonist oder die Protagonistin im architektonischen Bereich tätig war, um zu ahnen, dass sich darunter ein Modell befand. Hatte Jamie seine Zeichnungen, unsere Ideen etwa bereits soweit umgesetzt? Aber es waren doch gar nicht mehr als das gewesen: Ideen …

Meine Nervosität schwang sich zu ganz neuen Höhen auf. Ich hasste es, nicht wirklich zu wissen, was hier vor sich ging.

Im Publikum kehrte schlagartig Ruhe ein, als Victor MacLannister die unterste Treppenstufe betrat, die abermals als improvisierte Bühne diente. Nur noch vereinzelt schabten Stuhlbeine über den dunklen Holzboden.

»Guten Abend, Woodside!«, rief er, als sei er ein Rockstar, der seine Fans auf einem Konzert begrüßte.

Mein Blick flog zu Jamie, der die Augen verdrehte. Als er bemerkte, dass ich ihn ansah, flog ein weicher Ausdruck über sein Gesicht. Beinahe zu kurz, um ihn wahrzunehmen, doch mein Herz hatte ihn sehr wohl registriert. Ein Ruck ging durch seinen Körper, so als wolle er zu mir kommen, doch Mel, die neben ihm stand, griff nach seinem Handgelenk und warf ihm einen finsteren Blick zu.

»Wie schön, wieder hier zu sein«, fuhr Victor unterdessen fort, als der verhaltene Applaus verebbt war. »Für diejenigen unter Ihnen, die mich nicht kennen: Mein Name ist Victor MacLannister, CEO der MacLannister Corp. und ehemaliger Nachbar von Ihnen allen.« Er machte eine dramatische Pause. Sein Auftritt wirkte fast wie der eines Motivationscoaches oder Fernsehpredigers.

Man konnte ihm ein gewisses Charisma nicht absprechen, das zeigte auch der Blick in die Menge. Alle hingen gebannt an seinen Lippen. Mit dem Mikro in der Hand wirkte er nicht mehr kühl und distanziert, sondern charmant und als wäre er ein netter Kerl, der für alle Menschen nur das Beste wollte.

»Ich freue mich, wieder zurück zu sein an diesem wundervollen Ort, in dem meine Familie und ich so viele schöne Stunden erlebt haben und den Sie alle Ihr zauberhaftes Zuhause nennen.« Wieder erntete er Applaus, diesmal weniger verhalten als zuvor. »Und da ich diesen Ort genauso wie Sie alle liebe«, er fasste sich theatralisch ans Herz, »ist es mir ein ganz persönliches Anliegen und eine wirkliche Herzensangelegenheit, dieser schlafenden Schönheit wieder richtiges Leben einzuhauchen. Das Projekt, welches mein Sohn Jamie«, er machte eine Geste zu Jamie, der die Hände noch immer zu Fäusten ballte, »für Sie alle ausgearbeitet hat, bringt Ihnen nur Positives. Sie bekommen mehr Arbeitsplätze, mehr Restaurants und Geschäfte, mehr Freizeitangebote und - das ist mein persönlicher Lieblingsgrund für Sie - die Grundstückspreise werden steigen. Das heißt, wenn Sie irgendwann Ihr Eigentum verkaufen wollen, bekommen Sie nicht die Kinkerlitzchen, die Sie aktuell bekämen, sondern einen ordentlichen Batzen Geld für einen rosigen und wohlverdienten Ruhestand.«

Victor verschränkte die Arme, als abermals Applaus aufbrandete. »Und all das erreichen wir hiermit.« Er ging zu dem mit weißem Laken abgedeckten Modell, lüpfte das Tuch ein wenig und spähte darunter. »Ladies und Gentlemen, Sie werden es lieben. Es ist wirklich unglaublich schön.« Dann zog er mit einem Ruck das Tuch runter.

Ein Raunen ging durch die Menge und ich erstarrte. Zum Vorschein kam kein Abbild Jamies und meiner Ideen. Was ich da sah, war das Modell einer vollkommen neuen Ortschaft. Die kleinen bunten Holzhäuser, die den Ortskern von Woodside jetzt dominierten, waren verschwunden. An ihre Stelle hatte man weiße, quadratische Gebäude gesetzt, die die Mainstreet nach Victors Willen säumten. Der Wald rund um den See war größtenteils gerodet, verdrängt von ebenso strahlend weißen Würfeln, die sich dicht an dicht an die Uferlinie des Crystal Lakes schmiegten, ohne sich in die bestehende Natur einzufügen. Nichts an diesem Modell erinnerte an die nachhaltige Bauweise, die Jamie und ich angestrebt hatten. Nichts an den gemäßigten Tourismus, den wir gemeinsam in Woodside hatten aufbauen wollen. Nein. Das, was uns hier präsentiert wurde, war die Albtraumvision eines skrupellosen Bauunternehmers.

Mein Blick flog zu Jamie, der stur auf das Modell starrte. Seine Kiefermuskulatur arbeitete. Ich hörte es nicht, doch es war nicht zu übersehen, dass er mit den Zähnen knirschte.

Victor hob die Hände, um das immer lauter werdende Gemurmel zu unterbrechen. »Ich weiß, ich weiß. Sie fragen sich, was mit den bestehenden Häusern passieren wird. Nun, das ist ganz einfach. Wir werden Woodside modernisieren, und dazu gehört selbstverständlich auch, sich von Altem zu verabschieden. Stellen Sie es sich vor wie beim Zahnarzt: Wenn Ihre Zähne nicht mehr gut sind, werden sie gezogen und machen Platz für schönere neue Zähne. Genauso werden wir es mit den Häusern hier machen. Die alten, verwitterten Bauten werden Stück für Stück abgerissen, um topmodernen Gebäuden mit modernem Komfort Platz zu machen. In all diesen Häusern«, er deutete auf eine Reihe drei- bis viergeschossigen Bauten, die den Ortskern markierten, »wird es in den oberen Stockwerken Ferienwohnungen geben, die an Touristen vermietet werden können. Stellen Sie sich vor, wie viele Menschen herkommen werden, um das morgendliche Spektakel des Sonnenaufgangs am Crystal Lake zu bestaunen.«

»Aber dafür müssen Sie doch nicht die gesamte Stadt plattmachen!«, ertönte ein Ruf aus dem Publikum.

»Ich verstehe Ihre Bedenken, Sir. Die Eigentümer, die uns ihre Grundstücke zur Verfügung stellen, werden selbstverständlich großzügig und weit über dem aktuellen Marktwert entschädigt. Wir haben bereits mit einigen von Ihnen gesprochen und erste Vorverträge unterschrieben. Sie sehen also, niemand muss sich Sorgen machen.« Victors Stimme klang selbstbewusst und siegessicher, ich hörte sein kaltes Lächeln mit jedem Wort. Doch ich sah ihn nicht an, mein Blick war fest auf Jamie gerichtet. Das war also von Anfang an sein Plan gewesen …

41. Jamie

Zwei Tage zuvor

Mel begrüßte mich mit Luftküssen auf meinen Wangen. Diese Art der Begrüßung hatte ich schon immer als unfassbar albern empfunden.

»Jamie, es ist schön, dich zu sehen«, flötete sie und ließ sich auf dem Ledersofa nieder, das meinem Sessel gegenüberstand. Sie lehnte sich mit einem professionellen Lächeln zurück und schlug die langen Beine übereinander.

»Seit wann bist du zurück?« Ich hatte keine Lust auf Small Talk. Mehr und mehr beschlich mich ein ungutes Gefühl. Es konnte nichts Gutes verheißen, wenn meine Schwester und mein Vater mich in die Zange nahmen. Und das würde passieren, da war ich sicher. Genau wie Dad hatte auch Mel dieses Raubtier-Gen, was ihr auch die uneingeschränkte Zuneigung unseres Vaters eingebracht hatte.

»Seit ein paar Tagen. Dad hat mich gebeten, die Firma zu übernehmen. Aber das weißt du ja.« Ein triumphierendes Lächeln umspielte ihre rot geschminkten Lippen.

»Aber dank deiner jüngsten Arbeiten bin ich bereit, über eine doppelte Spitze nachzudenken. Mel wäre für die Finanzen zuständig und du, Jamie, für die Projektplanung und die Umsetzung.«

Ich musterte meinen Vater, scannte sein Gesicht nach Regungen, die seine wahren Beweggründe offenbaren würden, doch ich entdeckte nichts. Kein spöttisches Grinsen, keine skeptisch gelüpfte Augenbraue, keine Enttäuschung im Blick. Stattdessen wirkte sein Blick fast warm, der Ausdruck um seinen Mund zufrieden. Nichts erinnerte an die Kälte, die er mir normalerweise entgegenbrachte.

»Um ehrlich zu sein, überraschst du mich. Seit du auf der Welt bist, Jamie, habe ich dich für einen verweichlichten Waschlappen gehalten. Für einen Schlappschwanz, der mir das Wichtigste in meinem Leben genommen hat.«

Seine Worte trafen mich wie Pfeilspitzen aus Eis direkt ins Herz. Er hatte seine Abneigung bisher nie so unverhohlen und eindeutig formuliert, sondern Taten sprechen lassen. Ein winziger kindlicher Teil von mir hatte an der Hoffnung festgehalten, mein Vater würde mich lieben. Zwar auf eine verkorkste Art und er hätte nur Schwierigkeiten, seine Gefühle zu zeigen. Diese dumme, törichte Hoffnung zerbarst mit seinen Worten in abertausende Teile.

»Ich habe zu keiner Sekunde deines bisherigen Lebens etwas von mir in dir wiedererkannt. Dir fehlte der Biss, der Jagdinstinkt. Ich habe dir oft gesagt, wie sehr ich wünschte, dass es an jenem Abend dich getroffen hätte.«

Seine Worte trieben die eisigen Pfeilspitzen immer tiefer, immer drängender in mich. Sie rissen klaffende Wunden in mein Fleisch, ließen mein Blut zu Eiskristallen gefrieren, die scharfkantig in meine Venen schnitten.

»Doch nun - durch deine aktuellen Arbeiten - zeigst du mir, dass doch ein Teil von mir in dir steckt.« Zufrieden lehnte er sich zurück und musterte mich. »Deine Mutter hat mir oft gesagt, dass ich zu streng mit dir bin. Sie hat mich angefleht, dich nicht so zu *quälen* - ihre Worte, nicht meine. Aber nun erkenne ich, wie richtig ich lag. Ich habe dich geschliffen, und nun bist du zu dem Diamanten geworden, den ich immer in deinem Bruder gesehen habe. Oder wenigstens ein Zirkonia.«

Mel beugte sich vor und drückte einen Knopf auf der Fernbedienung, die auf dem Tisch lag. Auf ihren Befehl glitten die Schranktüren an der Wand neben der Tür auseinander und offenbarten einen riesigen Bildschirm. Sie schaltete ihn an und Bilder bauten sich in einer stilvollen Präsentation auf, die ich sofort wiedererkannte. Ich starrte auf den Monitor, dann sah ich abwechselnd zwischen meinem Vater und Mel hin und her. »Woher habt ihr die?«, fragte ich mit erstickter Stimme.

»Aus diesem entsetzlichen Wohnwagen, das weißt du doch.«

Ich deutete auf die Bilder. »Diese Zeichnungen hatte ich entsorgt«, fügte ich nun deutlich ungehaltener hinzu.

»Vollkommen unverständlich, wenn du mich fragst. Sie sind brillant. Fast ärgere ich mich, dass ich nicht selbst auf die Idee gekommen bin, dieses vermaledeite Kaff dem Erdboden gleichzumachen.«

»Das ist nicht das, was ich will, Dad. Was ist aus den anderen Skizzen geworden?«

»Du meinst diese lächerlichen Bildchen von Blockhütten und Baumhäusern?« Mel lachte spöttisch. In diesem Moment sah sie exakt so aus wie eine jüngere, weibliche Version unseres Vaters. »Die MacLannister Corp. steht nicht für solch armselige Bauvorhaben. Baumhäuser sind etwas für kleine Kinder und alternative Spinner, Blockhütten für Baumfäller. Wir stehen für Bauprojekte der Moderne. Klare Strukturen, gerade Linien, schnörkellose Architektur. Das sind wir. Nicht dieses lächerliche Gekritzel.«

»Deine Schwester hat recht. Ich dachte, das hättest du verstanden.« Die Stimme meines Vaters war nun wieder deutlich kühler, in seiner Miene zeichnete sich die vertraute

Enttäuschung ab. »Aber da habe ich mich wohl getäuscht. Wie bedauerlich.«

»In ihm steckt nun mal kein MacLannister, Dad.« Mel reckte überheblich das Kinn. »Das habe ich dir von Anfang an gesagt.«

»War das alles?« Ich musste all meine Willenskraft mobilisieren, um nicht ausfallend zu werden. Es war offensichtlich, wie sehr meine Schwester, wie sehr mein Vater mich verabscheute. Warum sollte ich noch um seine Zuneigung kämpfen, wenn er sie mir - der Person, die ich sein wollte - nicht geben konnte?

»Nein.« Victors Miene glättete sich, in seinen Blick kehrte Wärme zurück. »Ich möchte dir einen Vorschlag machen.«

Ich hielt im Aufstehen inne, setzte mich zurück auf die Sesselkante und forderte ihn stumm auf, weiterzusprechen.

»Möglicherweise können wir unsere Vorstellungen für Woodside kombinieren. Ein Hotel nach meinen Vorstellungen auf der einen, rustikale Ferienunterkünfte nach deiner Vision auf der anderen. Was denkst du?«

»Ich …«

Er stoppte meine Worte mit einer Handbewegung. »Du brauchst es nicht jetzt zu entscheiden. Komm doch heute Abend zum Dinner zu uns. Deine Mutter würde sich sicherlich sehr freuen. Stell doch bis dahin eine kurze Präsentation zusammen. Nichts Großes, nur eine Verdeutlichung, wie man beide Varianten kombinieren könnte.«

»Dad?«

Victor wischte Mels Einwand mit einer Handbewegung davon. »Nun, Jamie. Was sagst du?«

»In Ordnung.«

Den restlichen Tag saß ich an meinem MacBook, um eine einigermaßen ansprechende Präsentation zu gestalten. Die Idee meines Vaters - beide Projekte zu kombinieren - war der, die Hazel und ich diskutiert hatten, gar nicht so unähnlich. Vielleicht würde ich ihn sogar davon überzeugen können, das Bauvorhaben in Woodside als eine Art Zeitenwende für seine Firma zu nutzen. Weg von der sich alles unterwerfenden Architektur und hin zu naturgebundenen Bauprojekten. Es könnte ein erster Schritt in die Zukunft des Unternehmens werden. Wenn ich es schaffte, ihn zu überzeugen - oder wenigstens dieses Projekt als etwas Neuartiges zu akzeptieren -, dann würde er auch mich endlich akzeptieren. Er hatte unmissverständlich deutlich gemacht, wie sehr er mich verabscheute. Und es hatte wehgetan. So verflucht wehgetan. Aber ich hatte mich in den letzten Wochen geändert. Stimmte das? Hatte ich mich wirklich geändert, oder hatte ich nur das Kostüm abgestreift, das ich seinetwegen immer übergezogen hatte. Nur, um ihm zu gefallen?

Heute Abend wollte ich ihm endlich entgegentreten, für meine Ideen kämpfen - für Woodside kämpfen. Für Hazel kämpfen. Das würde ihm imponieren, da war ich sicher. Wenn es etwas gab, das Victor MacLannister hasste, dann Schwäche, und genau die würde ich ihm ab sofort nicht mehr zeigen.

Ich hatte mir den Arsch aufgerissen, um so zu sein, wie er es sich vorstellte, und konnte seine Ansprüche doch nie erfüllen. Es war nun an der Zeit, ihm zu zeigen, wie ich wirklich war. Und wenn ich das bewerkstelligen konnte, dann würde er mich sicher mit anderen Augen sehen. Er würde mich nie lieben, aber das war mir inzwischen egal. Aber seinen Respekt und seine Anerkennung wollte ich noch immer.

Eine mir unbekannte Frau mit schwarzen Haaren und gespenstisch weißer Haut öffnete mir die Tür des Stadthauses meiner Familie. Es lag in einer der ruhigeren Nebenstraßen Chelseas.

»Guten Abend«, begrüßte sie mich. »Master Jamie?« Sie machte Anstalten, mir meine Jacke von den Schultern zu ziehen, doch ich kam ihr zuvor. Ich zog sie aus und reichte ihr das Kleidungsstück.

»Jamie reicht. Danke.«

Sie nickte und verschwand lautlos in Richtung der Küche. Ich sah ihr nach und schüttelte das Gefühl ab, in einem Horrorhaus gelandet zu sein.

Mein Blick fiel ins Wohnzimmer, das sich rechts vom Flur erstreckte. Auf den hellen Chesterfieldsofas, die vorm Kamin standen, saß niemand. Ich wandte mich um und spähte ins gegenüberliegende Esszimmer, in dem der lange Tisch für drei Personen gedeckt war. Ich legte die Stirn in Falten.

»Ah, Jamie.« Mein Vater kam die Treppe runter und empfing mich mit einem geschäftsmäßigen Handschlag. Wäre ja auch nicht auszudenken, den eigenen Sohn zur Begrüßung in den Arm zu nehmen.

»Wo ist Gabriella?«, fragte ich und deutete in die Richtung, in die die Haushälterin - zumindest nahm ich an, dass sie das war - verschwunden war.

»Wer?« Dad stutzte, dann schien ihm einzufallen, wen ich meinte. »Oh, Gabriella. Ja, das war ein Jammer. Wie sich herausstellte, waren ihre Papiere nicht korrekt. Da musste ich sie natürlich melden. Schlimm war das.«

»Du wusstest das doch. Ihr habt sie doch jahrelang inoffiziell beschäftigt.« Ungläubig sah ich ihn an. »Wo ist sie jetzt? Geht es ihr gut?«

Er lachte. »Woher soll ich das wissen? Ich nehme an, sie wird wieder in Mexiko sein.«

»Sie kam aus Kolumbien, Dad.«

Er schnalzte mit der Zunge. »Wie auch immer. Komm rein.« Mit einer einladenden Armbewegung deutete er aufs Wohnzimmer und ich folgte der Geste.

»Wo ist Mom?«

»Sie verspätet sich. Möchtest du etwas trinken?«

»Nur ein Wasser.« Enttäuschung wallte in mir auf. Ich hatte mich gefreut, meine Mutter zu sehen, und hatte - das musste ich zugeben - auf ihre Unterstützung bei der Präsentation gehofft. Sie war schon immer auf meiner Seite gewesen, hatte aber gegen meinen Vater stets auf verlorenem Posten gekämpft. War es in den meisten anderen Familien noch immer üblich, dass die Mutter federführend in der Erziehung der Sprösslinge war, so hatte dies bei uns Dad übernommen. Wenigstens, wenn es um Bestrafung ging.

»Guten Abend.« Anstatt meiner Mutter betrat Mel zu meiner Überraschung das Wohnzimmer. Sie trug nicht mehr das Business-Outfit von vorhin, sondern hatte es gegen ein schwarzes Strickkleid getauscht. Bei jeder anderen Person hätte es leger oder sogar sackartig gewirkt, doch an ihr sah es elegant und stilvoll aus.

»Mel? Wohnst du hier?« Ich hatte die Haustür nicht gehört und sie zuvor auch in keinem der Räume bemerkt. Also musste sie oben gewesen sein.

»Ja«, antwortete sie. »Meine Wohnung wird noch renoviert. Deshalb habe ich mich bei Mom und Dad einquartiert.« Sie rutschte auf eines der Sofas neben Dad. Er legte kurz liebevoll seine Hand auf ihr Knie.

»Und es ist schön, dich hierzuhaben.«

»Wie man hört, hast du ein paar Tage Urlaub in der alten Heimat gemacht. Wie war es denn so in Woodside?« Etwas in Mels Stimme ließ mich aufhorchen. Für ungeübte Ohren mochte sie ehrlich interessiert und freundlich klingen. Doch ich kannte sie und wusste, dass sie nie einfach nur ehrlich interessiert und freundlich war.

»Es war … nett.«

»Nett? Soso. Und war jemand besonders nett zu dir?«

»Ich weiß nicht, was du meinst.«

»Nun tu doch nicht so. Ich meine natürlich *Hazel-Basil.*«

Sie sprach Hazels Spitznamen abfällig und ohne jegliche Wärme aus. Nichts daran erinnerte an das Augenzwinkern, mit dem ich ihn zuletzt genutzt hatte. Aus dem Mund meiner Schwester triefte er vor Abneigung und Spott. Fast, als würde sie sich vor Hazel ekeln.

»Hat sie dich wieder angehimmelt aus ihren kleinen Schweinchenaugen in ihrem kleinen, fetten Schweinchenkopf.« Sie grinste hämisch.

Dad lachte auf. »Ach, dieses Mädchen, das dich früher schon so vergöttert hat? Ist sie noch immer dort?«

»Hört auf, so über sie zu sprechen«, zischte ich. »Weder hat sie …« Ich wusste, es würde nur noch schlimmer werden, wenn ich ins Detail ging. »Lasst sie einfach in Ruhe.«

»Nun, schweinsäugige Dorfpomeranzen sollen auch nicht unser Thema sein.« Mein Vater lehnte sich zurück und schlug die Beine übereinander. »Jamie, hast du etwas für uns vorbereitet?«

»Ja, natürlich.« Ich spannte mich an. »Sollten wir nicht auf Mom warten?«

Mel schnaubte. »Oh, kann der kleine Jamie keine Präsentation ohne Mommy halten?«

Ich verdrehte die Augen. »Ich dachte eher, es würde sie vielleicht interessieren, weil sie Woodside immer so sehr geliebt hat und neulich war sie ja auch bei dort bei mir. Sie hat also von euch die frischeste Erinnerung an Woodside.«

»Bitte keinen Streit. Du kannst deine Präsentation auch gern nach dem Essen halten. Nur ich befürchte, sie wird bis dahin auch nicht hier sein, und wir wollen sie doch auch nicht langweilen, oder?«

»Na gut«, willigte ich ein. »Dann beginnen wir jetzt. Ich nahm mein Smartphone aus der Tasche. »Hast du ein iPad für mich? Auf dem Handy könnte es etwas klein sein. Oder soll ich es mit dem Fernseher verbinden?«

»Hol dir gern das iPad aus dem Arbeitszimmer. Es liegt auf meinem Schreibtisch.«

»Okay.« Ich wollte eben aufstehen, um das Gerät zu holen, da erschien die Haushälterin in der Tür.

»Darf ich servieren?«

Mein Vater nickte ihr zu. »Wie es aussieht, werden wir doch erst essen.«

Nach vier köstlichen Gängen tupfte ich mir die Mundwinkel mit einer weichen Serviette ab. Mein Blick fiel auf den leeren Platz, an dem sonst meine Mutter saß. Ich sah auf die Wanduhr, die neben der Esszimmertür hing.

»Meint ihr, sie wird noch kommen?«

Dad sah von seinem Tiramisu auf. »Ich befürchte nicht. Sie hat so eine Wohltätigkeitsveranstaltung heute Abend. Sie wollte sich zwar beeilen, aber meiner Erfahrung nach dauern diese Sachen immer länger als erwartet. Und Networking ist in diesen Kreisen wichtig.«

»Na gut. Dann werde ich mal das Tablet holen und dir zeigen, was ich mir vorstelle.«

»Mir und deiner Schwester. Sie wird immerhin dein Boss sein, wenn deine Präsentation nicht gut ist. Denk daran: Deine Zukunft in der Firma hängt davon ab.«

»Danke für die Erinnerung, Dad.« Ich beeilte mich, die Treppe nach oben zu kommen. Inzwischen war es draußen dunkel geworden und der Flur im oberen Stockwerk, in dem das Arbeitszimmer lag, wurde nur durch eine Tischlampe schwach erhellt. Ich schluckte gegen die aufkommende

Unruhe an und mahnte mich selbst, ruhig zu bleiben. Alles war in Ordnung. Ich war im Haus meiner Eltern, nicht in einem finsteren Park voller im Schatten lauernder Albträume. Außerdem spendete die Lampe ausreichend Licht, um nicht durchzudrehen. Wenigstens redete mir das der rationale Teil meines Gehirns ein. Als würde ich in schwarzes Wasser tauchen müssen, hielt ich die Luft an und beeilte mich, über den Korridor zu kommen.

Ich schob die Tür zum Büro auf. Der Raum lag in vollkommener Dunkelheit vor mir. Eine eisige Gänsehaut rieselte über meinen Rücken, ein fröstelndes Schaudern griff nach mir.

»Ivy«, sprach ich die künstliche Intelligenz an, die mein Vater inzwischen in all seinen Projekten verbaute und in diesem Haus den Prototypen installiert hatte. »Schalte das Licht an.«

Sofort wurde der Raum in ein warmes Licht gehüllt, das so gar nicht zu seinem Besitzer passen wollte. Ich atmete erleichtert auf, ging zum Schreibtisch, wollte nach dem iPad greifen, doch ich stutzte. Auf der polierten Holzplatte lag nichts außer einem zugeklappten Laptop, einer Lesebrille neben einem Notizbuch.

»Dad!«, rief ich durch die offene Tür nach unten. »Hier ist kein Tablet.«

»Es muss dort irgendwo sein. Vielleicht in einer der Schubladen«, kam die gedämpfte Antwort.

Ich zog ein paar Schubladen des Schreibtisches auf, fand aber nicht, was ich suchte. »Toll«, murmelte ich. »Dann muss es eben so gehen.«

In dem Moment erlosch das Licht im Arbeitszimmer, nur ein schmaler Streifen Helligkeit floss aus dem Flur herein. Sofort war die Gänsehaut zurück. Meine Finger verkrampften sich um das Holz der Schreibtischplatte. »Ivy, mach das Licht an.«

Nichts geschah.

»Ivy! Mach das Licht an.«

Wieder nichts.

Ich spürte sie kommen, die Panik, die ich schon so oft erlebt hatte. Sie rollte heran wie eine Lawine und ich wusste, sie würde mich mitreißen, wenn ich nicht schnell aus diesem Raum kam. Es waren nur wenige Schritte bis zur rettenden Tür, das musste ich schaffen. Ich setzte einen Fuß vor den anderen. Es fiel mir schwer, so schwer, als würden sich Hände aus dem Boden schälen und nach mir greifen. Mich an Ort und Stelle halten. Ich schluckte einen Schrei hinunter, der sich aus meiner Kehle stehlen wollte. Es ging nicht. Ich durfte keine Schwäche zeigen. Es war nur Dunkelheit und ich kein kleines Kind mehr. Ich atmete tief durch und zwang die Panik zurück in die Ecke, aus der sie gekrochen kam. Noch ein schwerfälliger Schritt und noch einer. Ich war beinahe an der Tür, das Licht des Flurs streifte schon meine Fußspitze. Doch dann fiel sie zu, sperrte die Helligkeit aus und ich versank in tiefster Schwärze.

Der Kies unter meinen Füßen knirschte, jeder Schritt klang unnatürlich laut. Beinahe so, als würde er nach etwas rufen. Die Stimmen vor mir schallten ebenso laut durch den Park - dabei sollten sie doch leise sein, keine Aufmerksamkeit auf sich ziehen. Hektisch drehte ich mich um. Suchte die Umgebung mit den Augen ab, entdeckte nichts Bedrohliches. Nur Bäume und Bänke mit Laternen an ihrer Seite links und rechts des Weges.

Wenn ich sie zur Eile trieb, würden sie es dieses Mal vielleicht schaffen. Vielleicht würden sie das Ende des Parks rechtzeitig erreichen. Ich musste mich nur genug anstrengen, musste alles geben. Ich durfte nicht versagen. Nicht schon wieder. Also schrie ich. Ich schrie, so laut ich konnte, bis mein Hals rau war und schmerzte, doch sie hörten mich nicht.

Tränen sickerten aus meinen Augen, rannen über meine Wangen. Wieder ein hektischer Blick über die Schulter. Mein Blick flog hin und her und da sah ich ihn. Er schälte sich langsam aus der Dunkelheit. Schritt für Schritt.

Ich schrie noch lauter, stieß den Jungen an. Aber er spürte es nicht. Er reagierte nicht auf mich, sondern plapperte einfach weiter von seiner neuen Schule, dem erstklassigen Footballteam, den Möglichkeiten, die er haben würde, den süßen Mädchen, die ihm auf dem Flur interessierte Blicke zugeworfen hatten.

Wieder drehte ich mich um und erkannte den Kerl im dunklen, abgewetzten Mantel nur wenige Schritte hinter mir. Sein schmieriges Lächeln entblößte faulige Zähne, und als er sprach, drang übler Gestank aus seinem Mund. Ich erstarrte bei seinen Worten. Übelkeit wallte in mir auf, aber ich durfte nicht versagen. Dieses Mal musste ich sie retten.

»Hey, Püppchen«, säuselte er und die beiden drehten sich um.

Warum taten sie das, wieso liefen sie nicht einfach weg?

»Du gibst mir jetzt mal schön deine Tasche.« Er ließ sein Messer aufblitzen.

Die Frau tat, was er wollte. Reichte ihm ihre Tasche, griff nach dem Handgelenk des Jungen, zog ihn ein Stückchen hinter sich. Er starrte nur ängstlich auf das im Laternenlicht glänzende Metall.

»Und den Mantel.«

»Wie bitte?« Sie zog den zweifellos teuren Mantel enger um sich.

»Den Mantel, Bitch!«, zischte er und fuchtelte mit dem Messer vor ihr.

Sie gehorchte abermals, zog mit raschen Bewegungen den Mantel aus und warf ihn dem Mann vor die Füße.

»Püppchen, du bist ja schwanger.«

Sie legte einen Arm schützend über ihren Babybauch.

»Ich habe noch nie eine Schwangere gevögelt. Was meinst du? Soll ich es dir mal richtig besorgen? Du wirst mehr Spaß haben als jemals in deinem Leben. Versprochen.« Er lachte dreckig und leckte sich über die aufgerissenen Lippen.

Ich sprang ihm vor die Füße, wollte ihn daran hindern, einen Schritt nach vorn zu machen. Aber er beachtete mich nicht. Ging einfach weiter, als wäre ich nicht da. Ich wollte nach ihm greifen, ihn zurückhalten, bekam ihn nicht zu fassen.

»Bitte«, flehte die Frau. »Sie haben doch schon mein ganzes Geld, die Tasche ist teuer, der Mantel auch. Er ist wirklich wertvoll. Lassen Sie uns bitte gehen.«

Der Mann legte den Kopf schief und tippte sich mit dem Messer kurz gegen die Lippen. Ein breites Grinsen zog seine Mundwinkel auseinander und offenbarte noch mehr faule Zahnstümpfe in seinem Gesicht. »Nee. Ich hab jetzt Lust auf ein bisschen Spaß.« Er ging auf sie zu, musterte die Frau mit gierigen Augen.

Ich wollte ihn aufhalten, legte all meine Kraft in meine Schläge, aber es war vergeblich. Egal, was ich tat, er ignorierte mich und meine kläglichen Bemühungen, ihn zu hindern.

»Lauf weg«, sagte sie mit erstaunlich klarer Stimme zu ihrem Sohn. »Verschwinde und bring dich in Sicherheit.«

Der Junge wimmerte etwas Unverständliches, seine entsetzten Augen flogen zwischen seiner Mutter und dem Verbrecher hin und her.

»Lauf weg!«, rief sie und stieß den Jungen von sich.

Er gehorchte, lief ein paar Schritte. Dann stoppte er und drehte sich um.

»Nein! Nein! Nein!«, schrie ich so laut und so schrill ich konnte. Er musste gehen - vielleicht konnte er Hilfe holen und das Schlimmste verhindern. Aber er hörte mich nicht.

Zorn verzerrte sein Gesicht, als er zu seiner Mutter lief. Wie die Szenen eines Films flogen die Geschehnisse an mir vorbei. Ich war nichts als ein unbeteiligter Zuschauer. Zur Untätigkeit verbannt.

Ich sah, wie der Junge seine Hand hob, sie auf die Schulter des Peinigers legte und ihn herumwirbelte. Dieser gab einen überraschten Laut von sich. Ich sah das Messer, das mit einem ekelhaften Geräusch die Luft zerschnitt. Ich hörte, wie es durch Fleisch drang. Ich hörte den erstickten Laut des Jungen. Ich hörte den gemurmelten Fluch des Täters. Ich hörte den entsetzten Schrei der Frau und wusste: Ich hatte versagt. Schon wieder.

Ihr Schluchzen durchschnitt die Nacht - herzzerreißend, klagend, voller Verzweiflung. Sie presste ihre Hand auf den Bauch des Jungen, der wimmernd und hustend am Boden lag. Blut quoll unter ihrer Hand hervor, sickerte in den Kiesweg, färbte den hellen Sand dunkel.

Ich suchte meine Taschen nach einem Handy ab, wollte den Notruf wählen, Hilfe holen. Aber es ging nicht. Meine geisterhaften Hände konnten nichts fassen. Ich konnte nicht helfen.

Ich sah, wie der Kopf des Jungen kraftlos nach hinten sackte, wie sich seine Augen schlossen und wusste, sie würden sich nie wieder öffnen.

»Robbie«, flüsterte die Frau an seiner Brust. »Bitte …« Ein beinahe stummes Flehen, das niemand erhörte.

»Jamie.«

Wieder die Stimme der Frau. Ich hörte sie, als sei ich unter Wasser.

»Jamie, sieh mich bitte an.«

Mühsam blinzelnd, als wären meine Lider zentnerschwer,

öffnete ich die Augen. Verengte sie gegen die plötzliche Helligkeit, die mich blendete und gleichzeitig meinen hämmernden Herzschlag beruhigte.

»Alles in Ordnung?« Mit einer liebevollen Geste strich meine Mutter eine Haarsträhne zurück, die auf meiner verschwitzten Stirn klebte.

»Ich konnte ihn nicht retten, Mom.« Meine Worte waren kaum mehr als ein Hauch.

»Wen denn, mein Schatz?«

»Robbie. Ich konnte ihn nicht retten. Ich habe versagt.«

Sie zog die Stirn in Falten und legte den Kopf schief. »Robbie? Wie hättest du ihn retten können? Du warst doch noch nicht mal geboren, Jamie.«

»Aber er ist nur wegen mir gestorben. Nur meinetwegen wollte der Mann dich vergewaltigen. Nur meinetwegen wollte er dich beschützen.«

»Oh, Liebling.« Mit einem schmerzhaften Laut irgendwo zwischen einem Wimmern und Seufzen zog sie mich dichter an sich und strich in gleichmäßigen Kreisen beruhigend über meinen Rücken. »Wie kommst du denn darauf? Es gibt nur einen Menschen auf dieser Welt, der dafür verantwortlich ist, und das ist der Mann, der uns überfallen hat. Und wenn sich jemand Vorwürfe machen kann, dann bin ich es, weil ich mit ihm durch den Park gegangen bin, obwohl es dort in den Wochen zuvor zu vermehrten Überfällen gekommen war. Aber dich trifft nun überhaupt keine Schuld.«

»Aber Dad …« Ich hasste mich dafür, wie ein jammerndes Kind zu klingen, das in den Armen seiner Mutter weint. Ich durfte keine Schwäche zeigen und das, was ich hier tat, war der Inbegriff von Schwäche. »Er hat es immer wieder gesagt.«

»Was ist hier los?« Wie auf Befehl kam mein Vater in sein Arbeitszimmer gestürmt. Sein abfälliger Blick heftete sich sofort auf mich. »Warum heulst du, Jamie?«

»Unser Sohn hatte eine Panikattacke, Victor.« Meine Mutter rappelte sich auf und stellte sich halb vor mich.

»Panikattacken sind etwas für Schwächlinge.«

»Victor! Wie redest du denn? Niemand kann etwas dafür. So etwas lässt sich nicht steuern.«

»Natürlich lässt sich das steuern. Aber selbstverständlich nicht, wenn man so ein Schlappschwanz ist wie dieser Versager.« Mit einem verächtlichen Schnauben deutete er auf mich. Alles in mir verkrampfte sich, wurde zu einem wilden Toben. Zorn, Wut, Schmerz - alles ergriff gleichzeitig Besitz von mir. Ich sprang in einem Satz auf die Füße. Ignorierte das zitternde Gefühl in meinen Beinen, so wie ich jahrelang die Abneigung meines Vaters mir gegenüber ignoriert hatte.

»Du bist hier der Versager, Vater.« Erleichtert über meine feste, laute Stimme fuhr ich fort. »Du bist derjenige, der sich schämen sollte. Nicht ich.«

Victor verschränkte die Arme. Ein spöttisches Lächeln verzog seine Lippen. »Willst du jetzt den starken Mann spielen, Jamie? Wollen wir mal sehen, wie stark du bist, wenn ich das Licht ausschalte? Wenn ich dich wieder in den Schrank sperre?«

»Ja, das kannst du, oder? Einen kleinen Jungen in den Schrank sperren, weil er keine Angst mehr im Dunkeln haben soll. Weil Angst etwas für Versager ist, nicht wahr?«

»Wovon redest du, Jamie?«, schaltete sich meine Mutter ein.

»Davon, dass er mich immer wieder in den Schrank eingesperrt hat, weil ich Angst im Dunkeln hatte. Weil er mir immer und immer wieder eingetrichtert hat, ich sei schuld an dem Überfall. Ich sei schuld daran, dass Robbie gestorben ist.«

»Nimm seinen Namen nicht in den Mund.« Dad kam einen Schritt näher auf mich zu. »Er war mit seinen dreizehn Jahren mehr Mann, als du es je sein wirst. Er hätte niemals sterben dürfen. Lieber wäre mir gewesen, dieser Kerl hätte dich im Bauch deiner Mutter abgestochen.«

Ich hörte meine Mutter hinter mir nach Luft schnappen, doch ich ignorierte sie. Konnte jetzt keine Rücksicht darauf nehmen, wie sie sich fühlte. Sie sollte endlich sehen, welch ein kaltherziges Arschloch er war.

»Ich habe alles versucht, dich zu einem echten MacLannister zu erziehen. Dich zu jemandem zu formen, der in der Lage ist, zu führen. Aber so jemand wird nie aus dir werden. Alles an dir ist weich und schlaff. Du bist der geborene Versager, Jamie.«

»Nein. Das bin ich nicht. Du meinst, es sei eine Schwäche, wenn man Gefühle hat. Wenn man Empathie zeigt. Aber das ist es nicht. Im Gegenteil. Emotionale Intelligenz nennt man das, Dad. Solltest du mal googeln. Vielleicht findest du etwas dazu - denn in dir wirst du nichts finden.« Ich wandte mich meiner Mutter zu. Tränen liefen ihr übers Gesicht. »Komm, Mom. Wir haben hier nichts mehr zu suchen.«

42. Hazel

Aufgeregtes Durcheinander brandete auf. Überall wurde wild gestikuliert, gestritten, gebrüllt. Doch in mir war es taub. Ich hatte Jamie vertraut und nun würde er den Ort, den ich so sehr liebte, zerstören. Und das nur, um seinem Vater zu gefallen.

Ich ließ meinen Blick über das Publikum gleiten, schüttelte den Kopf und schlüpfte durch die Seitentür, die in das Archiv führte. Es roch nach alten Papieren und Geschichte. Die Geschichte eines Ortes, den es bald nicht mehr geben würde.

Mit einem schweren Seufzen lehnte ich mich gegen die Wand und vergrub das Gesicht in meinen Händen. Wie hatte ich nur glauben können, dass Jamie sich geändert hatte? Er war noch immer derselbe egoistische Mistkerl, der er früher gewesen war.

»Hey.« Eine leise Stimme erklang neben mir und ich atmete tief ein.

»Was willst du, Jamie?«

»Nach dir sehen. Ich habe gesehen, dass du dich aus dem Staub gemacht hast.«

»Ich halte diese Streitereien nicht aus. Nachbarn, die sich gegenseitig zerfleischen. Hast du jetzt, was du wolltest?«

»Was meinst du?« Er streckte die Hand nach meinem Arm aus, stoppte jedoch, kurz bevor seine Finger mich berührten. Mein verräterisches Herz stolperte enttäuscht in seiner Sehnsucht nach Jamies Berührungen.

»Das war doch von Anfang an dein Plan, oder? Glaub nicht, ich hätte das Modell nicht wiedererkannt. Es beruht auf deiner ersten Zeichnung.«

»Das stimmt. Also das mit der Zeichnung. Nicht das mit dem Plan.«

»Warum hast du das getan? Erst so tun, als hättest du dich verändert. Ich habe dir das geglaubt, weißt du. Genau wie damals habe ich wirklich gedacht, dass du nicht so ein skrupelloses Arschloch bist wie dein Vater. Ich habe in dir den missverstandenen Bad Boy gesehen. Der, der selbst eine verwundete Seele hat und nur um sich schlägt, damit diese niemand zu Gesicht bekommt. Aber da habe ich mich getäuscht. So etwas gibt es nur in Büchern und Filmen. In der Realität bleibt ein Arschloch ein Arschloch.« Ich sah ihn an und hoffte, mein Blick wäre zornig oder wenigstens gleichgültig. Aber vermutlich lag eher unendlicher Schmerz darin. Denn wenn die Augen unsere Emotionen widerspiegelten, dann könnte in ihnen absolut nichts anderes stehen.

»Okay. Wenn du das wirklich von mir denkst, dann gehe ich jetzt und lass dich allein.«

Ich wollte etwas sagen, wollte von ihm hören, wie sehr ich mich täuschte. Doch ich blieb stumm und nickte nur. Jamie drehte sich um und ließ mich in dem muffigen Aktenraum zurück.

Ein verzweifeltes Schluchzen drang aus meiner Kehle und in diesem Moment war ich froh über den Tumult, der in der Lobby herrschte. Wenigstens würde mich niemand hören.

»Meine Damen und Herren, dürfte ich um Ihre Aufmerksamkeit bitten.« Es war Jamies Stimme, die plötzlich laut und klar aus dem Foyer ertönte. Nun würde er also seine Pläne erklären und alle Anwesenden um den kleinen Finger wickeln, so wie er es bei mir gemacht hatte. »Einige von Ihnen - von euch - kennen mich. Ich habe mit meiner Familie früher in Woodside gelebt und habe hier die letzten Wochen verbracht.«

Ich wollte gehen, das Rathaus verlassen. Aber aus dem Archiv führte keine zweite Tür hinaus und ich wollte nicht verheult durchs Foyer spazieren, vorbei an allen anderen. Mir blieb nichts anderes, als mich an die Wand zu lehnen und abzuwarten, bis alle das Rathaus verlassen hätten. Ich musste wohl oder übel warten und Jamies kleine Rede über mich ergehen lassen. Es sei denn, ich presste mir die Hände auf die Ohren, aber das kam mir dann doch zu kindisch vor.

»Als ich vor ungefähr vier Wochen zurück hierherkam, war ich nicht begeistert. Versteht mich nicht falsch, ich habe Woodside immer sehr gemocht - na ja, zumindest ein bisschen. Aber ich habe mich hier nie von meiner besten Seite gezeigt und ich wusste, dass viele hier mich hassen. Und das mit gutem Recht. Ich habe in meiner Jugend Mist gebaut. Echten Mist. Viele von euch wissen, was ich meine.« Er machte eine kurze Pause, als müsse er sich für die nächsten Worte wappnen. »Mir wurde seit frühester Kindheit eingetrichtert, es sei falsch, sich für Fehler zu entschuldigen. Es seien nur Schwächlinge, die sich entschuldigen. Lange Zeit habe ich das geglaubt, habe diesen Grundsatz verinnerlicht. Aber heute weiß ich, dass es falsch ist. Menschen machen Fehler und das ist okay. Wichtig ist nur, für diese Fehler geradezustehen und sich dafür zu entschuldigen.«

Ich hörte ihn vernehmlich Luft holen. »Ethan.«

Ein Raunen ging durch die Menge und auch ich schnappte nach Luft.

»Ich habe dich gequält, geschlagen, unter Druck gesetzt. Alles ohne Grund, nur weil ich ein Ventil brauchte und du eben da warst. Ich habe dir dein Leben zur Hölle gemacht und das tut mir aufrichtig und von ganzem Herzen leid. Ich weiß, eine Entschuldigung macht das nicht ungeschehen und kann nicht wiedergutmachen, was ich dir angetan habe. Aber ich hoffe, du kannst mir irgendwann verzeihen.«

Tränen brannten hinter meinen Augen, bauten immer größeren Druck auf. Jamie hatte sich entschuldigt - vor all den Leuten und im Beisein seines Vaters. Mein Herz trommelte gegen meine Rippen. Hatte ich mich doch getäuscht?

Ich schob die Tür etwas weiter auf und spähte durch den Schlitz. Jamie stand auf der unteren Treppenstufe, sein Vater mit versteinerter Miene daneben.

»Und wenn ich schon dabei bin, möchte ich mich bei euch allen entschuldigen. Ja, es stimmt, was mein Vater sagt: Dieser Entwurf«, er deutete auf das Modell, »ist von mir. Und wisst ihr was? Er ist Müll.« Er griff nach der Platte und schmiss sie mit einem Ruck um. Das Modell krachte mit einem lauten Poltern auf den Boden und blieb als trauriger Haufen liegen. Das Publikum schnappte kollektiv nach Luft, einige schrien vor Schreck auf. »Meine Vision für Woodside sieht ganz anders aus. Ich habe sie gemeinsam mit einem Menschen entwickelt, den ihr alle kennt. Eine Frau, die ebenfalls meine Entschuldigung verdient. Weil ich nicht weiß, ob es ihr recht ist, vor euch allen mit Namen genannt zu werden, sage ich dazu nichts. Peach-Pie, du weißt, dass ich dich meine.«

Ich lachte erstickt auf. Peach-Pie … sein Ernst?

»Ich habe Mist gebaut. Schon wieder. Und das tut mir unendlich leid. Ich bin in ein altes Verhaltensmuster zurückgefallen und das, obwohl du mir gezeigt hast, wer ich ohne dieses Muster sein kann. Und weißt du was? Dieser Mensch, den du mir gezeigt hast, gefällt mir zu eintausend Prozent besser als der, der ich davor war. Du hattest mir vor Jahren schon einen Ausweg gezeigt, doch dieser nette

Herr hier«, er deutete auf seinen Vater, der kalt und stoisch wie eine Statue wirkte, »hat mich zurück in seine Spur gezwängt. Oder, *Dad*?«

»Du verhältst dich lächerlich, Jamie.« Victor zischte wie eine Kobra kurz vor dem Angriff.

»Du meinst, ich mache mich lächerlich? Nun, dann pass mal auf, was jetzt kommt.« Mit einer selbstsicheren Geste klopfte er seinem Vater auf die Schulter, wendete sich dann wieder dem Publikum zu, das wie gebannt an seinen Lippen hing. »Ich möchte euch allen erzählen, was Victor MacLannister für ein Mensch ist. Natürlich steht es euch allen frei, mit ihm Geschäfte zu machen und ihm euer Haus oder Grundstück zu verkaufen. Aber ich schätze euch alle als gute Menschen ein und glaube, ihr werdet es euch überlegen, wenn ihr hört, was er für ein sadistischer Psychopath ist.«

Jamie nickte jemandem im Publikum zu und ich folgte seiner Bewegung mit dem Blick. Ash hielt unauffällig ein Handy gerade so hoch, dass er das Geschehen filmen konnte.

»Mein Vater hat mich jahrelang misshandelt.« Wieder ging ein Raunen durch das Publikum. Einige steckten tuschelnd die Köpfe zusammen. »Nicht körperlich - dann hätte er sich ja die Hände schmutzig machen müssen -, aber seelisch. Er hat mir eingeredet, schuld am Tod meines Bruders zu sein, obwohl ich zu dem Zeitpunkt noch nicht mal geboren war. Wie soll das gehen, fragt ihr euch? Ganz einfach: Indem er mich in einen lichtlosen Schrank sperrte und mir immer und immer wieder die Todes-Geschichte meines Bruders einbläute. Ich hatte panische Angst vor der Dunkelheit - ein Produkt seiner Misshandlung, mit dem ich noch heute kämpfe.« Wieder ein kollektives Luftschnappen und mein Herz brach für Jamie. Brach für den Mann, der vor einem ganzen Ort seine Dämonen bekämpfte.

»Jamie, es reicht jetzt. Noch ein Wort und …«

»Und was, Vater? Willst du mir Geld und alle Privilegien nehmen? All das, was ich deiner Meinung nach durch dich genieße? Denk dir doch mal etwas Neues aus.« Er lachte freudlos auf. »Wisst ihr, er hat tagelang nicht mit mir gesprochen, weil ich ihn mal wieder *enttäuscht* hatte. Weil ich nicht der Quarterback war. Weil ich ein C in Mathe hatte. Weil ich beim Fahrradfahren hingefallen war. Und was denkt ihr, hat er getan, als er herausfand, dass ich mich verliebt hatte?«

»Das sind eindeutig Familienangelegenheiten, die nicht hierhergehören.« Mel meldete sich zu Wort. »Können wir nun endlich wieder zum Punkt kommen und deine lächerliche Farce beenden?«

»Ich denke nicht, dass Kindesmisshandlung eine lächerliche Farce ist, Melanie MacLannister.« Maple funkelte Mel aus der ersten Reihe an. Ihre Hand verkrampfte sich um Ethans.

»Vielen Dank für diesen Einwand, Maple.« Jamie deutete eine Verbeugung in ihre Richtung an, nickte dann seiner Schwester zu. »Alles zu seiner Zeit, Mel. Ich möchte gern weitererzählen. Also tu mir den Gefallen und halt deine Klappe.«

Mel schnappte nach Luft und ein Ruck ging durch Victor.

»Es ist jetzt genug, Jamie. Ich will kein Wort mehr von dir hören, du lächerlicher Wicht. Du wirst auf der Stelle zum Wagen gehen und dort auf mich warten.« Sein Einwand erntete empörtes Schnauben von einigen der Anwesenden. Mitch löste sich von der hinteren Wand und schlenderte den Mittelgang entlang auf Victor zu. In einer eindeutigen Geste legte er seine Finger an die Handschellen in seinem Gürtel und nickte Jamie zu.

»Wie der Hund, mit dem du mich immer gleichgestellt

hast? Bedaure, Dad«, er zog das Wort in die Länge wie Kaugummi.

»So redest du nicht mit mir, du undankbarer …«

»Um zurück zum Punkt zu kommen und euch nicht mit dem Drama zu langweilen«, Jamie schnitt Victor das Wort ab und mein Herz vollführte einen Hüpfer. Er lehnte sich endlich auf. »Als ich mich in die zauberhafteste Frau der Welt verliebte, hat er mir nicht nur die finanzielle Unterstützung und Familienzugehörigkeit streichen wollen. Nein, das wäre ja zu banal gewesen. Victor MacLannister, der sympathische Bauunternehmer von nebenan, hat mich in einem dunklen Raum eingesperrt. Stundenlang, obwohl ich ihn anflehte, es nicht zu tun. Und statt mich zu erlösen, spielte er mir die nächtlichen Schreie meiner Mutter vor. Die Schreie, die sie durch ihre Albträume begleiten, seit sie eines Nachts einem Überfall zum Opfer fiel, bei dem mein Bruder im Alter von dreizehn Jahren sein Leben ließ. Ein Unfall, an dem ich seiner Meinung nach schuld war. Über Stunden hielt er mich fest. Ich war sechzehn …« Gespenstische Stille legte sich über den Raum. Jamie rieb sich mit der flachen Hand über das Gesicht. Er sprach von mir … Er war damals in mich verliebt gewesen und sein Vater hatte ihn gezwungen, uns aufzugeben. Alles in mir wollte zu ihm. Aber es war sein Moment. Seine finale Schlacht, um seinem Peiniger endlich und hoffentlich für immer zu entkommen.

Seine Stimme klang nun dünner, zittriger. »Als er mich endlich freiließ, habe ich Woodside fluchtartig verlassen, ohne mich zu verabschieden. Mit dem festen Vorsatz, niemals wieder zurückzukehren. Ich dachte mir, es sei besser, sie - also, die Person, um die es hier geht - würde das Arschloch in mir sehen. Nicht das Wrack.«

Jamie wandte sich vom Publikum ab, sah zu der Tür, hinter der ich mich versteckte. Unsere Blicke verhakten sich durch den schmalen Spalt. Ich erkannte seine Tränen, die ihm über die Wangen liefen, selbst durch den nassen Schleier, der in meinen Augen schwamm.

»Ich habe dir das Gefühl gegeben, nicht gut genug zu sein. Ich habe dir das Gefühl gegeben, dich nur benutzt zu haben. Und in meiner Unsicherheit habe ich mich über dich lustig gemacht. Das tut mir leid - aufrichtig und von ganzem Herzen.«

Er wischte sich über die tränennassen Wangen und lächelte schwach. Ich wollte zu ihm gehen, mich in seine Arme stürzen, doch ich konnte es nicht. Etwas hielt mich zurück. Angst, wieder zurückgewiesen zu werden. Angst, den Fokus zu verlieren. Angst, mich selbst zu verlieren.

»Wow, so eine Show ist ganz schön anstrengend. Ab sofort sehe ich Stand-Up-Comedians mit ganz anderen Augen, aber die bekommen immerhin hin und wieder mal einen Lacher oder wenigstens einen Applaus.«

Ein leises Lachen ging durch die Reihen, einige klatschten. Aber die meisten blickten entsetzt zwischen Jamie und Victor hin und her.

»Na also.« Jamie lachte verlegen. »Geht doch. Danke für eure Aufmerksamkeit. Also, für alle, die während meiner Rede eingeschlafen sind: Verkauft meinem Vater bloß kein Land und es tut mir leid. Danke schön.« Er nickte Mitch zu, der auf Victor zutrat. Dann trat er von der Stufe, lief vorbei an dem zerstörten Modell. Er ließ seinen Vater zurück, ließ sein Leben zurück und ich stand wie versteinert hinter der Tür eines muffigen Aktenraums und konnte nichts tun, als zuzusehen, wie er ging.

43. Jamie

Heilige Scheiße … Hatte ich das wirklich getan?

Ich stieß die Türen des Rathauses auf und wurde vom goldenen Licht der untergehenden Sonne empfangen. Ich hatte nach diesem Auftritt ins Archiv stürmen und Hazel einfach nur küssen wollen, doch ich wollte ihr die nötige Zeit geben, über meine Worte nachzudenken. So schwer es mir auch fiel.

»Jamie!« Ich drehte mich um und erkannte einen muskulösen Typen mit leuchtenden Augen und hellbrauner Haut hinter mir.

»Ethan.« Unsicher steckte ich mir die Hände in die Taschen meines maßgeschneiderten Anzugs und zwang mich dazu, mich nicht wieder hinter der Maske aus Arroganz zu verstecken. Ich hatte sie so lange getragen, ich wusste nicht genau, wer ich ohne sie war und wie ich mich ohne ihren Schutz verhalten sollte.

»Danke.« Er reichte mir die Hand, die ich zögerlich ergriff.

»Danke?«, echote ich wenig eloquent.

»Für deine Entschuldigung.«

»Oh, ja. Die war lange überfällig. Aber es tut mir wirklich leid.«

Er nickte. »Das stimmt. Aber ich habe mit der Vergangenheit schon lange abgeschlossen. Es war schwierig für mich, aber ich habe es geschafft. Du hättest das nicht vorm versammelten Ort machen müssen. Echt, ich hasse es, derart im Mittelpunkt zu stehen. Trotzdem haben deine Worte gutgetan und sie werden Maple helfen. Und was gut für Maple ist, ist auch gut für mich.«

»Sie war schon immer die Löwin, die für alle gekämpft hat.«

Er lachte. »Ja. Und du die stinkige Hyäne, die sie vertreiben musste.« Ich stimmte in sein Gelächter ein. Erleichtert, zumindest diese Baustelle der Vergangenheit endlich abschließen zu können.

»Und was du da erzählt hast … Das ist heftig. Ich hoffe, du hast dir Hilfe gesucht. Ich kann dir aus eigener Erfahrung sagen, dass es verflucht schwer ist, sich allein aus dem Sumpf zu ziehen.«

»Ach, hier seid ihr.« Ash kam zu uns, reichte mir ein Smartphone und ersparte mir so, auf Ethans Worte einzugehen.

»Alles drauf?«, fragte ich und nahm mein Handy entgegen.

»Ja. Alles da. Und du bist sicher, dass du das machen willst?«

»Ich weiß noch nicht genau. Das Video zu posten würde ihn und alles, was er erreicht hat, zerstören. Das würde meine gesamte Familie betreffen. Aber ich werde ihn auf jeden Fall wissen lassen, dass dieses Video existiert. Und nun hat er erst mal mit Mitch zu tun.«

Ash nickte. »Vielleicht reicht das ja schon aus.«

»Ich hoffe es.« Er deutete zwischen Ethan und mir hin und her. »Und zwischen euch ist alles gut?«

»Auf jeden Fall habe ich nicht mehr das Bedürfnis, ihm eine reinzuhauen.« Ethan musterte mich mit einem undurchdringlichen Blick. »Aber dieser dünne Strohhalm hätte gegen mich jetzt auch keine Chance mehr.« Er klopfte mir auf die Schulter und ging Maple entgegen, die in diesem

Moment aus dem Rathaus kam. Sie nickte mir knapp und ohne Lächeln zu, und das war okay. Ich konnte keine Absolution erwarten, aber ich durfte darauf hoffen, dass wir irgendwann normal miteinander umgehen könnten.

»Sie ist übrigens noch im Aktenraum.« Ash zeigte mit dem Daumen über seine Schulter hinweg zum Rathaus.

»Ich weiß. Aber ich will ihr Zeit geben und sie zu nichts drängen.«

»Okay. Dann hoffe ich für dich, dass du nicht zu lange warten musst.« Er verabschiedete sich.

Ich blickte zurück zum Rathaus, suchte die Menschen davor nach Hazel ab, konnte sie jedoch nirgends entdecken. In meiner Vorstellung war sie mir nach meinem Geständnis in die Arme geflogen, wir hatten uns geküsst und weiter hatte ich nicht gedacht. Die Realität sah nun also anders aus. Vielleicht war auch einfach kein Happy End für uns vorgesehen.

Ich beobachtete meinen Vater und Mel, die mit gewohnt stoischen Mienen zum schwarzen SUV gingen, der auf dem Festplatz parkte. Ich hatte Mitch um seine Hilfe gebeten, aber ob ich wirklich eine Anzeige stellen würde, wusste ich noch nicht. Ich wollte nicht, dass meine Mutter ins Visier geriet. Sie hatte mit all dem nichts zu tun. Ich hoffte, dass die drohende Rufschädigung durch das Video ausreichte, um ihn von uns fernzuhalten.

Mit schweren Schritten ging ich zur Kaimauer am Ende des Platzes und ließ mich nieder. Ich entledigte mich meiner Schuhe und Socken und tauchte meine viel zu heißen Füße in das kühle Wasser. Es kam mir vor wie eine Ewigkeit, die vergangen war, seit ich das erste Mal hier gesessen hatte. Es war der Morgen gewesen, nachdem ich Hazel wiedergesehen hatte. Damals hatte ich eigentlich nur weggewollt aus Woodside. Ich hatte Angst gehabt, mich hier in diesem Ort zu verlieren. Nicht unbegründet, wie sich herausstellen sollte. Allerdings hatte ich nicht mich verloren, sondern lediglich die Version von mir, die ich selbst nie hatte ausstehen können.

»Du musst aufpassen, hier gibt es Schnappschildkröten.«

Lächelnd schloss ich die Augen. Eine Welle aus Erleichterung wollte mich erfassen und fortspülen.

»Darf ich mich zu dir setzen?«

Auffordernd klopfte ich auf den von der Sonne erwärmten Stein neben mir, sog den Vanilleduft ein, der in meiner Nase kitzelte, als Hazel sich setzte.

»Schöne Rede.« Sie stieß mich leicht mit der Schulter an. »Du stehst also auf große Gesten. Das hatte ich gar nicht gedacht.«

»Ich bin ja auch ein einziges Mysterium.« Ich grinste.

»Stimmt wohl.« Mit dem umwerfendsten Lächeln, das ich je gesehen hatte, sah sie mich an, aber es erstarb sofort wieder. »Es tut mir leid, was du durchgemacht hast. Ich wusste nicht …«

Ich unterbrach sie. »Schon gut. Es ist nichts, wofür du etwas kannst. Im Gegenteil: Dich hat diese ganze Scheiße mit meinem Vater auch betroffen. Ohne ihn … wer weiß, was heute mit uns wäre.«

Sie zuckte die Schultern. »Tja, das weiß niemand. Wichtig ist nur, zu wissen, wo wir jetzt sind.«

»Und wo sind wir?« Die Erleichterung ebbte ab und wurde vertrieben von purer Anspannung.

»Das weiß ich nicht, Jamie. Die letzten Wochen waren sehr … intensiv.«

»Intensiv ist doch gut, oder?« Ich wackelte mit den Augenbrauen.

Sie grinste, wurde aber schnell wieder ernst. »Nicht *das* Intensiv.« Eine leichte Röte schimmerte auf ihren Wangen. »Wirst du denn in Woodside bleiben?«

Ich nickte. »Ja. Ich werde erst einmal im Trailer wohnen.

Das habe ich mit Ash schon alles geklärt. Er hat mir geholfen.«

»Er hat gefilmt, oder?«

Ich nickte. »Ich wollte etwas in der Hand haben gegen meinen Vater. Keine Ahnung, wie es jetzt mit der Firma weitergeht, aber ich will nichts mehr mit ihm zu tun haben. Und wenn das Video nur dazu dient, dass er Woodside in Ruhe lässt, bin ich zufrieden.«

»Das finde ich gut.« Sie verhakte ihren kleinen Finger mit meinem. »Was ist mit deiner Mom?«

»Sie hat sich von ihm getrennt. Es gab da einen kleinen … Vorfall. Sagen wir mal, sie hat gesehen, wie er wirklich ist. Endlich.« Nachdem sie gehört hatte, wie mein Vater über mich dachte und wie brutal er jahrelang zu mir gewesen war, hatte sie ihre Sachen gepackt und ihn verlassen.

»Das ist doch gut.«

»Ja, ist es. Auch, wenn sie es sich nicht verzeihen kann, nichts gemerkt zu haben. Das gehe ich mit ihr gemeinsam an. Sie wurde von Victor manipuliert, ohne es zu merken. Wir haben uns in den letzten Tagen viel unterhalten und schon eine Therapeutin rausgesucht, die sich auf so verkorkste Familien wie unsere spezialisiert hat. Aber das ist ein anderes Thema. Auf jeden Fall habe ich mir dann den Plan überlegt, ihn hier heute auflaufen zu lassen.«

»Er dachte also, er hätte dich noch immer unter Kontrolle?«

»Ja. Ich glaube, er konnte sich nicht vorstellen, dass ich mich wirklich von ihm freimachen würde.«

»Ich bin stolz auf dich.« Wieder ein warmes Lächeln.

»Danke, Hazel.«

»Nanu, kein Spitzname?«

»Nein, du brauchst keinen Spitznamen. Hazel passt so perfekt zu dir und kein anderer Name könnte dir jemals in Schönheit und Intelligenz gerecht werden. Also …«

»Jamie.« Sie seufzte leise. »Das ist das Schönste, das jemals jemand zu mir gesagt hat.«

»Gut. Ich hatte Sorge, es wäre zu kitschig.«

»Ja, na ja. Vielleicht ein bisschen.« Sie lachte und lehnte ihren Kopf an meine Schulter.

Ihre Nähe, sie wieder spüren zu können, löste jede Anspannung in mir auf. Ich legte meinen Arm um sie und zog sie dichter an mich heran.

»Was meinst du, Hazel Saintpreux, hast du Lust, Jamie 2.0 besser kennenzulernen und dich in ihn zu verlieben?«

Wieder ein amüsiertes Lachen an meiner Schulter. »Tja, Jamie 2.0, wenn das mal nicht schon zu spät ist.«

Epilog

Ich zerlief. Wie hatte mein Vater bloß einer Hochzeit im Hochsommer in Arizona zustimmen können? Die Sonne brannte derart unbarmherzig vom Himmel, dass ich wirklich froh über das zusätzliche Deo in meiner Handtasche war.

»Wie kann man bei vierzig Grad im Schatten eine Trauung im Freien planen?« Jamie tat mir leid in seinem Smoking, unter dem ihm furchtbar heiß sein musste.

»Ich habe keine Ahnung.« Ich schaltete meinen kleinen Handventilator an und hielt ihn Jamie vors Gesicht.

»Mir fehlt die Ostküste«, murmelte er.

Ich drückte ihm den Ventilator in die Hand, tupfte ihm einen Kuss auf die verschwitzte Wange. »Darf ich dich kurz allein lassen?«

»Klar. Ich hab einen Ventilator in der Hand, mehr brauche ich nicht.« Er zwinkerte mir zu.

Im klimatisierten Gebäude, das für die Gäste noch gesperrt war, atmete ich kurz durch. Mein Blick huschte zu der Torte, die in einem gläsernen Kühlschrank aufbewahrt wurde. Ich grinste bei dem Anblick. Sie sah genau so aus, wie ich sie mir vorgestellt hatte. Zwar war sie nicht mein Werk, aber die Bäckerei in Phoenix hatte sie nach meinen Entwürfen gebacken und dekoriert.

Ich riss mich vom Anblick der vierstöckigen Schönheit los und suchte nach dem Raum, der für den Bräutigam reserviert war. Zaghaft klopfte ich an die Tür. Und trat nach einem Moment ein.

»Cuckoo!« Mein Vater strahlte mich an. Er breitete die Arme aus und drehte sich um die eigene Achse, damit ich ihn betrachten konnte. »Was denkst du? Kann dein alter Vater so heiraten gehen?«

»Du siehst toll aus, Dad.« Und es stimmte. Er sah wirklich toll aus. Trotzdem stach sein Anblick mir ins Herz. »Können wir kurz über etwas reden, Daddy?«

Angesichts meines ernsten Tonfalls schwand sein Lächeln. »Aber natürlich. Ist alles in Ordnung?«

»Ja. Mach dir keine Sorgen. Wobei … nein. Eigentlich ist nicht alles in Ordnung.«

»Was ist los?«

Ich nahm all meinen Mut zusammen. Wenn ich mich nicht mehr schlecht fühlen wollte wegen unseres Verhältnisses, musste ich nun endlich mit offenen Karten spielen. »Du hast mich sehr verletzt, Dad. Als du aus Woodside fortgezogen bist, ohne mir etwas zu erzählen. Das hat mich tief getroffen. Und als du dann auch noch so schnell Emma und Maddie gefunden hast … Es fühlte sich für mich an, als hättest du mich ersetzt, weil ich nicht gut genug war. Und dieses Gefühl habe ich noch immer. Du hast mich im Stich gelassen und durch eine neue Tochter ersetzt.«

Mein Vater sah mich fassungslos an. »Wie kommst du denn darauf?« Er kam zu mir und nahm meine Hände in seine. »Cuckoo, du bist meine Tochter - mein Ein und Alles. Ich liebe dich mehr als mein Leben. Weißt du das denn nicht?«

Ich schüttelte den Kopf und kämpfte gegen die Tränen an, die sich mit schmerzhaftem Druck hinter meinen Augen aufbauten. »Nein, Dad. Das weiß ich nicht. Woher auch? Alles, was du machst, tust du für Maddie und Emma. Und das ist ja auch okay. Sie sind wichtig für dich. Aber ich wünschte, du hättest auch einen winzigen Platz für mich in deinem Herzen reserviert.« Nun konnte ich die Tränen nicht mehr zurückhalten. Ungezügelt wie ein Wasserfall quollen sie über meine Lider, strömten über mein Gesicht, tropften auf meinen Hals. In Gedanken entschuldigte ich mich bei der Stylistin, die mich geschminkt hatte.

»Süße, dir gehört jeden Morgen mein erster Gedanke und jeden Abend mein letzter. Ich hasse es, dass wir so weit entfernt voneinander leben, und ich bin so stolz auf dich, was du geschafft hast. Ich meine, du hast dein eigenes Café, bist dein eigener Boss. Etwas, das ich nie geschafft habe, obwohl ich immer davon träumte. Du kreierst Torten und Kuchen, davon bekommen andere Menschen feuchte Träume.«

Ich lachte tränenerstickt auf.

»Ist doch wahr.«

»Aber du hast kein Torten- oder Backmagazin abonniert, sondern ein Ballettmagazin.« Ich schniefte.

»Und weißt du, warum? Weil in keinem Magazin dieser Welt etwas über Torten stehen würde, was du mir nicht tausendmal spannender erzählen könntest. Ich höre lieber von deinen neuesten Rezepten als von denen irgendwelcher Leute, die ich überhaupt nicht kenne. Und außerdem esse ich leidenschaftlich gern, wie du weißt. Am allerliebsten dein Gebäck. Aber Ballett … davon habe ich keine Ahnung. Und als es hieß, Maddie hätte den Platz an der Juilliard, wollte ich nicht als kompletter Idiot dastehen, der mit diesem ganzen Getanze und Gehüpfe nichts anzufangen weiß.«

»Oh.«

»Es tut mir leid, dass ich dir das Gefühl gegeben habe, dich nicht zu lieben, und ich weiß, es war falsch, dir nicht vorher zu erzählen, dass deine Mutter und ich uns trennen.«

»Das war es.«

»Ich habe nicht erwartet, dass es dich so treffen würde. Und deine Mutter hat nie etwas erzählt.«

»Sie war zu beschäftigt mit ihren Kursen und Retreats. Aber ich bin froh, dass wir auch über unser Verhältnis gesprochen haben. Sie gibt sich wirklich Mühe, auch wenn sie jetzt in Nevada bei ihrem neuen Freund ist.«

»Na ja, wenn es sie glücklich macht. Und ihr habt jetzt unser Haus in Woodside. So können wir hoffentlich alle unbeschwert in einen neuen Lebensabschnitt starten. Also, Cuckoo: Kannst du deinem alten Vater verzeihen?«

»Ja.« Ich kuschelte mich wie früher als kleines Mädchen in seine Arme und fühlte, wie mein von ihm angeknackstes Herz ein Stückchen heilte.

»Alles in Ordnung?« Jamie steckte sein Handy in die Sakkotasche und sah mich forschend an, als ich zu ihm zurückkam.

»Ja.« Ich lächelte breit, nahm sein Gesicht in meine Hände und küsste ihn auf die weichen Lippen.

»Gut«, nuschelte er in unseren Kuss hinein. Er griff nach einer Haarsträhne, die locker über meine Schultern fiel. »Es ist so schön, dass du deine Haare nicht mehr in diese geflochtenen Käfige sperrst. Sie sollten frei sein und im Wind wehen, genau wie du.«

»Ich glaube, das muss ein ziemlich starker Wind sein, damit ich wegwehe.« Ich lachte auf.

»Was stimmt nicht mit dir, Freundin? Egal, was ich versuche … Sobald ich etwas romantisches sage, machst du es mit einer sarkastischen Bemerkung lächerlich.« Er zog eine Schnute und sah dabei hinreißend aus.

»Freundin, ja?«

»Ja.«

»Ich mag, wie das klingt.«

»Ich auch.« Jamie deutete auf seine Tasche, in der er das Smartphone hatte verschwinden lassen. »Die erste Buchung für die Blockhütte ist grad gekommen.«

Nachdem er sich endgültig von seinem Vater losgesagt hatte, hatte Jamie eine eigene Firma gegründet - Basil-Buildings. Er wollte sich auf den Bau nachhaltiger Feriendomizile spezialisieren und hatte in Woodside den Anfang gemacht. Er hatte - mithilfe eines günstigen Kredits von seiner Mutter - eine Handvoll Grundstücke in Woodside erworben. Sie hatte ihm das Geld schenken wollen, aber Jamie hatte auf ein Darlehen bestanden.

Auf den Arealen hatte er umweltschonend Blockhütten und Baumhäuser errichtet, die nun vermietet werden sollten. Zu meiner großen Freude stand der gesamte Ort hinter seinem Vorhaben und unterstützte ihn, wo es ging.

»Wirklich? Das ist ja toll.« Ich lehnte mich gegen ihn, schmiegte mich an seinen schlanken Körper. »Ich kann es kaum erwarten, zurück nach Hause zu fahren.«

Jamie tupfte einen Kuss auf mein Haar. »Wenn du mich fragst, bin ich schon zu Hause. Denn wann immer ich in deiner Nähe bin, fühlt es sich für mich nach Heimat an.«

Ich sah zu ihm auf, holte Luft, um etwas zu sagen.

»Wehe, du antwortest etwas Sarkastisches«, raunte Jamie, bevor er mich in eine feste Umarmung zog.

Wir waren sicher nicht perfekt und unsere Geschichte hatte viele Höhen und Tiefen. Aber ich spürte, bei einem Blick in unsere Zukunft würden erst einmal die Höhen überwiegen.

Danksagung

Ich gestehe, ich habe eine Gänsehaut, während ich diese Zeilen tippe. Das liegt nicht daran, dass es kalt wäre - im Gegenteil. Danksagungen fallen mir schwer. Nicht, weil es mir schwerfällt, mich zu bedanken. Eher, weil ich Angst habe, jemanden zu vergessen, der oder die maßgeblich zu diesem Buch beigetragen hat. Trotzdem reicht ein »Danke an alle!« nicht aus und so hoffe ich einfach, niemanden zu vergessen.

Tausend Dank gehen an Katrin vom Lektorat Heimathafen. Du begleitest meine Woodsidestories nun schon so lange und ich könnte mir keine bessere Lektorin für meine Herzensreihe wünschen. Mit deinem feinfühligen Gespür für die Figuren, die ich mir ausdenke, machst du jede Geschichte runder und besser. Danke für deine ermutigenden Kommentare <3 Ich freue mich darauf, dass wir noch einmal gemeinsam nach Woodside reisen werden.

Paul - auch dir vielen lieben Dank für deine Expertise, die ich missachtet habe :D Es ging einfach nicht, dass der Porsche keinen Schaden nehmen sollte. Was wäre dann aus Hazel und Jamie geworden? Aber ich verspreche dir, beim nächsten Mal werde ich auf dich hören.

Ein ganz besonderer Dank geht an meine liebe Steffi. Wir haben uns erst über Bookstagram kennengelernt und trotzdem kommt es mir vor, dich schon ewig zu kennen.

Ich weiß nicht, ob du dich daran erinnerst, aber du sagtest mal über Maple Leaves: »Und plötzlich hat man das Gefühl, man liest Colleen Hoover.« Du ahnst nicht, wie viel mir dieser kleine Kommentar bedeutet hat und wie viel ich noch immer daraus ziehe. Ich danke dir, dass du in meinem Leben bist.

Meine Familie … ihr großartiger Haufen aus vier noch großartigeren Menschen. Ohne euch hätte ich mir den Traum von dieser Reihe, von diesem Buch, von meinem eigenen Verlag niemals erfüllen können. Ihr seid diejenigen, die mir die Kraft geben, meinen Traum zu leben. Ich liebe euch.

Aber ein riesiger Dank gebührt euch, liebe Leserinnen und Leser. Ihr, die ihr mit mir nach Woodside reist und diesen kleinen Ort und seine Bewohner:innen ebenso sehr ins Herz geschlossen habt, wie ich. Es ist für mich immer wieder ein Highlight, wenn ihr mir schreibt, dass ich euch mit meinen Worten ein paar Tränchen entlocken konnte. Ich liebe es, wenn meine Worte einige von euch auf diese Art berühren. Es gibt mir den Antrieb, den ich brauche, um weiterzuschreiben.

Danke, dass ihr dieses Buch für euch ausgesucht und Hazel und Jamie eine Chance gegeben habt. Vielleicht haben die beiden ja einen winzigen Platz in euren Herzen gefunden. Danke für euren Support und eure Liebe für meine Geschichten.

Eine Sache möchte ich noch loswerden:

Jamie ist ein fiktiver Charakter, aber sein Schicksal teilen dennoch viel zu viele Kinder und Jugendliche auf der ganzen Welt. Kindesmissbrauch ist nicht immer körperliche Gewalt - aber er ist immer brutal und unmenschlich.

Wenn Du betroffen bist, hol dir Hilfe. Wenn du jemanden kennst, der betroffen sein könnte, biete deine Hilfe an. Bleib nicht allein in der Dunkelheit. Es gibt Auswege, aber manchmal ist es einfach zu schwer, sie ohne Licht zu finden.

Hilfe findest du zum Beispiel hier:

- Telefonseelsorge: 0800 1110111
- Nummer gegen Kummer: 116 111

Rezept:

Hazels Zimtschnecken

<u>Zutaten:</u>

Für den Teig:
- 200 ml Milch
- 50 g Butter
- 450 g Mehl
- 0,5 TL Salz
- 50 g Zucker
- 1 Ei
- 1 Würfel Hefe

Für die Füllung:
- 50 g Butter
- 130 g brauner Zucker
- 2 TL Zimt

Für das Frosting:
- 100 g Frischkäse, Doppelrahmstufe
- 35 g Puderzucker
- 100 g Butter
- 1 TL Vanilleextrakt
- 4 EL Milch

Außerdem:
- Fett für die Auflaufform

Schritt 1: *Der Teig*

50 g Butter • 200 ml Milch • 450 g Mehl •
0,5 TL Salz • 50 g Zucker • 1 Ei • 1 Würfel Hefe

Butter und Milch in einem Topf zusammen erwärmen, bis die Butter geschmolzen ist. Mehl, Salz und Zucker in einer Schüssel miteinander vermischen. In die Mitte des Mehlgemischs eine Mulde formen und das Ei hineingeben. Den Hefewürfel in die Mulde bröseln und mit dem Ei vermischen. Die erwärmte Milch-Butter-Mischung vorsichtig in die Mulde gießen und alles mit einer Gabel von außen nach innen vermengen. Anschließend alles mit den Händen zu einem Teig kneten.

Sollte der Teig noch kleben, etwas Mehl hinzufügen.

Den Teig in der Schüssel mit einem Geschirrhandtuch zugedeckt für ca. 1 Stunde an einem warmen Ort gehen lassen.

Schritt 1: *Die Füllung*

Fett für die Auflaufform • 130g brauner Zucker •
2 TL Zimt • 50 g Butter (weich)

Eine Auflaufform mit dem Fett einreiben. Zimt und Zucker vermischen. Den Teig (von Schritt 1) auf einer bemehlten Arbeitsfläche möglichst rechteckig ausrollen. Die weiche Butter mit Hilfe eine Teigschabers oder einem Löffel auf dem Teig gleichmäßig verstreichen und die Zimt-Zucker-Mischung darüber streuen. Den Teig von der schmalen Seite aus aufrollen, in ca. 3 cm breite Schnecken schneiden. Anschließend zugedeckt für ungefähr 30 Minuten ruhen lassen.

Den Backofen auf 180°C Ober-Unterhitze vorheizen.

Schritt 3: *Das Frosting*

100 g Frischkäse • 35 g Puderzucker • 4 EL Milch • 1 TL Vanilleextrakt • 50 g Butter (weich)

Die Zimtschnecken für 20 Minuten im vorgeheizten Backofen backen.

Frischkäse, Puderzucker, Vanilleextrakt und Butter in einer Schüssel glatt rühren. Die Milch esslöffelweise hinzugeben, bis eine leicht dickflüssige Konsistenz erreicht ist.

Die fertigen Zimtschnecken aus dem Ofen nehmen und sofort mit dem Frosting übergießen.

Guten Appetit

© Anna K. Rhodes

ANNA K. RHODES ist als Kind der 80er in der Nähe Hamburgs aufgewachsen. Aus Liebe zu Büchern studierte sie Neuere Deutsche Literaturwissenschaft und Linguistik. Mit der Zeit entdeckte sie ihre Lust am Schreiben.
Wenn sie nicht gerade mit der Nase in einem neuen Manuskript steckt, arbeitet sie für den Lovemoon Verlag, mit dessen Gründung sie sich in 2023 einen langgehegten Traum erfüllte.
Sie lebt mit ihrem Mann, ihren zwei Söhnen und der kleinen Nesthäkchen-Tochter in einer sehr ländlichen Region Schleswig-Holsteins, in der es mehr Schafe und Kühe als Menschen gibt.

Instagram: @anna_k_rhodes_books
TikTok: @anna_k_rhodes_books

Veröffentlichungen im Lovemoon Verlag:

- Maple Leaves - *A Woodside Story 1*
- Summer's Gone - *A Woodside Story 2*
- A Million Colours of Hazel - *A Woodside Story 3*
- Christmas Lake - *A Woodside Story 4*

Die atemberaubende New Adult Reihe von

Welcome to
WOODSIDE
Where hearts and doors are always open

Woodside Stories #1
Maple Leaves

Woodside Stories #2
Summer's Gone

Neuveröffentlichung als
Taschenbuch 1. September 24

Anna K. Rhodes im Lovemoon Verlag.

Woodside Stories #3
A Million Colours of Hazel

Woodside Stories #4
Christmas Lake

Ab 17. November 2024.

LOVEMOON
VERLAG

BEREITS ERSCHIENEN

KIKKI OSKAR
Beach Talk
Mein Ruhm und ich

Gebrochener Rockstar trifft auf erfolglose Autorin. Kann ihre Liebe der nächste Bestseller werden oder die Charts stürmen? Oder stehen sie sich dabei gegenseitig im Weg?

ISBN 978-3-98-260721-4

MAILIN WEDER
Puzzleleben

Wem kannst du trauen, wenn deine Vergangenheit im dichten Nebel liegt und jeder Mensch in deinem Leben etwas zu verheimlichen scheint …

ISBN 978-3-9826-0723-8

www.lovemoon-verlag.de

Triggerwarnung

Diese Geschichte beinhaltet potentiell
triggernde Inhalte.
Diese sind:

Toxische Beziehungen,
physischer Missbrauch durch sog. weiße Folter,
Erwähnung von Mobbing,
emotionale und körperliche Misshandlung,
Tod eines Familienmitglieds,
Erwähnung des Tods eines Kindes,
Tod durch Messerstiche, Erwähnung von Blut.